OS JOGOS DA FOME

LIVRO III

A REVOLTA

Suzanne Collins

SUZANNE COLLINS

OS JOGOS DA FOME
LIVRO III

A REVOLTA

Tradução
de Jaime Araújo

EDITORIAL PRESENÇA

FICHA TÉCNICA

Título original: *Mockingjay – The Hunger Games*
Autora: *Suzanne Collins*
Text copyright © 2010 by Suzanne Collins
Tradução © Editorial Presença, Lisboa, 2011
Tradução: *Jaime Araújo*
Ilustração da capa © 2010 by Tim O'Brien
Capa: *Arranjo gráfico de Elizabeth B. Parisi*
Composição, impressão e acabamento: *Multitipo — Artes Gráficas, Lda.*
1.ª edição, Lisboa, novembro, 2011
2.ª edição, Lisboa, março, 2012
3.ª edição, Lisboa, abril, 2012
4.ª edição, Lisboa, abril, 2012
5.ª edição, Lisboa, maio, 2012
6.ª edição, Lisboa, junho, 2012
7.ª edição, Lisboa, julho, 2012
8.ª edição, Lisboa, outubro, 2012
9.ª edição, Lisboa, agosto, 2013
10.ª edição, Lisboa, novembro, 2013
11.ª edição, Lisboa, dezembro, 2013
12.ª edição, Lisboa, janeiro, 2014
13.ª edição, Lisboa, fevereiro, 2014
Depósito legal n.º 334 861/11

Reservados todos os direitos
para Portugal à
EDITORIAL PRESENÇA
Estrada das Palmeiras, 59
Queluz de Baixo
2730-132 BARCARENA
info@presenca.pt
www.presenca.pt

Para Cap, Charlie e Isabel

ÍNDICE

PARTE UM — «As Cinzas» 11

PARTE DOIS — «O Assalto» 101

PARTE TRÊS — «A Assassina» 187

Epílogo 272

Agradecimentos 274

PARTE UM

AS CINZAS

1

Olho para os meus sapatos, observando a fina camada de cinza pousar na pele gasta. Era aqui que estava a cama que eu partilhava com a Prim, a minha irmã. Ali ficava a mesa da cozinha. Os tijolos da chaminé, que caíram numa pilha tisnada de carvão, fornecem um ponto de referência para o resto da casa. De que outro modo poderia orientar-me neste mar cinzento?

Não resta quase nada do Distrito 12. Há um mês, as bombas incendiárias do Capitólio destruíram as casas pobres dos mineiros no Jazigo, as lojas na cidade, até a Casa da Justiça. A única zona que escapou à incineração foi a Aldeia dos Vencedores. Não sei bem porquê. Talvez para que alguém obrigado a deslocar-se aqui ao serviço do Capitólio tivesse um lugar decente para ficar. Um ou outro jornalista. Uma comissão para avaliar o estado das minas de carvão. Um pelotão de Soldados da Paz para controlar o regresso de refugiados.

Mas ninguém regressou, só eu. E apenas para uma breve visita. As autoridades do Distrito 13 opunham-se ao meu regresso. Viam-no como um empreendimento inútil e dispendioso, já que pelo menos uma dúzia de aeronaves invisíveis circula no céu para me proteger e não há informações secretas a recolher. Mas eu tinha de o ver. De tal modo que fiz disso uma condição para colaborar com quaisquer dos seus planos.

Por fim, o Plutarch Heavensbee, o Chefe dos Produtores dos Jogos que organizara os rebeldes no Capitólio, lançou as mãos ao ar. — Deixem-na ir. É melhor perdermos um dia do que mais um mês. Talvez uma pequena excursão pelo Doze seja exatamente o que ela precisa para se convencer de que estamos do mesmo lado.

O mesmo lado. Sinto uma pontada na fonte esquerda e pressiono a testa com a mão. Precisamente no lugar onde a Johanna Mason me atingiu com a bobina de fio. As recordações rodopiam na minha cabeça enquanto tento distinguir o verdadeiro do falso. Que sequência de acontecimentos me levou a estar nas ruínas da minha cidade? Isto é difícil, porque os efeitos da concussão não desapareceram completamente e os meus pensamentos ainda têm tendência para se baralhar. Além disso, acho que os medicamentos que eles usam para controlar as minhas dores e o meu humor às vezes fazem-me ver coisas. Ainda não estou inteiramente convencida de que estava a alucinar na noite em que o chão do meu quarto de hospital se transformou num tapete de serpentes.

Costumo usar uma técnica sugerida por um dos médicos. Começo com as coisas mais simples, as que eu sei que são verdadeiras, e depois avanço para as mais complicadas. A lista começa a desenrolar-se na minha cabeça...

O meu nome é Katniss Everdeen. Tenho dezassete anos. Sou do Distrito 12. Participei nos Jogos da Fome. Consegui escapar. O Capitólio odeia-me. O Peeta foi capturado. Julga-se que esteja morto. O mais provável é que esteja morto. Talvez seja melhor que esteja morto...

— Katniss. Queres que eu desça? — A voz do Gale, o meu melhor amigo, chega-me através dos auscultadores que os rebeldes me obrigaram a usar. Ele está lá em cima na aeronave, observando-me atentamente, pronto para descer se alguma coisa correr mal. Percebo que estou agachada agora, com os cotovelos sobre as coxas, a cabeça entre as mãos. Deve parecer que estou à beira de um colapso. Não pode ser. Logo agora que eles estão finalmente a desabituar-me dos medicamentos.

Endireito-me e aceno-lhe com a mão, rejeitando a sua ajuda. — Não. Estou bem. — Para reforçar o que digo, começo a afastar-me da minha velha casa e a dirigir-me para a cidade. O Gale pediu para ser largado no 12 comigo, mas não insistiu quando recusei a sua companhia. Ele compreende que não quero ninguém comigo hoje. Nem mesmo ele. Há certas caminhadas que temos de fazer sozinhos.

O verão tem estado extremamente quente e seco. Não houve quase chuva nenhuma para perturbar os montes de cinza deixados pelo ataque. Agora deslizam de um lado para o outro quando passo. Não há brisa para os dispersar. Não tiro os olhos do que me lembro ser a estrada, porque quando aterrei no Prado não tive cuidado e tropecei logo numa pedra. Só que não era uma pedra — era o crânio de alguém. Começou a rebolar e parou de rosto para cima, e durante muito tempo não consegui tirar os olhos dos dentes, perguntando-me de quem seriam, imaginando que os meus provavelmente teriam o mesmo aspeto em circunstâncias semelhantes.

Mantenho-me na estrada por uma questão de hábito, mas é um erro, porque ela está cheia dos restos mortais dos que tentaram fugir. Alguns ficaram completamente incinerados. Mas outros, talvez vencidos pelo fumo, escaparam ao pior das chamas e agora jazem em vários estados de decomposição, tresandando e cobertos de moscas, carne podre para necrófagos. *Fui eu que te matei*, penso ao passar por um monte. *E a ti. E a ti.*

Porque fui. Foi a minha flecha, lançada à falha no campo elétrico que cobria a arena, que provocou esta tempestade de fogo e vingança. Que lançou Panem inteiro no caos.

Na minha cabeça oiço as palavras do presidente Snow, proferidas na manhã em que começou o Passeio da Vitória. «*Katniss Everdeen, a rapariga em chamas, lançou uma faísca que, se não for contida, poderá tornar-se um inferno que destruirá Panem.*» Afinal ele não estava a exagerar, nem a tentar assustar-me. Talvez estivesse, sinceramente, a tentar conseguir a minha ajuda. Mas eu já tinha posto em movimento algo que não era capaz de controlar.

Em chamas. Ainda em chamas, penso, aturdida. Ao longe, os incêndios nas minas de carvão continuam a lançar fumo preto para o ar. Mas já não há ninguém que se importe. Mais de noventa por cento da população do distrito morreu. Os restantes, cerca de oitocentos, são refugiados no Distrito 13 — o que, no meu entender, equivale a ser desterrado para sempre.

Eu sei que não devia pensar assim; sei que devia sentir-me grata pela maneira como fomos acolhidos. Doentes, feridos, esfomeados, de mãos a abanar. Mesmo assim, nunca conseguirei esquecer-me de que o Distrito 13 contribuiu para a destruição do 12. Isso não me isenta de culpa — há muita culpa por distribuir. Mas sem eles não teria feito parte de uma conspiração maior para derrubar o Capitólio, nem teria tido os meios para o fazer.

Os cidadãos do Distrito 12 não tinham qualquer movimento de resistência organizado. Não tinham uma palavra a dizer sobre o assunto. Tinham apenas o azar de me ter a mim. Alguns sobreviventes, porém, acham que é uma sorte verem-se finalmente livres do Distrito 12. Terem escapado à fome e à opressão sem fim, às perigosas minas, ao chicote do nosso último comandante dos Soldados da Paz, o Romulus Thread. O facto de termos um novo lugar para viver é encarado como um milagre, visto que, até há bem pouco tempo, nem sequer sabíamos que o Distrito 13 ainda existia.

A honra pela fuga dos sobreviventes recaiu toda sobre os ombros do Gale, embora ele se recuse a aceitá-la. Assim que terminou o Quarteirão — logo que eu fui retirada da arena —, a eletricidade no Distrito 12 foi cortada, as televisões apagaram-se e o Jazigo tornou-se tão silencioso que as pessoas podiam ouvir o coração umas das outras. Ninguém fez nada para protestar ou festejar o que tinha acontecido

15

na arena. No entanto, em menos de quinze minutos, o céu encheu-se de aeronaves e as bombas começaram a cair.

Foi o Gale que pensou no Prado, um dos poucos lugares livres das velhas casas de madeira impregnadas de pó de carvão. Levou todos os que pôde para lá, incluindo a minha mãe e a Prim. Organizou a equipa que derrubou a vedação — então apenas uma barreira inofensiva de arame, com a eletricidade desligada — e conduziu as pessoas para o bosque. Levou-as para o único lugar em que conseguiu pensar, o lago que o meu pai me mostrara quando eu era criança. E foi desse lugar que viram as chamas distantes engolir tudo o que conheciam no mundo.

De madrugada, os bombardeiros já tinham partido, os incêndios extinguiam-se, os últimos retardatários eram acomodados. A minha mãe e a Prim tinham montado um acampamento médico para os feridos e tentavam tratá-los com tudo o que conseguiam colher do bosque. O Gale tinha dois conjuntos de arcos e flechas, uma faca de caça, uma rede de pesca e mais de oitocentas pessoas aterrorizadas para alimentar. Com a ajuda dos mais fortes, aguentaram-se durante três dias. E foi então que surgiu inesperadamente a aeronave para evacuá-los para o Distrito 13, onde existiam compartimentos brancos e limpos mais do que suficientes, roupa em abundância e três refeições por dia. Os compartimentos tinham o inconveniente de serem subterrâneos, as roupas eram todas iguais e a comida relativamente insípida, mas para os refugiados do 12 estas eram considerações de somenos importância. Estavam fora de perigo. Estavam a ser tratados. Estavam vivos e foram recebidos com entusiasmo.

Esse entusiasmo foi interpretado como generosidade. No entanto, um homem chamado Dalton, refugiado do Distrito 10 que conseguira chegar ao 13 a pé uns anos antes, revelou-me o verdadeiro motivo. — Eles precisam de ti. De mim. Precisam de todos nós. Há uns tempos, houve uma epidemia de varicela que matou uma data deles e deixou muitos outros estéreis. Mais gado destinado à reprodução. É como eles nos veem. — No Distrito 10, ele tinha trabalhado numa das fazendas de gado, preservando a diversidade genética das manadas com a implantação de embriões congelados. É muito provável que tenha razão acerca do 13, porque as crianças parecem realmente poucas. Mas, e depois? Não nos prenderam em gaiolas, estamos a ser treinados para diversos trabalhos, as crianças estão a receber educação. Os maiores de catorze anos são integrados no exército em postos subalternos e tratados respeitosamente por «soldado». As autoridades do 13 concederam a todos os refugiados a cidadania automática.

Apesar disso, odeio-os. Mas, claro, odeio quase toda a gente agora. A mim própria, mais do que todos.

16

A superfície debaixo dos meus pés endurece e, sob o tapete de cinza, sinto os paralelepípedos da praça. Em volta do perímetro, onde antes existiam lojas, há agora uma bordadura de entulho. Um monte de escombros enegrecidos tomou o lugar da Casa da Justiça. Dirijo-me para o local aproximado da padaria que pertencia à família do Peeta. Pouco resta agora, tirando o vulto derretido do forno. Os pais do Peeta, os dois irmãos mais velhos — nenhum deles conseguiu chegar ao 13. Menos de uma dúzia dos que passavam por ricos no Distrito 12 escaparam aos fogos. De qualquer maneira, o Peeta não teria nada a que regressar. Excetuando eu...

Afasto-me da padaria e tropeço em qualquer coisa, desequilibro-me e dou por mim sentada num pedaço grande de metal aquecido pelo sol. Pergunto-me o que poderia ter sido, depois lembro-me das recentes inovações de Thread na praça. Cadeias, postes para a pena do chicote, e isto, os restos da forca. Mau. Isto é mau. Convoca a torrente de imagens que me atormentam, quer esteja acordada quer a dormir. O Peeta sendo torturado — com choques elétricos, asfixiado, queimado, lacerado, mutilado, espancado — enquanto o Capitólio tenta extrair-lhe informações sobre a rebelião que ele não sabe. Cerro os olhos com força e tento alcançá-lo através das centenas de quilómetros, enviar-lhe os meus pensamentos, dizer-lhe que não está sozinho. Mas está. E eu não posso ajudá-lo.

Corro. Para longe da praça, em direção ao único lugar que o fogo não destruiu. Passo pelos destroços da casa do governador, onde vivia a minha amiga Madge. Não há notícias dela nem da família. Teriam sido levados para o Capitólio por causa do cargo do pai ou abandonados às chamas? As cinzas erguem-se em vagas à minha volta. Levanto a bainha da camisa e tapo a boca. Não é o que poderei estar a respirar, mas quem, que ameaça sufocar-me.

O relvado foi queimado e a neve cinzenta também caiu aqui, mas as doze elegantes casas da Aldeia dos Vencedores permanecem incólumes. Entro rapidamente na casa onde vivi durante o último ano, bato com a porta e encosto-me a ela. A casa parece intacta. Limpa. Estranhamente silenciosa. Porque regressei ao Distrito 12? Como pode esta visita ajudar-me a responder à pergunta a que não consigo escapar?

— O que é que eu vou fazer? — murmuro para as paredes. Porque, na verdade, não sei.

As pessoas não param de falar comigo. O Plutarch Heavensbee. A sua assistente calculista, a Fulvia Cardew. Vários líderes distritais. Oficiais do exército. Mas não a Alma Coin, a presidente do 13, que apenas olha para mim. Ela deve ter cerca de cinquenta anos. O cabelo grisalho cai-lhe como uma lâmina direita sobre os ombros. Sinto-me algo fascinada com o cabelo dela, por ser tão uniforme, tão impecável, sem uma madeixa fora do lugar, nem mesmo uma ponta espigada. Os olhos são cinzentos, mas não como os das pessoas do Jazigo. São muito pálidos, como se quase toda a cor lhes tivesse sido sugada. A cor de neve suja que desejamos ver derreter e desaparecer.

O que eles querem é que eu assuma verdadeiramente o papel que conceberam para mim. O símbolo da revolução. O Mimo-gaio. Não basta o que fiz no passado, desafiando o Capitólio nos Jogos, fornecendo-lhes um ponto de união. Agora tenho de me tornar a líder, o rosto, a voz, a personificação efetiva da revolução. A pessoa em que os distritos — a maioria dos quais se encontra agora em guerra aberta com o Capitólio — podem contar para iluminar o caminho para a vitória. Não terei de o fazer sozinha. Eles têm toda uma equipa de pessoas para me tratar do visual, para me vestir, escrever os meus discursos, orquestrar as minhas aparições — como se *isso* já não me parecesse horrivelmente familiar — e eu só tenho de desempenhar o meu papel. Às vezes escuto-os, outras olho apenas para a linha perfeita do cabelo de Coin e tento decidir se é uma peruca. Por fim, saio da sala, porque começa a doer-me a cabeça ou porque está na hora de comer ou porque se não for apanhar ar puro poderei começar a gritar. Nem me dou ao trabalho de avisar. Levanto-me e saio, simplesmente.

Ontem à tarde, quando a porta se fechava atrás de mim, ouvi a Coin dizer: «Eu disse-vos que devíamos ter salvo o rapaz primeiro», referindo-se ao Peeta. Eu não podia estar mais de acordo. Ele teria sido um excelente porta-voz.

E quem é que tiraram da arena primeiro, em vez dele? Eu, que não colaboro. E o Beetee, um inventor mais velho do 13 que raramente vejo porque foi transferido para o programa de desenvolvimento de armamento assim que conseguiu sentar-se direito. Literalmente, empurraram a sua cama de hospital para uma zona ultrassecreta e agora ele só aparece de vez em quando para as refeições. É uma pessoa muito inteligente, com grande vontade de ajudar a causa, mas não alguém capaz de provocar faíscas. Depois há o Finnick Odair, o símbolo sexual do distrito das pescas, que salvou a vida do Peeta na arena quando eu não fui capaz. Também querem transformar o Finnick num líder rebelde, mas primeiro terão de conseguir que ele fique acordado durante mais de cinco minutos. Mesmo quando está consciente, temos de lhe dizer tudo três vezes para lhe chegarmos ao cérebro. Os médicos dizem que é do choque elétrico que ele apanhou na arena, mas eu sei que é muito mais complicado do que isso. Sei que o Finnick não consegue concentrar-se em nada no 13 porque se esforça demasiado por saber o que está a acontecer no Capitólio à Annie, a rapariga louca do Distrito 4 que é a única pessoa no mundo que ele ama.

Embora com sérias reservas, tive de perdoar o Finnick pelo seu papel na conspiração que me trouxe para aqui. Ele pelo menos faz alguma ideia daquilo por que estou a passar. E é preciso demasiada energia para continuar zangada com alguém que chora tanto.

Atravesso o rés do chão com passos de caçador, não querendo fazer barulho. Recolho algumas lembranças: uma fotografia dos meus pais no dia do casamento, uma fita azul para o cabelo da Prim, o livro de plantas comestíveis e medicinais da família. O livro cai e abre-se numa página com flores amarelas, e fecho-o rapidamente porque foi o pincel do Peeta que as pintou.

O que é que eu vou fazer?

Valerá a pena fazer o que quer que seja? A minha mãe, a minha irmã e a família do Gale estão finalmente fora de perigo. Quanto às outras pessoas do 12, ou estão mortas, o que é irreversível, ou protegidas no 13. Restam os rebeldes nos distritos. É óbvio que odeio o Capitólio, mas não acredito que a minha transformação em Mimo-gaio vá ajudar aqueles que lutam para o derrubar. Como posso ajudar os distritos quando sempre que faço alguma coisa provoco sofrimento e perda de vidas? O velhote abatido a tiro no Distrito 11 por ter assobiado. A repressão no 12 depois de me intrometer no castigo do Gale. O meu estilista, o Cinna, sendo arrastado, ensanguentado e inconsciente, da Sala de Lançamento antes dos Jogos. As fontes do Plutarch acreditam que ele foi morto durante um interrogatório. O inteligente, enigmático e adorável Cinna está morto por minha causa. Afasto o pensamento da cabeça, porque é demasiado doloroso para remoer sem perder completamente o meu frágil domínio sobre a realidade.

O que é que eu vou fazer?

Tornar-me o Mimo-gaio... poderá qualquer bem que eu faça prevalecer sobre os prejuízos? Com quem posso contar para me responder a esta pergunta? Certamente não com aquela equipa do 13. Juro, agora que a minha família e a do Gale estão fora de perigo, era capaz de fugir! Se não tivesse ainda um assunto por resolver. O Peeta. Se tivesse a certeza de que ele tinha morrido, podia simplesmente desaparecer no bosque e nunca mais olhar para trás. Mas até ter a certeza, estou presa.

Viro-me de repente ao ouvir um resmoneio. À porta da cozinha, de costas arqueadas e orelhas baixas, está o gato mais feio do mundo.

— *Ranúnculo* — digo. Milhares de pessoas morreram, mas ele sobreviveu e até parece bem alimentado. De quê? Ele pode entrar e sair de casa através de uma janela que deixávamos sempre entreaberta na despensa. Deve ter andado a comer ratos-do-campo. Recuso-me a admitir a alternativa.

Agacho-me e estendo uma mão. — Vem cá, bicho. — É pouco provável. Está zangado por ter sido abandonado. Além disso, não lhe estou a oferecer comida, e a minha capacidade de lhe fornecer restos foi sempre para ele a minha principal qualidade redentora. Durante uns tempos, quando costumávamos encontrar-nos na casa antiga, porque não gostávamos da nova, parecíamos estar a criar uma espécie de laço afetivo. Isso obviamente acabou. Ele pisca aqueles olhos amarelos antipáticos.

— Queres ver a Prim? — pergunto. O nome dela desperta-lhe a atenção. Além do seu próprio nome, é a única palavra que lhe diz alguma coisa. Solta uma miadela mal-humorada e aproxima-se de mim. Pego nele ao colo, acariciando-lhe o pelo. Depois vou ao armário, procuro o meu saco de caça e, sem cerimónias, meto o *Ranúnculo* lá dentro. Não há outra maneira de poder levá-lo na aeronave e ele é inestimável para a minha irmã. A cabra dela, a *Lady*, um animal de valor efetivo, infelizmente não apareceu.

Através dos auscultadores oiço a voz do Gale dizer-me que temos de voltar. Mas o saco de caça fez-me lembrar outra coisa. Penduro-o nas costas de uma cadeira e subo a correr os degraus para o meu quarto. Dentro do roupeiro está o casaco de caça do meu pai. Antes do Quarteirão, trouxe-o da casa velha para aqui, achando que a sua presença pudesse servir de consolo à minha família quando eu estivesse morta. Ainda bem que o trouxe, senão agora estaria em cinzas.

A sua pele macia acalma-me e, por um momento, recordo tranquilamente as horas que passei envolta no casaco. Depois, inexplicavelmente, as palmas da minha mão começam a transpirar. Uma sensação estranha começa a subir-me pela nuca. Volto-me de repente para encarar o quarto e descubro-o vazio. Arrumado. Tudo no seu lugar. Não há ruídos para me assustar. O quê, então?

Torço o nariz. É o cheiro. Doce e artificial. Uma mancha branca espreita de uma jarra de flores secas no toucador. Aproximo-me dela com passos cautelosos. Ali, quase escondida entre o ramo seco, está uma rosa branca ainda fresca. Perfeita. Até ao último espinho e pétala sedosa.

E sei imediatamente quem a enviou.

O presidente Snow.

Quando começo a engasgar-me com o cheiro, recuo e fujo do quarto. Há quanto tempo está ali? Um dia? Uma hora? Os rebeldes fizeram um reconhecimento da Aldeia dos Vencedores antes de me autorizarem a vir, procurando explosivos, escutas, qualquer coisa fora do vulgar. Mas talvez a rosa não lhes parecesse digna de atenção. Só eu lhe daria importância.

No andar de baixo, arranco o saco de caça da cadeira e arrasto-o pelo chão até me lembrar do que está lá dentro. No relvado, gesticulo freneticamente para a aeronave enquanto o *Ranúnculo* se debate no saco. Dou-

20

-lhe uma cotovelada, mas isso deixa-o apenas mais furioso. Uma aeronave surge por cima de nós e deixa cair uma escada. Subo para o primeiro degrau e a corrente elétrica imobiliza-me até eu entrar a bordo.

O Gale ajuda-me a sair da escada. — Estás bem?

— Estou — respondo, limpando o suor da cara com a manga da camisa.

Ele deixou-me uma rosa!, quero gritar, mas este não é o tipo de informação que deva partilhar com alguém como o Plutarch a olhar. Sobretudo porque me fará parecer louca. Como se ou a tivesse imaginado, o que é perfeitamente possível, ou estivesse a reagir com exagero, o que me assegurará uma viagem de regresso ao país dos sonhos induzidos pelas drogas do qual tanto me tenho esforçado por escapar. Ninguém compreenderá que não é apenas uma flor, nem apenas a flor do presidente Snow, mas uma promessa de vingança, porque mais ninguém estava no escritório quando ele me ameaçou antes do Passeio da Vitória.

Colocada no meu toucador, aquela rosa branca como a neve é um recado pessoal. Fala de um assunto por resolver. Murmura: *Eu consigo encontrar-te. Consigo chegar a ti. Talvez até te esteja a ver neste momento.*

2

Haverá aeronaves do Capitólio a caminho para nos fazer ir pelos ares? Enquanto sobrevoamos o Distrito 12, procuro ansiosamente sinais de um ataque, mas nada nos persegue. Alguns minutos depois, quando oiço a troca de palavras entre o Plutarch e o piloto confirmando que o espaço aéreo está livre, começo a descontrair-me um pouco.

O Gale faz sinal com a cabeça para os gemidos que vêm do meu saco de caça. — Agora já sei porque tinhas de voltar.

— Como se existisse sequer a hipótese de o resgatar. — Largo o saco numa cadeira, onde a vil criatura inicia uma rosnadela baixa e gutural. — Ah, cala-te! — ralho para o saco enquanto me deixo cair no banco almofadado junto à janela.

O Gale senta-se ao meu lado. — As coisas estão feias lá em baixo?

— Não podiam estar pior — respondo. Olho-o nos olhos e vejo a minha própria tristeza refletida neles. As nossas mãos encontram-se, agarrando-se com firmeza a uma parte do Distrito 12 que o Snow ainda não conseguiu destruir. Permanecemos em silêncio durante o resto da viagem para o 13, que dura apenas quarenta e cinco minutos. Apenas uma semana de viagem a pé. A Bonnie e a Twill, as refugiadas do Distrito 8 que encontrei no bosque no inverno passado, afinal não estavam muito longe do seu destino. Mas parece que não o alcançaram. Quando perguntei por elas no 13, ninguém parecia saber de quem estava a falar. Imagino que tenham morrido no bosque.

A partir do ar, o Distrito 13 parece quase tão desolador como o 12. Os escombros não deitam fumo, como o Capitólio mostra na televisão, mas não há quase vida nenhuma à superfície. Durante os setenta e cinco anos desde a Idade das Trevas — quando se julgava que o 13 tinha sido destruído na guerra entre o Capitólio e os distritos —, quase toda a nova construção foi realizada debaixo de terra. Sempre existiram importantes instalações subterrâneas aqui, desenvolvidas ao longo dos séculos para servir ou de refúgio clandestino para líderes do governo em tempo de guerra ou de último recurso para a humanidade se a vida à superfície se tornasse insustentável. Mais importante para as pessoas do 13 foi o facto de aqui funcionar o centro do programa de desenvolvimento de armas nucleares do Capitólio. Durante a Idade das Trevas, os rebeldes expulsaram as forças governamentais do 13, apontaram os mísseis nucleares para o Capitólio e propuseram um acordo: fingir-se-iam de mortos se fossem deixados em paz. O Capitólio tinha outro arsenal nuclear no ocidente, mas não podia atacar o 13 sem represálias mais do que certas. Foi obrigado a aceitar a proposta do 13. Demoliu os restos visíveis do distrito e cortou todo o acesso a partir do exterior. Talvez os líderes do Capitólio achassem que, sem ajuda, o 13 acabaria por se extinguir sozinho. Isso quase aconteceu, algumas vezes, mas eles conseguiram sempre restabelecer-se graças à partilha rigorosa de recursos, à disciplina férrea e à vigilância constante contra possíveis ataques do Capitólio.

Agora os cidadãos vivem quase exclusivamente debaixo de terra. Podem sair para fazer exercício e apanhar sol mas só em momentos muito específicos do seu horário. O horário deve ser cumprido à risca. Todas as manhãs, temos de meter o braço direito numa engenhoca na parede que nos imprime o horário para o dia numa tinta roxa no lado de dentro do antebraço. *7:00 — Pequeno-almoço. 7:30 — Serviço de cozinha. 8:30 — Centro de Ensino, Sala 17.* E assim por diante. A tinta permanece indelével até às *22:00 — Banho.* É então que o que quer que a mantém resistente à água se desfaz e o horário inteiro se dilui.

A princípio, quando estava bastante doente no hospital, podia passar sem o horário. Mas depois de me mudar para o Compartimento 307 com a minha mãe e a minha irmã, esperava-se que eu seguisse o programa. No entanto, excetuando as horas das refeições, não ligo muito às palavras no meu braço. Volto apenas para o nosso compartimento ou vagueio pelo distrito ou adormeço num lugar qualquer escondido. Uma conduta de ventilação abandonada. Atrás dos canos da água na lavandaria. Há um armário no Centro de Ensino que é ótimo porque parece que nunca ninguém precisa de material escolar. Eles são tão poupados com as coisas aqui no 13 que o desperdício é quase um ato criminoso. Felizmente, as pessoas do 12 nunca foram esbanjadoras. Mas uma vez vi a Fulvia Cardew amarrotar uma folha de papel com apenas duas palavras escritas e dir-se--ia que ela tinha assassinado alguém pelos olhares que recebeu. O rosto dela ficou vermelho como um tomate, realçando-lhe ainda mais as flores prateadas tatuadas nas bochechas rechonchudas. O retrato perfeito do excesso. Um dos meus poucos prazeres no 13 é observar o embaraço dos poucos «rebeldes» mimados do Capitólio que aqui tentam adaptar-se.

Não sei durante quanto tempo conseguirei manter o desrespeito total pela rigorosa assiduidade exigida pelos meus anfitriões. Por enquanto, deixam-me em paz porque estou classificada como mentalmente desequilibrada — é o que diz a minha pulseira de plástico do hospital — e toda a gente tem de tolerar as minhas deambulações. Mas isso não pode durar para sempre. Nem a paciência deles com a questão do Mimo-gaio.

Da plataforma de aterragem, eu e o Gale descemos uma série de escadarias para o Compartimento 307. Podíamos apanhar o elevador, mas este faz-me lembrar demasiado aquele que me levou para a arena. Tem sido muito difícil habituar-me a estar tanto tempo debaixo da terra. Contudo, depois do encontro surreal com a rosa, e pela primeira vez, a descida faz-me sentir mais segura.

Hesito à entrada do *307*, antevendo as perguntas da minha família. — Que lhes vou contar acerca do Doze? — pergunto ao Gale.

— Duvido que te peçam pormenores. Elas viram-no a arder. Estarão mais interessadas em saber como estás a lidar com tudo isto. — O Gale toca-me na face. — Como eu.

Encosto o rosto à mão dele por um momento. — Vou sobreviver.

Depois respiro fundo e abro a porta. A minha mãe e a minha irmã estão em casa para *18:00 — Reflexão*, uma meia hora de ócio antes do jantar. Vejo a preocupação nos seus rostos enquanto tentam avaliar o meu estado emocional. Antes de alguém poder perguntar seja o que for, despejo o saco de caça e entramos em *18:00 — Adoração ao Gato*. A Prim senta-se no chão a chorar e a embalar o terrível *Ranúnculo*, que de vez em quando interrompe o seu ronronar para me arreganhar os dentes. Depois lança-me um olhar particularmente presunçoso quando ela lhe ata a fita azul ao pescoço.

A minha mãe aperta a fotografia do casamento com força contra o peito e depois coloca-a, juntamente com o livro das plantas, na nossa cómoda oferecida pelo governo. Penduro o casaco do meu pai nas costas de uma cadeira. Por um instante, quase parece que estamos em casa. Concluo por isso que a minha viagem ao 12 não tenha sido uma perda completa de tempo.

Estamos a descer para o refeitório, para *18:30 — Jantar*, quando o comunicador de pulso do Gale começa a tocar. Parece um relógio grande demais, mas recebe mensagens escritas. Possuir um comunicador de pulso é um privilégio especial reservado àqueles que são considerados importantes para a causa, uma categoria que o Gale alcançou com o resgate dos cidadãos do 12. — Precisam de nós no Comando — informa o Gale.

Seguindo alguns passos atrás dele, tento recompor-me antes de ser lançada no que será certamente outra implacável sessão para discutir o assunto do Mimo-gaio. Demoro-me à entrada do Comando, uma sala de reuniões/conselho de guerra de alta tecnologia com paredes falantes computorizadas, mapas eletrónicos mostrando os movimentos de tropas em vários distritos e uma mesa retangular gigante com painéis de controlo em que não devo tocar. Mas ninguém dá pela minha chegada, porque estão todos reunidos ao fundo da sala diante de um ecrã de televisão que exibe a emissão do Capitólio vinte e quatro horas por dia. Estou a pensar que talvez consiga escapulir-me quando o Plutarch, cujas costas largas me impediam de ver a televisão, repara em mim e me faz sinal com urgência para me juntar a eles. Avanço com relutância, tentando imaginar de que forma aquilo me poderia interessar. É sempre a mesma coisa. Imagens de guerra. Propaganda. Repetição dos bombardeamentos do Distrito 12. Uma mensagem ameaçadora do presidente Snow. É por isso quase divertido ver o Caesar Flickerman, o eterno apresentador dos Jogos da Fome, com o seu rosto pintado e fato brilhante, preparando-se para fazer uma entrevista. Até a câmara recuar e eu perceber que o convidado é o Peeta.

Deixo escapar um ruído. A mesma combinação de sufoco e gemido que emitimos quando nos estamos a afogar, privados de oxigénio ao ponto de sentirmos dor. Empurro as pessoas para o lado até me encontrar mesmo diante dele, com a mão tocando no ecrã. Procuro nos olhos do Peeta sinais de dor, reflexos da agonia da tortura. Não vejo nada. Ele parece saudável, quase robusto. Tem a pele brilhante, impecável, como se tivesse recebido o tratamento completo de uma equipa de preparação. A postura é calma, séria. Não consigo conciliar esta imagem com o rapaz espancado e ensanguentado que me assombra os sonhos.

O Caesar instala-se de modo mais confortável na cadeira diante do Peeta e lança-lhe um olhar demorado. — Então... Peeta... bem-vindo, mais uma vez.

O Peeta mostra um leve sorriso. — Aposto que pensava que já tinha feito a sua última entrevista comigo, Caesar.

— Confesso que sim — responde o Caesar. — Na véspera do Quarteirão... bem, quem poderia imaginar que voltaríamos a ver-te?

— Não estava nos meus planos, pode ter a certeza — assegura o Peeta, franzindo as sobrancelhas.

O Caesar inclina-se um pouco mais para ele. — Julgo que era evidente para todos o que estava nos teus planos. Sacrificares-te na arena para que a Katniss Everdeen e o vosso filho pudessem sobreviver.

— Era isso. Simples e evidente. — Os dedos do Peeta percorrem o desenho do estofo no braço da cadeira. — Mas outras pessoas também tinham planos.

Sim, outras pessoas tinham planos, penso. O Peeta já terá percebido, então, que os rebeldes nos usaram como fantoches? Que o meu resgate estava planeado desde o início? E, finalmente, que o nosso mentor, o Haymitch Abernathy, nos traiu a ambos por uma causa na qual fingia não ter qualquer interesse?

No silêncio que se segue, reparo nas linhas que se formaram entre as sobrancelhas do Peeta. Ele percebeu tudo ou disseram-lhe? Mas o Capitólio não o matou nem sequer o castigou. Neste momento, isso excede todas as minhas expectativas. Absorvo bem a sua inteireza, o estado sadio do seu corpo e da sua mente. Deixo isso atravessar-me o corpo como a morfelina que me dão no hospital, amortecendo a dor das últimas semanas.

— Porque não nos falas daquela última noite na arena? — sugere o Caesar. — Ajuda-nos a esclarecer algumas coisas.

O Peeta acena que sim com a cabeça mas demora a responder.

— Aquela última noite... para vos falar daquela última noite... bem, em primeiro lugar, têm de imaginar como era estar na arena. Era como ser um inseto preso debaixo de uma tigela cheia de vapor. E, em toda a volta, a selva... verde, viva, fazendo tiquetaque. Aquele relógio gigante marcando o tempo que temos de vida. Prometendo a cada hora um novo horror. Têm de imaginar que nos dois dias anteriores morreram dezasseis pessoas, algumas delas a defender-nos. A este ritmo, as últimas oito estarão mortas antes do amanhecer. Exceto uma. A vencedora. E o nosso plano é que não sejamos nós.

Perante a recordação, o meu corpo começa a transpirar profusamente. A minha mão desliza pelo ecrã abaixo e pende sem energia ao meu lado. O Peeta não precisa de um pincel para descrever imagens dos Jogos. Fá-lo igualmente bem com palavras.

— Depois de entrarmos na arena, o resto do mundo torna-se muito distante — continua ele. — Todas as pessoas e coisas que amávamos ou com que nos preocupávamos quase deixam de existir. O céu cor-de-rosa, os monstros na selva e os tributos que nos querem matar passam a ser a nossa única realidade, a única que alguma vez teve importância. Por muito mal que isso nos faça sentir, vamos ter de matar, porque na arena só nos concedem um desejo. E é muito caro.

— Custa a própria vida — aventa o Caesar.

— Oh, não. Custa muito mais do que a nossa vida — garante o Peeta. — Assassinar pessoas inocentes? Custa tudo o que somos.

— *Tudo o que somos* — repete o Caesar, baixinho.

Um silêncio caiu sobre a sala e sinto-o espalhar-se por Panem. Uma nação inteira inclinando-se para o ecrã. Porque nunca ninguém tinha falado do que é realmente estar na arena.

O Peeta continua. — Então agarramo-nos ao nosso desejo. E naquela última noite, sim, o meu desejo era salvar a Katniss. Mas mesmo sem saber dos rebeldes, aquilo não me parecia certo. Era tudo demasiado complicado. Comecei a arrepender-me de não ter fugido com ela no início do dia, como ela tinha sugerido. Mas naquele momento já não havia nada a fazer.

— Estava já demasiado envolvido no plano do Beetee para eletrificar o lago salgado — conclui o Caesar.

— Demasiado ocupado a brincar aos aliados com os outros. Nunca devia tê-los deixado separar-nos! — exclama o Peeta. — Foi aí que a perdi.

— Quando ficaste junto à árvore do relâmpago e ela e a Johanna Mason começaram a estender o fio até à água — esclarece o Caesar.

— Eu não queria! — O Peeta está todo corado, com a agitação. — Mas não podia discutir com o Beetee sem dar a entender que íamos romper a aliança. Quando aquele fio foi cortado, tudo se complicou. Só consigo lembrar-me de bocados. De tentar encontrá-la. De ver o Brutus matar o Chaff. De eu próprio matar o Brutus. Sei que ela estava a chamar--me. Depois o relâmpago atingiu a árvore e o campo elétrico em volta da arena... explodiu.

— A Katniss fê-lo explodir, Peeta — corrige o Caesar. — Viste as imagens.

— Ela nem sequer sabia o que estava a fazer. Nenhum de nós compreendia o plano do Beetee. Podemos vê-la a tentar perceber o que fazer com aquele fio — retruca o Peeta.

— Está bem. Só que parece suspeito — insiste o Caesar. — Como se a Katniss tivesse sempre estado dentro do plano dos rebeldes.

O Peeta levanta-se, inclinando-se para o rosto do Caesar, agarrando nos braços da cadeira do seu entrevistador. — Acha? E estaria no plano ela ser atacada pela Johanna, que quase a matou? Apanhar um choque elétrico que a paralisou? Provocar o bombardeamento? — Ele está a gritar agora. — Ela não sabia, Caesar! Nenhum de nós sabia de nada, exceto que estávamos a tentar salvar a vida um do outro!

O Caesar coloca a mão no peito do Peeta num gesto ao mesmo tempo de proteção e conciliação. — Pronto, Peeta, acredito em ti.

— Está bem. — O Peeta afasta-se do Caesar, retirando as mãos, passando-as pelo cabelo, desarranjando os caracóis louros cuidadosamente penteados. Deixa-se cair na sua cadeira, confuso.

O Caesar espera um momento, examinando o Peeta. — E o vosso mentor, o Haymitch Abernathy?

O rosto do Peeta endurece. — Não sei o que o Haymitch sabia.

— Estaria envolvido na conspiração? — pergunta o Caesar.

— Nunca falou disso — responde o Peeta.

O Caesar insiste. — Que te diz o coração?

— Que não devia ter confiado nele — responde o Peeta. — Só isso.

Não vejo o Haymitch desde que o ataquei na aeronave, deixando-lhe compridas marcas de unha na cara. Sei que tem sido difícil para ele aqui. O Distrito 13 proíbe terminantemente a produção e consumo de bebidas alcoólicas, e até o álcool etílico no hospital é guardado a sete chaves. Finalmente, o Haymitch está a ser forçado a manter-se sóbrio, sem reservas escondidas nem misturas caseiras para suavizar a transição. Vão mantê-lo isolado até estar completamente limpo, pois de outra forma não poderá aparecer em público. Deve ser excruciante, mas perdi toda a minha simpatia pelo Haymitch quando percebi como ele nos enganara. Espero que esteja a assistir à emissão do Capitólio neste momento, para ver que o Peeta também o rejeitou.

O Caesar dá uma palmadinha no ombro do Peeta. — Podemos parar agora, se quiseres.

— Havia mais para dizer? — pergunta o Peeta, sarcasticamente.

— Ia perguntar o que pensas sobre a guerra, mas se te sentes demasiado abalado... — começa o Caesar.

— Oh, não me sinto demasiado abalado para responder a isso. — O Peeta respira fundo e depois olha diretamente para a câmara. — Quero que toda a gente a assistir... quer esteja do lado do Capitólio quer dos rebeldes... pare apenas por um momento para pensar no que esta guerra poderá implicar. Para os seres humanos. Já estivemos à beira da extinção por lutarmos uns contra os outros. Neste momento somos ainda menos. As condições em que vivemos, mais ténues. É isto realmente o que queremos fazer? Exterminarmo-nos completamente? Na esperança de que... o quê? Alguma espécie decente herdará os restos fumegantes da terra?

— Não sei... Não sei se estou a perceber... — gagueja o Caesar.

— Não podemos lutar uns contra os outros, Caesar — explica o Peeta. — Não haverá pessoas suficientes para continuar. Se toda a gente não depuser as armas... e quero dizer, *já*... será o fim.

— Então... estás a apelar a um cessar-fogo? — pergunta Caesar.

— Sim. Estou a apelar a um cessar-fogo — confirma o Peeta, num tom cansado. — Bem, porque não pedimos agora aos guardas para me levarem para os meus aposentos? Para eu poder construir mais cem castelos de cartas?

O Caesar volta-se para a câmara. — Muito bem. Penso que é tudo por aqui. Voltamos então para a nossa programação regular.

Eles desaparecem ao som de música e surge então uma mulher para ler uma lista de bens que poderão faltar no Capitólio — fruta fresca, pilhas solares, sabão. Observo-a com uma atenção pouco vulgar, porque sei que toda a gente está à espera da minha reação à entrevista. Mas é impossível processar tudo tão depressa — a alegria de ver o Peeta vivo e inteiro, a sua defesa da minha inocência na colaboração com os rebeldes e a sua inegável cumplicidade com o Capitólio, agora que pediu um cessar-fogo. Oh, ele quis dar a entender que estava a condenar os dois lados na guerra. Mas nesta altura, com apenas algumas pequenas vitórias para os rebeldes, um cessar-fogo só poderia resultar num regresso à nossa situação anterior. Ou pior.

Atrás de mim, oiço as acusações contra o Peeta a subir de tom. As palavras *traidor*, *mentiroso* e *inimigo* ressaltam das paredes. Como não posso nem juntar-me à indignação dos rebeldes nem contrariá-los, decido que o melhor que tenho a fazer é sair. Quando chego à porta, a voz da presidente Coin eleva-se sobre as outras. — Ainda não foi dispensada, soldado Everdeen.

Um dos homens da Coin põe-me uma mão no braço. Não é um gesto agressivo, com efeito, mas, depois da arena, reajo defensivamente a qualquer toque desconhecido. Solto bruscamente o braço e desato a correr pelos corredores. Atrás de mim, oiço o ruído de uma luta, mas não paro. A minha mente faz um inventário rápido dos meus pequenos e estranhos esconderijos e acabo no armário de material escolar, enroscada contra uma caixa de giz.

— Estás viva — murmuro, premindo as palmas das mãos contra as bochechas, sentindo um sorriso tão largo que deve parecer um esgar. O Peeta está vivo. E é um traidor. Neste momento, porém, não me importo. Não importa o que ele diz, nem para quem, apenas que ainda é capaz de falar.

Passado algum tempo, a porta abre-se e alguém entra no armário. O Gale espreme-se ao meu lado, com o nariz a pingar sangue.

— Que aconteceu? — pergunto.

— Atravessei-me no caminho do Boggs — responde ele, encolhendo os ombros. Uso a manga da minha camisa para lhe limpar o nariz.

— Cuidado!

Tento ser mais delicada. Batendo ao de leve, sem esfregar. — Quem é esse?

— Oh, já o conheces. O braço direito da Coin. O que tentou travar-te. — Ele afasta-me a mão. — Para! Ainda me matas.

O fio de sangue transformou-se numa corrente constante. Desisto dos meus esforços de o tratar. — Lutaste com o Boggs?

— Não, só bloqueei a porta quando ele tentou seguir-te. O cotovelo dele apanhou-me o nariz — explica o Gale.

— Provavelmente irão castigar-te — avento.

— Já castigaram. — Ele levanta o punho. Examino-o, sem perceber.

— A Coin tirou-me o comunicador de pulso.

Mordo o lábio, tentando permanecer séria. Mas aquilo parece-me tão ridículo! — Sinto muito, soldado Gale Hawthorne.

— Não tem importância, soldado Katniss Everdeen. — Ele sorri.

— Sentia-me um idiota, de qualquer maneira, a andar com aquilo no pulso. — Começamos os dois a rir. — Acho que foi uma grande despromoção.

É uma das poucas coisas boas do 13. Estar novamente com o Gale. Sem a pressão do casamento combinado pelo Capitólio entre mim e o Peeta, conseguimos recuperar a nossa amizade. Ele não insiste em ir mais longe — não tenta beijar-me nem falar de amor. Ou tenho estado demasiado doente, ou ele está disposto a dar-me espaço, ou sabe que seria demasiado cruel com o Peeta em poder do Capitólio. Seja como for, tenho de novo alguém a quem contar os meus segredos.

— Quem são estas pessoas? — pergunto.

— Somos nós. Se tivéssemos tido armas nucleares em vez de jazigos de carvão — responde o Gale.

— Gosto de pensar que o Doze não teria abandonado os outros rebeldes, na Idade das Trevas — contraponho.

— Talvez tivéssemos. Se a escolha fosse entre isso, a rendição ou começar uma guerra nuclear — conclui o Gale. — De certo modo, é espantoso que tenham conseguido sobreviver.

Talvez seja porque ainda tenho as cinzas do meu distrito nos sapatos, mas, pela primeira vez, concedo às pessoas do 13 algo que lhes tenho sonegado: valor. Por terem sobrevivido, contra todas as probabilidades. Os primeiros anos devem ter sido terríveis, encafuados nas câmaras debaixo da terra depois de a sua cidade ter sido bombardeada e reduzida a cinzas. A população dizimada, sem qualquer aliado a quem pedir ajuda. Ao longo dos últimos setenta e cinco anos, eles aprenderam a ser autossuficientes, organizaram os seus cidadãos num exército e construíram uma nova sociedade sem a ajuda de ninguém. Seriam ainda mais poderosos se aquela epidemia de varicela não tivesse reduzido a sua taxa de natalidade e os tivesse tornado tão ansiosos por reprodutores e por um novo património genético. Talvez sejam militaristas, excessivamente programados e lhes falte algum sentido de humor. Mas estão aqui. E dispostos a enfrentar o Capitólio.

— Mesmo assim, levaram muito tempo a aparecer — acuso.

— Não era simples. Tinham de estabelecer uma base rebelde no Capitólio, organizar um movimento clandestino nos distritos — explica o Gale. — Depois precisavam de alguém para pôr tudo em movimento. Precisavam de ti.

— Também precisavam do Peeta, mas parece que se esqueceram disso — comento.

A expressão do Gale torna-se mais carregada. — O Peeta pode ter causado muitos estragos esta noite. A maioria dos rebeldes não vai fazer caso do que ele disse, claro. Mas há distritos onde a resistência é mais frágil. O cessar-fogo é claramente uma ideia do presidente Snow. Mas parece tão razoável saindo da boca do Peeta.

Tenho medo da resposta do Gale, mas pergunto, mesmo assim.

— Porque achas que ele disse aquilo?

— Pode ter sido torturado. Ou persuadido. O meu palpite é que tenha feito uma espécie de acordo para te proteger. Defenderia a ideia do cessar-fogo se o Snow o deixasse apresentar-te como uma rapariga grávida e confusa que não fazia ideia do que se passava quando foi levada pelos rebeldes. Assim, se os distritos perderem, haverá sempre uma hipótese de perdão para ti. Se souberes entrar no jogo. — Devo parecer perplexa porque o Gale profere a frase seguinte muito devagar. — Katniss... ele continua a tentar salvar-te a vida.

Salvar-me a vida? E então compreendo. Os Jogos ainda não acabaram. Já deixámos a arena, mas, como eu e o Peeta não morremos, o seu último desejo de preservar a minha vida continua de pé. A sua ideia é que eu passe despercebida, permaneça presa e segura, esperando o desenrolar da guerra. Então nenhum dos lados teria verdadeiramente motivo para me matar. E o Peeta? Se os rebeldes vencerem, isso será desastroso para ele. Se o Capitólio vencer, quem sabe? Talvez nos deixem viver — se eu me portar bem — para assistirmos aos próximos Jogos...

Várias imagens atravessam-me rapidamente a cabeça: a lança trespassando o corpo da Rue na arena, o Gale pendurado no poste da praça, inconsciente, as ruas cheias de cadáveres do meu distrito. E para quê? Para quê? Sinto o sangue a aquecer à medida que me vou lembrando de outras coisas. O meu primeiro vislumbre de um motim, no Distrito 8. Os vencedores de mãos dadas na véspera do Quarteirão. Como o disparo daquela flecha para o campo elétrico na arena não foi um acidente. Como queria tanto que ela penetrasse bem fundo no coração do meu inimigo.

Levanto-me de repente, entornando uma caixa com uma centena de lápis, espalhando-os pelo chão.

— Que foi? — pergunta o Gale.

— Não pode haver um cessar-fogo. — Agacho-me, metendo atabalhoadamente os pauzinhos de grafite cinzento-escuros na caixa. — Não podemos voltar atrás.

— Eu sei. — O Gale apanha uma mão-cheia de lápis e alinha-os com perfeição batendo levemente no chão.

— Qualquer que tenha sido a razão para o Peeta dizer aquelas coisas, ele está enganado. — Os estúpidos dos lápis não entram na caixa e parto vários com a frustração.

— Eu sei. Dá-me isso. Estás a parti-los todos. — Ele tira-me a caixa das mãos e volta a enchê-la com gestos rápidos e concisos.

— Ele não sabe o que eles fizeram ao Doze. Se pudesse ter visto o que ficou no terreno... — começo.

— Katniss, não estou a discutir. Se pudesse carregar num botão e matar toda a gente que trabalha para o Capitólio, fá-lo-ia. Sem hesitar. — Ele mete o último lápis na caixa e fecha a tampa. — A pergunta é: que é que tu vais fazer?

Afinal a pergunta que me tem andado a atormentar teve sempre e apenas uma resposta possível. Mas foi preciso o engenho do Gale para que eu a reconhecesse.

O que é que eu vou fazer?

Respiro fundo. Levanto ligeiramente os braços — como se estivesse a evocar as asas pretas e brancas que o Cinna me deu —, depois deixo-os cair ao lado do corpo.

— Vou ser o Mimo-gaio.

3

Os olhos do *Ranúnculo*, deitado na curva do braço da Prim, refletem o brilho ténue da luz de segurança por cima da porta. Ele voltou para o seu posto, protegendo-a da noite. Ela dorme aconchegada ao lado da minha mãe. Estão exatamente na mesma posição em que se encontravam na manhã da ceifa que me enviou para os meus primeiros Jogos. Eu tenho uma cama só para mim, porque estou em convalescença e porque ninguém consegue dormir comigo, de qualquer maneira, com os meus pesadelos e a agitação toda.

Depois de várias horas a voltar-me de um lado para o outro, aceito finalmente que terei mais uma noite de insónia. Sob o olhar vigilante do *Ranúnculo*, atravesso em bicos de pés o frio chão ladrilhado em direção à cómoda.

Na gaveta do meio está a minha roupa regulamentar. Toda a gente veste as mesmas calças e camisa cinzentas, com a camisa metida para dentro à cintura. Por baixo da roupa, guardo os poucos objetos que tinha comigo quando fui retirada da arena. O meu alfinete do mimo-gaio. O emblema do Peeta, o medalhão de ouro com fotografias da minha mãe, da Prim e do Gale. Um paraquedas prateado com uma bica para tirar água das árvores e a pérola que o Peeta me deu algumas horas antes de eu fazer explodir o campo elétrico. O Distrito 13 confiscou a minha bisnaga de pomada para a pele, para ser usada no hospital, e o meu arco e flechas porque só os guardas estão autorizados a transportar armas. Estão guardados no arsenal.

Procuro o paraquedas às apalpadelas e meto os dedos lá dentro até envolver a pérola. Recosto-me na minha cama de pernas cruzadas e dou por mim a esfregar a superfície iridescente e lisa da pérola nos lábios. Por alguma razão, é uma sensação tranquilizadora. Um beijo frio do próprio Peeta.

— Katniss? — murmura a Prim. Está acordada, observando-me na escuridão. — Que se passa?

— Nada. Foi só um pesadelo. Dorme. — É automático. Excluir a Prim e a minha mãe dos meus problemas para as proteger.

Com cuidado para não acordar a minha mãe, a Prim levanta-se da cama, pega no *Ranúnculo* ao colo e vem sentar-se ao meu lado. Toca-me na mão que envolve a pérola. — Estás fria. — Puxando um cobertor de reserva dos pés da cama, coloca-o por cima dos três, envolvendo-me no seu calor e no aconchego peludo do *Ranúnculo*. — Podias contar-me, sabes? Sou perita em esconder segredos. Até mesmo da mãe.

Ficou mesmo para trás, então. A rapariguinha com a blusa de fora da saia, como a cauda de um pato, que precisava de ajuda para chegar aos pratos e que implorava para ver os bolos com cobertura de açúcar na montra da padaria. O tempo e a tragédia obrigaram-na a crescer depressa demais, pelo menos para o meu gosto, transformando-a numa jovem mulher que sutura feridas sangrentas e sabe que a nossa mãe não pode ouvir tudo.

— Amanhã de manhã vou aceitar ser o Mimo-gaio — digo-lhe.

— Porque queres ou porque te sentes obrigada? — pergunta ela.

Rio-me um pouco. — As duas coisas, suponho. Não, porque quero. Tenho de o fazer, se isso ajudar os rebeldes a destruir o Snow. — Aperto a pérola no meu punho com mais força. — Só que... o Peeta. Tenho medo de que, se vencermos, os rebeldes o matem como traidor.

A Prim pensa no assunto. — Katniss, acho que ainda não percebeste como és importante para a causa. As pessoas importantes normalmente conseguem o que querem. Se quiseres manter o Peeta a salvo dos rebeldes, podes fazê-lo.

Eu devo ser importante. Afinal eles deram-se a grandes incómodos para me salvar. Levaram-me ao Distrito 12. — Queres dizer... que podia exigir que dessem imunidade ao Peeta? E eles teriam de concordar com isso?

— Acho que podias exigir quase tudo e eles teriam de concordar. — A Prim franze o sobrolho. — Mas como é que sabes que eles cumprirão a sua palavra?

Lembro-me de todas as mentiras que o Haymitch disse a mim e ao Peeta para nos levar a fazer o que queria. O que impedirá os rebeldes de renegar o acordo? Uma promessa verbal à porta fechada ou mesmo uma declaração escrita em papel podem muito facilmente evaporar-se depois da guerra. A sua existência ou validade pode ser negada. Quaisquer testemunhas no Comando serão inúteis. Muito provavelmente seriam elas a escrever a ordem de execução do Peeta. Vou precisar de um número muito maior de testemunhas. Precisarei de toda a gente.

— Terá de ser uma promessa pública — afirmo. O *Ranúnculo* abana a cauda, gesto que interpreto como consentimento. — Obrigarei a Coin a fazer uma declaração diante de toda a população do Treze.

A Prim sorri. — Oh, boa ideia. Não é uma garantia, mas ser-lhes-á muito mais difícil quebrar a promessa.

Sinto o tipo de alívio que se segue a uma solução definitiva. — Devia acordar-te mais vezes, patinha.

— Gostava que o fizesses — assegura a Prim. Depois dá-me um beijo. — Tenta dormir agora, está bem? — E eu tento.

De manhã, vejo que *7:30 — Comando* se segue imediatamente a *7:00 — Pequeno-almoço*, o que me parece bem, pois, quanto mais depressa apresentar a minha proposta, melhor. No refeitório, passo o meu horário, que inclui um número de identificação, diante de um sensor. Ao empurrar o meu tabuleiro pela prateleira de metal em frente das cubas de comida, vejo que o pequeno-almoço é o mesmo de sempre — uma tigela de cereais quentes, uma chávena de leite e uma colher de fruta ou legumes. Hoje, puré de nabo. Vem tudo das quintas subterrâneas do 13. Sento-me à mesa atribuída aos Everdeen e aos Hawthorne e alguns outros refugiados, e devoro a minha comida, desejando repetir, mas aqui nunca se pode repetir. Eles fazem da nutrição uma ciência exata. Saímos dali com calorias suficientes para nos aguentarmos até à refeição seguinte, nem mais nem menos. O tamanho das porções baseia-se na nossa idade, estatura, tipo corporal, saúde e quantidade de esforço físico exigido pelo nosso horário. As pessoas do 12 já estão a receber porções ligeiramente maiores do que as dos naturais do 13, numa tentativa de nos aproximar do peso certo. Deduzo que soldados magros se cansem demasiado depressa. Mas está a resultar. Em apenas um mês, começamos a ter um aspeto mais saudável, sobretudo os miúdos.

O Gale pousa o seu tabuleiro ao meu lado e eu tento não olhar de forma demasiado patética para os nabos no prato dele, porque me apetece mesmo mais, e ele costuma mostrar-se demasiado disposto a passar-me a sua comida. Mas apesar de eu desviar a atenção para o meu guardanapo, dobrando-o com cuidado, uma colherada de nabos acaba por cair na minha tigela.

— Tens de parar com isso — repreendo. Mas, como já estou a comer, não pareço muito convincente. — A sério. Deve ser ilegal ou coisa parecida. — Eles têm regras muito rigorosas em relação à comida. Por exemplo, se não acabarmos alguma coisa e quisermos guardá-la para mais tarde, não podemos levá-la do refeitório. Parece que nos primeiros tempos houve alguns casos de açambarcamento de comida. Para pessoas como eu e o Gale, encarregadas da provisão de víveres às nossas famílias durante anos, estas regras não caem bem. Sabemos o que é ter fome, mas não sabemos receber ordens sobre como gerir as nossas provisões. Nalgumas coisas, o Distrito 13 é ainda mais controlador do que o Capitólio.

— Que podem fazer? Já têm o meu comunicador de pulso — lembra o Gale.

Enquanto limpo a tigela, ocorre-me uma ideia. — Ei, se calhar devia fazer disso uma condição para ser o Mimo-gaio.

— Eu poder dar-te nabos? — pergunta ele.

— Não, podermos caçar. — Isso desperta-lhe a atenção. — Teríamos de entregar tudo à cozinha. Mas, mesmo assim, podíamos... — Não preciso de terminar, porque ele sabe. Podíamos andar à superfície. Lá fora no bosque. Podíamos voltar a ser nós mesmos.

— Faz isso — insta o Gale. — É o momento certo. Podias pedir-lhes a Lua e eles teriam de arranjar uma maneira de a conseguir.

Ele não sabe que já estou a pedir-lhes a Lua, ao exigir que poupem a vida do Peeta. Antes de poder decidir se devo ou não dizer-lhe, o sino indica o fim do nosso período de refeição. A ideia de enfrentar a Coin sozinha deixa-me nervosa. — Que tens a seguir?

O Gale examina o horário no braço. — Aula de História Nuclear. Onde a tua ausência se tem feito notar, a propósito.

— Tenho de ir ao Comando. Vens comigo? — pergunto.

— Está bem. Mas não sei se me deixam entrar, depois de ontem. — Quando vamos entregar os tabuleiros, ele acrescenta: — Sabes, é melhor também pores o *Ranúnculo* na tua lista de exigências. Não creio que o conceito de animais de estimação inúteis seja muito conhecido aqui.

— Oh, eles arranjam-lhe um emprego. Imprimem-lhe o horário na pata todas as manhãs — ironizo. Mas tomo nota na cabeça para o incluir, por atenção à Prim.

Quando chegamos ao Comando, a Coin, o Plutarch e toda a sua gente já se encontram reunidos. A entrada do Gale faz levantar algumas sobrancelhas, mas ninguém tenta expulsá-lo. As minhas notas mentais entretanto já se baralharam, por isso peço logo uma folha de papel e um lápis. O meu aparente interesse pelos trabalhos — a primeira vez que isso acontece desde que aqui cheguei — surpreende-os. Há várias trocas de olhares. Provavelmente tinham algum sermão muito especial preparado para mim. No entanto, a Coin entrega-me pessoalmente os materiais e toda a gente espera em silêncio enquanto eu me sento à mesa e redijo a minha lista. *Ranúnculo. Caçar. A imunidade do Peeta. Anúncio público.*

É agora. Provavelmente a minha única oportunidade de negociar. *Pensa. Que mais queres?* Sinto-o, ao meu lado. *O Gale,* acrescento à lista. Acho que não consigo fazer isto sem ele.

Sinto a ameaça da dor de cabeça e os meus pensamentos começam a emaranhar-se. Fecho os olhos e começo a recitar em silêncio.

O meu nome é Katniss Everdeen. Tenho dezassete anos. Sou do Distrito 12. Participei nos Jogos da Fome. Consegui escapar. O Capitólio odeia-me. O Peeta foi capturado. Ele está vivo. É um traidor mas está vivo. Tenho de o manter vivo...

A lista. Ainda parece demasiado pequena. Devia tentar pensar mais além; além da nossa situação atual, em que sou tão importante, para um futuro em que poderei ser nada. Não devia estar a pedir mais? Para a minha família? Para o que resta do meu povo? Sinto as cinzas dos mortos irritar-me a pele. O embate revoltante do crânio contra o meu sapato. O odor intenso a sangue e rosas no nariz.

O lápis desloca-se pela página sozinho. Abro os olhos e vejo as letras tortas. *EU MATO O SNOW.* Se ele for capturado, quero esse privilégio.

O Plutarch tosse baixinho. — Está quase? — Olho para cima e reparo no relógio. Estou aqui sentada há vinte minutos. O Finnick não é o único com problemas de concentração.

— Sim — respondo. A minha voz parece rouca, por isso limpo a garganta. — Sim, a minha proposta é esta. Serei o vosso Mimo-gaio.

Espero para eles poderem fazer os seus ruídos de alívio, felicitar-se, dar palmadinhas nas costas uns dos outros. A Coin permanece impassível como sempre, observando-me, pouco impressionada.

— Mas tenho algumas condições. — Aliso a folha de papel e começo. — A minha família fica com o nosso gato. — O meu pedido menos importante desencadeia uma discussão. Os rebeldes do Capitólio consideram-no irrelevante, claro que posso ficar com o meu animal de estimação, enquanto os do Distrito 13 explicam as grandes dificuldades que isso apresenta. Finalmente fica decidido que seremos mudados para o piso superior, com o luxo de uma janela de vinte centímetros acima do solo. O *Ranúnculo* poderá entrar e sair para fazer as suas necessidades. Terá de se alimentar sozinho. Se não respeitar o sinal de recolher, ficará lá fora. Se provocar algum problema de segurança, será imediatamente abatido.

Parece-me razoável. Não é uma situação muito diferente da que ele tem vivido desde que deixámos o 12. Tirando a parte de poder ser abatido. Se me parecer muito magro, posso sempre dar-lhe algumas entranhas, desde que o meu pedido seguinte seja atendido.

— Quero caçar. Com o Gale. No bosque — soletro. Isto provoca a hesitação em todos.

— Não iremos longe. Usaremos os nossos arcos. Podem ficar com a carne para a cozinha — acrescenta o Gale.

Continuo com pressa, antes que eles possam recusar. — É que... não consigo respirar fechada aqui dentro como um... Ficaria melhor, mais depressa, se... pudesse caçar.

O Plutarch começa a explicar os inconvenientes da proposta — os perigos, a segurança adicional, o risco de acidentes —, mas a Coin interrompe-o. — Não. Deixem-nos. Deem-lhes duas horas por dia, deduzidas do seu tempo de treino. Um raio de quinhentos metros. Com unidades de comunicação e pulseiras eletrónicas no tornozelo. Que mais?

Consulto a minha lista. — O Gale. Preciso dele comigo para fazer isto.

— Contigo como? Longe das câmaras? Sempre ao teu lado? Queres apresentá-lo como teu novo amante? — pergunta a Coin.

Ela não falou com malícia — muito pelo contrário, as suas palavras são bastante neutras. Mas mesmo assim deixo cair o queixo, chocada. O quê?

— Penso que devíamos insistir na relação amorosa atual. Um afastamento repentino do Peeta podia levar o público a perder o seu afeto por ela — sugere o Plutarch. — Sobretudo porque todos acham que ela está grávida dele.

— Concordo. Portanto, no ecrã, o Gale só pode ser apresentado como mais um rebelde. Está bem assim? — pergunta a Coin. Continuo apenas a fitá-la. Ela repete-se, impaciente. — Para o Gale. Isso chega?

— Podemos sempre apresentá-lo como teu primo — sugere a Fulvia.

— Não somos primos — respondemos ao mesmo tempo, eu e o Gale.

— Sim, mas talvez devêssemos manter isso no ecrã por causa das aparências — aconselha o Plutarch. — Longe das câmaras, ele é todo teu. Mais alguma coisa?

Sinto-me abalada com o rumo que tomou a conversa. Com as insinuações de que seria capaz de me livrar com tanta facilidade do Peeta, de que estou apaixonada pelo Gale, de que tudo o que tive com o Peeta foi falso. As minhas bochechas começam a arder. A própria ideia de que poderia estar a pensar em quem desejaria que fosse apresentado como meu amante, dadas as circunstâncias atuais, é degradante. Deixo que a minha ira me transporte para o meu pedido mais importante. — Quando a guerra acabar, se vencermos, o Peeta será perdoado.

Silêncio absoluto. Sinto o corpo do Gale retesar-se. Palpito que lhe devesse ter dito antes, mas não sabia como é que ele iria reagir, dado que o assunto dizia respeito ao Peeta.

— Não será imposta qualquer forma de castigo — continuo. Ocorre-me outra ideia. — O mesmo se aplica às outras tributos capturadas, a Johanna e a Enobaria. — Para ser franca, pouco me importo com a Enobaria, a tributo perversa do Distrito 2. Na verdade, não gosto dela, mas parece mal deixá-la de fora.

— Não — diz a Coin, terminantemente.

— Sim — retruco. — Elas não têm culpa de terem sido abandonadas na arena. Quem sabe o que o Capitólio lhes estará a fazer?

— Elas serão julgadas com os outros criminosos de guerra e tratadas de acordo com o que o tribunal decidir — insiste a presidente.

— Elas receberão imunidade! — Sinto-me a erguer da cadeira, a minha voz forte e ressonante. — Prometerá isso pessoalmente diante de toda a população do Distrito Treze e do Doze. Em breve. Hoje. A declaração será gravada para a posteridade. Você e o vosso governo assumirão toda a responsabilidade pela sua segurança, senão terão de arranjar outro Mimo-gaio!

As minhas palavras pairam no ar durante um longo momento.

— É ela! — oiço a Fulvia sussurrar ao Plutarch. — Assim mesmo. Com o fato, tiroteio ao fundo, apenas um indício de fumo.

— Sim, é isso que queremos — concorda o Plutarch, em voz baixa.

Quero lançar-lhes um olhar furioso, mas penso que seria um erro desviar a minha atenção da Coin. Vejo-a a avaliar o custo do meu ultimato, confrontando-o com o meu potencial valor.

— Que diz, presidente? — pergunta o Plutarch. — Podia declarar um perdão oficial, dadas as circunstâncias. O rapaz... ele nem sequer é maior de idade.

— Está bem — anui a Coin, finalmente. — Mas é melhor cumprires a tua parte.

— Cumprirei depois de você fazer a declaração — afirmo.

— Convoquem uma reunião de segurança nacional para o período de Reflexão hoje — ordena a Coin. — Farei a declaração então. Há mais alguma coisa na tua lista, Katniss?

Tenho o papel amarrotado numa bola no punho direito. Aliso a folha na mesa e leio as letras trémulas. — Só mais uma coisa. Eu mato o Snow.

Pela primeira vez desde que a conheço, vejo o indício de um sorriso nos lábios da presidente. — Quando chegar a altura, lançamos uma moeda ao ar.

Talvez ela tenha razão. Não sou obviamente a única a pretender o direito à vida do Snow. E julgo que posso contar com ela para cumprir a tarefa. — Está bem.

Os olhos da Coin desviam-se para o braço, para o relógio. Ela também tem um horário para cumprir. — Deixo-a nas tuas mãos, então, Plutarch. — Sai da sala acompanhada da sua equipa, deixando apenas o Plutarch, a Fulvia e o Gale comigo.

— Ótimo. Ótimo. — O Plutarch afunda-se na cadeira, apoia os cotovelos na mesa e esfrega os olhos. — Sabem de que sinto a falta? Mais do que tudo? Do café. Agora pergunto-vos, seria assim tão inconcebível ter qualquer coisa para regar as papas e os nabos?

— Nunca imaginámos que as coisas seriam tão rígidas aqui — explica-nos a Fulvia, massajando os ombros do Plutarch —, nos postos mais altos.

— Ou pelo menos que houvesse a alternativa de alguma atividade paralela — acrescenta o Plutarch. — Quero dizer, até o Doze tinha um mercado negro, não tinha?

— Sim, o Forno — responde o Gale. — Onde fazíamos as trocas.

— Ora aí está, veem? E olhem só como vocês os dois são tão honestos! Praticamente incorruptíveis. — O Plutarch suspira. — Bem, o que vale é que as guerras não duram para sempre. Portanto, é um prazer tê-los na nossa equipa. — Ele estende a mão para o lado e a Fulvia entrega-lhe um grande livro de esboços encadernado em couro preto. — Já tens uma ideia geral do que te estamos a pedir, Katniss. Mas sei que também tens dúvidas em relação à tua participação. Espero que isto ajude.

O Plutarch empurra o livro de esboços na minha direção. Olho-o desconfiada. Depois a curiosidade leva a melhor. Abro a capa e vejo uma fotografia de mim própria num uniforme preto, parecendo muito direita e forte. Só uma pessoa podia ter desenhado o fato, à primeira vista completamente utilitário, mas, examinando melhor, uma verdadeira obra de arte. O perfil do capacete, as curvas do colete protetor, o volume das mangas, deixando ver as dobras brancas por baixo dos braços. Nas mãos dele, sou novamente um mimo-gaio.

— Cinna — murmuro.

— Sim. Ele fez-me prometer que não te mostrava este livro antes de teres decidido por ti ser o Mimo-gaio. Acredita, senti-me muito tentado a fazê-lo — revela o Plutarch. — Continua. Folheia-o.

Volto as páginas lentamente, examinando cada pormenor do uniforme. As camadas meticulosamente trabalhadas da armadura, as armas escondidas nas botas e no cinto, o reforço especial sobre o coração. Na última página, por baixo de um desenho do meu alfinete do mimo-gaio, o Cinna escreveu *Continuo a apostar em ti.*

— Quando é que ele... — Falta-me a voz.

— Ora bem, vejamos. Depois do anúncio do Quarteirão. Umas semanas antes dos Jogos, talvez? Não existem apenas os desenhos. Temos também os uniformes. Oh, e o Beetee tem algo verdadeiramente especial à tua espera lá em baixo no arsenal. Mas não digo mais, para não estragar a surpresa — informa o Plutarch.

— Vais ser a rebelde mais bem vestida da história — diz o Gale com um sorriso. Subitamente, percebo que ele também me esteve a esconder este segredo. Como o Cinna, queria que eu tomasse a decisão sozinha.

— O nosso plano é lançar um Assalto de Tempo de Antena — continua o Plutarch. — Fazer uma série de anúncios de propaganda, ou *propos*, como resolvemos chamá-los, contigo, e transmiti-los para toda a população de Panem.

— Como? O Capitólio tem o controlo exclusivo das transmissões — lembra o Gale.

— Mas nós temos o Beetee. Há cerca de dez anos, ele reformulou integralmente a rede subterrânea que transmite toda a programação. Ele acha que há uma hipótese razoável de que possa ser feito. Claro, vamos precisar de alguma coisa para transmitir. Portanto, Katniss, o estúdio está às tuas ordens. — O Plutarch volta-se para a sua assistente. — Fulvia?

— Eu e o Plutarch temos andado a discutir a melhor forma de fazermos isto. Concluímos que talvez fosse melhor construir a nossa líder rebelde de fora... *para dentro*. Isto é, começamos por procurar o visual de Mimo-gaio mais deslumbrante possível e depois trabalhamos a tua personalidade para o mereceres! — explica ela, animada.

— Já têm o uniforme dela — lembra o Gale.

— Sim, mas deverá ela aparecer com cicatrizes e sangue? Vai brilhar com o fogo da rebelião? Até que ponto a poderemos sujar sem repugnar as pessoas? De qualquer maneira, ela tem de ser qualquer coisa. Quero dizer, é óbvio que isto — a Fulvia aproxima-se rapidamente de mim, enquadrando-me o rosto com as mãos — não serve. — Sacudo a cabeça para trás reflexivamente, mas ela já está a arrumar as suas coisas. — Ora bem, a propósito disso, temos outra pequena surpresa para ti. Venham, venham.

A Fulvia acena-nos com a mão e eu e o Gale saímos para o corredor atrás dela e do Plutarch.

— Tão bem-intencionada e ao mesmo tempo tão insultuosa — sussurra-me o Gale ao ouvido.

— Bem-vindo ao Capitólio — murmuro. Mas as palavras da Fulvia não me afetam. Abraço com força o livro de esboços e decido sentir-me esperançosa. Deve ser a decisão certa. Se o Cinna a desejava.

Entramos num elevador e o Plutarch consulta os seus apontamentos.

— Ora, vejamos. É o Compartimento Três-Nove-Zero-Oito. — Ele carrega num botão com o número 39 mas nada acontece.

— Deve ser preciso usar a chave — alvitra a Fulvia.

O Plutarch puxa de uma chave presa a um fio por baixo da camisa e insere-a numa ranhura que eu não tinha visto antes. As portas fecham-se.

— Ah, agora sim.

O elevador desce dez, vinte, trinta e mais pisos, para muito mais fundo do que eu imaginava o Distrito 13 pudesse estender-se. Por fim abre para um largo corredor branco ladeado de portas vermelhas, que parecem quase ornamentais comparadas às portas cinzentas dos pisos superiores. Cada uma está nitidamente assinalada com um número. *3901, 3902, 3903...*

Ao sairmos do elevador, olho para trás e vejo uma grade de metal descer sobre as portas. Quando me volto, um guarda surge de uma das salas ao fundo do corredor e dirige-se para nós. Uma porta de vaivém fecha-se silenciosamente atrás dele.

O Plutarch avança para o guarda, levantando uma mão para o cumprimentar, e nós seguimos atrás. Alguma coisa parece estar muito mal ali em baixo. E não é apenas o elevador reforçado, nem a claustrofobia de estar tão fundo debaixo da terra, nem o cheiro cáustico a antisséptico. Olho para o Gale e percebo que ele tem a mesma sensação.

— Bom dia, estávamos só à procura... — começa o Plutarch.

— Estão no piso errado — afirma o guarda, abruptamente.

— Ah, sim? — O Plutarch volta a consultar os seus apontamentos. — Tenho Três-Nove-Zero-Oito escrito aqui mesmo. Será que podia ligar lá para cima para...

— Lamento mas tenho de vos pedir para sair, imediatamente. Qualquer problema terá de ser tratado na Direção — informa o guarda.

Está mesmo à nossa frente. O Compartimento 3908. Apenas a alguns passos de distância. A porta, todas as portas, a bem dizer, parecem incompletas. Sem puxadores. Devem girar sobre gonzos, como aquela através da qual surgiu o guarda.

— Onde fica isso? — pergunta a Fulvia.

— A Direção fica no Piso Sete — responde o guarda, estendendo os braços para nos conduzir de volta ao elevador.

Do outro lado da porta 3908 surge um ruído. Apenas um pequeno gemido. Como algo que um cão assustado pudesse fazer para evitar ser espancado, só que demasiado humano e familiar. Eu e o Gale trocamos um olhar durante apenas um instante, mas é o que basta para duas pessoas que funcionam como nós. Deixo o livro de esboços do Cinna cair aos pés do guarda com um estrondo. Um segundo depois ele baixa-se para o apanhar. O Gale também se baixa, batendo intencionalmente com a cabeça no guarda. — Oh, desculpe — diz, com um pequeno riso, agarrando-se aos braços do guarda como se estivesse a equilibrar-se, afastando-o ligeiramente de mim.

É a minha oportunidade. Contorno rapidamente o guarda distraído, empurro a porta com o número *3908* e vejo-os. Meio nus, feridos e agrilhoados à parede.

A minha equipa de preparação.

4

O fedor a corpos sujos, urina e infeções irrompe pela nuvem de antisséptico. Só consigo reconhecer os três vultos pelas suas opções de moda mais extravagantes: as tatuagens douradas no rosto da Venia. Os caracóis cor de laranja do Flavius. A pele verde-clara da Octavia, que agora lhe cai demasiado frouxa, como se o corpo fosse um balão esvaziando-se lentamente.

Quando me veem, o Flavius e a Octavia encolhem-se contra as paredes de azulejos, como se esperassem um ataque, apesar de eu nunca os ter magoado. As minhas maiores ofensas contra eles foram pensamentos pouco amáveis e esses guardei-os para mim. Porque se encolhem, então?

O guarda está a mandar-me sair, mas pelo arrastar de pés que se segue percebo que o Gale conseguiu travá-lo. Para obter respostas, aproximo-me da Venia, que foi sempre a mais forte. Agacho-me e pego nas suas mãos geladas, que se agarram às minhas como tornos.

— Que aconteceu, Venia? — pergunto. — Que estão a fazer aqui?

— Eles levaram-nos. Do Capitólio — responde ela, com a voz rouca. O Plutarch entra atrás de mim. — Que diabo se passa aqui?

— Quem vos levou? — insisto.

— Pessoas — diz ela, imprecisa. — Na noite em que escapaste.

— Achámos que pudesse ser reconfortante teres a tua equipa regular — explica o Plutarch atrás de mim. — Foi o Cinna que pediu.

— O Cinna pediu isto? — interrogo, rispidamente. Porque se há algo que eu sei, é que o Cinna nunca teria aprovado qualquer agressão àqueles três, que ele tratava com delicadeza e paciência. — Porque estão a ser tratados como criminosos?

— Sinceramente, não sei. — Há algo na sua voz que me leva a acreditar nele e a palidez no rosto da Fulvia confirma-o. O Plutarch volta-se

43

para o guarda, que acabou de surgir à entrada com o Gale logo atrás.

— Só me disseram que eles estavam detidos. Porque estão a ser castigados?

— Por terem roubado comida. Tivemos de os prender depois de uma briga por causa de um bocado de pão — explica o guarda.

A Venia franze as sobrancelhas, como se estivesse ainda a tentar perceber o que se havia passado. — Ninguém nos dizia nada. Tínhamos tanta fome. Foi só uma fatia que ela tirou.

A Octavia começa a soluçar, abafando o ruído com a sua túnica esfarrapada. Lembro-me da primeira vez que sobrevivi à arena, quando a Octavia me passou um pão por debaixo da mesa porque não suportava ver-me com fome. Aproximo-me devagar do seu vulto trémulo. — Octavia? — Toco-lhe e ela estremece. — Octavia? Vai ficar tudo bem. Vou tirar-vos daqui, está bem?

— Isto parece-me excessivo — comenta o Plutarch.

— Por roubarem uma fatia de pão? — pergunta o Gale.

— Houve várias infrações antes disso. Eles foram avisados. Mesmo assim tiraram mais pão. — O guarda faz uma pequena pausa, como se estivesse perplexo com a veemência do nosso ultraje. — Não se pode roubar pão.

Não consigo convencer a Octavia a destapar a cara, mas levanta-a ligeiramente. As algemas nos pulsos descaem alguns milímetros, revelando feridas em carne viva por baixo. — Vou levar-te à minha mãe. — Depois dirijo-me ao guarda. — Solte-os.

O guarda abana a cabeça. — Não estou autorizado.

— Solte-os! Imediatamente! — berro.

Isso parece abalar-lhe a compostura. Os cidadãos normais não se dirigem a ele dessa maneira. — Não tenho ordens de soltura. E você não tem autorização para...

— Solte-os, com a minha autorização — interrompe o Plutarch. — Vínhamos cá buscá-los, de qualquer maneira. São precisos na Defesa Especial. Assumo toda a responsabilidade.

O guarda sai para ir fazer uma chamada. Volta com um molho de chaves. Os três prisioneiros foram obrigados a estar tanto tempo agachados que mesmo depois de os grilhões serem retirados sentem dificuldade em andar. Eu, o Gale e o Plutarch temos de os ajudar. O pé do Flavius fica preso numa grade de metal sobre um buraco circular no chão e o meu estômago contrai-se quando penso na razão por que uma cela precisaria de um dreno. As manchas de miséria humana que devem ter sido lavadas com mangueira daqueles azulejos brancos...

No hospital, encontro a minha mãe, a única pessoa em quem confio para tratar deles. Ela precisa de um minuto para situar os três, por causa do estado em que estes se encontram, mas mostra já uma expressão de consternação. E sei que não é por ver corpos maltratados, que ela via todos os dias no Distrito 12, mas pela consciencialização de que este tipo de coisa também ocorre no 13.

A minha mãe foi bem recebida no hospital, mas é reconhecida mais como enfermeira do que como médica, apesar de ter levado uma vida inteira a curar doentes. No entanto, ninguém se intromete quando ela conduz o trio para uma sala de observação para lhes avaliar os ferimentos. Sento-me num banco no corredor à entrada do hospital, esperando para ouvir o veredicto. Ela será capaz de ler nos corpos a dor que lhes foi infligida.

O Gale senta-se ao meu lado e põe um braço no meu ombro. — A tua mãe trata deles. — Aceno com a cabeça, perguntando-me se ele estará a pensar nas chicotadas violentas que apanhou no 12.

O Plutarch e a Fulvia sentam-se no banco à nossa frente mas não fazem quaisquer comentários sobre o estado da minha equipa de preparação. Se eles não sabiam dos maus-tratos, então que pensam desta iniciativa da parte da presidente Coin? Decido ajudá-los.

— Imagino que tenhamos todos sido suspensos — avento.

— O quê? Não. Que queres dizer? — pergunta a Fulvia.

— A punição da minha equipa de preparação foi um aviso — digo-lhe. — Não só para mim. Mas para vocês também. Sobre quem realmente detém o poder e o que acontece aos que não lhe obedecem. Se tinham alguma ilusão de poder, esqueçam-na. Parece que ser do Capitólio não vos garante qualquer proteção aqui. Talvez até seja uma desvantagem.

— Não há qualquer comparação entre o Plutarch, que organizou a evasão dos rebeldes, e aqueles três esteticistas — afirma a Fulvia, friamente.

Encolho os ombros. — Se o dizes, Fulvia. Mas que aconteceria se perdessem as boas graças da Coin? A minha equipa de preparação foi raptada. Eles pelo menos podem esperar regressar um dia ao Capitólio. Eu e o Gale podemos viver no bosque. Mas vocês? Para onde iriam?

— Talvez sejamos um nada mais necessários ao esforço de guerra do que imaginas — retruca o Plutarch, despreocupado.

— Claro que são. Os tributos também eram necessários para os Jogos. Até deixarem de ser — lembro. — Depois tornavam-se bastante dispensáveis, não é verdade, Plutarch?

Isso põe fim à conversa. Esperamos em silêncio até a minha mãe nos encontrar. — Eles vão ficar bem — informa. — Não há danos físicos permanentes.

— Ótimo. Esplêndido — comenta o Plutarch. — Quando é que podem começar a trabalhar?

— Talvez amanhã — responde a minha mãe. — Mas terão de esperar alguma instabilidade emocional, depois do que eles passaram. Estavam particularmente mal preparados, habituados àquela vida no Capitólio.

— Estávamos todos! — assevera o Plutarch.

Ou porque a equipa de preparação se encontra incapacitada ou porque estou demasiado agitada, o Plutarch dispensa-me de todos os deveres relacionados com o Mimo-gaio para o resto do dia. Eu e o Gale descemos para o refeitório, onde nos servem guisado de feijão e cebola, uma grossa fatia de pão e um copo de água. Depois da história da Venia, o pão cola-se-me à garganta e passo o resto para o tabuleiro do Gale. Não falamos muito durante o almoço, mas depois de esvaziarmos as tigelas o Gale puxa a manga da camisa para cima e consulta o seu horário. — Tenho treino a seguir.

Arregaço a minha manga e ponho o meu braço ao lado do dele. — Eu também. — Lembro-me de que agora o treino equivale a caçar.

O grande desejo de escapar para o bosque, mesmo que apenas durante duas horas, sobrepõe-se às minhas outras preocupações. Um banho de verdura e luz do Sol ajudar-me-á com certeza a pôr as ideias em ordem. Depois de deixarmos os corredores principais, eu e o Gale corremos como crianças para o arsenal e, quando lá chegamos, estou já sem fôlego e tonta. Sinal de que ainda não estou completamente recuperada. Os guardas entregam-nos as nossas velhas armas, além de facas e um saco de serapilheira que deve servir de saco de caça. Aceito que me prendam o localizador ao tornozelo e finjo que estou a ouvir quando me explicam como usar o comunicador portátil. A única coisa que me fica na cabeça é que o aparelho tem um relógio e que temos de estar de volta ao 13 à hora estipulada, senão os nossos privilégios de caça serão anulados. A esta regra julgo que me esforçarei por obedecer.

Vamos lá para fora, para a grande zona de treinos vedada junto ao bosque. Os guardas abrem os portões bem oleados sem comentários. Teríamos sérias dificuldades em transpor esta vedação sozinhos — quase dez metros de altura, permanentemente eletrificada e encimada de espirais de aço aguçadas. Penetramos no bosque até deixarmos de ver a vedação. Numa pequena clareira, fazemos uma pausa e deitamos a cabeça para trás para nos aquecermos à luz do Sol. Começo a girar, com os braços estendidos, voltando-me lentamente para não pôr o mundo a andar à roda.

A falta de chuva que vi no 12 também prejudicou as plantas aqui, deixando algumas com as folhas quebradiças, criando um tapete estaladiço debaixo dos nossos pés. Tiramos os sapatos. Os meus não me assentam bem, de qualquer maneira, porque, no espírito de poupança que domina o 13, recebi um par que já não servia a outra pessoa. Parece que um de nós tem um andar esquisito, porque os sapatos estão muito mal amaciados.

Caçamos, como nos velhos tempos. Em silêncio, não precisando de palavras para comunicar, porque aqui no bosque deslocamo-nos como duas partes de um mesmo ser. Prevendo os movimentos um do outro, protegendo-nos um ao outro. Há quanto tempo foi? Oito meses? Nove? Desde que tivemos esta liberdade? Não é exatamente a mesma coisa, tendo em conta tudo o que aconteceu e os localizadores nos tornozelos e o facto de eu ter de descansar com tanta frequência. Mas é o mais próximo da felicidade que julgo poder alcançar neste momento.

Os animais aqui não são tão desconfiados como no 12. Aquele momento extra que levam a situar o nosso odor estranho significa a sua morte. Numa hora e meia, apanhamos uma dúzia variada — coelhos, esquilos e perus — e decidimos parar para gozar o tempo que resta junto a uma lagoa que deve ser abastecida por uma nascente subterrânea, visto que a água é fresca e doce.

Quando o Gale se oferece para limpar os animais, não me oponho. Meto umas folhas de hortelã na língua, fecho os olhos e encosto-me a uma rocha, absorvendo os ruídos, deixando o sol abrasador da tarde queimar-me a pele, quase em paz até a voz do Gale me interromper.

— Katniss, porque te preocupas tanto com a tua equipa de preparação?

Abro os olhos para ver se ele está a brincar, mas não, está a franzir as sobrancelhas enquanto esfola o coelho. — Porque não haveria de me preocupar?

— Humm. Vejamos. Porque passaram o último ano a embelezar-te e a preparar-te para a matança? — sugere o Gale.

— É mais complicado do que isso. Eu conheço-os. Eles não são maus nem cruéis. Nem sequer são inteligentes. Magoá-los... é como magoar crianças. Eles não percebem... Quero dizer, não sabem... — Atrapalho--me com as palavras.

— Não sabem o quê, Katniss? — insiste ele. — Que os tributos, as verdadeiras crianças em questão aqui, e não o teu trio de palhaços, são obrigados a lutar até à morte? Que ias entrar naquela arena para entreter as pessoas? Isso era algum segredo no Capitólio?

— Não. Mas eles não veem as coisas da mesma maneira — explico. — Foram criados com aquilo e...

— Estás mesmo a defendê-los? — Ele arranca a pele do coelho com um movimento rápido.

Isso quase me ofende, porque, na verdade, estou a defendê-los, o que é ridículo. Tento encontrar uma resposta lógica. — Acho que estou a defender qualquer pessoa que é tratada daquela maneira por roubar uma fatia de pão. Talvez me lembre demasiado o que te aconteceu por causa de um peru!

Mesmo assim, ele tem razão. Parece de facto estranho, o meu nível de preocupação com a equipa de preparação. Devia odiá-los e querer vê-los enforcados. Mas eles são tão ignorantes, e pertenciam ao Cinna, e ele estava do meu lado, certo?

— Não estou a querer discutir — assegura o Gale. — Mas não acho que a Coin estivesse a enviar-te qualquer recado ao castigá-los por violarem as regras do 13. Provavelmente achou que o encararias como um favor. — Ele mete o coelho no saco e levanta-se. — É melhor irmos andando, se quisermos regressar a tempo.

Não ligo à sua mão estendida e levanto-me com dificuldade. — Acho bem. — Não falamos no caminho de regresso, mas, depois de passarmos o portão, lembro-me de outra coisa. — Durante o Quarteirão, a Octavia e o Flavius tiveram de desistir porque não conseguiam parar de chorar, por eu ter de voltar para a arena. E a Venia mal conseguiu despedir-se.

— Vou tentar lembrar-me disso quando eles... te transformarem — promete o Gale.

— Faz isso — retruco.

Entregamos a carne à Greasy Sae na cozinha. Ela gosta bastante do Distrito 13, apesar de achar que os cozinheiros têm alguma falta de imaginação. Mas uma mulher que inventou um guisado de cão selvagem e ruibarbos de sabor agradável só podia sentir-se de mãos atadas neste lugar.

Exausta por causa da caçada e da falta de sono, volto para o meu compartimento. Encontro-o completamente vazio, mas depois lembro--me que tivemos de mudar por causa do *Ranúnculo*. Subo ao andar superior e descubro o Compartimento E. É exatamente igual ao Compartimento 307, tirando a janela — sessenta centímetros de largura, vinte centímetros de altura —, centrada ao cimo da parede voltada para o exterior. Há uma pesada placa de metal que se prende por cima, mas que neste momento se encontra aberta, e não vejo o gato em parte alguma. Estendo-me sobre a minha cama e um raio de luz da tarde treme-me na cara. Quando volto a mim, a Prim está a acordar-me para *18:00* — *Reflexão*.

A minha irmã informa-me que têm estado a anunciar a reunião desde o almoço. Toda a população, exceto os que são necessários em trabalhos essenciais, é obrigada a comparecer. Seguimos as indicações para chegar ao Coletivo, uma sala enorme que acomoda facilmente os milhares que aparecem. Percebe-se que foi construída para um ajuntamento maior, e talvez já o tenha reunido antes da epidemia de varicela. A Prim aponta--me discretamente as consequências generalizadas desse desastre — as marcas de varicela nos corpos das pessoas, as crianças ligeiramente des-figuradas. — Eles sofreram muito aqui — comenta ela.

Depois do que vi esta manhã, não estou com disposição para sentir pena do 13. — Não mais do que sofremos no Doze — contraponho. Vejo a minha mãe entrar com um grupo de doentes em cadeiras de rodas, envergando ainda os seus roupões e camisas de noite do hospital. O Finnick aparece entre eles, com um ar aturdido mas lindo. Nas mãos tem um pedaço de corda fina, com menos de trinta centímetros de comprimento, demasiado pequena para até mesmo ele conseguir armar um laço corredio. Mexe rapidamente os dedos, fazendo e desfazendo automaticamente vários nós enquanto olha em volta. Talvez isso faça parte do seu tratamento. Vou ter com ele e digo: — Olá, Finnick. — Ele parece não reparar, então dou-lhe um toque com o cotovelo para lhe chamar a atenção. — Finnick! Como estás?

— Katniss — cumprimenta ele, apertando-me a mão. Aliviado por ver uma cara conhecida, presumo. — Porque nos estamos a reunir aqui?

— Disse à Coin que seria o Mimo-gaio. Mas obriguei-a a prometer dar imunidade aos outros tributos se os rebeldes vencerem — informo-o. — Em público, para que haja muitas testemunhas.

— Ah. Ótimo. Porque estava preocupado com a Annie. Com medo de que ela dissesse alguma coisa que pudesse ser interpretada como desleal sem o saber — confessa o Finnick.

A Annie. Oh, não! Esqueci-me completamente dela. — Não te preocupes, já tratei disso. — Aperto a mão do Finnick e encaminho-me diretamente para o pódio à frente da sala. A Coin, que está a dar uma vista de olhos à sua declaração, ergue as sobrancelhas quando me vê. — Preciso que acrescente a Annie Cresta à lista das imunidades — digo-lhe.

A presidente franze ligeiramente o sobrolho. — Quem é?

— É a... — O quê? Na verdade, não sei o que chamar-lhe. — É a amiga do Finnick Odair. Do Distrito Quatro. Outra vencedora. Foi presa e levada para o Capitólio quando a arena explodiu.

— Ah, a rapariga louca. Não é necessário — garante-me ela. — Não temos por hábito castigar pessoas tão frágeis.

Penso na cena que testemunhei esta manhã. Na Octavia agachada contra a parede. Em como eu e a Coin devemos ter definições muito diferentes de fragilidade. Mas digo apenas: — Não? Então não haverá problema em acrescentar a Annie.

— Está bem — anui a presidente, escrevendo a lápis o nome da Annie. — Queres ficar aqui em cima comigo para a declaração? — Abano a cabeça. — Logo vi. É melhor apressares-te se te quiseres perder na multidão. Vou começar. — Volto para junto do Finnick.

Também com as palavras o Distrito 13 demonstra a sua parcimónia. A Coin chama a atenção do público e diz-lhes que eu aceitei ser o Mimo-gaio, sob condição de que os outros vencedores — o Peeta, a Johanna, a Enobaria e a Annie — recebam imunidade total por qualquer prejuízo que possam trazer à causa dos rebeldes. No burburinho da multidão, oiço a reprovação. Penso que ninguém tinha dúvidas de que eu quisesse ser o Mimo-gaio. A indicação de um preço — que ainda por cima poupa possíveis inimigos — deixa-os por isso bastante irritados. Tento mostrar--me indiferente aos olhares hostis que me são lançados.

A presidente permite alguns momentos de agitação, depois continua no seu modo rápido e conciso. Só que agora as palavras que profere são novidade para mim. — Mas em troca deste pedido sem precedentes, a soldado Everdeen prometeu dedicar-se à nossa causa. Consequentemente, qualquer desvio da sua missão, em motivo ou ato, será encarado como um rompimento deste acordo. A imunidade será revogada e o destino dos quatro vencedores, assim como o dela, decidido de acordo com a lei do Distrito Treze. Obrigada.

Por outras palavras, se eu sair da linha, morremos todos.

5

Outra força a ter em conta. Outra jogadora que decidiu usar-me como peão nos seus jogos de poder. Se bem que as coisas nunca parecem correr conforme o planeado. Primeiro foram os Produtores dos Jogos, transformando-me na sua estrela e depois debatendo-se para recuperar daquele punhado de bagas venenosas. Depois o presidente Snow, tentando usar-me para apagar as chamas da rebelião e acabando por ver todos os meus atos tornarem-se incendiários. Em seguida, os rebeldes, prendendo-me na garra de metal que me içou da arena, escolhendo-me para ser o seu Mimo-gaio e depois terem de recuperar do choque de eu poder não querer as asas. E agora a Coin, com o seu punhado de preciosas armas nucleares e a sua máquina de poder bem oleada, descobrindo que é mais difícil domar um Mimo-gaio do que apanhá-lo. Mas ela foi a mais rápida a perceber que eu tinha um plano próprio e que por isso não era de confiança. Foi a primeira a apresentar-me em público como uma ameaça.

Passo os dedos pela espessa camada de espuma na minha banheira. Tomar banho é apenas uma etapa preliminar na determinação do meu novo visual. Com o meu cabelo estragado pelo ácido, a pele queimada pelo sol e as feias cicatrizes, a equipa de preparação tem primeiro de me embelezar para *depois* me desfigurar, queimar e marcar de uma forma mais atraente.

— Reduzam-na ao Grau Zero de Beleza — ordenou a Fulvia logo de manhã. — Trabalharemos a partir daí. — O Grau Zero de Beleza é afinal como uma pessoa devia parecer se saísse da cama com um aspeto impecável mas natural. Implica que as minhas unhas estejam perfeitamente cortadas mas não envernizadas. O cabelo macio e brilhante mas não penteado. Fazer a depilação e apagar os sinais, mas sem quaisquer melhoramentos notáveis. Calculo que o Cinna tenha dado estas mesmas instruções no meu primeiro dia como tributo no Capitólio. Só que isso foi diferente, porque eu era uma concorrente. Como rebelde, achei que pudesse ter um visual mais parecido comigo mesma. Mas parece que uma rebelde televisionada tem de corresponder a outros padrões.

Depois de limpar a espuma do corpo, volto-me e encontro a Octavia à espera com uma toalha. Está muito diferente da mulher que conheci no Capitólio, sem a roupa espampanante, a maquilhagem carregada, as tintas, joias e bugigangas com que adornava o cabelo. Lembro-me de um dia em que ela apareceu com tranças de um cor-de-rosa-vivo e cheias de luzinhas coloridas cintilantes em forma de rato. Disse-me que tinha vários ratos em casa, como animais de estimação. A ideia repugnou-me na altura, porque no 12 os ratos eram considerados parasitas, a menos que fossem cozinhados. Mas talvez a Octavia gostasse deles porque eram pequenos e fofos e davam pequenos guinchos. Como ela. Enquanto ela me seca, tento examinar a Octavia do Distrito 13. O seu cabelo natural afinal é de um bonito tom castanho-avermelhado. O rosto é vulgar mas tem uma gentileza inegável. É mais nova do que eu julgava. Talvez tenha vinte e poucos anos. Sem as unhas postiças de oito centímetros, os seus dedos parecem quase atarracados e não conseguem parar de tremer. Quero dizer-lhe que está tudo bem, que me certificarei de que a Coin nunca mais voltará a magoá-la. Mas as feridas multicolores que lhe afloram debaixo da pele verde lembram-me apenas de como sou impotente.

O Flavius também parece deslavado sem o seu batom roxo e roupas coloridas. No entanto, conseguiu devolver alguma ordem aos caracóis cor de laranja. É a Venia que parece menos mudada. O cabelo azul, outrora espigado, está agora liso e já se veem as raízes grisalhas. Contudo, as tatuagens sempre foram a característica mais marcante da Venia e continuam douradas e escandalosas como sempre. Ela entra na sala e tira a toalha das mãos da Octavia.

— A Katniss não nos vai fazer mal — diz à Octavia, em voz baixa mas firme. — Ela nem sequer sabia que estávamos aqui. As coisas vão melhorar agora. — A Octavia acena ligeiramente com a cabeça mas não ousa olhar-me nos olhos.

Não é fácil devolver-me ao Grau Zero de Beleza, mesmo com o arsenal sofisticado de produtos, instrumentos e aparelhos que o Plutarch, previdente, trouxe do Capitólio. A equipa trabalha sem problemas até tentar disfarçar o lugar no meu braço onde a Johanna extraiu o *chip* de localização. A equipa médica não se preocupou com aparências quando remendou o buraco. Agora tenho uma cicatriz rugosa e irregular que se estende sobre um espaço do tamanho de uma maçã. Normalmente, a manga da camisa disfarça-o, mas no fato do Mimo-gaio desenhado pelo Cinna as mangas ficam mesmo acima do cotovelo. O problema é de tal ordem que o Plutarch e a Fulvia são chamados para analisá-lo. A Fulvia quase vomita quando vê a cicatriz. Para alguém que trabalha para um Produtor dos Jogos, ela parece-me muito sensível. Mas presumo que só esteja habituada a ver coisas desagradáveis num ecrã.

— Toda a gente sabe que tenho uma cicatriz aqui — digo, carrancuda.

— Saber e ver são duas coisas diferentes — replica a Fulvia. — É absolutamente repugnante. Eu e o Plutarch pensaremos nalguma coisa durante o almoço.

— Vai ficar bem — assegura o Plutarch, com um aceno depreciativo da mão. — Talvez uma braçadeira ou coisa parecida.

Indignada, visto-me para poder ir para o refeitório. A minha equipa de preparação reúne-se num pequeno grupo junto à porta. — Vão trazer--vos a comida para aqui? — pergunto.

— Não — responde a Venia. — Temos de ir para um refeitório.

Suspiro para mim mesma ao imaginar-me a entrar no refeitório acompanhada daqueles três. Mas as pessoas olham sempre para mim, de qualquer maneira. Não será muito diferente. — Eu mostro-vos onde fica — ofereço. — Venham.

Os olhares furtivos e murmúrios discretos que costumo provocar em nada se comparam à reação suscitada pela visão da minha bizarra equipa de preparação. As bocas abertas, os dedos apontados, as exclamações. — Não liguem — digo à minha equipa. De olhos no chão, com movimentos mecânicos, eles seguem-me para a fila, aceitando tigelas de peixe acinzentado, guisado de quiabos e copos de água.

Sentamo-nos à minha mesa, ao lado de um grupo do Jazigo. Este mostra um pouco mais de comedimento do que as pessoas do 13, se bem que isso talvez se deva apenas ao embaraço. O Leevy, que foi meu vizinho no 12, cumprimenta cautelosamente a equipa, e a mãe do Gale, a Hazelle, que deve saber da detenção deles, mostra-lhes uma colherada do guisado. — Não se preocupem — diz. — Sabe melhor do que parece.

Mas é a Posy, a irmã de cinco anos do Gale, que mais ajuda. Desliza ao longo do banco para a Octavia e toca-lhe na pele com um dedo hesitante. — Estás verde. Estás doente?

— É uma coisa de moda, Posy. Como usar batom — explico.

— Era para ficar bonita — murmura a Octavia, e vejo as lágrimas ameaçando verter-lhe das pestanas.

A Posy pensa no assunto e diz num tom prosaico: — Acho que ficarias bonita de qualquer cor.

Um sorriso minúsculo aflora aos lábios da Octavia. — Obrigada.

— Se quiseres mesmo impressionar a Posy, terás de te pintar de cor--de-rosa-vivo — sugere o Gale, pousando ruidosamente o seu tabuleiro ao meu lado. — É a cor preferida dela. — A Posy dá umas risadinhas e volta a deslizar pelo banco para junto da mãe. O Gale acena com a cabeça para a tigela do Flavius. — Não convém deixar isso arrefecer. Não favorece nada a consistência.

Toda a gente começa a comer. O guisado não sabe mal, mas há uma certa viscosidade que é difícil digerir. Como se tivéssemos de engolir cada bocado três vezes antes de ele descer efetivamente.

O Gale, que geralmente não fala muito durante as refeições, esforça-se por manter a conversa, fazendo perguntas sobre a minha mudança de visual. Sei que é a sua tentativa de amenizar as coisas. Discutimos ontem à noite depois de ele ter sugerido que eu não tinha deixado à Coin outra alternativa senão contrapor à minha exigência de proteção para os vencedores uma exigência sua. — Katniss, ela governa este distrito. Não pode fazê-lo se parecer que está a ceder à tua vontade.

— Queres dizer que ela não pode tolerar qualquer divergência, mesmo que seja justa — ripostara.

— Quero dizer que a colocaste numa posição delicada. Obrigando-a a conceder imunidade ao Peeta e aos outros tributos quando nem sequer sabemos que tipo de danos eles poderão causar — argumentara o Gale.

— Então devia simplesmente ter aceite o plano e deixado os outros tributos correr a sua sorte? Não que isso interesse, porque afinal é o que estamos todos a fazer! — Foi então que lhe bati com a porta na cara. Não me tinha sentado com ele ao pequeno-almoço e, quando o Plutarch o enviara para o treino de manhã, deixara-o ir sem uma palavra. Sei que ele só disse aquilo por se preocupar comigo, mas neste momento preciso mesmo que ele esteja do meu lado, não do lado da Coin. Como é que não percebe isso?

Depois do almoço, eu e o Gale temos de descer à Defesa Especial para nos encontrarmos com o Beetee. No elevador, o Gale acaba por me falar: — Ainda estás zangada.

— E tu ainda não estás arrependido — replico.

— Mantenho o que disse. Ou queres que minta sobre o que sinto? — pergunta ele.

— Não, quero que penses de novo no assunto e chegues à conclusão certa — respondo-lhe. Mas isso só o leva a rir-se. Tenho de esquecer o assunto. Não adianta tentar ditar o que o Gale pensa. O que, para ser sincera, é uma das razões por que confio nele.

O piso da Defesa Especial fica quase à mesma profundidade que as masmorras onde encontrámos a equipa de preparação. É uma colmeia de divisões cheias de computadores, laboratórios, equipamento de pesquisa e bancos de ensaios.

Quando perguntamos pelo Beetee, somos conduzidos através do labirinto para uma enorme janela de vidro laminado. Do outro lado está a primeira coisa bonita que vejo no complexo do Distrito 13: uma réplica de um prado, com árvores verdadeiras, plantas em flor e colibris. O Beetee está sentado numa cadeira de rodas no centro do prado, imóvel, observando um pássaro verde suspenso no ar e sugando néctar de uma grande flor de laranjeira. Os olhos do Beetee seguem o pássaro quando este se afasta como uma seta. Depois reparam em nós. Ele acena-nos amigavelmente, fazendo-nos sinal para entrarmos.

O ar é fresco e respirável, não quente e húmido como esperava. De todos os lados surge o zumbido de asas minúsculas, que eu costumava confundir com o ruído de insetos no nosso bosque do 12. Gostava de saber que acaso feliz permitiu que um lugar tão agradável fosse construído aqui.

O Beetee exibe ainda a palidez de alguém em convalescença, mas, por trás daqueles óculos tortos, os seus olhos ardem de entusiasmo. — Não são magníficos? Há anos que o Treze anda a estudar a sua aerodinâmica. Voos para a frente e para trás, velocidades até aos cem quilómetros por hora. Quem me dera poder construir-te asas como aquelas, Katniss!

— Duvido que conseguisse manobrá-las, Beetee — rio-me.

— Num instante aqui, noutro já desapareceu. Conseguias abater um colibri com uma seta? — pergunta ele.

— Nunca tentei. Não têm muita carne — respondo.

— Não. E tu não matarias por desporto — anui o Beetee. — Mas aposto que seriam difíceis de abater.

— Talvez fosse possível apanhá-los numa armadilha — aventa o Gale. O rosto dele assume aquela expressão distante que mostra sempre que ele tenta resolver alguma coisa. — Pegávamos numa rede com uma malha muito fina. Cercávamos uma área e deixávamos uma abertura com meio metro quadrado. Colocávamos lá dentro flores com néctar para os atrair. Enquanto eles se alimentam, fechávamos a abertura e eles fugiam do ruído, voavam para o lado oposto da rede.

— Isso funcionaria? — pergunta o Beetee.

— Não sei. É só uma ideia — responde o Gale. — Talvez eles fossem mais rápidos, arranjando uma maneira de escapar.

— Talvez. Mas levaste em conta os seus instintos naturais para fugir do perigo. Pensaste como as tuas presas... é aí que encontras as suas vulnerabilidades — assevera o Beetee.

Lembro-me de uma coisa acerca da qual não gosto de pensar. Quando estava a preparar-me para o Quarteirão, vi uma fita dos Jogos em que o Beetee, que era ainda um rapaz, ligou dois fios que eletrocutaram um grupo de miúdos que o perseguiam. Os corpos em convulsão, as expressões grotescas. O Beetee, nos momentos que antecederam a sua vitória naqueles Jogos da Fome de outrora, assistiu à morte dos outros. A culpa não foi dele. Agiu apenas em legítima defesa. Todos nós agimos apenas em legítima defesa...

Subitamente, quero sair da sala dos colibris antes que alguém comece a armar uma armadilha. — Beetee, o Plutarch disse que tinha uma coisa para mim.

— É verdade. Tenho. O teu novo arco. — Ele prime um comando manual no braço da cadeira e sai da sala. Enquanto o seguimos pelos caminhos sinuosos da Defesa Especial, ele explica-nos a razão da cadeira. — Já consigo andar um pouco agora. Só que canso-me muito depressa. É mais fácil deslocar-me desta maneira. Como está o Finnick?

— Ele... está com problemas de concentração — respondo. Não quero dizer que ele teve um esgotamento mental.

— Problemas de concentração, hem? — O Beetee faz um sorriso triste. — Se soubessem o que o Finnick sofreu nos últimos anos, saberiam como é espantoso que ele ainda esteja connosco. Mas diz-lhe que tenho andado a trabalhar num novo tridente para ele, está bem? Algo para o distrair um pouco. — A distração parece-me a última coisa de que o Finnick precisa, mas prometo dar-lhe o recado.

Quatro soldados guardam a entrada para a sala do ARMAMENTO ESPECIAL. A verificação dos horários impressos nos nossos antebraços é apenas uma etapa preliminar. Somos também sujeitos a exames de impressões digitais, da retina e do ADN e temos de passar por detetores de metais especiais. O Beetee tem de deixar a sua cadeira de rodas do lado de fora, embora lhe forneçam outra assim que passamos pela segurança. Acho tudo aquilo bizarro, porque não consigo imaginar que alguém criado no Distrito 13 pudesse constituir uma ameaça que o governo tivesse de acautelar. Será que estas precauções foram tomadas por causa do recente influxo de imigrantes?

À entrada do arsenal, deparamo-nos com outra ronda de exames de identificação — como se o meu ADN pudesse ter mudado no tempo que levei a percorrer os vinte metros do corredor — e somos finalmente autorizados a entrar no depósito de armas. Tenho de admitir que o arsenal me deixa de boca aberta. Filas intermináveis de armas de fogo, lançadores, explosivos, veículos blindados. — A Divisão Aérea fica à parte, claro — informa-nos o Beetee.

— Claro — respondo, como se isso fosse evidente por si mesmo. Não sei onde um simples arco pode caber no meio de todo este equipamento de alta tecnologia, mas depois deparamo-nos com uma parede de mortíferas armas de tiro com arco. Já brinquei com muitas das armas do Capitólio nos treinos, mas nenhuma concebida para o combate militar.

Concentro-me num arco de aspeto letal tão carregado de miras e engenhocas que tenho a certeza de que nem conseguiria levantá-lo, quanto mais usá-lo.

— Gale, talvez queiras experimentar alguns destes — sugere o Beetee.

— A sério? — pergunta o Gale.

— Mais tarde receberás uma espingarda para o combate, claro. Mas se apareceres na equipa da Katniss nos *propos*, uma arma destas será um pouco mais vistosa. Achei que talvez gostasses de escolher uma que te agradasse — esclarece o Beetee.

— Sim, gostava. — As mãos do Gale envolvem precisamente o arco que me chamou a atenção um momento antes. Levanta-o para o apoiar no ombro e aponta-o em volta da sala, espreitando pela mira.

— Isso não parece muito justo para os veados — comento.

— Mas não a usarias para matar veados, pois não? — responde ele.

— Volto já — anuncia o Beetee. Ele digita um código num painel e abre-se uma pequena porta. Observo-o até ele desaparecer e a porta se fechar.

— Então, seria fácil para ti? Usar isso contra pessoas? — pergunto.

— Não disse isso. — O Gale baixa o arco. — Mas se tivesse tido uma arma que pudesse ter evitado o que vi acontecer no Doze... se tivesse tido uma arma que pudesse ter evitado que fosses para a arena... tê-la-ia usado.

— Eu também — confesso. Mas não sei o que lhe dizer sobre as consequências de matar uma pessoa. Sobre o facto de elas nunca nos deixarem.

O Beetee volta a entrar com um estojo preto, alto e retangular equilibrado desajeitadamente entre o apoio para os pés e o ombro. Ele para e inclina-o para mim. — Para ti.

Coloco o estojo no chão e abro os trincos num dos lados. A tampa levanta-se sobre dobradiças silenciosas. Dentro do estojo, sobre uma cama de veludo castanho amarrotado, jaz um formidável arco preto.
— Oh — murmuro, espantada. Levanto-o com cuidado para admirar o seu equilíbrio delicado, o seu desenho elegante e a curva dos braços que de certa forma lembram as asas abertas de um pássaro em pleno voo. Há outra coisa. Tenho de ficar muito quieta para ter a certeza de que não estou a imaginá-lo. Não, o arco vibra nas minhas mãos. Encosto-o à face e sinto a ligeira vibração atravessar-me os ossos da cara. — Que está a fazer? — pergunto.

— A cumprimentar-te — responde o Beetee, com um sorriso largo. — Ouviu a tua voz.

— Reconhece a minha voz? — pergunto.

— *Só* a tua voz — explica o Beetee. — Eles queriam que eu concebesse um arco baseado exclusivamente em aparências. Como parte do teu fato, percebes? Mas pensei: *Que desperdício.* Quero dizer, e se alguma vez precisares mesmo dele? Como mais do que um acessório de moda? Então resolvi dar um aspeto simples à parte exterior simples e deixar o interior à minha imaginação. Mas explica-se melhor na prática. Querem experimentá-los?

Queremos. Uma carreira de tiro ao alvo já foi preparada para nós. As flechas que o Beetee desenhou não são menos formidáveis do que o arco. Consigo atirar com precisão a mais de cem metros. A variedade de flechas — aguçadas, incendiárias, explosivas — transforma o arco numa arma polivalente. Cada tipo tem uma distintiva haste colorida. Tenho a opção de comando de voz a qualquer altura, mas não sei porque a usaria. Para desativar os atributos especiais do arco, só preciso de lhe dizer «Boa noite». Então adormece até que o ruído da minha voz volte a acordá-lo.

Estou bem-disposta quando volto para a equipa de preparação, depois de deixar o Beetee e o Gale. Sento-me pacientemente durante o resto das pinturas e da maquilhagem e depois visto o meu fato, que agora inclui uma ligadura ensanguentada sobre a cicatriz no meu braço para indicar que estive a combater recentemente. A Venia prende-me o alfinete do mimo-gaio sobre o coração. Pego no meu arco e na aljava de flechas normais que o Beetee me fez, sabendo que eles nunca me deixariam andar por aí com as flechas carregadas. Depois saímos para o estúdio de som, onde pareço esperar horas enquanto eles retocam a maquilhagem e ajustam os níveis de luz e fumo. Por fim, as ordens que chegam através do intercomunicador das pessoas invisíveis na misteriosa cabina de vidro começam a diminuir. A Fulvia e o Plutarch passam mais tempo a examinar-me e menos tempo a ajustar-me. Finalmente, há silêncio no estúdio. Durante uns bons cinco minutos sou simplesmente observada. Depois o Plutarch anuncia: — Acho que já está.

Sou chamada para um monitor. Eles mostram-me os últimos minutos de gravação e observo a mulher no ecrã. O seu corpo parece maior, mais imponente do que o meu. O rosto manchado mas sensual. As sobrancelhas pretas e desenhadas num ângulo provocador. Fios de fumo — indicando que ela ou acabou de ser extinta ou está prestes a irromper em chamas — elevam-se da sua roupa. Não sei quem é aquela pessoa.

O Finnick, que andou a passear pelo estúdio durante as últimas horas, surge atrás de mim e diz com um assomo do seu velho humor: — Eles ou vão querer matar-te, beijar-te ou ser igual a ti.

Toda a gente está muito animada, muito satisfeita com o seu trabalho. Está quase na hora de fazer uma pausa para o jantar, mas eles insistem em que continuemos. Amanhã podem concentrar-se nos discursos e entrevistas e filmar-me em falsas batalhas dos rebeldes. Hoje querem apenas um *slogan*, apenas uma frase que possam incluir num pequeno *propo* para mostrar à Coin.

«Povo de Panem, nós lutamos, ousamos, matamos a nossa sede de justiça!» É essa a frase. Percebo pela maneira como a apresentam que passaram meses, talvez anos, a concebê-la e que se sentem muito orgulhosos dela. Na minha opinião, porém, é um exagero. E cerimoniosa. Não consigo imaginar ninguém a proferi-la na vida real — a não ser que estivessem a empregar um sotaque do Capitólio e a zombar dele. Como quando eu e o Gale costumávamos imitar a Effie Trinket a dizer «E que a sorte esteja *sempre* convosco!». Mas a Fulvia está mesmo à minha frente, descrevendo uma batalha na qual acabei de participar, e como os meus camaradas de armas se encontram todos mortos à minha volta, e como, para animar os vivos, eu tenho de me voltar para a câmara e gritar a frase!

Sou rapidamente reconduzida ao meu lugar e a máquina de fumo começa a funcionar. Alguém pede silêncio, as câmaras começam a gravar e eu oiço «Ação!». Então, levanto o arco por cima da cabeça e grito com toda a ira que consigo reunir: — *Povo de Panem, nós lutamos, ousamos, matamos a nossa sede de justiça!*

Segue-se um silêncio absoluto no estúdio. Prolonga-se. E prolonga-se.

Por fim, o intercomunicador começa a crepitar e o riso mordaz do Haymitch enche o estúdio. Ele contém-se apenas o tempo suficiente para dizer: — E é assim, meus amigos, que morre uma revolução.

6

O choque de ouvir a voz do Haymitch ontem, de saber que ele não só estava ativo mas tinha novamente algum grau de controlo sobre a minha vida, deixou-me furiosa. Saí diretamente do estúdio e hoje recusei-me a ouvir os comentários dele que vinham da cabina. No entanto, percebi imediatamente que ele tinha razão acerca do meu desempenho.

O Haymitch levou toda a manhã a convencer os outros das minhas limitações. Que eu não era capaz. Que eu não podia aparecer num estúdio de televisão com fato e maquilhagem e uma nuvem de fumo falso e incitar os distritos à vitória. Na verdade, é espantoso como consegui sobreviver tanto tempo diante das câmaras. Isso, claro, deveu-se ao Peeta. Sozinha, não posso ser o Mimo-gaio.

Reunimo-nos à volta da mesa enorme no Comando. A Coin e o pessoal dela. O Plutarch, a Fulvia e a minha equipa de preparação. Um grupo do 12 que inclui o Haymitch e o Gale, mas também alguns outros cuja presença não consigo explicar, como o Leevy e a Greasy Sae. No último instante, o Finnick entra empurrando o Beetee e acompanhado do Dalton, o especialista de gado do 10. Calculo que a Coin tenha reunido este estranho sortido de pessoas para testemunhar do meu fracasso.

No entanto, é o Haymitch que dá as boas-vindas a toda a gente e, pelas suas palavras, percebo que estamos ali a seu convite. É a primeira vez que nos encontramos numa mesma divisão desde que o arranhei. Evito olhá-lo diretamente, mas vislumbro o seu reflexo numa das brilhantes consolas de comandos ao longo da parede. Ele parece-me ligeiramente amarelo e perdeu muito peso, o que lhe dá um aspeto chupado. Por um segundo, temo que ele esteja a morrer. Tenho de me lembrar que já não me importo.

A primeira coisa que o Haymitch faz é mostrar as imagens que acabámos de filmar. Eu pareço ter atingido o meu ponto mais baixo sob a orientação do Plutarch e da Fulvia. Tanto a minha voz como o meu corpo exibem uma qualidade brusca e desarticulada, como um fantoche manipulado por forças invisíveis.

— Muito bem — começa o Haymitch, quando termina o visionamento. — Alguém gostaria de defender que isto nos ajudará a vencer a guerra? — Ninguém responde. — Assim poupamos tempo. Ora bem, vamos todos meditar durante um minuto. Quero que toda a gente pense num episódio em que a Katniss Everdeen vos comoveu verdadeiramente. Não quando sentiram inveja do seu penteado, nem quando o vestido dela irrompeu em chamas ou quando ela fez um bom tiro com uma flecha. Nem quando o Peeta vos levou a gostar dela. Quero ouvir um momento em que *ela* vos fez sentir algo genuíno.

O silêncio prolonga-se e começo a achar que nunca terminará quando o Leevy começa a falar. — Quando ela se ofereceu para tomar o lugar da Prim na ceifa. Porque tenho a certeza de que achava que ia morrer.

— Ótimo. Um excelente exemplo — anui o Haymitch. Pega num marcador roxo e escreve num bloco de notas. — Ofereceu-se para substituir a irmã na ceifa. — O Haymitch olha em volta da mesa. — Outra pessoa.

Fico surpreendida ao ver que o orador seguinte é o Boggs, que eu considero um robô musculado obedecendo às ordens da Coin. — Quando ela cantou aquela canção. Enquanto a rapariguinha morria. — Algures na minha cabeça surge uma imagem do Boggs com um rapazinho empoleirado na coxa. No refeitório, acho eu. Afinal talvez não seja um robô.

— Quem é que não se comoveu com isso, não é verdade? — comenta o Haymitch, anotando-o.

— Eu chorei quando ela drogou o Peeta para poder ir buscar-lhe o remédio e quando ela lhe deu um beijo de despedida! — diz a Octavia, abruptamente. Depois tapa a boca, como se estivesse certa de que disse algum disparate.

Mas o Haymitch apenas acena com a cabeça. — Ah, sim. Drogou o Peeta para lhe salvar a vida. Muito bem.

Os momentos começam a surgir em catadupa, sem qualquer ordem especial. Quando eu aceitei a Rue como aliada. Estendi a mão ao Chaff na noite da entrevista. Tentei transportar a Mags. E, repetidamente, quando estendi aquelas bagas que significaram tantas coisas diferentes para pessoas diferentes. Amor pelo Peeta. A recusa de desistir em face de dificuldades. Desafio à brutalidade do Capitólio.

O Haymitch levanta o bloco de notas. — Muito bem, a pergunta é esta: o que é que todos estes momentos têm em comum?

— São da Katniss — responde o Gale, baixinho. — Ninguém lhe disse o que fazer ou dizer.

— Espontâneos, sim! — exclama o Beetee. Depois inclina-se para mim e dá-me uma palmadinha na mão. — Então devíamos apenas deixar-te sozinha, certo?

As pessoas riem-se. Eu até sorrio um pouco.

— Bem, isso é tudo muito bonito, mas não vejo em que nos pode ajudar — intervém a Fulvia, rabugenta. — Infelizmente, as oportunidades de a Katniss ser espontânea e maravilhosa aqui no Treze são bastante limitadas. Por isso, a não ser que esteja a sugerir que a lancemos para o meio dos combates...

— É *precisamente* isso que estou a sugerir — interrompe o Haymitch. — Colocá-la no terreno e manter as câmaras a filmar.

— Mas as pessoas julgam que ela está grávida — lembra o Gale.

— Espalhamos a notícia de que ela perdeu o bebé com o choque elétrico na arena — sugere o Plutarch. — Muito triste. Uma grande infelicidade.

A ideia de me enviar para o combate é controversa. Mas o Haymitch tem bons argumentos a seu favor. Se eu só me saio bem apenas em circunstâncias da vida real, então devia participar nelas. — Sempre que a orientamos ou lhe damos textos, o melhor que podemos esperar é um desempenho medíocre. Tem de vir dela. É isso que sensibiliza as pessoas.

— Mesmo que tenhamos cuidado, não podemos garantir a segurança dela — lembra o Boggs. — Ela será um alvo para todos...

— Eu quero ir — interrompo. — Não posso ajudar os rebeldes aqui.

— E se fores morta? — pergunta a Coin.

— Tratem de arranjar algumas imagens. Podem usar isso, em todo o caso — respondo.

— Está bem — anui a Coin. — Mas vamos fazer uma coisa de cada vez. Procurar a situação menos perigosa que possa suscitar em ti alguma espontaneidade. — Ela circula pelo Comando, examinando os mapas dos distritos iluminados que mostram as posições atuais das tropas na guerra em curso. — Levem-na para o Oito esta tarde. Houve fortes bombardeamentos hoje de manhã, mas o ataque parece que já terminou. Quero-a rodeada de um pelotão de guarda-costas. A equipa de filmagens no terreno. Haymitch, estarás no ar e em contacto com ela. Vamos ver o que acontece. Alguém quer fazer mais algum comentário?

— Lavem-lhe a cara — sugere o Dalton. Toda a gente se volta para ele. — Ela ainda é uma rapariga e parece que tem trinta e cinco anos. Está errado. Parece algo que o Capitólio faria.

Quando a Coin dá por encerrada a reunião, o Haymitch pergunta-lhe se pode falar comigo em privado. Os outros saem, exceto o Gale, que permanece hesitante ao meu lado. — Estás com medo de quê? — pergunta-lhe o Haymitch. — Sou eu que preciso de um guarda-costas.

— Eu fico bem — digo ao Gale, e ele vai-se embora. Depois ouve-se apenas o zumbido dos instrumentos, o ronrom do sistema de ventilação. O Haymitch senta-se na cadeira à minha frente. — Vamos ter de trabalhar juntos de novo. Portanto, vá. Diz o que tens a dizer.

Lembro-me da conversa cruel e mal-humorada que tivemos na aeronave. Do rancor que se seguiu. Mas digo apenas: — Não consigo acreditar que não tenhas salvo o Peeta.

— Eu sei — responde ele.

Há uma sensação de insuficiência. E não porque ele não tenha pedido desculpa. Mas porque constituíamos uma equipa. Tínhamos um acordo para salvar o Peeta. Um acordo ébrio e irrealista feito a meio da noite mas um acordo, apesar de tudo. E, no fundo dos fundos, sei que ambos falhámos.

— Agora diz tu — insto-lhe.

— Não consigo acreditar que o tenhas deixado sozinho naquela noite — acusa o Haymitch.

Aceno com a cabeça. Está dito. — Penso nisso todos os dias. O que poderia ter feito para o manter ao meu lado, sem romper a aliança. Mas não me ocorre nada.

— Não tinhas alternativa. E mesmo que eu pudesse ter obrigado o Plutarch a ficar e salvá-lo naquela noite, a aeronave teria sido abatida. Mesmo assim só conseguimos escapar por um triz. — Olho-o finalmente nos olhos. Olhos do Jazigo. Cinzentos e profundos, com olheiras de várias noites em claro. — Ele ainda não morreu, Katniss.

— Ainda estamos no jogo. — Tento dizer isto com otimismo, mas treme-me a voz.

— Ainda. E eu continuo a ser o teu mentor. — O Haymitch aponta-me o marcador. — Quando estiveres em terra, lembra-te de que eu estou no ar. Terei uma visão superior, portanto, faz o que eu te mandar.

— Veremos — respondo.

Volto para a Sala de Transformação e observo os fios de maquilhagem desaparecer pelo cano abaixo enquanto lavo a cara. A pessoa no espelho parece defeituosa, com a sua pele manchada e olhos cansados, mas é parecida comigo. Arranco a braçadeira, revelando a feia cicatriz do *chip* de localização. Pronto. Isso também faz parte de mim.

Uma vez que estarei numa zona de guerra, o Beetee ajuda-me a vestir a armadura que o Cinna desenhou. Um capacete de metal entrelaçado que se ajusta à minha cabeça. O material é flexível, como tecido, e pode ser puxado para trás como um capuz se eu não o quiser em cima o tempo inteiro. Um colete para reforçar a proteção dos meus órgãos vitais. Um pequeno auricular branco ligado ao meu colarinho por um fio. O Beetee prende uma máscara ao meu cinto que só tenho de usar em caso de um ataque com gases. — Se vires alguém cair por razões que não consegues explicar, coloca-a imediatamente — aconselha. Por fim, amarra-me uma aljava dividida em três cilindros de flechas às costas. — Lembra-te: Lado direito, fogo. Lado esquerdo, explosivos. Centro, normal. Não deves precisar delas, mas mais vale prevenir do que remediar.

O Boggs vem buscar-me para me escoltar até à Divisão Aérea. Assim que chega o elevador, surge o Finnick num estado de grande agitação. — Katniss, eles não me deixam ir! Garanti-lhes que estava bem, mas nem sequer me deixam seguir na aeronave!

Examino o Finnick — as pernas nuas entre a túnica do hospital e as pantufas, o cabelo emaranhado, a corda com alguns nós enrolada à volta dos dedos, o olhar esgazeado — e sei que qualquer pedido da minha parte será inútil. Nem mesmo eu penso que seja boa ideia levá-lo. Então bato com a mão na testa e exclamo: — Ah, esqueci-me. É desta estúpida concussão. Devia dizer-te para te apresentares ao Beetee no Armamento Especial. Ele construiu um novo tridente para ti.

À palavra *tridente*, parece que o velho Finnick volta à superfície. — A sério? O que é que faz?

— Não sei. Mas se for como o meu arco e flechas, vais adorar — respondo. — Mas vais precisar de treinar com ele.

— Sim, claro. Então penso que seja melhor ir para lá — conclui ele.

— Finnick? — acrescento. — Talvez... umas calças?

Ele olha para as pernas como se estivesse a reparar pela primeira vez no que traz vestido. Depois tira de súbito a túnica do hospital, ficando apenas de roupa interior. — Porquê? Achas isto — ele adota uma pose ridiculamente provocadora — perturbador?

Não posso deixar de me rir, porque tem graça, e ainda mais porque deixa o Boggs bastante embaraçado, e porque me sinto feliz por o Finnick voltar a ser o rapaz que conheci no Quarteirão.

— Também sou mulher, Odair. — Entro no elevador antes das portas se fecharem. — Desculpa — digo ao Boggs.

— Não tens de pedir desculpa. Acho que lidaste muito bem com a situação — assegura-me ele. — Sempre é melhor do que ter de o prender.

— Pois — concordo. Lanço-lhe um olhar de esguelha, examinando-o. Ele tem quarenta e poucos anos, cabelo grisalho curto e olhos azuis. E uma postura incrível. Já por duas vezes hoje falou de um modo que me leva a pensar que gostaria de o ter como amigo, e não como inimigo. Talvez devesse dar-lhe uma oportunidade. Mas ele parece tão sintonizado com a Coin...

Oiço uma série de estalidos ruidosos. O elevador para brevemente e depois começa a deslocar-se para a esquerda. — Isto anda de lado? — pergunto.

— Sim. Há toda uma rede de caminhos para o elevador debaixo do Treze — responde o Boggs. — Este fica mesmo por cima do travão de transporte da quinta plataforma de descolagem. Está a levar-nos para o Hangar.

O Hangar. As masmorras. A Defesa Especial. Algures cultivam-se alimentos, gera-se energia, purifica-se ar e água. — O Treze é ainda maior do que imaginava.

— O mérito não é nosso, em grande parte — revela o Boggs. — Herdámos quase tudo. Praticamente só tivemos de manter tudo a funcionar.

Oiço novamente os estalidos. Voltamos a descer um pouco — apenas dois pisos — e as portas abrem-se para o Hangar.

— Oh — deixo escapar sem querer, ao ver a frota. Filas intermináveis de vários tipos de aeronaves. — Também herdaram isto?

— Algumas foram construídas por nós. Outras pertenciam à força aérea do Capitólio. Foram modernizadas, claro — responde o Boggs.

Volto a sentir aquela pontada de ódio contra o 13. — Quer dizer que tinham tudo isto e deixaram os outros distritos sem defesa contra o Capitólio.

— Não é assim tão simples — replica ele. — Até há bem pouco tempo não tínhamos condições para lançar um contra-ataque. Mal conseguíamos sobreviver. Depois de termos derrotado e executado o pessoal do Capitólio, apenas meia dúzia de nós sabia pilotar. Podíamos ter lançado mísseis nucleares, claro, mas permanece sempre a grande questão: Se travássemos esse tipo de guerra com o Capitólio, restaria alguma vida humana?

— Isso parece o que disse o Peeta. E no entanto chamaram-lhe traidor — contra-ataco.

— Porque ele apelou a um cessar-fogo — explica o Boggs. — Hás de reparar que nenhum dos lados lançou armas nucleares. Estamos a resolver as coisas à moda antiga. Por aqui, soldado Everdeen. — Ele indica-me uma das aeronaves mais pequenas.

Subo as escadas e encontro a nave a abarrotar com a equipa e o material de filmagem. Todos os outros vestem os macacões militares cinzento--escuros do 13, até o Haymitch, embora este pareça insatisfeito com o aperto do colarinho.

A Fulvia Cardew vem ter comigo e solta um suspiro de frustração quando vê a minha cara lavada. — Todo aquele trabalho para nada. Não estou a culpar-te, Katniss. Só que muito poucas pessoas nascem com rostos telegénicos. Como este. — Ela agarra no Gale, que está a conversar com o Plutarch, e volta-o para nós. — Não é lindo?

O Gale fica de facto bastante atraente de uniforme, confesso. Mas a pergunta serve apenas para nos deixar embaraçados, atendendo à nossa história. Estou a tentar pensar numa réplica espirituosa quando o Boggs diz bruscamente: — Bem, não podes esperar que fiquemos demasiado impressionados. Acabámos de ver o Finnick Odair de roupa interior. — Decido então gostar do Boggs.

Ouve-se um aviso de partida iminente e sento-me num lugar ao lado do Gale, apertando o cinto de segurança. Fico de frente para o Haymitch e o Plutarch. Deslizamos por um labirinto de túneis que se abre para uma plataforma. Uma espécie de ascensor faz subir lentamente a aeronave através dos vários pisos. Subitamente, estamos lá fora, num campo enorme rodeado de árvores. Depois descolamos da plataforma e envolvemo-nos nas nuvens.

Agora que toda a agitação que antecedeu esta missão parece ter chegado ao fim, percebo que não faço ideia do que vou encontrar nesta viagem ao Distrito 8. Na verdade, sei muito pouco da situação atual da guerra. E do que seria necessário para vencê-la. E do que aconteceria se vencêssemos.

O Plutarch tenta explicar-me a situação em palavras simples. Em primeiro lugar, todos os distritos estão atualmente em guerra com o Capitólio, exceto o 2, que sempre teve uma relação privilegiada com os nossos inimigos apesar da sua participação nos Jogos da Fome. Têm mais comida e melhores condições de vida. Depois da Idade das Trevas e da suposta destruição do 13, o Distrito 2 tornou-se o novo centro de defesa do Capitólio, embora seja apresentado publicamente como o centro das pedreiras da nação, da mesma forma que o 13 era conhecido pelas suas minas de grafite. O Distrito 2 não só fabrica material de guerra como treina e fornece Soldados da Paz.

— Quer dizer que... alguns dos Soldados da Paz são do Dois? — pergunto. — Pensei que viessem todos do Capitólio.

O Plutarch acena com a cabeça. — É o que eles querem que pensemos. E alguns vêm de facto do Capitólio. Mas a sua população nunca poderia sustentar uma força daquele tamanho. E depois existe o problema de recrutar cidadãos nascidos e criados no Capitólio para uma vida aborrecida e de privações nos distritos. Um compromisso de vinte anos com os Soldados da Paz, sem casamento, sem filhos. Alguns escolhem-no pela honra que isso lhes traz, outros aceitam-no como alternativa ao castigo. Por exemplo, quem se tornar Soldado da Paz vê as suas dívidas perdoadas. Há muitas pessoas atoladas em dívidas no Capitólio, mas nem todas estão aptas para o serviço militar. Então o Capitólio volta-se para o

Distrito Dois para recrutar mais tropas. É também uma forma de as pessoas do Dois fugirem à pobreza e a uma vida nas pedreiras. São criadas com uma mentalidade guerreira. Viste como as crianças do Dois anseiam por ser tributos.

O Cato e a Clove. O Brutus e a Enobaria. Vi a sua ânsia e também a sua sede de sangue. — Mas todos os outros distritos estão do nosso lado? — pergunto.

— Sim. O nosso objetivo é conquistar os distritos um a um, terminando com o Distrito Dois e interrompendo assim a cadeia de abastecimentos do Capitólio. Depois, quando este se encontrar enfraquecido, lançamos a invasão final — explica o Plutarch. — Mas isso será todo um outro tipo de desafio. Cada coisa a seu tempo.

— Se vencermos, quem se encarregará do governo? — pergunta o Gale.

— Toda a gente — responde-lhe o Plutarch. — Vamos formar uma república onde as pessoas de cada distrito e do Capitólio poderão eleger os seus representantes num governo centralizado. Não faças esse ar tão desconfiado; já resultou no passado.

— Nos livros — resmunga o Haymitch.

— Nos livros de História — corrige o Plutarch. — E se os nossos antepassados conseguiram, então nós também conseguiremos.

Sinceramente, não acho que nos possamos gabar dos nossos antepassados. Quero dizer, veja-se o estado em que nos deixaram, com as guerras e o planeta destroçado. É evidente que não se preocupavam com o que aconteceria às pessoas que viessem depois. Mas a ideia de uma república parece uma melhoria relativamente ao nosso governo atual.

— E se perdermos? — pergunto.

— Se perdermos? — O Plutarch olha lá para fora para as nuvens e faz um sorriso irónico. — Nesse caso imagino que os Jogos da Fome do próximo ano serão inesquecíveis. A propósito. — Ele tira um frasquinho do colete, abana-o e deita alguns comprimidos roxos para uma mão que estende para nós. — Chamámos-lhes *camarinhas da noite*, em tua honra, Katniss. Os rebeldes não podem deixar que ninguém seja capturado neste momento. Mas prometo que a morte será completamente indolor.

Pego numa cápsula, sem saber onde guardá-la. O Plutarch toca num lugar no meu ombro na parte da frente da minha manga esquerda. Examino-o e descubro um bolso minúsculo que guarda e esconde o comprimido. Mesmo que as minhas mãos estivessem atadas, poderia inclinar a cabeça para a frente e rompê-lo com os dentes.

O Cinna, parece, pensou em tudo.

7

A aeronave faz uma descida rápida e em espiral para uma estrada larga nos arredores do 8. Quase imediatamente, a porta abre-se, as escadas desdobram-se e somos cuspidos para o asfalto. Assim que a última pessoa desembarca, o equipamento recolhe-se. Depois a nave levanta voo e desaparece. Deixam-me com uma guarda pessoal composta pelo Gale, o Boggs e dois outros soldados. A equipa de filmagens consta de um par de corpulentos operadores de câmara do Capitólio com pesadas câmaras móveis envolvendo-lhes o corpo como carapaças de insetos, uma realizadora chamada Cressida, que tem a cabeça rapada e tatuada com trepadeiras verdes, e o assistente dela, o Messalla, um jovem magro com vários conjuntos de brincos. Observando-o melhor, vejo que tem também um *piercing* na língua, uma bola de prata do tamanho de um berlinde.

O Boggs afasta-nos rapidamente da estrada em direção a uma fila de armazéns quando outra aeronave faz a sua aterragem. Esta traz caixas de material médico e uma equipa de seis paramédicos — percebo pelos seus característicos uniformes brancos. Seguimos o Boggs por um beco entre dois armazéns cinzentos. Apenas as escadas de acesso ao telhado a intervalos irregulares interrompem a monotonia das paredes de metal riscadas. Quando saímos para a rua, parece que entramos noutro mundo.

Os feridos do bombardeamento desta manhã começam a chegar. Transportados em macas improvisadas, carrinhos de mão, carroças, aos ombros e em braços. Sangrando, sem membros, inconscientes. Impelidos por pessoas desesperadas para um armazém com um *H* pintado toscamente por cima da porta. Parece uma cena da minha velha cozinha, onde a minha mãe tratava os moribundos, multiplicada por dez, por cinquenta, por cem. Estava à espera de edifícios bombardeados e em vez disso deparo-me com corpos humanos dilacerados.

É aqui que eles planeiam filmar-me? Volto-me para o Boggs. — Isto não vai dar — assevero. — Não consigo fazer nada aqui.

Ele deve perceber o medo nos meus olhos, porque para durante um momento e coloca as mãos nos meus ombros. — Consegues. Deixa apenas que eles te vejam. Isso fará mais por eles do que qualquer médico no mundo.

Uma mulher orientando os feridos que chegam repara em nós, para para nos examinar, e depois aproxima-se a passos largos. Tem os olhos castanho-escuros inchados por causa do cansaço e cheira a metal e suor. A ligadura que traz ao pescoço já devia ter sido mudada há pelo menos três dias. A correia da espingarda automática pendurada às costas prende-lhe o pescoço e ela encolhe o ombro para reposicioná-la. Com um gesto brusco do polegar, manda os paramédicos entrar para o armazém. Eles obedecem imediatamente.

— Esta é a comandante Paylor do Oito — apresenta o Boggs. — Comandante, a soldado Katniss Everdeen.

Ela parece jovem para ser comandante. Trinta e poucos anos. No entanto, o tom autoritário na sua voz leva-me a crer que a sua nomeação não terá sido arbitrária. Ao lado dela, no meu fato novinho em folha, limpa e reluzente, sinto-me como uma cria acabada de sair do ovo, inexperiente e começando a aprender a enfrentar o mundo.

— Sim, sei quem é — afirma a Paylor. — Estás viva, então. Não tínhamos a certeza. — Estarei errada ou haverá um tom de acusação na sua voz?

— Eu própria ainda não tenho a certeza — respondo.

— Esteve em convalescença. — O Boggs toca na cabeça. — Uma grave concussão. — Depois baixa a voz por um momento. — Aborto espontâneo. Mas ela insistiu em vir para visitar os feridos.

— Bem, feridos temos muitos — garante a Paylor.

— Acha que isto é boa ideia? — pergunta o Gale, franzindo o sobrolho para o hospital. — Reunir os vossos feridos desta maneira?

Eu não acho. Qualquer doença contagiosa pode espalhar-se rapidamente neste lugar.

— Acho que é ligeiramente melhor do que deixá-los morrer — contrapõe a Paylor.

— Não foi isso que quis dizer — assegura o Gale.

— Bem, neste momento esta é a minha outra alternativa. Mas se arranjares uma terceira e conseguires a aprovação da Coin, estou pronta a ouvir. — A Paylor aponta para a porta. — Entra, Mimo-gaio. E claro que sim, traz os teus amigos.

Olho para trás para o espetáculo bizarro que é a minha equipa, respiro fundo e entro atrás dela no hospital. Uma espécie de cortina pesada e industrial pendurada ao longo do edifício forma um corredor bastante grande ao meio. Há cadáveres no chão, deitados lado a lado com panos brancos a cobrir-lhes o rosto e a cortina a roçar-lhes a cabeça. — Começámos a abrir uma vala comum a alguns quarteirões a ocidente daqui, mas ainda não posso dispensar efetivos para os transportar — justifica a Paylor. Procura uma abertura na cortina e afasta-a de par em par.

Os meus dedos apertam o pulso do Gale. — Não saias do meu lado — sussurro-lhe.

— Estou mesmo aqui — responde ele, baixinho.

Transponho a cortina e os meus sentidos são assaltados. O meu primeiro impulso é tapar o nariz para não sentir o fedor a roupa suja, carne em decomposição e vómito, tudo amadurecendo no calor do armazém. Eles abriram claraboias que atravessam o teto alto de metal, mas o pouco ar que entra não consegue penetrar na névoa em baixo. Os finos raios de luz solar são a única iluminação e, depois de os meus olhos se adaptarem, consigo distinguir várias filas de feridos, em catres, em enxergas, no chão, porque há tanta gente a reclamar o espaço. O zumbido de moscas pretas, o gemido de pessoas a sofrer e os soluços dos familiares que os acompanham juntaram-se para formar um coro pungente.

Não temos verdadeiros hospitais nos distritos. Morremos em casa, o que neste momento parece uma alternativa muito mais desejável ao que vejo à minha frente. Depois lembro-me de que muitas destas pessoas provavelmente perderam as suas casas nos bombardeamentos.

O suor começa a escorrer-me pelas costas, a encher-me as palmas das mãos. Respiro pela boca num esforço para atenuar o cheiro. Pontos negros atravessam-me o campo de visão e julgo que há uma boa probabilidade de que possa desmaiar. Mas depois reparo na Paylor, que me observa atentamente, esperando para ver de que sou feita, e se eles tinham razão em pensar que podiam contar comigo. Então largo o Gale e obrigo-me a avançar pelo armazém, a percorrer a estreita faixa entre duas filas de camas.

— Katniss? — Uma voz rouca à minha esquerda sobressai do ruído geral. — Katniss? — Uma mão estende-se da névoa para me tocar. Agarro-a para me apoiar. A mão é de uma rapariga com uma perna ferida. O sangue já se infiltrou nas pesadas ligaduras, cobertas de moscas. O seu rosto reflete a sua dor, mas também outra coisa, algo que parece completamente incompatível com o seu estado. — És mesmo tu?

— Sim, sou eu — consigo dizer.

Alegria. É essa a expressão que vejo. Ao som da minha voz, o rosto dela anima-se, esquece por momentos o sofrimento.

— Estás viva! Não sabíamos. As pessoas diziam que estavas, mas não sabíamos! — exclama ela, animada.

— Fiquei bastante amachucada. Mas já melhorei — acrescento.
— Como tu vais melhorar.
— Tenho de dizer ao meu irmão! — A jovem esforça-se por se sentar e chama alguém a algumas camas de distância. — Eddy! Eddy! Ela está aqui! É a Katniss Everdeen!

Um rapaz, com cerca de doze anos, volta-se para nós. Ligaduras escuras cobrem-lhe metade da cara. O lado da boca que consigo ver abre-se como se quisesse proferir uma exclamação. Vou ter com ele, afasto-lhe os caracóis castanhos e húmidos da testa. Murmuro-lhe um cumprimento. Ele não consegue falar, mas o seu olho são fixa-me intensamente, como se estivesse a tentar memorizar todos os pormenores do meu rosto.

Oiço o meu nome atravessar o ar quente, espalhando-se pelo hospital.
— Katniss! Katniss Everdeen! — Os ruídos de sofrimento e dor começam a diminuir, substituídos por palavras de expectativa. De todos os lados, vozes chamam-me. Começo a andar, apertando as mãos estendidas, tocando nas partes sãs dos que não conseguem mexer os membros, dizendo olá, como estás, prazer em conhecer-te. Nada importante, nenhuma palavra espantosa de inspiração. Mas não importa. O Boggs tem razão. A inspiração é a possibilidade de me verem viva.

Dedos ávidos devoram-me, querendo sentir-me a pele. Quando um homem ferido me agarra o rosto entre as mãos, agradeço silenciosamente ao Dalton por ter sugerido que eu tirasse a maquilhagem. Como me iria sentir ridícula e perversa apresentando aquela máscara do Capitólio a estas pessoas. As cicatrizes, a fadiga, as imperfeições. É isso que permite que elas me reconheçam, a razão por que lhes pertenço.

Apesar da controversa entrevista com o Caesar, muitos perguntam pelo Peeta, assegurando-me que sabem que ele estava a falar sob coação. Esforço-me por transmitir otimismo em relação ao nosso futuro, mas as pessoas mostram-se verdadeiramente devastadas quando ficam a saber que eu perdi o bebé. Quero confessar e dizer a uma mulher em lágrimas que foi tudo um embuste, uma jogada, mas apresentar o Peeta como um mentiroso neste momento não iria favorecer a sua imagem. Nem a minha. Nem a causa.

Começo a perceber realmente até que ponto as pessoas estão dispostas a ir para me proteger. O que eu significo para os rebeldes. A luta contínua contra o Capitólio, que tantas vezes me pareceu uma viagem solitária, não foi empreendida só por mim. Tive vários milhares de pessoas nos distritos ao meu lado. Fui o seu Mimo-gaio muito antes de aceitar o papel.

Uma nova sensação começa a germinar dentro de mim. Mas só quando me encontro em cima de uma mesa, despedindo-me das vozes roucas que chamam o meu nome, é que consigo defini-la. Poder. Eu tenho um tipo de poder que nunca percebi que tinha. O Snow percebeu-o, assim que eu mostrei aquelas bagas. O Plutarch percebeu quando me resgatou da arena. E a Coin percebe agora. De tal modo que tem de fazer lembrar publicamente ao seu povo que ela é que manda, não eu.

Quando nos encontramos de novo lá fora, encosto-me ao armazém, recuperando o fôlego, aceitando a cantina de água do Boggs. — Estiveste muito bem — diz-me ele.

Bem, não desmaiei nem vomitei nem fugi aos gritos. Sobretudo, deixei-me levar pela vaga de emoções que atravessou o lugar.

— Conseguimos algumas belas imagens lá dentro — informa a Cressida. Olho para os operadores de câmara, os insetos, suando por baixo do seu equipamento. O Messalla rabiscando apontamentos. Até me tinha esquecido de que eles estavam a filmar.

— Não fiz grande coisa, na verdade — afirmo.

— Tens de dar algum valor ao que fizeste no passado — sugere o Boggs.

O que fiz no passado? Penso no rasto de destruição que deixei para trás — os meus joelhos cedem e deixo-me deslizar pela parede até me sentar. — Isso é um vasto sortido.

— Bem, não és perfeita, de modo nenhum. Mas, atendendo às circunstâncias, terás de servir — remata o Boggs.

O Gale agacha-se ao meu lado, abanando a cabeça. — Não consigo acreditar que tenhas deixado todas aquelas pessoas tocar-te. Estava sempre à espera que desatasses a correr para a porta.

— Cala-te — respondo, com uma risada.

— A tua mãe vai ficar muito orgulhosa quando vir as imagens — assegura ele.

— A minha mãe nem sequer vai reparar em mim. Ficará demasiado chocada com as condições ali dentro. — Volto-me para o Boggs e pergunto: — É assim em todos os distritos?

— Sim. A maioria está a ser atacada. Estamos a tentar levar ajuda para onde quer que seja possível, mas não chega. — Ele para por um minuto, distraído por algo no seu auricular. Apercebo-me de que não ouvi a voz do Haymitch uma única vez e mexo no meu, perguntando-me se estará avariado. — Temos de ir para a pista de aterragem. Imediatamente — avisa o Boggs, levantando-me com uma mão. — Surgiu um problema.

— Que tipo de problema? — pergunta o Gale.

— Vêm aí bombardeiros — informa o Boggs, pondo a mão atrás do meu pescoço e puxando o capacete do Cinna para cima da minha cabeça. — Vamos!

Sem saber bem o que se está a passar, começo a correr ao longo da fachada do armazém, dirigindo-me para o beco que conduz à pista de aterragem. No entanto, não vejo qualquer sinal de perigo iminente. O céu está azul, vazio e sem nuvens. A rua também está vazia, excetuando as pessoas transportando os feridos para o hospital. Não vejo o inimigo, nenhum alarme. Depois as sirenes começam a uivar. Segundos depois, uma formação em forma de V de aeronaves do Capitólio voando a baixa altitude surge por cima de nós e as bombas começam a cair. Sou lançada para o ar, contra a parede da frente do armazém. Sinto uma dor lancinante mesmo por cima da parte posterior do joelho direito. Alguma coisa também me atingiu nas costas, mas parece não ter atravessado o colete. Tento levantar-me, mas o Boggs empurra-me para baixo, protegendo-me com o corpo. Sinto o chão tremer por baixo de mim à medida que as bombas lançadas das naves começam a explodir.

É uma sensação horrível estar presa a uma parede enquanto as bombas caem. Como era aquela expressão que o meu pai usava para presas fáceis? *Matar peixes num barril*. Nós somos os peixes, a rua é o barril.

— Katniss! — Sobressalto-me com a voz do Haymitch ao ouvido.

— O quê? Sim, o quê? Estou aqui! — respondo.

— Ouve. Não podemos aterrar durante o bombardeamento, mas é fundamental que não sejas vista — avisa ele.

— Então eles não sabem que estou aqui? — Presumi, como de costume, que a minha presença tivesse despoletado o castigo.

— Os serviços secretos acham que não. Que este ataque já estava programado — responde o Haymitch.

Depois surge a voz do Plutarch, calma mas enérgica. A voz de um Chefe dos Produtores dos Jogos habituado a tomar decisões sob pressão.

— Há um armazém azul-claro mais à frente. Tem um *bunker* no canto norte. Conseguem lá chegar?

— Faremos o nosso melhor — responde o Boggs. O Plutarch deve chegar ao ouvido de todos, porque os meus guarda-costas e a equipa de filmagem estão a levantar-se. Os meus olhos procuram instintivamente o Gale e veem que ele já está de pé, aparentemente ileso.

— Têm quarenta e cinco segundos até ao próximo ataque — informa o Plutarch.

Solto um gemido de dor quando a minha perna direita sustém o peso do corpo, mas continuo a andar. Não há tempo para examinar o ferimento. De qualquer maneira, é melhor nem olhar agora. Felizmente, trago calçados os sapatos que o Cinna desenhou. Agarram bem o asfalto quando pouso os pés e soltam-se facilmente quando os levanto. Seria um desastre se tivesse aquele par defeituoso que o 13 me atribuiu. O Boggs vai à frente, mas mais ninguém me ultrapassa. Acompanham-me o passo, protegendo-me os flancos, as costas. Obrigo-me a correr mais depressa, sentindo os segundos passar. Deixamos o segundo armazém cinzento para trás e corremos ao longo de um edifício castanho-claro. Mais à frente, vejo uma fachada azul desbotada. O armazém do *bunker*. Estamos a chegar a outro beco, precisando apenas de atravessá-lo para chegar à porta, quando começa a nova vaga de bombas. Atiro-me instintivamente para o beco e rebolo para a parede azul. Agora é o Gale que se lança sobre mim para me oferecer mais uma camada de proteção contra o bombardeamento. Desta vez parece demorar mais, mas encontramo-nos mais longe.

Volto-me para o lado e dou por mim a olhar diretamente para os olhos do Gale. Durante um instante, o mundo recua e vejo apenas o seu rosto corado, a pulsação visível na fonte, os lábios ligeiramente abertos enquanto ele tenta recuperar o fôlego.

— Estás bem? — pergunta ele. As suas palavras são quase abafadas por uma explosão.

— Estou. Acho que ainda não me viram — respondo. — Quero dizer, não vêm atrás de nós.

— Não, o alvo deles parece ser outro — diz o Gale.

— Eu sei, mas não há nada lá atrás, a não ser... — Percebemos ao mesmo tempo.

— O hospital. — Num instante, o Gale está de pé e a gritar para os outros. — Estão a bombardear o hospital!

— Isso não é problema vosso — anuncia o Plutarch, firmemente. — Entrem no *bunker*.

— Mas não há lá nada senão feridos! — exclamo.

— Katniss. — Oiço o tom de advertência na voz do Haymitch e sei o que ele vai dizer. — Nem sequer penses em... — Arranco o auricular e deixo-o pendurado pelo fio. Sem isso para me distrair, oiço outro ruído. Tiros de metralhadora vindos do telhado do armazém castanho do outro lado do beco. Alguém está a ripostar. Antes que possam impedir-me, corro para uma escada de acesso e começo a subi-la. Trepando. Uma das coisas que sei fazer melhor.

— Não pares! — oiço o Gale dizer atrás de mim. Depois o ruído da bota dele no rosto de alguém. Se pertencer ao Boggs, o Gale vai pagar caro por isso mais tarde. Chego ao telhado e arrasto-me para o alcatrão. Detenho-me o tempo suficiente para puxar o Gale para o meu lado e depois corremos para a fila de ninhos de metralhadoras no lado do armazém virado para a rua. Cada um parece ter dois rebeldes. Metemo-nos num ninho com um par de soldados, agachados atrás da barreira.

— O Boggs sabe que estão aqui em cima? — À minha esquerda, vejo a Paylor atrás de uma das metralhadoras, olhando para nós com um ar curioso.

Tento ser ambígua, sem mentir descaradamente. — Ele sabe onde estamos, pode crer.

A Paylor ri-se. — Aposto que sim. Foram treinados a usar isto? — Ela bate na coronha da sua arma.

— Eu fui. No Treze — responde o Gale. — Mas prefiro usar as minhas próprias armas.

— Sim, temos os nossos arcos. — Levanto o meu. Depois percebo como deve parecer decorativo. — É mais perigoso do que parece.

— Teria de ser — diz a Paylor. — Está bem. Estamos à espera de pelo menos mais três ataques. Eles têm de baixar as portas antes de lançar as bombas. Essa é a nossa oportunidade. Baixem-se! — Posiciono-me para atirar a partir de um joelho.

— É melhor começarmos com fogo — sugere o Gale.

Aceno com a cabeça e tiro uma flecha da aljava direita. Se não acertarmos nos nossos alvos, as flechas cairão em algum lugar — provavelmente nos armazéns do outro lado da rua. Um fogo pode ser extinto, mas os estragos causados por um explosivo serão irreparáveis.

De repente, eles surgem no céu, dois quarteirões mais abaixo, talvez a uma centena de metros por cima de nós. Sete pequenos bombardeiros em formação de V. — Gansos! — grito para o Gale. Ele saberá exatamente o que quero dizer. Durante a época das migrações, quando caçávamos aves, desenvolvemos um sistema para dividir o bando e assim não abater as mesmas aves. Eu fico com o lado mais distante do V, o Gale com o mais próximo, e revezamo-nos a atirar ao pássaro da frente. Não há mais tempo para conversa. Calculo o tempo de avanço para as aeronaves e lanço a minha flecha. Atinjo a asa interior de uma delas, levando-a a irromper em chamas. O Gale falha por pouco a nave da ponta. Um incêndio deflagra no telhado do armazém vazio à nossa frente. Ele pragueja baixinho.

A aeronave que atingi sai da formação, mas ainda larga as suas bombas. Contudo, não desaparece. Nem tão-pouco uma outra que presumo ter sido atingida por tiros de metralhadora. Os estragos devem impedir a reabertura das portas das bombas.

— Belo tiro — elogia o Gale.

— Não estava a fazer pontaria para essa — resmungo. Tinha apontado para a nave à frente. — São mais rápidos do que julgamos.

— Posições! — berra a Paylor. A vaga seguinte de aeronaves já está a aparecer.

— O fogo não serve — conclui o Gale. Aceno com a cabeça e preparamos as flechas com explosivos. Seja como for, aqueles armazéns do outro lado parecem abandonados.

Enquanto as naves se aproximam em silêncio, tomo outra decisão.

— Vou pôr-me de pé! — grito para o Gale, e levanto-me. É a posição que me garante maior precisão. Atiro mais cedo e consigo um tiro certeiro na nave da ponta, abrindo-lhe um buraco no ventre. O Gale rebenta com a cauda da segunda. Esta volta-se e mergulha na rua, desencadeando uma série de explosões quando a sua carga atinge o solo.

Inesperadamente, surge uma terceira formação em V. Desta vez, o Gale acerta em cheio na nave da ponta. Eu arranco a asa do segundo bombardeiro, voltando-o contra o que vem atrás. Os dois caem no telhado do armazém em frente do hospital. Um quarto é abatido por tiros de metralhadora.

— Pronto, acabou — anuncia a Paylor.

As chamas e o denso fumo preto dos destroços tapam-nos a vista.

— Atingiram o hospital?

— Acho que sim — responde ela, tristemente.

Quando corro para as escadas do armazém, surpreendo-me ao ver o Messalla e um dos insetos saindo de detrás de uma conduta de ventilação. Pensei que eles ainda estivessem agachados no beco.

— Estou a começar a gostar deles — comenta o Gale.

Desço rapidamente uma escada. Quando os meus pés atingem o chão, encontro um guarda-costas, a Cressida e o outro inseto à espera. Estou à espera de resistência, mas a Cressida faz-me sinal para avançar para o hospital. Está a gritar: — Quero lá saber, Plutarch! Dá-me só mais cinco minutos! — Não tendo por hábito recusar um livre-trânsito, desato a correr para a rua.

— Oh, não — murmuro quando vejo o hospital. O que costumava ser o hospital. Passo pelos feridos, pelos destroços em chamas das aeronaves, com os olhos fixos no desastre à minha frente. Pessoas a gritar, correndo freneticamente de um lado para o outro, mas incapazes de ajudar. As bombas destruíram o telhado do hospital e incendiaram o edifício, encurralando os doentes no interior. Um grupo de salvadores juntou-se para tentar abrir um caminho para o interior. Mas já sei o que vão encontrar. Se os doentes não morreram debaixo dos destroços e das chamas, morreram do fumo.

O Gale está ao meu lado. O facto de ele nada dizer confirma apenas as minhas suspeitas. Os mineiros só abandonam um acidente quando já não há esperança.

— Vamos, Katniss. O Haymitch diz que conseguem enviar-nos uma aeronave agora — informa ele. Mas parece que não consigo mexer-me.

— Porque fariam eles isto? Porque bombardeariam pessoas que já estavam a morrer? — pergunto-lhe.

— Para amedrontar os outros. Impedir os feridos de procurar ajuda — responde o Gale. — Aquelas pessoas que conheceste eram dispensáveis. Para o Snow, pelo menos. Se o Capitólio vencer, que fará com um bando de escravos estropiados?

Lembro-me de todos aqueles anos no bosque, escutando o Gale vociferar contra o Capitólio. E eu não prestando muita atenção. Perguntando-me por que razão ele se dava ao trabalho de analisar os motivos do Capitólio. Porque é que pensar como o nosso inimigo seria importante. Manifestamente, podia ter sido importante hoje. Quando o Gale pôs em dúvida a existência do hospital, não estava a pensar em doenças, mas nisto. Porque ele nunca subestima a crueldade daqueles que enfrentamos.

Volto lentamente as costas para o hospital e encontro a Cressida, ladeada dos insetos, dois metros à minha frente. Ela parece imperturbável. Fria, até. — Katniss — diz —, o presidente Snow mandou transmitir o bombardeamento em direto. Depois apareceu para dizer que foi a sua maneira de enviar um recado aos rebeldes. E tu? Gostarias de dizer alguma coisa aos rebeldes?

— Sim — murmuro. A luz vermelha cintilante numa das câmaras chama-me a atenção. Percebo que estou a ser filmada. — Sim — repito, com mais energia. Toda a gente começa a afastar-se de mim: o Gale, a Cressida, os insetos, cedendo-me a ribalta. Mas concentro-me na luz vermelha. — Quero dizer aos rebeldes que estou viva. Que estou aqui mesmo no Distrito Oito, onde o Capitólio acabou de bombardear um hospital cheio de homens, mulheres e crianças indefesos. Não haverá sobreviventes. — O choque que tenho estado a sentir começa a dar lugar à raiva. — Quero dizer às pessoas que, se por acaso julgam que o Capitólio irá tratar-nos com tolerância se houver um cessar-fogo, estão a iludir-se. Porque vocês sabem quem eles são e o que eles fazem. — As minhas mãos estendem-se automaticamente para indicar todo o horror à minha volta. — *Isto* é o que eles fazem! E nós temos de ripostar!

Estou a aproximar-me da câmara agora, impelida pela minha raiva. — O presidente Snow diz que está a mandar-nos um recado? Pois bem, também tenho um recado para ele. Pode torturar-nos, bombardear-nos e incendiar os nossos distritos, mas está a ver aquilo? — Uma das câmaras acompanha o meu dedo, apontando para as aeronaves ardendo no telhado do armazém à nossa frente. O selo do Capitólio numa das asas brilha claramente entre as chamas. — Está a arder! — Estou a gritar agora, decidida a que ele não perca uma palavra. — E se nós ardemos, você arde connosco!

As minhas últimas palavras pairam no ar. Sinto-me suspensa no tempo. Presa em cima de uma nuvem de calor que emana não daquilo que me rodeia mas do meu próprio ser.

— Corta! — A voz da Cressida devolve-me bruscamente à realidade, esfria-me. Ela acena-me aprovadoramente com a cabeça. — Está feito.

8

O Boggs aparece e agarra-me firmemente no braço, mas não estou a pensar em fugir agora. Volto-me para olhar para o hospital — mesmo a tempo de ver o resto da estrutura ceder — e o espírito de luta esvanece-se dentro de mim. Aquelas pessoas todas, as centenas de feridos, os familiares, os paramédicos do 13, já não existem. Volto-me novamente para o Boggs, vejo o inchaço no rosto dele deixado pela bota do Gale. Não sou especialista, mas tenho quase a certeza de que ele tem o nariz partido. No entanto, a sua voz parece mais resignada do que zangada. — Temos de voltar para a pista de aterragem. — Avanço obedientemente e estremeço quando sinto a dor por trás do joelho direito. A descarga de adrenalina que abafou toda a sensibilidade já se esgotou e as diferentes partes do meu corpo juntam-se num coro de queixas. Estou derreada e ensanguentada e alguém parece estar a martelar-me na fonte esquerda a partir do interior do meu crânio. O Boggs examina-me rapidamente o rosto, depois pega-me ao colo e corre para a pista de descolagem. A meio do caminho, vomito no seu colete à prova de bala. É difícil dizer porque ele está ofegante, mas acho que solta um suspiro.

Uma pequena aeronave, diferente daquela que nos trouxe para aqui, espera-nos na pista. Assim que a minha equipa se encontra a bordo, descolamos. Desta vez não há assentos confortáveis nem janelas. Parecemos estar numa espécie de nave de carga. O Boggs administra os primeiros socorros de urgência às pessoas para aguentá-las até regressarmos ao 13. Quero tirar o meu colete, porque também tenho algum vómito nele, mas está demasiado frio para pensar nisso. Deito-me no chão com a cabeça no colo do Gale. A última coisa que vejo é o Boggs estendendo dois sacos de serapilheira por cima de mim.

Quando acordo, estou quente e enfaixada na minha velha cama do hospital. A minha mãe está presente, verificando os meus sinais vitais.

— Como te sentes?

— Um pouco moída, mas bem — respondo.

— Ninguém nos disse sequer que ias até já teres partido — queixa-se ela.

Sinto uma pontada de culpa. Quando a família teve de nos enviar duas vezes para os Jogos da Fome, este tipo de pormenor não devia ser esquecido. — Desculpe. Eles não estavam à espera do ataque. Só devia estar a visitar os doentes — explico. — Da próxima vez, digo-lhes para virem pedir a sua autorização.

— Katniss, ninguém me pede autorização para nada — assevera ela.

É verdade. Nem eu. Não desde que o meu pai morreu. Porquê fingir?

— Bem, peço-lhes para... a informarem, pelo menos.

Na mesa de cabeceira está um estilhaço que me tiraram da perna. Os médicos estão mais preocupados com os danos que o meu cérebro possa ter sofrido por causa das explosões, uma vez que a minha concussão ainda não estava completamente sanada. Contudo, não tenho visão dupla nem coisas do género e consigo pensar com clareza. Dormi durante todo o final da tarde e toda a noite, e estou cheia de fome. O meu pequeno-almoço é desanimadoramente pequeno. Apenas uns cubos de pão embebidos em leite quente. Fui convocada para uma reunião de manhã cedo no Comando. Começo a levantar-me e depois percebo que querem empurrar a minha cama do hospital diretamente para lá. Eu quero andar, mas isso está fora de questão, então chego a um compromisso para me levarem de cadeira de rodas. Sinto-me bem, a sério. Excetuando a minha cabeça, e a minha perna, e a dor das lesões, e o enjoo que surgiu duas vezes depois de comer. Talvez a cadeira de rodas seja uma boa ideia.

Enquanto me empurram pelos corredores, começo a preocupar-me com aquilo que me espera. Eu e o Gale desobedecemos diretamente a ordens ontem e o Boggs tem o ferimento para o comprovar. Haverá com certeza repercussões, mas irão tão longe ao ponto de a Coin anular o nosso acordo para a imunidade dos vencedores? Será que privei o Peeta da pouca proteção que podia oferecer-lhe?

Quando chego ao Comando, os únicos que já lá se encontram são a Cressida, o Messalla e os insetos. O Messalla sorri radiante e exclama:

— Aqui está a nossa pequena estrela! — Os outros estão a sorrir de modo tão genuíno que não posso deixar de sorrir também. Eles impressionaram-me no 8, seguindo-me para o telhado durante o bombardeamento, obrigando o Plutarch a ceder para poderem filmar o que queriam. Não fazem apenas o seu trabalho, orgulham-se dele. Como o Cinna.

Tenho a estranha ideia de que se estivéssemos na arena juntos os escolheria como aliados. A Cressida, o Messalla e... e... — Tenho de parar de vos chamar «insetos» — digo subitamente para os operadores de câmara. Explico que não sabia os nomes deles, mas que os seus fatos lembravam as criaturas com carapaça. A comparação não parece incomodá-los. Mesmo sem as câmaras, eles parecem-se muito um com o outro. O mesmo cabelo ruivo, barbas ruivas e olhos azuis. O das unhas roídas apresenta-se como Castor, e ao outro, que é seu irmão, como Pollux. Espero que o Pollux diga qualquer coisa, mas ele acena apenas com a cabeça. A princípio julgo que ele seja tímido ou homem de poucas palavras. Mas algo me diz que não é só isso — a posição dos lábios dele, o esforço extra que faz para engolir — e já sei antes de o Castor mo dizer. O Pollux é um Avox. Cortaram-lhe a língua e ele nunca mais voltará a falar. E já não tenho de me interrogar sobre o que o levou a arriscar tudo para ajudar a derrubar o Capitólio.

À medida que a sala começa a encher, vou-me preparando para uma receção menos agradável. Mas as únicas pessoas que mostram alguma negatividade são o Haymitch, que está sempre maldisposto, e uma Fulvia Cardew de rosto carrancudo. O Boggs traz uma máscara de plástico cor de pele que lhe cobre a cara do lábio superior à testa — tinha razão quanto ao nariz partido —, por isso é difícil ler-lhe a expressão. A Coin e o Gale estão a meio de uma conversa que me parece bastante amigável.

Quando o Gale desliza para o lugar ao lado da minha cadeira de rodas, pergunto: — Estás a fazer novos amigos?

Os seus olhos desviam-se rapidamente para a presidente e depois voltam para mim. — Bem, um de nós tem de estar acessível. — Ele toca-me levemente na fonte. — Como te sentes?

Devem ter servido guisado de abóbora e alho para o pequeno-almoço. Quanto mais pessoas se reúnem, mais fortes são os cheiros. Sinto o estômago a revoltar-se e as luzes parecem-me subitamente demasiado fortes. — Meio zonza — respondo. — E tu, como estás?

— Ótimo. Tiraram-me alguns estilhaços. Nada de grave — responde ele.

A Coin dá por iniciada a reunião. — O nosso Assalto de Tempo de Antena foi oficialmente lançado. Para os que perderam a transmissão do nosso primeiro *propo* ontem ou as dezassete repetições que o Beetee conseguiu pôr no ar desde então, começaremos por repeti-lo. — Repetir? Então não só conseguiram imagens aproveitáveis mas também já produziram um *propo* e transmitiram-no várias vezes. Sinto as palmas das mãos transpirar com a expectativa de me ver na televisão. E se continuo horrível? E se estiver tão hirta e sem graça como estava no estúdio e eles simplesmente desistiram de conseguir algo melhor?

Ecrãs individuais elevam-se da mesa, as luzes esbatem-se ligeiramente e o silêncio cai sobre a sala.

A princípio, o meu ecrã está preto. Depois uma faísca minúscula tremeluz no centro. Desabrocha, espalha-se, devora silenciosamente o negrume até o ecrã inteiro arder com um fogo tão real e intenso que imagino estar a sentir o calor emanando dele. Depois surge a imagem do meu alfinete com o mimo-gaio, brilhando em tons dourados e vermelhos. A voz profunda e ressonante que assombra os meus sonhos começa a falar. O Claudius Templesmith, o apresentador oficial dos Jogos da Fome, anuncia: — Katniss Everdeen, a rapariga em chamas, continua a arder.

De repente, lá estou eu, substituindo o mimo-gaio, diante do fumo e das chamas verdadeiras do Distrito 8. «*Quero dizer aos rebeldes que estou viva. Que estou aqui mesmo no Distrito Oito, onde o Capitólio acabou de bombardear um hospital cheio de homens, mulheres e crianças indefesos. Não haverá sobreviventes.*» Segue-se um corte para o hospital, o telhado desabando, o desespero das pessoas enquanto eu continuo em voz *off*. «*Quero dizer às pessoas que, se por acaso julgam que o Capitólio irá tratar-nos com tolerância se houver um cessar-fogo, estão a iludir-se. Porque vocês sabem quem eles são e o que eles fazem.*» Eu volto a aparecer, levantando as mãos para indicar a atrocidade à minha volta. «*Isto é o que eles fazem! E nós temos de ripostar!*» Segue-se uma montagem verdadeiramente fantástica da batalha. As primeiras bombas a cair, nós correndo, sendo atirados para o chão — um grande plano do meu ferimento, que parece feio e sangrento —, escalando o telhado, mergulhando para os ninhos de metralhadoras, e depois algumas imagens espantosas dos rebeldes, do Gale e sobretudo de mim, mandando aquelas naves pelos ares. Volto a aparecer, aproximando-me da câmara. «*O presidente Snow diz que está a mandar-nos um recado? Pois bem, também tenho um recado para ele. Pode torturar-nos, bombardear-nos e incendiar os nossos distritos, mas está a ver aquilo?*» Seguimos a câmara, voltando para as naves ardendo no telhado do armazém. Grande plano do selo do Capitólio numa asa, transformando-se lentamente na imagem do meu rosto, gritando para o presidente. «*Está a arder! E se nós ardemos, você arde connosco!*» As chamas voltam a invadir o ecrã. Por cima delas, em letras pretas e sólidas, aparecem as palavras:

SE NÓS ARDEMOS
VOCÊ ARDE CONNOSCO

As palavras incendeiam-se e o ecrã inteiro volta a escurecer.

Segue-se um momento de deleite silencioso, depois aplausos acompanhados de pedidos para voltar a ver o *propo*. A Coin carrega complacentemente no botão REPLAY e, desta vez, como já sei o que vai acontecer, tento fingir que estou a ver televisão na minha casa do Jazigo. Uma declaração contra o Capitólio. Nunca houve coisa igual na televisão. Pelo menos no meu tempo de vida.

Quando o ecrã escurece pela segunda vez, preciso de saber mais.
— Foi transmitido em todo o Panem? Viram-no no Capitólio?
— Não no Capitólio — responde o Plutarch. — Não conseguimos entrar no sistema deles, mas o Beetee está a tratar disso. Mas em todos os distritos. Até conseguimos transmiti-lo no Dois, que pode ser mais importante do que o Capitólio nesta altura do campeonato.
— O Claudius Templesmith está connosco? — pergunto.
O Plutarch solta uma boa risada. — Só a voz dele. Mas isso podemos usar quando quisermos. Nem sequer tivemos de fazer qualquer montagem especial. Ele disse essas mesmas palavras nos teus primeiros Jogos.
— Bate com a mão na mesa. — Que tal oferecermos outra salva de palmas à Cressida, à sua fantástica equipa e, claro, à nossa estrela de televisão!

Também bato palmas, até perceber que sou a estrela de televisão e que talvez não seja correto aplaudir a mim mesma, mas ninguém presta atenção. Contudo, não posso deixar de reparar na tensão no rosto da Fulvia. Calculo que deve ser difícil para ela ver a ideia do Haymitch correr tão bem sob a direção da Cressida quando a ideia do estúdio correu tão mal.

A Coin parece ter chegado ao limite da sua tolerância para com a autocongratulação. — Sim, muito merecido. O resultado é melhor do que tínhamos esperado. Mas tenho de questionar a grande margem de risco em que se dispuseram a atuar. Sei que o ataque não era esperado. No entanto, dadas as circunstâncias, acho que devíamos debater a decisão de enviar a Katniss para o combate efetivo.

A decisão? De me enviar para o combate? Então ela não sabe que desobedeci flagrantemente a ordens, que arranquei o auricular e me esquivei aos guarda-costas? Que mais lhe esconderam?
— Foi uma decisão difícil — admite o Plutarch, franzindo o sobrolho. — Mas a opinião geral era de que não iríamos conseguir nada que valesse a pena usar se a fechássemos num *bunker* sempre que ouvíssemos um tiro.
— E não tens problemas com isso? — pergunta a presidente.

O Gale tem de me dar um pontapé por baixo da mesa antes de eu perceber que ela está a falar comigo. — Ah! Não, problema nenhum. Foi bom. Fazer qualquer coisa, para variar.
— Bem, sejamos apenas um pouco mais cautelosos com a exposição dela. Sobretudo agora que o Capitólio sabe do que ela é capaz — conclui a Coin. Ouve-se um rumor de aprovação em redor da mesa.

Ninguém me denunciou a mim nem ao Gale. Nem o Plutarch, cuja autoridade desprezámos. Nem o Boggs, com o seu nariz partido. Nem os insetos que conduzimos para o meio do fogo. Nem o Haymitch — não, esperem. O Haymitch está a lançar-me um sorriso mortífero e a dizer ternamente: — Claro, não queremos perder o nosso pequeno Mimo-gaio agora que finalmente começou a cantar. — Tomo nota na minha cabeça para não me encontrar sozinha numa sala com o Haymitch, porque ele está obviamente a planear uma vingança por causa daquele estúpido auricular.

— Muito bem, que mais têm planeado? — pergunta a presidente.

O Plutarch acena com a cabeça para a Cressida, que consulta as suas notas numa prancheta. — Temos algumas imagens sensacionais da Katniss no hospital do Oito. Devia haver outro *propo* intitulado «Porque vocês sabem quem eles são e o que eles fazem», mostrando a Katniss interagindo com os doentes, sobretudo as crianças, o bombardeamento do hospital e os destroços. O Messalla está a montar isso. Também estamos a pensar numa peça sobre o Mimo-gaio, destacando alguns dos melhores momentos da Katniss intercalados com cenas de insurreições rebeldes e imagens da guerra. Chamámos-lhe «O Fogo Alastra». E depois a Fulvia teve uma ideia verdadeiramente brilhante.

A expressão carrancuda da Fulvia sobressalta-se, mas ela recompõe-se. — Bem, não sei se é brilhante ou não, mas achei que poderíamos fazer uma série de *propos* chamada *In Memoriam*. Em cada um, apresentaríamos um dos tributos mortos. A pequena Rue do Onze ou a velha Mags do Quatro. A ideia é oferecer a cada distrito uma peça muito pessoal.

— Um tributo aos vossos tributos, por assim dizer — acrescenta o Plutarch.

— Isso *é* brilhante, Fulvia — afirmo, sinceramente. — É uma maneira perfeita de fazer lembrar às pessoas porque estão a lutar.

— Acho que poderia funcionar — continua ela. — Talvez pudéssemos usar o Finnick para apresentar e narrar os *spots*. Se houvesse interesse nisso.

— Sinceramente, não vejo como poderíamos ter *propos In Memoriam* a mais — declara a Coin. — Podem começar a produzi-los hoje?

— Claro — responde a Fulvia, visivelmente apaziguada com a reação à sua ideia.

Com a sua atitude, a Cressida resolveu as coisas no departamento criativo. Elogiou a Fulvia pelo que é, na verdade, uma excelente ideia e abriu o caminho para continuar com os seus próprios retratos do Mimo-gaio. O interessante é que o Plutarch parece não ter qualquer necessidade de partilhar os louros. O que lhe interessa é que o Assalto de Tempo de Antena funcione. Lembro-me de que o Plutarch foi Chefe dos Produtores dos Jogos, não um membro da equipa. Não um peão nos

Jogos. O seu valor não é por isso determinado por um único elemento, mas pelo êxito global da produção. Se vencermos a guerra, então o Plutarch fará a sua vénia. E receberá o seu prémio.

A presidente manda toda a gente trabalhar, por isso o Gale leva-me de volta para o hospital. Rimo-nos um pouco a propósito do encobrimento dos factos ocorridos no 8. O Gale diz que ninguém queria ficar malvisto ao admitir que não conseguia controlar-nos. Eu sou mais generosa, dizendo que provavelmente eles não queriam perder a oportunidade de voltarem a sair connosco, agora que conseguiram imagens decentes. As duas coisas talvez sejam verdadeiras. O Gale tem de ir ter com o Beetee no Armamento Especial, por isso deixo-me dormir.

Parece que acabei de fechar os olhos, mas, quando volto a abri-los, assusto-me ao ver o Haymitch sentado a alguns centímetros da minha cama. Esperando. Possivelmente durante várias horas se o relógio estiver certo. Penso em gritar por uma testemunha, mas mais cedo ou mais tarde terei de o enfrentar.

O Haymitch inclina-se para a frente e faz balouçar qualquer coisa num fio branco à frente do meu nariz. É difícil concentrar-me, mas tenho quase a certeza do que é. Ele deixa-o cair sobre os lençóis. — É o teu auricular. Vou dar-te exatamente mais uma oportunidade para usá-lo. Se voltares a tirá-lo do ouvido, mando colocar-te isto. — Ele mostra-me uma espécie de capacete de metal a que dou logo o nome de *cadeado para a cabeça*. — É uma unidade de rádio alternativa que se fixa à volta do crânio e por baixo do queixo e que só pode ser retirada com uma chave. E eu terei a única chave. Se por alguma razão fores suficientemente esperta para desativá-la — o Haymitch deixa cair o cadeado para a cabeça na cama e mostra-me um minúsculo *chip* prateado —, autorizo-os a implantar cirurgicamente este transmissor no teu ouvido para eu poder falar contigo vinte e quatro horas por dia.

O Haymitch na minha cabeça a tempo inteiro. Horripilante. — Fico com o auricular — resmungo.

— Não ouvi — insiste ele.

— Fico com o auricular! — repito, suficientemente alto para acordar metade do hospital.

— Tens a certeza? Porque fico igualmente satisfeito com qualquer das três opções — diz-me ele.

— Tenho a certeza — afirmo. Enrolo o fio do auricular no punho, protetoramente, e atiro-lhe o cadeado para a cabeça à cara com a mão livre, mas ele apanha-o com facilidade. Provavelmente estava à espera que eu o atirasse. — Mais alguma coisa?

O Haymitch levanta-se para sair. — Enquanto estive à espera... comi o teu almoço.

Os meus olhos detêm-se na tigela de guisado vazia e no tabuleiro na minha mesa de cabeceira. — Vou fazer queixa — resmungo para a minha almofada.

— Faz isso, boneca. — Ele sai do quarto, sabendo perfeitamente que eu nunca faria queixa dele.

Quero voltar a dormir, mas sinto-me inquieta. Imagens de ontem começam a inundar o presente. O bombardeamento, a queda das aeronaves em chamas, os rostos dos feridos que já não existem. Imagino a morte de todos os lados. O último instante antes de ver uma bomba atingir o solo, sentindo a asa arrancada da minha aeronave e o mergulho vertiginoso no esquecimento, o telhado do armazém caindo em cima de mim e eu impotente e presa ao meu catre. Coisas que vi, em pessoa ou em filme. Coisas que provoquei com um puxão da corda do meu arco. Coisas que nunca conseguirei apagar da memória.

Ao jantar, o Finnick traz o seu tabuleiro para a minha cama para podermos ver juntos o *propo* mais recente na televisão. Foi-lhe atribuído um compartimento no meu velho andar, mas ele tem tantas recaídas que na prática continua a viver no hospital. Os rebeldes transmitem o *propo* «Porque vocês sabem quem eles são e o que eles fazem» que o Messalla montou. As imagens são intercaladas com pequenos *clips* de estúdio do Gale, do Boggs e da Cressida a descrever o episódio. É difícil assistir à minha receção no hospital do 8, porque já sei o que está para vir. Quando as bombas caem no telhado, escondo a cara na almofada, olhando de novo para um curto trecho comigo no fim, depois de todas as vítimas já estarem mortas.

Pelo menos o Finnick não aplaude nem se mostra todo contente quando a transmissão acaba. Diz apenas: — As pessoas deviam saber que isto aconteceu. E agora já sabem.

— Vamos desligá-la, Finnick, antes que voltem a mostrá-lo — peço-lhe. Mas quando a mão do Finnick se aproxima do comando, exclamo: — Espera! — O Capitólio está a apresentar um programa especial e algo parece-me familiar. Sim, é o Caesar Flickerman. E já posso adivinhar quem será o seu convidado.

Fico chocada com a transformação física do Peeta. O rapaz saudável de olhos vivos que vi há dias perdeu pelo menos seis quilos e adquiriu um tremor nervoso nas mãos. Continua bem arranjado, mas por baixo da maquilhagem que não consegue esconder-lhe as olheiras, das roupas finas que não conseguem esconder a dor que ele sente quando se mexe, existe uma pessoa bastante maltratada.

Dou voltas à cabeça, tentando perceber aquilo. Acabei de o ver! Há quatro — não, cinco —, penso que foi há cinco dias. Como é que ele se deteriorou tão depressa? Que lhe poderiam ter feito em tão pouco tempo?

Depois percebo. Repito na cabeça tudo o que consigo da sua primeira entrevista com o Caesar, procurando qualquer coisa que pudesse situá-la no tempo. Não há nada. Eles podiam ter gravado aquela entrevista um dia ou dois depois de eu ter feito explodir a arena e depois ter-lhe feito o que quer que lhe quisessem fazer desde então. — Oh, Peeta... — murmuro.

Depois de trocarem algumas palavras banais, o Caesar pergunta ao Peeta sobre os rumores de que eu estou a gravar *propos* para os distritos. — Eles estão a usá-la, claro. Para incitar os rebeldes. Duvido que ela saiba o que realmente se está a passar na guerra. O que está em jogo.

— Gostarias de lhe dizer alguma coisa? — pergunta o Caesar.

— Sim — responde o Peeta. Olha diretamente para a câmara, para os meus olhos. — Não sejas idiota, Katniss. Pensa pela tua própria cabeça. Eles transformaram-te numa arma que pode contribuir para a destruição da humanidade. Se tiveres mesmo alguma influência, usa-a para travar isso. Usa-a para acabar com a guerra antes que seja tarde demais. Pergunta a ti mesma, confias realmente nas pessoas com quem estás a trabalhar? Sabes mesmo o que se está a passar? E se não souberes... tenta saber.

Ecrã preto. Selo de Panem. Fim do programa.

O Finnick carrega no botão do comando que desliga a televisão. Dentro de um minuto, estarão aqui pessoas para discutir e avaliar o estado do Peeta e as palavras que lhe saíram da boca. Terei de repudiá-lo. Mas a verdade é que não confio nos rebeldes nem no Plutarch nem na Coin. Não estou certa de que eles me digam a verdade. E não serei capaz de esconder isso. Oiço passos a aproximarem-se.

O Finnick agarra-me com força nos braços. — Não o vimos.

— O quê? — pergunto.

— Não vimos o Peeta. Só o *propo* sobre o Oito. Depois desligámos a televisão porque as imagens te perturbaram. Percebeste? — pergunta ele. Aceno que sim com a cabeça. — Acaba o teu jantar. — Recomponho-me o suficiente e quando o Plutarch e a Fulvia entram no quarto tenho a boca cheia de pão e couve. O Finnick está a dizer que o Gale fica muito bem no ecrã. Damos-lhes os parabéns pelo *propo*, deixando claro que foi tão impressionante que tivemos de desligar logo depois. Eles parecem aliviados. Acreditam em nós.

Ninguém se refere ao Peeta.

9

Desisto de tentar dormir depois de as primeiras tentativas terem sido interrompidas por pesadelos indescritíveis. Deixo-me ficar deitada e quieta e finjo respirar alto sempre que alguém entra no quarto. De manhã, recebo alta do hospital e instruções para levar a vida com calma. A Cressida pede-me para gravar algumas palavras para um novo *propo* do Mimo-gaio. Durante o almoço, estou sempre à espera que as pessoas falem da entrevista do Peeta, mas ninguém fala. Alguém a deve ter visto, além de mim e do Finnick.

Tenho treino à tarde, mas o Gale tem de ajudar o Beetee a trabalhar com armas ou coisa parecida e então peço autorização para levar o Finnick para o bosque. Vagueamos durante algum tempo e depois escondemos os nossos comunicadores debaixo de um arbusto. Assim que nos encontramos a uma distância segura, sentamo-nos e falamos da entrevista do Peeta.

— Não ouvi uma palavra sobre o assunto. Ninguém te disse nada? — pergunta o Finnick. Abano a cabeça. Ele hesita antes de perguntar: — Nem sequer o Gale? — Tento agarrar-me à esperança de que o Gale sinceramente não saiba nada da mensagem do Peeta. Mas tenho um mau pressentimento do contrário. — Talvez esteja à espera de um momento para te falar em privado.

— Talvez — digo.

Ficamos calados durante tanto tempo que um gamo se aproxima de nós, ao alcance de um tiro. Derrubo-o com uma flecha. O Finnick arrasta-o para a vedação.

Ao jantar, há carne de veado picada no guisado. O Gale acompanha-me ao Compartimento E depois da refeição. Quando lhe pergunto sobre o que se tem passado, mais uma vez não há menção do Peeta. Assim que a minha mãe e a Prim adormecem, tiro a pérola da gaveta e passo outra noite em claro com ela na mão, repetindo as palavras do Peeta na minha cabeça. «*Pergunta a ti mesma, confias realmente nas pessoas com quem estás a trabalhar? Sabes mesmo o que se está a passar? E se não souberes... tenta saber.*» Tenta saber. O quê? De quem? E como pode o Peeta saber alguma coisa exceto o que o Capitólio lhe conta? É apenas um *propo* do Capitólio. Mais ruído. Mas se o Plutarch acha que é apenas propaganda do Capitólio, porque não me disse nada? Porque é que ninguém quis que eu e o Finnick soubéssemos?

É neste debate que reside a verdadeira fonte da minha angústia: o Peeta. O que é que eles lhe fizeram? E o que é que lhe estão a fazer neste preciso momento? É evidente que o Snow não acreditou na história de que eu e o Peeta nada sabíamos da revolta. E as suas suspeitas foram reforçadas, agora que me apresentei como o Mimo-gaio. O Peeta só pode conjeturar sobre a estratégia dos rebeldes ou inventar coisas para dizer aos seus carrascos. As mentiras, uma vez descobertas, seriam severamente punidas. Como ele se deve sentir abandonado por mim. Na primeira entrevista, tentou proteger-me do Capitólio e dos rebeldes, e eu não só não consegui protegê-lo como ainda lhe criei mais horrores.

De manhã meto o antebraço na parede e olho meio ensonada para o horário do dia. Logo a seguir ao pequeno-almoço tenho de ir para a Produção. No refeitório, enquanto tento engolir o meu leite e cereais quentes e as beterrabas moles, vejo um comunicador no pulso do Gale.

— Quando é que voltaste a receber isso, soldado Hawthorne? — pergunto.

— Ontem. Eles acharam que, se vou estar no terreno contigo, isto podia ser um sistema de comunicação suplementar — explica o Gale.

Nunca ninguém me ofereceu um comunicador de pulso. Será que me dariam um, se pedisse? — Bem, suponho que um de nós tenha de estar acessível — digo, com algum sarcasmo.

— Que queres dizer com isso? — pergunta ele.

— Nada. Só estou a repetir o que disseste — respondo. — E concordo plenamente que sejas tu. Só espero que também continue a ter acesso a ti.

Entreolhamo-nos e percebo como estou furiosa com o Gale. Que não acredito nem por um segundo que ele não tenha visto o *propo* do Peeta. Que me sinto completamente traída por ele não me ter falado no assunto. Conhecemo-nos bem demais para que ele não detete o meu mau humor e não perceba o que o provocou.

— Katniss... — começa o Gale. A admissão de culpa já está no seu tom de voz.

Agarro no meu tabuleiro, atravesso o refeitório para a zona de recolha e bato com os pratos na prateleira. Quando chego ao corredor ele já me apanhou.

— Porque não disseste alguma coisa? — pergunta, tomando-me o braço.

— Porque é que *eu* não disse alguma coisa? — Solto bruscamente o braço. — Porque é que *tu* não disseste, Gale? E eu disse, a propósito, quando te perguntei ontem à noite o que se tinha andado a passar!

— Desculpa! Está bem? Não sabia o que fazer. Queria dizer-te, mas toda a gente estava com medo de que o *propo* do Peeta te indispusesse — justifica-se ele.

— Tinham razão. Indispôs. Mas não tanto como tu mentires-me, para a Coin. — Nesse momento, o comunicador de pulso do Gale começa a apitar. — Lá está ela. É melhor correres. Tens muitas coisas para lhe contar.

Por um instante, o seu rosto regista um sofrimento genuíno. Depois uma ira fria substitui-o. Ele dá meia-volta e vai-se embora. Talvez eu tenha sido demasiado rancorosa, não lhe dando tempo suficiente para se explicar. Talvez toda a gente esteja apenas a tentar proteger-me ao mentir-me. Não quero saber. Estou farta de pessoas a mentir-me para o meu próprio bem. Porque, na verdade, é sobretudo para o bem delas. Mintam à Katniss sobre a rebelião para que ela não faça algum disparate. Enviem-na para a arena sem saber de nada para depois podermos tirá-la de lá. Não lhe falem do *propo* do Peeta porque isso pode deixá-la indisposta e já temos dificuldades suficientes com o seu desempenho.

Sinto-me de facto indisposta. Magoada. E demasiado cansada para um dia de Produção. Mas já estou na Sala de Transformação, por isso entro. Hoje, fico a saber, vamos regressar ao Distrito 12. A Cressida quer fazer entrevistas espontâneas comigo e com o Gale, com comentários sobre a destruição da nossa cidade.

— Se estiverem ambos dispostos a isso — acrescenta a Cressida, examinando-me o rosto de perto.

— Conta comigo — respondo. Permaneço taciturna e rígida, como um manequim, enquanto a equipa de preparação me veste, penteia e maquilha um pouco, apenas o suficiente para não se notar, para me disfarçar as olheiras de várias noites sem dormir.

O Boggs acompanha-me até ao Hangar, mas, tirando um cumprimento inicial, não nos falamos. Sinto-me grata por ser poupada a outra conversa sobre a minha insubordinação no 8, sobretudo agora que a máscara dele parece tão incómoda.

No último instante, lembro-me de enviar um recado à minha mãe, dizendo que vou sair do 13 e salientando que a viagem até ao 12 não será perigosa. Entramos numa aeronave e é-me indicado um lugar a uma mesa onde o Plutarch, o Gale e a Cressida se debruçam sobre um mapa. O Plutarch, radiante de satisfação, explica-me os resultados dos primeiros dois *propos*. Os rebeldes, que mal mantinham as suas posições em vários distritos, voltaram a atacar. Conquistaram mesmo o 3 e o 11 — este último importantíssimo, visto ser o principal fornecedor de víveres de Panem — e também fizeram incursões em vários outros distritos.

— Isso dá-nos alguma esperança. Grandes esperanças, na verdade — afirma o Plutarch. — A Fulvia terá a primeira série de *spots In Memoriam* pronta esta noite, para podermos comover individualmente os distritos com os seus mortos. O Finnick está absolutamente fantástico.

— É doloroso assistir, na verdade — comenta a Cressida. — Ele conhecia tantos deles pessoalmente.

— É isso que o torna tão eficaz — salienta o Plutarch. — Aquilo vem-lhe diretamente do coração. Estão todos a sair-se muito bem. A Coin não podia estar mais contente.

O Gale não lhes contou, então. Sobre eu ter fingido não ver a entrevista do Peeta e a minha revolta com a ocultação dos factos. Mas esse gesto não chega e vem demasiado tarde porque ainda não lhe perdoei. Não importa. Ele também não está a falar comigo.

Só quando aterramos no Prado é que percebo que o Haymitch não está entre nós. Quando pergunto ao Plutarch a razão dessa ausência, ele apenas abana a cabeça e diz: — Ele não ia aguentar.

— O Haymitch? Incapaz de aguentar alguma coisa? Provavelmente queria era um dia de folga — retruco.

— Penso que as palavras dele foram: «Não ia aguentar sem uma garrafa» — esclarece o Plutarch.

Reviro os olhos, há muito sem paciência para o meu mentor, para o seu problema com a bebida, e para o que ele consegue ou não enfrentar. No entanto, cinco minutos depois do meu regresso ao 12, também eu estou a ansiar por uma garrafa. Julgava que já tivesse superado a destruição do 12 — soube dela, vi-a do ar, deambulei pelas cinzas. Então porque é que tudo me provoca uma nova sensação de dor? Será que antes estava demasiado alheada para sentir plenamente a perda do meu mundo? Ou será que a expressão no rosto do Gale, agora que ele observa a destruição a pé, faz com que a atrocidade me pareça nova em folha?

A Cressida dirige a equipa para começar comigo na minha velha casa. Pergunto-lhe o que quer que eu faça. — O que te apetecer — responde. Quando me vejo de novo na minha cozinha, não me apetece fazer nada. Na verdade, dou por mim a olhar para o céu — o único teto que resta — porque me sinto invadida por demasiadas recordações. Passado um bocado, a Cressida diz: — Não faz mal, Katniss. Vamos para a próxima cena.

O Gale não escapa com tanta facilidade na sua velha morada. A Cressida filma-o em silêncio durante alguns minutos, mas, quando ele desenterra das cinzas a única coisa que resta da sua vida anterior — um atiçador de ferro retorcido —, ela começa a fazer-lhe perguntas sobre a família, o trabalho, a vida no Jazigo. Fá-lo regressar à noite do bombardeamento e a reconstituí--la, começando na sua casa, depois atravessando o Prado e metendo-se no bosque a caminho do lago. Arrasto os pés atrás da equipa de filmagem e dos guarda-costas, sentindo a sua presença como uma violação do meu adorado bosque. Este é um lugar reservado, um santuário, já conspurcado pela perversão do Capitólio. Mesmo depois de deixarmos para trás os tocos carbonizados junto à vedação, continuamos a tropeçar em cadáveres em decomposição. Será que temos de filmar isto para todo o mundo ver?

Quando chegamos ao lago, o Gale já parece ter perdido a sua capacidade de falar. Toda a gente está encharcada de suor — sobretudo o Castor e o Pollux, nas suas carapaças de insetos — e a Cressida anuncia uma pausa. Bebo mãos-cheias de água do lago, desejando poder mergulhar e reemergir sozinha e nua e sem ser vista. Vagueio pelo perímetro durante algum tempo. Quando passo pela pequena casa de betão na margem do lago, paro à entrada e vejo o Gale encostando o atiçador retorcido que ele salvou dos destroços à parede junto da lareira. Durante um momento, tenho uma visão de um estranho solitário, num futuro distante, perdido no bosque e encontrando este pequeno lugar de refúgio, com a pilha de lenha, a lareira, o atiçador. Perguntando-se como aquilo foi ali parar. O Gale volta-se e olha-me nos olhos, e sei que ele está a pensar no nosso último encontro ali. Quando discutimos se devíamos ou não fugir. Se tivéssemos fugido, o Distrito 12 ainda existiria? Penso que sim. Mas o Capitólio também continuaria a dominar Panem.

São distribuídas sandes de queijo e comemos à sombra das árvores. Sento-me intencionalmente à margem do grupo, perto do Pollux, para não ter de falar. Na verdade, ninguém está com disposição para falar. No sossego relativo, os pássaros retomam o bosque. Faço sinal com o cotovelo ao Pollux e aponto para um pequeno pássaro preto com uma crista. Este salta para outro ramo, abrindo momentaneamente as asas, exibindo as suas manchas brancas. O Pollux aponta para o meu alfinete e ergue as sobrancelhas, interrogativamente. Aceno com a cabeça, confirmando que é um mimo-gaio. Levanto um dedo para dizer *Espera, eu mostro-te*, e assobio um grito de pássaro. O mimo-gaio levanta a cabeça e devolve-me o assobio. Depois, com surpresa minha, o Pollux assobia também algumas notas. O pássaro responde-lhe imediatamente. O rosto do Pollux irrompe numa expressão de alegria e ele inicia uma série de trocas de melodias com o mimo-gaio. Imagino que seja a sua primeira conversa há anos. A música atrai os mimos-gaios como néctar para abelhas e em pouco tempo temos meia dúzia deles empoleirados nos ramos por cima das nossas cabeças. O Pollux bate-me levemente no braço e usa um galho para escrever uma palavra na terra. *CANTA?*

Normalmente recuso qualquer pedido para cantar, mas é quase impossível dizer não ao Pollux, dadas as circunstâncias. Além disso, os cantos dos mimos-gaios são diferentes dos seus assobios e eu gostaria que ele os ouvisse. Então, antes de pensar no que estou a fazer, entoo as quatro notas da Rue, as que ela cantava para assinalar o fim do dia de trabalho no 11. As notas que acabaram por servir de música de fundo à sua morte. Os pássaros não sabem disso. Pegam na simples frase e jogam-na entre si em delicada harmonia. Exatamente como fizeram nos Jogos da Fome antes de os mutes irromperem pelas árvores, nos perseguirem até à Cornucópia e transformarem o Cato lentamente numa polpa ensanguentada...

— Queres ouvi-los repetir uma canção a sério? — pergunto, abruptamente. Qualquer coisa para afastar aquelas recordações. Estou de pé, recuando para as árvores, apoiando a mão no tronco rugoso de um bordo onde se empoleiram os pássaros. Há dez anos que não canto «A Árvore da Forca» em voz alta, porque era proibida, mas lembro-me da letra toda. Começo baixinho, melodiosamente, como fazia o meu pai.

«Vem, vem ter comigo à árvore
Onde enforcaram um homem
Que dizem ter assassinado outros três.
Aqui estranhas coisas acontecem
Mas não seria mais estranho
Se nos encontrássemos à meia-noite
Junto à árvore da forca.»

Os mimos-gaios começam a alterar os seus cantos quando se apercebem do novo desafio.

«Vem, vem ter comigo à árvore
Onde o morto enforcado
disse à amante para fugir.
Aqui estranhas coisas acontecem
Mas não seria mais estranho
Se nos encontrássemos à meia-noite
Junto à árvore da forca.»

Agora tenho a atenção dos pássaros. Com mais uma estrofe, eles com certeza apanham a melodia, que é simples e repete-se quatro vezes com poucas variações.

«Vem, vem ter comigo à árvore
Onde te disse para fugires
Para sermos ambos livres.
Aqui estranhas coisas acontecem
Mas não seria mais estranho
Se nos encontrássemos à meia-noite
Junto à árvore da forca.»

Segue-se um silêncio nas árvores. Ouve-se apenas o sussurro das folhas ao vento. Mas não os pássaros, nem mimos-gaios nem outros. O Peeta tinha razão. Eles calam-se quando eu canto. Exatamente como faziam para o meu pai.

«Vem, vem ter comigo à árvore
Com um colar de corda
Para usar ao meu lado.
Aqui estranhas coisas acontecem
Mas não seria mais estranho
Se nos encontrássemos à meia-noite
Junto à árvore da forca.»

Os pássaros estão à espera que eu continue. Mas já acabei. Última estrofe. No silêncio, lembro-me da cena. Tinha chegado a casa depois de um dia no bosque com o meu pai. Sentada no chão com a Prim, que começava a aprender a andar, cantando «A Árvore da Forca». Fazendo colares com bocados de corda velha como dizia a canção, sem perceber o verdadeiro significado das palavras. Mas a melodia era simples e fácil de harmonizar, e naquele tempo eu era capaz de decorar qualquer coisa posta em música depois de a ouvir uma ou duas vezes. Subitamente, a minha mãe tirou-nos os colares de corda e estava a gritar com o meu pai. Comecei a chorar, porque a minha mãe nunca gritava, e depois a Prim também começou a chorar e eu fugi lá para fora para me esconder. Como tinha apenas um esconderijo — no Prado por baixo de uma madressilva —, o meu pai encontrou-me imediatamente. Tranquilizou-me e disse-me que estava tudo bem, só que era melhor não cantarmos mais aquela canção. A minha mãe queria que eu a esquecesse. Por isso, claro, cada palavra ficou imediata e irrevogavelmente gravada na minha memória.

Não a cantámos mais, eu e o meu pai, nem falámos mais nela. Depois de ele morrer, costumava lembrar-me muitas vezes dela. Quando cresci, comecei a perceber a letra. A princípio parece que um homem tenta convencer a namorada a encontrar-se secretamente com ele à meia-noite. Mas é um lugar estranho para um encontro, uma árvore onde um homem

93

foi enforcado por homicídio. A amante do assassino deve ter tido alguma coisa que ver com o homicídio, ou talvez fossem apenas castigá-la, de qualquer maneira, porque o cadáver gritou-lhe para fugir. Isso é esquisito, claro, a parte do cadáver falante, mas é só na terceira estrofe que «A Árvore da Forca» começa realmente a inquietar-nos. Percebemos que quem canta é o assassino morto. Ele continua na árvore. E apesar de ter dito à amante para fugir, está sempre a perguntar se ela vem ao seu encontro. A frase *Onde te disse para fugires para sermos ambos livres* é a mais perturbadora, porque a princípio pensamos que ele está a falar do momento em que disse à amante para fugir, presumivelmente para um lugar seguro. Mas depois perguntamo-nos se a intenção dele não era que ela fugisse para ele. Para a morte. Na última estância, fica claro que é isso que ele espera. A sua amante, com o seu colar de corda, enforcada ao lado dele na árvore.

Costumava achar que o assassino era o homem mais sinistro que se poderia imaginar. Agora, depois de duas viagens aos Jogos da Fome, decido não julgá-lo sem conhecer mais pormenores. Talvez a amante já tivesse sido condenada à morte e ele estivesse a tentar amenizar as coisas. Dizendo-lhe que estaria à espera dela. Ou talvez achasse que o lugar em que a deixava era pior do que a morte. Não quis eu matar o Peeta com aquela seringa para o salvar do Capitólio? Teria sido a minha única opção? Talvez não, mas na altura não consegui pensar noutra.

No entanto, imagino que a minha mãe achasse que tudo aquilo era demasiado perverso para uma criança de sete anos. Sobretudo para uma criança que fazia os seus próprios colares de corda. Até porque o enforcamento não era coisa que acontecesse apenas nas histórias. Muitas pessoas eram executadas dessa maneira no 12. E calculo que ela não queria que eu cantasse «A Árvore da Forca» na minha aula de música. Provavelmente também não gostaria que a cantasse aqui para o Pollux, mas pelo menos não estou... não, esperem, estou enganada. Quando olho para o lado, vejo que o Castor tem estado a filmar-me. Estão todos a observar-me atentamente. E o Pollux tem lágrimas a correr-lhe pela face, porque com certeza a minha canção sinistra lhe fez lembrar algum episódio terrível na sua vida. Boa! Suspiro e encosto-me ao tronco da árvore. É então que os mimos-gaios iniciam a sua interpretação de «A Árvore da Forca». E nas suas vozes a canção é bastante bela. Ciente de estar a ser filmada, não me mexo até ouvir a Cressida exclamar:

— Corta!

O Plutarch vem ter comigo, rindo-se. — Onde vais buscar estas coisas? Ninguém acreditaria se as inventássemos! — Ele abraça-me e dá-me um beijo ruidoso em cima da cabeça. — És de ouro!

— Não estava a fazê-lo para as câmaras — protesto.

— Então ainda bem que estavam a gravar — remata ele. — Vamos, toda a gente, voltamos para a cidade!

Ao atravessarmos lentamente o bosque, passamos por um grande bloco de pedra e eu e o Gale viramos a cabeça na mesma direção, como dois cães farejando algo no vento. A Cressida repara e pergunta o que há nessa direção. Confessamos, sem ligarmos um ao outro, que é o nosso antigo local de encontro quando íamos caçar. Ela quer vê-lo, mesmo depois de lhe dizermos que não há lá nada.

Nada senão um lugar onde fui feliz, penso.

A saliência rochosa com vista para o vale. Talvez um pouco menos verde do que o costume, mas as silvas estão carregadas de amoras. Aqui começaram inúmeros dias de caça e colocação de armadilhas, pesca e recolha de ervas, passeios pelo bosque, trocas de ideias enquanto enchíamos os sacos de caça. Era uma porta tanto para o nosso sustento como para a nossa sanidade mental. E nós éramos a chave um do outro.

Agora já não há Distrito 12 do qual fugir, nem Soldados da Paz para enganar, nem bocas famintas para alimentar. O Capitólio tirou-nos tudo isso e estou prestes a perder o Gale também. A cola de necessidades recíprocas que nos uniu de um modo tão forte durante todos aqueles anos está a desfazer-se. Nos espaços entre nós não aparece a luz, mas manchas escuras. Como é possível que hoje, perante a destruição do 12, estejamos demasiado zangados até para falar um com outro?

O Gale mentiu-me, na verdade. Isso foi inaceitável, mesmo que estivesse preocupado com o meu bem-estar. No entanto, o seu pedido de desculpa pareceu sincero. E eu recusei-o com um insulto, para ter a certeza de o magoar. Que nos está a acontecer? Porque estamos sempre zangados agora? É tudo muito confuso, mas por alguma razão sinto que, se buscasse a origem dos nossos desentendimentos, encontraria lá os meus atos. Será que quero mesmo afastá-lo?

Os meus dedos envolvem uma amora silvestre e arranco-a do caule. Revolvo-a delicadamente entre o polegar e o indicador. De repente, volto-me e atiro-a na direção do Gale, bem alto para que ele tenha muito tempo para decidir se a aceita ou não. — E que a sorte... — digo.

Os olhos do Gale fixam-se em mim, não na amora, mas no último instante ele abre a boca e apanha-a. Mastiga-a, engole e depois completa a frase: — ... esteja *sempre* convosco. — Demorou a dizê-la, mas disse-a.

A Cressida manda-nos sentar no recanto das rochas, onde é impossível não nos tocarmos, e insta-nos a falar de caça. O que nos levou para o bosque, como nos conhecemos, momentos preferidos. Tornamo-nos menos frios, começamos a rir um pouco, ao contar acidentes com abelhas e cães selvagens e doninhas fedorentas. Quando a conversa muda para o que achámos de traduzir a nossa perícia com armas para o bombardeamento no 8, eu deixo de falar. O Gale diz apenas: — Já há muito que deveríamos ter feito isso.

Quando chegamos à praça da cidade, a tarde começa a escurecer. Levo a Cressida aos escombros da padaria e peço-lhe para filmar algo. A única emoção que consigo reunir no meio do cansaço. — Peeta, esta era a tua casa. Ninguém da tua família foi visto desde o bombardeamento. O Doze já não existe. E estás a pedir um cessar-fogo? — Olho em volta, para o vazio. — Não há ninguém para te ouvir.

Quando paramos diante do pedaço de metal que costumava ser a forca, a Cressida pergunta se algum de nós tinha sido torturado. Em resposta, o Gale tira a camisa e volta as costas para a câmara. Olho para as marcas das chicotadas e volto a ouvir o assobio do chicote, vejo o seu corpo ensanguentado e inconsciente pendurado pelos pulsos.

— Para mim já chega — anuncio. — Encontro-vos na Aldeia dos Vencedores. Vou buscar uma coisa para... a minha mãe.

Calculo que tenha vindo a pé, porque quando volto a mim estou sentada no chão diante dos armários da cozinha da nossa casa da Aldeia dos Vencedores. Arrumando meticulosamente jarros de cerâmica e frascos de vidro numa caixa. Colocando ligaduras de algodão limpas entre eles para impedir que se partam. Embrulhando ramos de flores secas.

Subitamente, lembro-me da rosa no meu toucador. Seria verdadeira? Nesse caso, ainda estará lá em cima? Tenho de resistir à tentação de ir ver. Se lá estiver, só voltará a assustar-me. Apresso-me com as minhas arrumações.

Quando os armários ficam vazios, levanto-me e vejo que o Gale se materializou na minha cozinha. É assustador o modo como ele consegue aparecer sem fazer ruído. Está inclinado sobre a mesa, com os dedos abertos sobre os veios da madeira. Pouso a caixa entre nós. — Lembras-te? — pergunta ele. — Foi aqui que me beijaste.

Então a forte dose de morfelina aplicada depois das chicotadas não foi suficiente para apagar isso da sua consciência. — Pensei que não fosses lembrar-te — digo.

— Teria de estar morto para me esquecer. Talvez nem mesmo morto — afirma ele. — Talvez seja como aquele homem n'«A Árvore da Forca». Ainda à espera de uma resposta. — O Gale, que nunca vi chorar, tem lágrimas nos olhos. Para as impedir de cair, inclino-me para a frente e encosto os meus lábios aos dele. Sinto calor, cinzas e desespero. É um sabor surpreendente para um beijo tão delicado. Ele afasta-se primeiro e mostra-me um sorriso forçado. — Eu sabia que ias beijar-me.

— Como? — pergunto. Porque eu própria não sabia.

— Porque estou a sofrer — responde ele. — Só assim consigo a tua atenção. — Ele pega na caixa. — Não te preocupes, Katniss. Vai passar.

— E sai da cozinha antes de eu poder responder.

Estou demasiado cansada para meditar sobre a última acusação do Gale. Faço a curta viagem de volta para o 13 enroscada numa cadeira, tentando não ouvir o Plutarch discursando sobre um dos seus temas preferidos — as armas que a humanidade já não tem ao seu dispor. Aviões que voam a grande altitude, satélites militares, desintegradores de células, aeronaves não pilotadas, armas biológicas com prazos de validade. Extintas pela destruição da atmosfera, pela falta de recursos ou pelo excesso de escrúpulo moral. Pressente-se o desgosto de um Chefe dos Produtores dos Jogos que só pode sonhar com esses brinquedos, que tem de se contentar com simples aeronaves, mísseis terra-terra e velhas espingardas.

Depois de entregar o meu fato de Mimo-gaio, vou diretamente para a cama sem comer. Mesmo assim, a Prim tem de me abanar para me acordar de manhã. Depois do pequeno-almoço esqueço-me do meu horário e vou dormitar para o armário de material escolar. Quando acordo, rastejando por entre as caixas de giz e lápis, está de novo na hora do jantar. Recebo uma generosa porção de sopa de ervilhas e estou a regressar ao Compartimento E quando sou intercetada pelo Boggs.

— Há uma reunião no Comando. Esquece o teu horário — diz-me ele.

— É para já — respondo.

— Seguiste alguma parte do horário hoje? — pergunta ele, suspirando.

— Quem sabe? Estou mentalmente desequilibrada. — Levanto o pulso para mostrar a pulseira do hospital e descubro que já lá não está. — Vês? Nem sequer me consigo lembrar de que me tiraram a pulseira. Porque me querem no Comando? Perdi alguma coisa?

— Acho que a Cressida queria mostrar-te os *propos* do Doze. Mas julgo que os verás quando forem transmitidos — aventa ele.

— Para isso é que preciso de um horário. Para saber quando os *propos* vão estar no ar — sugiro. Ele lança-me um olhar mas não faz mais comentários.

O Comando está cheio de gente, mas guardaram-me um lugar entre o Finnick e o Plutarch. Os ecrãs já estão levantados na mesa, exibindo a programação regular do Capitólio.

— Que se passa? Não vamos ver os *propos* do Doze? — pergunto.

— Oh, não — responde o Plutarch. — Quero dizer, talvez. Não sei exatamente que imagens o Beetee pretende usar.

— O Beetee acha que descobriu uma maneira de penetrar na rede a nível nacional — explica o Finnick. — Para que os nossos *propos* também sejam vistos no Capitólio. Está a trabalhar nisso na Defesa Especial neste momento. Vai haver um programa em direto hoje à noite. Parece que o Snow vai aparecer. Acho que está a começar.

97

O selo do Capitólio surge no ecrã, acompanhado do hino. Depois estou a olhar diretamente para os olhos de serpente do presidente Snow, enquanto ele saúda a nação. Parece barricado atrás do seu pódio, mas a rosa branca na lapela está bem visível. A câmara recua para incluir o Peeta, um pouco afastado e diante de um mapa projetado de Panem. Ele está sentado numa cadeira alta, com os pés apoiados numa travessa de metal. O pé da sua perna artificial mexe-se numa batida estranha e irregular. Gotas de suor irrompem pela camada de pó de arroz por cima do lábio superior e na testa. Mas é a expressão nos seus olhos — irada mas desorientada — que mais me assusta.

— Ele está pior — murmuro. O Finnick agarra-me a mão, para me dar apoio, e eu tento aguentar-me.

O Peeta começa a falar num tom de voz frustrado sobre a necessidade de um cessar-fogo. Realça os estragos causados a importantes infraestruturas em vários distritos e, enquanto fala, acendem-se zonas diferentes do mapa, mostrando imagens da destruição. Uma barragem demolida no 7. Um comboio descarrilado com uma mancha de lixo tóxico derramando das carruagens-tanques. Um celeiro desmoronando-se depois de um incêndio. Ele atribui tudo isso a ações dos rebeldes.

Trás! Sem aviso, apareço subitamente na televisão, junto aos escombros da padaria.

O Plutarch põe-se de pé de um salto. — Ele conseguiu! O Beetee conseguiu entrar!

A sala está ainda a reagir animadamente quando o Peeta volta a aparecer, desorientado. Ele viu-me no monitor. Está a tentar retomar o seu discurso, passando ao bombardeamento de uma central de purificação de água, quando um *clip* do Finnick a falar da Rue o substitui. E depois segue-se uma autêntica guerra de emissões, com os técnicos do Capitólio a tentar travar o assalto do Beetee. Mas não estão preparados e o Beetee, prevendo aparentemente que não conseguiria estar sempre no ar, tem um arsenal de *clips* de cinco a dez segundos com que trabalhar. Assistimos à deterioração da apresentação oficial à medida que é bombardeada com as melhores imagens dos *propos*.

O Plutarch contorce-se de prazer e quase toda a gente aplaude e incita o Beetee, mas o Finnick permanece imóvel e calado ao meu lado. Olho para o Haymitch, no outro lado da sala, e vejo o meu próprio medo refletido nos seus olhos. O reconhecimento de que com cada aplauso o Peeta foge ainda mais ao nosso controlo.

O selo do Capitólio volta a aparecer, acompanhado de um ruído monocórdico. Isto dura uns vinte segundos, antes de o Snow e o Peeta voltarem. O estúdio está em polvorosa. Ouvimos ordens frenéticas da cabina. O Snow tenta prosseguir com o seu discurso, dizendo que obviamente os rebeldes estão agora a tentar interromper a divulgação de informações que acham incriminatórias, mas que tanto a verdade como a justiça prevalecerão. A emissão completa será retomada quando a segurança tiver sido restabelecida. Ele pergunta ao Peeta se, em consequência dos acontecimentos desta noite, ele quer dizer alguma coisa à Katniss Everdeen.

Ao ouvir o meu nome, o rosto do Peeta contrai-se de esforço.

— Katniss... como é que achas que isto vai acabar? Que irá restar? Ninguém está seguro no Capitólio. Nem nos distritos. E vocês... no Treze... — Ele respira fundo, como se estivesse com falta de ar; os seus olhos parecem desvairados. — Morrerão esta manhã!

Em voz *off*, o Snow ordena: — Corta! — O Beetee começa a transmitir a intervalos de três segundos uma fotografia da minha cara diante do hospital do 8, lançando o caos. Mas, entre as imagens, assistimos aos acontecimentos reais que se desenrolam no estúdio. A tentativa do Peeta de continuar a falar. A câmara derrubada para filmar o chão de ladrilhos brancos. A confusão de botas. O impacte de um golpe inseparável do grito de dor do Peeta.

E o sangue dele salpicando os ladrilhos.

PARTE DOIS

O ASSALTO

10

O grito começa na parte inferior das costas e sobe pelo meu corpo até se encravar na garganta. Fico muda como um Avox, sufocando de dor. Mesmo que conseguisse relaxar os músculos do pescoço, deixar o ruído escapar para o espaço, alguém repararia? A sala está em tumulto. Ouvem-se perguntas e exigências de pessoas tentando decifrar as palavras do Peeta. «*E vocês... no Treze... morrerão de manhã!*» No entanto, ninguém quer saber do mensageiro cujo sangue foi substituído pela estática.

Uma voz põe as outras pessoas em sentido. — Calem-se! — Todos os olhos se voltam para o Haymitch. — Não é mistério nenhum! O rapaz está a dizer-nos que vamos ser atacados. Aqui. No Treze.

— Como teria ele acesso a essa informação?

— Porque haveríamos de confiar nele?

— Como é que sabes?

O Haymitch solta um ronco de frustração. — Eles estão a espancá-lo cruelmente enquanto falamos. Que mais precisam? Katniss, ajuda-me!

Tenho de me abanar para soltar as palavras. — O Haymitch tem razão. Não sei onde o Peeta conseguiu a informação. Ou se é verdadeira. Mas ele acredita que sim. E eles estão... — Não consigo dizer em voz alta o que o Snow lhe está a fazer.

— Você não o conhece — diz o Haymitch à Coin. — Nós conhecemos. Prepare a sua gente.

A presidente não parece assustada, apenas algo perplexa com esta mudança no rumo dos acontecimentos. Medita sobre as palavras, batendo levemente com o dedo na borda do painel de comandos à sua frente. Quando volta a falar, dirige-se ao Haymitch com uma voz serena. — Já estamos preparados para essa hipótese, obviamente. Embora tenhamos décadas de experiência para sustentar que mais ataques diretos ao Treze seriam contraproducentes para a causa do Capitólio. Os mísseis nucleares libertariam radiações radioativas para a atmosfera, com efeitos ambientais incalculáveis. Mesmo um bombardeamento normal poderia danificar seriamente o nosso complexo militar e sabemos que eles esperam reconquistá-lo. E, claro, suscitariam um contra-ataque. É possível que, dada a nossa aliança atual com os rebeldes, todos estes riscos sejam considerados aceitáveis.

— Acha que sim? — pergunta o Haymitch. O tom é demasiado sincero, mas as subtilezas da ironia escapam quase sempre à gente do 13.

— Acho. Em todo o caso, há muito que estamos para realizar um exercício de segurança de Nível Cinco — acrescenta a Coin. — Vamos ordenar o encerro. — Começa a martelar rapidamente no seu teclado, autorizando a sua decisão. Assim que ela levanta a cabeça, começam as operações.

Houve dois exercícios de nível baixo desde que cheguei ao 13. Não me lembro muito do primeiro. Estava nos cuidados intensivos do hospital e acho que os doentes foram dispensados, uma vez que as complicações de nos retirar para um exercício de treino sobrelevavam os benefícios. Lembro-me vagamente de uma voz mecânica dizendo às pessoas para se reunirem em zonas amarelas. Durante o segundo, um exercício de Nível Dois para crises menores — como uma quarentena em que os cidadãos são submetidos a exames de despistagem durante uma epidemia de gripe —, devíamos voltar para os nossos compartimentos. Eu permaneci atrás de um cano na lavandaria, ignorei os *bips* intermitentes do sistema de áudio e vi uma aranha construir uma teia. Nenhuma das experiências me preparou para as sirenes sem palavras, ensurdecedoras e assustadoras que agora invadem o 13. Seria impossível ignorar este ruído, que parece destinado a lançar toda a população num frenesi. Mas estamos no 13 e isso não acontece.

O Boggs conduz-me e ao Finnick para fora do Comando e pelo corredor para uma porta que dá para uma escadaria larga. Torrentes de pessoas convergem para formar um rio que corre apenas para baixo. Ninguém grita nem tenta empurrar para chegar à frente. Nem mesmo as crianças resistem. Descemos vários lanços de escadas, calados, porque não nos conseguiríamos ouvir naquele ruído. Procuro a minha mãe e a Prim, mas só consigo ver os que estão imediatamente à minha volta. Elas estão ambas a trabalhar no hospital esta noite, por isso certamente não perderão o exercício.

Sinto os ouvidos estalar e os olhos pesados. Estamos à profundidade de uma mina de carvão. A única coisa boa é que, quanto mais nos embrenhamos na terra, menos estridentes se tornam as sirenes — como se a sua intenção fosse afastar-nos fisicamente da superfície, o que de facto está a acontecer. Grupos de pessoas começam a desviar-se para portas numeradas, mas o Boggs continua a conduzir-me para baixo, até que por fim as escadas cessam à entrada de uma enorme caverna. Preparo-me logo para entrar, mas o Boggs detém-me e mostra-me que tenho de acenar o meu horário diante de um sensor para ser identificada. Os dados são com certeza enviados para um computador algures para garantir que ninguém se extravie.

A caverna parece hesitar entre o natural e o artificial. Algumas zonas das paredes são de pedra, enquanto outras são fortemente reforçadas com vigas de aço e betão. Há beliches embutidos nas paredes de rocha, uma cozinha, quartos de banho e um posto de primeiros socorros. Percebe-se que o lugar foi construído para estadas prolongadas.

Por toda a caverna veem-se dísticos brancos com letras ou números colocados a intervalos irregulares. Quando o Boggs me diz e ao Finnick para seguirmos para as áreas com a letra ou o número que correspondem aos nossos compartimentos — no meu caso E, para o Compartimento E —, aparece o Plutarch. — Ah, aqui estás! — exclama. Os acontecimentos recentes pouco ou nada afetaram o estado de espírito do Plutarch. Ele continua com a mesma alegria radiante que o êxito do Assalto de Tempo de Antena realizado pelo Beetee lhe proporcionou. Preocupa-se com a floresta, não com as árvores. Não com o castigo do Peeta nem com o bombardeamento iminente do 13. — Katniss, obviamente este é um mau momento para ti, com o revés do Peeta e tudo o mais, mas tens de ter consciência de que os outros estarão a observar-te.

— O quê? — pergunto, não conseguindo acreditar que ele tenha acabado de reduzir as circunstâncias terríveis do Peeta a um revés.

— As outras pessoas neste abrigo olharão para ti para saber como reagir. Se te mostrares calma e corajosa, os outros também tentarão sê-lo. Se entrares em pânico, isso espalha-se à velocidade de um relâmpago — explica o Plutarch. Eu limito-me a olhar para ele. — O fogo é contagioso, por assim dizer — continua ele, como se eu estivesse a ser de compreensão lenta.

— Porque é que não finjo que estou a ser filmada, Plutarch? — sugiro.

— Sim! Perfeito. Somos sempre muito mais corajosos quando temos um público — anui ele. — Vê só a coragem que o Peeta acabou de demonstrar!

Tenho de me conter para não lhe dar uma bofetada.

— Preciso de voltar para a Coin antes do encerro. Continuem o bom trabalho! — insta ele, e depois vai-se embora.

Dirijo-me para a grande letra E afixada na parede. O nosso espaço consiste num quadrado de dez metros quadrados delimitado por linhas pintadas no chão de pedra. Há duas camas embutidas na parede — uma de nós terá de dormir no chão — e um cubo ao nível do chão para arrumações. Uma folha de papel branco, coberta de plástico transparente, diz: *NORMAS DO ABRIGO*. Olho fixamente para os pequenos pontos negros na folha que, durante alguns momentos, são ofuscados por pingos de sangue que não consigo afastar da minha visão. Lentamente, as palavras começam a ficar focadas. A primeira parte intitula-se «À Chegada».

1. Certifique-se de que todos os membros do seu Compartimento estão presentes.

A minha mãe e a Prim ainda não apareceram, mas eu fui uma das primeiras pessoas a chegar ao abrigo. Talvez elas estejam a ajudar a deslocar os doentes do hospital.

2. Dirija-se ao Posto de Abastecimentos e peça um pacote por cada membro do seu Compartimento. Prepare a sua Zona de Estar. Devolva o(s) pacote(s).

Perscruto a caverna até descobrir o Posto de Abastecimentos, uma divisão ao fundo separada por um balcão. Diante deste esperam algumas pessoas, mas ainda não há muita atividade. Dirijo-me para lá, digo a letra do nosso compartimento e peço três pacotes. Um homem consulta uma folha de papel, tira os pacotes indicados de uma prateleira e coloca-os sobre o balcão. Depois de apoiar um ao ombro e de segurar os outros com as mãos, volto-me e vejo um grupo a formar-se rapidamente atrás de mim. — Com licença — digo, transportando os meus mantimentos pelo meio dos outros. Será apenas uma coincidência ou terá o Plutarch razão? Estarão estas pessoas a tomar o meu comportamento como exemplo?

De volta ao nosso espaço, abro um dos pacotes e descubro um colchão fino, roupa de cama, dois conjuntos de roupa cinzenta, uma escova de dentes, um pente e uma lanterna. Ao examinar o conteúdo dos outros pacotes, vejo que a única diferença discernível é que estes contêm roupa cinzenta e branca. Esta última será para a minha mãe e para Prim, no caso de lhes serem atribuídos deveres médicos. Depois de fazer as camas, guardar as roupas e devolver os pacotes, não tenho mais nada para fazer senão obedecer à última regra.

3. Aguardar novas instruções.

Sento-me de pernas cruzadas no chão para esperar. Um fluxo constante de pessoas começa a encher a sala, ocupando os seus espaços, recolhendo os abastecimentos. Não tardará muito para que o lugar fique preenchido. Pergunto-me se a minha mãe e a Prim vão passar a noite no local para onde os doentes do hospital foram levados. Mas, não, acho que não. Elas estão aqui na lista. Estou a começar a ficar ansiosa quando aparece a minha mãe. Olho para trás dela para um mar de estranhos.

— Onde está a Prim? — pergunto.

— Não está aqui? Ela devia ter descido diretamente do hospital. Saiu dez minutos antes de mim — assegura a minha mãe. — Onde está ela? Para onde poderia ter ido?

Fecho os olhos durante um momento, tentando seguir os passos dela como faria com uma presa numa caçada. Vejo-a reagir às sirenes, correr para ajudar os doentes, acenar com a cabeça quando eles lhe fazem sinal para descer para o abrigo e depois hesitar nas escadas. Indecisa, por um instante. Mas porquê?

Abro de repente os olhos. — O gato! Ela voltou atrás para ir buscá-lo!

— Oh, não! — exclama a minha mãe. Ambas sabemos que tenho razão. Começamos a abrir caminho no sentido contrário ao da maré, procurando sair do abrigo. Mais adiante, vejo os soldados preparando-se para fechar as grossas portas de metal, girando lentamente as rodas de cada lado. Por alguma razão, sei que, depois de fechadas, nada no mundo irá convencer os soldados a abri-las. Talvez isso até os ultrapasse. Empurro indiscriminadamente as pessoas para o lado e grito aos soldados para esperarem. O espaço entre as portas encolhe para um metro, meio metro; restam apenas alguns centímetros quando meto a minha mão pela abertura.

— Abram! Deixem-me sair! — grito.

Vejo a consternação nos rostos dos soldados quando eles giram um pouco as rodas ao contrário. Apenas o suficiente para não me esmagar os dedos, mas não para me deixar passar. Aproveito a oportunidade para encaixar o ombro na abertura. — Prim! — grito para as escadas. A minha mãe fala com os guardas enquanto eu tento contorcer-me para sair. — Prim!

Depois oiço-o. O leve ruído de passos nas escadas. — Estamos a chegar! — oiço a minha irmã chamar.

— Não fechem a porta! — É a voz do Gale.

— Estão a chegar! — berro aos guardas, e eles abrem a porta mais uns centímetros. Mas não me atrevo a mexer-me — com medo de que nos fechem todos lá fora — até a Prim aparecer, com as faces coradas por causa da correria e segurando o *Ranúnculo*. Puxo-a para dentro e o Gale entra atrás, torcendo-se de lado para conseguir fazer passar a sua bagagem. As portas fecham-se com um forte ruído metálico.

— Onde é que estavas com a cabeça? — Dou à Prim uma sacudidela irritada e depois abraço-a, esmagando o *Ranúnculo* entre nós.

A Prim já tem a explicação na ponta da língua. — Não podia deixá-lo, Katniss. Não outra vez. Devias tê-lo visto a andar pelo quarto e a miar. Tinha voltado para nos proteger.

— Está bem. Está bem. — Respiro fundo para me acalmar, recuo um passo e levanto o *Ranúnculo* pelo cachaço. — Devia ter-te afogado quando tive a oportunidade. — Ele baixa as orelhas e levanta a pata. Resmungo-lhe antes de ele poder fazer o mesmo, o que parece chateá-lo um pouco, pois ele considera os resmungos a sua forma pessoal e exclusiva de mostrar desprezo. Como represália, solta um mio de gatinho indefeso que traz imediatamente a minha irmã em sua defesa.

— Oh, Katniss, não o provoques — suplica ela, envolvendo-o nos braços. — Ele já está tão magoado.

A ideia de que possa ter ferido os minúsculos sentimentos felinos do bruto convida apenas a mais provocações. Mas a Prim parece genuinamente preocupada com ele. Então imagino o pelo do *Ranúnculo* como forro de um par de luvas, imagem que me tem ajudado a lidar com ele ao longo dos anos. — Está bem, desculpa. Estamos por baixo do grande E na parede. É melhor ires instalá-lo antes que ele se passe. — A Prim apressa-se em direção ao nosso espaço e eu dou por mim cara a cara com o Gale. Ele está a segurar a caixa de material médico da nossa cozinha no 12. O local da nossa última conversa, do nosso último beijo, desentendimento, seja o que for. Traz também ao ombro o meu saco de caça.

— Se o Peeta tiver razão, estas coisas não tinham a mínima hipótese — aventa o Gale.

O Peeta. Sangue como gotas de chuva na janela. Como lama molhada nas botas.

— Obrigada por... tudo. — Pego nas nossas coisas. — Que estavas a fazer lá em cima nos nossos aposentos?

— Só a ver — responde ele. — Nós estamos no Quarenta e Sete, se precisares de mim.

Quase toda a gente se retirou para o seu espaço quando as portas se fecharam, por isso tenho de me dirigir para a minha nova casa com pelo menos quinhentas pessoas a observar-me. Tento parecer extraordinariamente calma para compensar a minha corrida frenética através da multidão. Como se isso convencesse alguém. Lá se foi o bom exemplo. Ah, que importa! Afinal todos acham que sou doida. Um homem, que julgo ter deitado ao chão, olha-me nos olhos e esfrega o cotovelo, ressentido. Quase lhe arreganho os dentes.

A Prim instalou o Ranúnculo no beliche de baixo, envolto num cobertor e apenas com o focinho à espreita. É assim que ele gosta de estar quando há trovoada, a única coisa que o assusta verdadeiramente.

A minha mãe guarda a sua caixa com cuidado no cubo. Agacho-me, encostada à parede, para ver o que o Gale conseguiu trazer no meu saco de caça. O livro das plantas, o casaco de caça, a fotografia do casamento dos meus pais e o conteúdo pessoal da minha gaveta. O meu alfinete do mimo-gaio está agora com o fato do Cinna, mas tenho ainda o medalhão de ouro e o paraquedas prateado com a bica e a pérola do Peeta. Prendo a pérola a uma ponta do paraquedas e escondo-a no fundo do saco, como se fosse a vida do Peeta e ninguém a pudesse roubar enquanto eu a guardasse.

O ruído distante das sirenes cessa abruptamente e a voz da Coin surge no sistema de áudio do distrito, agradecendo a todos a evacuação exemplar dos níveis superiores. Ela realça o facto de isto não ser uma simulação, uma vez que Peeta Mellark, o vencedor do Distrito 12, se referiu na televisão a um possível ataque ao 13 esta noite.

É nesse momento que cai a primeira bomba. Há uma primeira sensação de impacte, seguida de uma explosão que ressoa nas minhas partes mais recônditas, no forro dos intestinos, na medula dos ossos, nas raízes dos dentes. *Vamos todos morrer*, penso. Volto os olhos para cima, esperando ver fendas gigantes riscar o teto, bocados enormes de pedra cair sobre nós, mas o abrigo estremece apenas um pouco. As luzes apagam-se e experimento a desorientação da escuridão total. Ruídos humanos, sem palavras — gritos espontâneos, arquejos entrecortados, choros de bebés, uma pequena risada insana e musical —, flutuam no ar carregado. Depois surge o zumbido de um gerador e a habitual luz forte do 13 é substituída por um brilho fraco e vacilante. Este é mais parecido com o que costumávamos ter nas nossas casas no 12 quando as velas e os fogos ardiam lentamente nas noites de inverno.

Procuro a Prim na penumbra, prendo-lhe a perna com a mão e arrasto-me para junto dela. A sua voz tranquila e firme sossega o *Ranúnculo*. — Pronto, bebé, está tudo bem. Aqui em baixo estamos bem.

A minha mãe abraça-nos. Cedo à tentação de ser criança de novo e por um momento deito a cabeça no ombro dela. — Isto foi muito diferente das bombas no Oito — comento.

— Provavelmente foi um míssil contra abrigos — diz a Prim, mantendo a voz tranquila por causa do gato. — Falaram-nos deles no curso para os novos cidadãos. Foram feitos para penetrar profundamente no solo antes de explodirem. Porque já não adianta bombardear o Treze à superfície.

— Nuclear? — pergunto, sentindo um arrepio a atravessar-me o corpo.

— Não necessariamente — responde a Prim. — Alguns contêm vários explosivos. Mas... pode ter sido qualquer um, suponho.

Naquela escuridão é difícil ver as pesadas portas de metal ao fundo do abrigo. Seriam capazes de oferecer alguma proteção contra um ataque nuclear? E mesmo que fossem cem por cento eficazes a isolar-nos da radiação, o que é pouco provável, conseguiríamos alguma vez sair deste lugar? A ideia de passar o que resta da minha vida neste cofre de pedra aterroriza-me. Apetece-me correr desenfreadamente para a porta e exigir que me deixem sair para o que quer que exista lá em cima. Seria inútil. Nunca me deixariam sair e podia gerar o pânico.

— Estamos a uma profundidade tão grande que tenho a certeza de que não corremos perigo — afirma a minha mãe, com um ar triste. Estará a pensar na morte do meu pai nas minas? — Mas foi por pouco. Ainda bem que o Peeta teve condições para nos avisar.

Condições. O termo genérico que de alguma forma inclui tudo o que ele precisava para fazer soar o alarme. O conhecimento, a oportunidade, a coragem. E outra coisa que não consigo precisar. O Peeta parecia estar a travar uma espécie de batalha na sua mente, esforçando-se por transmitir a mensagem. Porquê? A facilidade com que manipula as palavras é o seu maior talento. Seria a sua dificuldade resultado da tortura? Ou algo mais? Como a loucura?

A voz da Coin, talvez um pouco mais contrita, preenche o abrigo. O volume do som oscila com o tremeluzir das luzes. — Manifestamente, a informação fornecida por Peeta Mellark era válida e por isso estamos--lhe muito gratos. Os sensores indicam que o primeiro míssil não era nuclear, mas muito potente. Prevemos o lançamento de mais mísseis. Durante o ataque, os cidadãos deverão permanecer nos espaços que lhes foram atribuídos até indicação em contrário.

Um soldado avisa a minha mãe de que precisam dela no posto de primeiros socorros. Ela mostra alguma relutância em deixar-nos, apesar de só ter de se deslocar uns trinta metros.

— Ficamos bem, a sério — garanto-lhe. — Acha que alguém conseguiria passar por ele? — Aponto para o *Ranúnculo*, que me lança uma rosnadela tão desanimada que temos todos de nos rir um pouco. Até eu sinto pena dele. Depois de a minha mãe partir, sugiro: — Porque não te deitas com ele, Prim?

— Sei que é tolice... mas tenho medo de que o beliche desabe sobre nós durante o ataque — confessa ela.

Se os beliches desabarem, o abrigo inteiro já terá cedido, enterrando-nos todos, mas decido que este tipo de raciocínio não será muito útil. Então, esvazio o cubo dos arrumos e faço uma cama lá dentro para o *Ranúnculo*. Depois estendo um colchão ao lado para eu e a minha irmã nos deitarmos.

Recebemos autorização para, em pequenos grupos, utilizarmos a casa de banho e irmos lavar os dentes. Os duches, porém, foram cancelados para hoje. Enrosco-me com a Prim no colchão, dobrando os cobertores porque a caverna emite um frio húmido. O *Ranúnculo*, infeliz apesar da atenção constante da Prim, aconchega-se no cubo e lança-me o seu bafo de gato à cara.

Apesar das condições desagradáveis, fico feliz por ter algum tempo com a minha irmã. As minhas preocupações, desde que aqui cheguei — não, desde os primeiros Jogos, na verdade —, deixaram-me pouco tempo para ela. Não tenho estado a acompanhá-la como devia, como costumava. Afinal, foi o Gale que verificou o nosso compartimento, não eu. Tenho de compensar isso.

Percebo que nem sequer me dei ao trabalho de lhe perguntar como estava a lidar com o choque de vir para aqui. — Então, estás a gostar do Treze, Prim? — pergunto.

— Neste preciso momento? — retruca ela. Rimo-nos as duas. — Às vezes sinto muito a falta de casa. Mas depois lembro-me de que já não há nada de que sentir a falta. Sinto-me mais segura aqui. Não temos de nos preocupar contigo. Quer dizer, não da mesma maneira. — Ela faz uma pausa e depois um sorriso tímido cruza-lhe os lábios. — Acho que me vão treinar para ser médica.

É a primeira vez que oiço falar disso. — Bem, claro que vão. Seriam burros se não o fizessem.

— Têm andado a observar-me quando ajudo no hospital. Já estou a frequentar os cursos para paramédicos. São para principiantes. Já sei muitas coisas que aprendi com a mãe. Mas ainda tenho muito para aprender — continua ela.

— Isso é ótimo! — exclamo. Prim, médica. Ela nem sequer podia sonhar com isso no 12. Uma faísca pequena e discreta, como o riscar de um fósforo, ilumina a escuridão dentro de mim. Esse é o tipo de futuro que uma rebelião poderia trazer.

— E tu, Katniss? Como estás a aguentar-te? — Com a ponta do dedo, em gestos rápidos e delicados, ela acaricia o espaço entre os olhos do *Ranúnculo*. — E não digas que estás bem.

É verdade. Estou tudo menos bem. Por isso aceito falar-lhe do Peeta, da visível deterioração do estado dele e de como acho que eles devem estar a matá-lo neste preciso momento. O *Ranúnculo* tem de contar apenas consigo mesmo durante algum tempo, porque agora a Prim volta toda a sua atenção para mim. Puxando-me para mais perto dela, penteando-me o cabelo para trás das orelhas com os dedos. Depois paro de falar porque na verdade não há mais nada para dizer, e porque sinto uma dor aguda no lugar do coração. Talvez até esteja a ter um ataque de coração, mas não me parece que valha a pena referir isso.

— Katniss, não acredito que o presidente Snow vá matar o Peeta — afirma a Prim. Claro que ela diria isso; é o que acha que me acalmará. Mas as palavras seguintes surpreendem-me. — Se o matar, não terá mais ninguém que tu ames. Não terá qualquer maneira de te atingir.

Subitamente, lembro-me de outra rapariga, alguém que presenciou todo o mal que o Capitólio tinha para oferecer. A Johanna Mason, a tributo do Distrito 7, na última arena. Eu tentava impedi-la de entrar na selva onde os palragaios imitavam as vozes de entes queridos sendo torturados, mas ela afastou-me, dizendo: «Eles *não me atingem. Não sou como vocês. Já não resta ninguém que eu ame.»*

Então sei que a Prim tem razão, que o Snow não pode desperdiçar a vida do Peeta, sobretudo agora que o Mimo-gaio está a causar tantos estragos. Ele já matou o Cinna. Destruiu a minha terra. A minha família, o Gale e até mesmo o Haymitch estão fora do seu alcance. O Peeta é o único que lhe resta.

— Que achas então que lhe irão fazer? — pergunto.

A Prim parece ter uns mil anos quando fala.

— O que for preciso para te quebrar.

11

O que será preciso para me quebrar?

É a pergunta que me consome durante os três dias seguintes, enquanto esperamos para ser libertados da nossa prisão de segurança. O que é que me poderá desfazer em milhões de bocados, deixando-me sem proveito, irrecuperável? Não falo disso a ninguém, mas o assunto devora-me as horas de vigília e entranha-se-me nos pesadelos.

Caem mais quatro mísseis contra abrigos durante esse período, todos enormes, todos muito devastadores, mas não há pressa no ataque. Os lançamentos são bastante espaçados. Assim, quando pensamos que o ataque terminou, outra explosão lança-nos ondas de choque pelas entranhas. Parece que a intenção é manter-nos encerrados, mais do que destruir o 13. Danificar o distrito, certamente. Dar às pessoas muito que fazer para pôr as coisas novamente a funcionar. Mas destruí-lo? Não. A Coin tinha razão nesse ponto. Ninguém destrói o que quer adquirir no futuro. Calculo que o que eles realmente querem, a curto prazo, é impedir os Assaltos de Tempo de Antena e manter-me afastada das televisões de Panem.

Não recebemos quase informações nenhumas sobre o que está a acontecer. Os nossos ecrãs nunca se acendem e temos apenas breves atualizações sonoras da Coin sobre a natureza das bombas. A guerra certamente continua a ser travada, mas das suas vicissitudes nada sabemos.

Dentro do abrigo, a colaboração é a ordem do dia. Seguimos um horário rigoroso para as refeições e banhos, exercício e sono. Concedem-nos pequenos períodos de socialização para aliviar o tédio. O nosso espaço torna-se muito popular porque tanto as crianças como os adultos se mostram fascinados com o *Ranúnculo*. Este alcança celebridade com o seu espetáculo noturno do Gato Tonto. Criei esta brincadeira por acaso há alguns anos, durante um apagão de inverno. Apontamos o feixe de luz de uma lanterna para o chão e o *Ranúnculo* tenta apanhá-lo. Sou suficientemente mesquinha para ter prazer nisto porque acho que ele fica com um ar estúpido. Inexplicavelmente, toda a gente aqui acha que ele é esperto e encantador. Recebo até um conjunto especial de pilhas — um desperdício enorme — para ser usado para este fim. Os cidadãos do 13 estão verdadeiramente carentes de entretenimento.

É na terceira noite, durante a nossa brincadeira, que encontro a resposta para a pergunta que me tem andado a consumir. O Gato Tonto torna-se uma metáfora para a minha situação. Eu sou o *Ranúnculo*. O Peeta, a coisa que desejo tanto guardar, é a luz. Enquanto acha que tem hipóteses de apanhar a luz esquiva com as patas, o *Ranúnculo* enche--se de agressão. (É assim que tenho estado desde que saí da arena, com o Peeta vivo.) Quando a luz se apaga, o *Ranúnculo* fica temporariamente confuso, mas recompõe-se e passa a outras coisas. (É o que aconteceria se o Peeta morresse.) Mas o que deixa o *Ranúnculo* em parafuso, completamente desesperado, é quando aponto a luz para um lugar fora do seu alcance, para o alto da parede, para onde nem mesmo ele consegue saltar. Começa a andar às voltas, a chorar, e nada o consola nem distrai. Fica incapacitado até eu apagar a luz. (É o que o Snow está a tentar fazer-me agora, só que ainda não sei qual a modalidade do seu jogo.)

Talvez esta perceção da minha parte seja a única coisa de que o Snow precisa. Saber que o Peeta está na posse do Snow e a ser torturado para lhe extraírem informações sobre os rebeldes era mau. Mas saber que ele está a ser torturado especificamente para me incapacitar é insuportável. E é sob o peso desta revelação que eu começo realmente a quebrar.

Depois do Gato Tonto, mandam-nos dormir. O fornecimento de eletricidade tem sido intermitente; às vezes as lâmpadas brilham em pleno, outras temos de forçar a vista para nos vermos na penumbra. À hora de deitar eles baixam a luz até quase à escuridão e acendem luzes de segurança em cada um dos espaços. A Prim, que decidiu que afinal as paredes irão resistir, aninha-se com o *Ranúnculo* no beliche inferior. A minha mãe fica no de cima. Ofereço-me para dormir no beliche, mas elas preferem que eu fique no colchão no chão porque me agito muito quando estou a dormir.

Não estou a agitar-me neste momento, porque tenho os músculos hirtos com o esforço de me conter. Volto a sentir a dor no coração e a partir dele imagino minúsculas fissuras espalhando-se pelo meu corpo. Pelo meu torso, pelos braços e pelas pernas abaixo, sobre o meu rosto, deixando-o riscado de fendas. Com um bom abanão de um míssil contra abrigos podia desfazer-me em estranhos fragmentos afiados.

Depois de a maioria insone e irrequieta ter adormecido, liberto-me cuidadosamente do meu cobertor e atravesso a caverna em bicos de pés até encontrar o Finnick, achando por alguma razão indeterminada que ele me compreenderá. O Finnick está sentado por baixo da luz de segurança no seu espaço, dando nós na sua corda, nem sequer fingindo que está a dormir. Enquanto lhe murmuro a minha descoberta do plano do Snow para me quebrar, começo a perceber. Esta estratégia não é uma novidade para o Finnick. Foi aquilo que o quebrou.

— É o que eles te estão a fazer com a Annie, não é? — pergunto.

— Bem, não a prenderam porque achassem que ela seria uma mina de informações dos rebeldes — assegura-me ele. — Sabem que eu nunca teria arriscado contar-lhe coisas dessas. Para a proteger.

— Oh, Finnick. Lamento muito — digo.

— Não, eu é que lamento. Não te ter avisado — replica ele.

De repente, surge-me uma recordação. Estou amarrada à minha cama, louca de raiva e angústia depois do meu resgate. O Finnick está a tentar consolar-me, em relação ao Peeta. «*Eles logo perceberão que ele não sabe nada. E não o vão matar se acharem que podem usá-lo contra ti.*»

— Mas tu avisaste-me. Na aeronave. Só que, quando disseste que eles usariam o Peeta contra mim, pensei que fosse como um engodo. Para me atrair ao Capitólio, de alguma maneira — esclareço.

— Nem sequer isso devia ter dito. Já não podia ajudar-te, era tarde demais. Como não te tinha avisado antes do Quarteirão, devia ter-me calado sobre o modo de agir do Snow. — O Finnick dá um puxão à ponta da sua corda e um nó intricado transforma-se de novo numa linha. — Só que não sabia o que sentias quando te conheci. Depois dos teus primeiros Jogos, pensei que a relação com o Peeta fosse uma farsa da tua parte. Esperávamos todos que continuasses com essa estratégia. Mas foi só quando o Peeta chocou com o campo elétrico e quase morreu que eu... — O Finnick hesita.

Recordo esse momento na arena. Como solucei quando o Finnick reanimou o Peeta. A expressão curiosa no rosto do Finnick. Como ele desculpou o meu comportamento, atribuindo-o à minha suposta gravidez. — Que tu o quê?

— Que percebi que me tinha enganado a teu respeito. Que o amavas de facto. Não estou a dizer como. Talvez tu mesma não saibas. Mas qualquer pessoa que estivesse atenta podia ver como gostavas dele — conclui ele, delicadamente.

Qualquer pessoa? Na visita do Snow antes do Passeio da Vitória, ele desafiou-me a dissipar todas as dúvidas quanto ao meu amor pelo Peeta. «*Convence-me*», disse o Snow. Pelos vistos, sob aquele céu quente e cor-de-rosa, com a vida do Peeta em risco, eu consegui convencê-lo. E ao fazê-lo dei-lhe a arma de que precisava para me quebrar.

Eu e o Finnick ficamos em silêncio durante muito tempo, observando os nós a nascer e a morrer, até eu conseguir perguntar: — Como é que aguentas?

O Finnick olha para mim com incredulidade. — Não aguento, Katniss! É claro que não. Arrasto-me para fora dos pesadelos todas as manhãs e descubro que não há alívio no acordar. — Algo na minha expressão fá-lo parar. — O melhor é nunca ceder. É dez vezes mais difícil voltarmos a erguer-nos do que irmos abaixo.

Bem, ele deve saber. Respiro fundo, esforçando-me por me recompor.

— Quanto mais puderes distrair-te, melhor — sugere ele. — Amanhã de manhã, vamos arranjar-te uma corda. Até lá, fica com a minha.

Passo o resto da noite no meu colchão fazendo nós, obsessivamente, mostrando-os ao *Ranúnculo* para ele os avaliar. Se algum lhe parece suspeito, ele arranca-o do ar e dá-lhe umas dentadas para se certificar de que está morto. De manhã, tenho os dedos em ferida, mas continuo a aguentar-me.

Após vinte e quatro horas de silêncio, a Coin anuncia finalmente que podemos sair do abrigo. Os nossos velhos aposentos foram destruídos pelos bombardeamentos. Toda a gente tem de seguir indicações precisas para os seus novos compartimentos. Limpamos os nossos espaços, conforme as ordens dadas, e seguimos obedientemente e em fila para a porta.

A meio do caminho, surge o Boggs e tira-me da fila. Ele faz sinal ao Gale e ao Finnick para se juntarem a nós. As pessoas afastam-se para nos deixar passar. Algumas até sorriem para mim, uma vez que a brincadeira do Gato Tonto parece ter-me tornado mais adorável. Saímos pela porta, subimos as escadas, atravessamos o corredor para um daqueles elevadores multidirecionais e por fim chegamos à Defesa Especial. Nada ao longo do nosso trajeto parece ter sido destruído, mas ainda nos encontramos a grande profundidade.

O Boggs manda-nos entrar para uma sala praticamente idêntica ao Comando. A Coin, o Plutarch, o Haymitch, a Cressida e todos os outros à volta da mesa parecem exaustos. Alguém finalmente conseguiu arranjar café — embora tenha a certeza de que este seja visto apenas como um estimulante de emergência — e o Plutarch aperta a sua chávena com as mãos como se a qualquer momento lha pudessem tirar.

Não há conversa de circunstância. — Precisamos de vocês os quatro de uniforme e lá em cima à superfície — anuncia a presidente. — Têm duas horas para conseguir imagens mostrando os estragos dos bombardeamentos, confirmando que a unidade militar do Treze continua não só funcional mas dominante e, sobretudo, que o Mimo-gaio ainda está vivo. Alguma pergunta?

— Podemos tomar café? — pergunta o Finnick.

São distribuídas chávenas fumegantes. Olho desconfiada para o líquido preto e brilhante, pois nunca fui grande entusiasta da bebida. No entanto, penso que talvez me ajude a manter-me de pé. O Finnick deita-me um pouco de leite na chávena e pega no açucareiro. — Queres um cubo de açúcar? — pergunta, na sua velha voz de sedutor. Foi assim que nos conhecemos, com o Finnick a oferecer-me açúcar. Rodeados de cavalos e quadrigas, mascarados e pintados para a multidão, antes de sermos aliados. Antes de eu conhecer os seus verdadeiros sentimentos. A recordação leva-me mesmo a sorrir. — Toma, isto melhora o sabor — garante ele, voltando à sua voz normal e deitando-me três cubos na chávena.

Quando me volto para ir vestir o fato do Mimo-gaio, apanho o Gale a observar-nos com um ar infeliz. Que foi agora? Será que pensa que existe alguma coisa entre nós? Talvez me tenha visto ir ter com o Finnick ontem à noite. Eu teria passado pelo espaço dos Hawthorne para lá chegar. Imagino que isso provavelmente lhe tenha caído mal. O facto de eu ter procurado a companhia do Finnick em vez da dele. Pois bem, eu tenho queimaduras da corda nos dedos, mal consigo abrir os olhos, e a equipa de filmagens está à espera que eu faça algo sensacional. E o Snow tem o Peeta. O Gale pode pensar o que quiser.

Na minha nova Sala de Transformação na Defesa Especial, a equipa de preparação veste-me o fato do Mimo-gaio, arranja-me o cabelo e aplica-me um mínimo de maquilhagem antes mesmo de o meu café arrefecer. Dez minutos depois, os atores e a equipa dos próximos *propos* estão a fazer o caminho sinuoso para o exterior. Vou bebendo o meu café enquanto subimos, descobrindo que o leite e o açúcar melhoram bastante o sabor. Depois de engolir a borra que assentou no fundo da chávena, sinto uma leve vibração começar a atravessar-me as veias.

Depois de subir a última escada, o Boggs bate numa alavanca que abre um alçapão. O ar fresco entra de rompante. Inalo profundamente e pela primeira vez permito-me sentir o quanto odiei o abrigo. Saímos para o bosque e levanto as mãos para roçar as folhas por cima da minha cabeça. Algumas estão a começar a amarelecer. — Em que dia estamos? — pergunto, a ninguém em particular. O Boggs diz-me que o mês de setembro começa para a semana.

Setembro. Isso significa que o Peeta está nas garras do Snow há cinco, talvez seis semanas. Examino uma folha na palma da mão e percebo que estou a tremer. Não consigo obrigar-me a parar. Culpo o café e tento concentrar-me em abrandar a respiração, que está demasiado acelerada para o meu passo.

Os destroços começam a aparecer no chão da floresta. Chegamos à nossa primeira cratera, com trinta metros de largura e não sei quantos de profundidade. Muitos. O Boggs diz que qualquer pessoa nos primeiros dez níveis muito provavelmente teria morrido. Contornamos o buraco e seguimos em frente.

— A reconstrução é possível? — pergunta o Gale.

— Não para já. Este míssil não apanhou muita coisa. Alguns geradores de reserva e uma exploração avícola — informa o Boggs. — Vamos apenas selar a cratera.

As árvores desaparecem quando entramos na zona vedada. As crateras estão rodeadas de uma mistura de escombros velhos e recentes. Antes do bombardeamento, muito pouco do 13 atual existia acima da terra. Alguns postos de vigia. A zona dos treinos. Cerca de trinta centímetros do andar superior do nosso edifício — onde sobressaía a janela do *Ranúnculo* — com vários centímetros de aço em cima. Nem mesmo isso se destinava a aguentar mais do que um ataque superficial.

— Quanto tempo de avanço vos deu o aviso do rapaz? — pergunta o Haymitch.

— Uns dez minutos, antes de os nossos sistemas detetarem os mísseis — responde o Boggs.

— Mas ajudou, não ajudou? — pergunto. Não suportaria ouvir uma resposta negativa.

— Com certeza — responde o Boggs. — A evacuação dos civis foi concluída. Todos os segundos contam quando somos atacados. Dez minutos significam vidas salvas.

A Prim, penso. *E o Gale*. Eles estavam no abrigo apenas dois minutos antes de o primeiro míssil cair. O Peeta pode tê-los salvo. Tenho de acrescentar os nomes deles à lista das coisas que nunca poderei deixar de lhe dever.

A Cressida tem a ideia de me filmar diante das ruínas da velha Casa da Justiça, o que não deixa de ter piada, porque durante anos o Capitólio usou o edifício como fundo para falsos noticiários, para mostrar que o distrito já não existia. Agora, depois do último ataque, a Casa da Justiça encontra-se a dez metros da orla de uma nova cratera.

Quando nos aproximamos do que costumava ser a porta principal, o Gale chama a atenção para alguma coisa e o grupo todo abranda o passo. A princípio não sei qual é o problema, mas depois vejo o chão coberto de rosas vermelhas e cor-de-rosa. — Não lhes toquem! — grito. — São para mim!

O cheiro doce e enjoativo chega-me ao nariz e o meu coração começa a martelar contra o peito. Então, não a imaginei. A rosa no meu toucador. À minha frente está a segunda remessa do Snow. Beldades vermelhas e cor-de-rosa de caule comprido, as mesmas flores que decoravam o estúdio onde eu e o Peeta demos a primeira entrevista como vencedores dos Jogos. Flores destinadas não apenas a uma pessoa, mas a um par de amantes.

Explico tudo aos outros da melhor maneira que posso. À primeira vista, parecem flores inofensivas, embora geneticamente modificadas. Duas dúzias de rosas. Já um pouco murchas. Lançadas provavelmente após o último míssil. Um grupo de pessoas trajando fatos especiais apanha-as e leva-as em carrinhos de mão. No entanto, tenho a certeza de que não encontrarão nada de extraordinário. O Snow sabe perfeitamente o que me está a fazer. Como quando mandou espancar o Cinna enquanto eu observava do tubo na Sala de Lançamento. A intenção é transtornar-me.

Como nessa altura, tento restabelecer-me e voltar ao combate. Mas quando a Cressida manda o Castor e o Pollux para os seus lugares, sinto a minha ansiedade aumentar. Sinto-me tão cansada, tão agitada, e incapaz de me concentrar noutra coisa senão no Peeta desde que vi as rosas. O café foi um enorme disparate. A última coisa de que precisava era de um estimulante. O meu corpo treme visivelmente e nem sequer consigo recuperar o fôlego. Após vários dias no abrigo, tenho de semicerrar os olhos para ver o que quer que seja e a luz fere-me a vista. Mesmo na brisa fresca, o suor escorre-me pela cara.

— Então, o que é que querem de mim, exatamente? — pergunto.

— Apenas algumas palavras para mostrar que ainda estás viva e a lutar — responde a Cressida.

— Está bem. — Coloco-me em posição e depois olho para a luz vermelha. E olho. E olho. — Desculpem, não sai nada.

A Cressida vem ter comigo. — Sentes-te bem? — Aceno que sim com a cabeça. Ela tira um pequeno pano do bolso e enxuga-me o rosto. — E se começássemos com o velho jogo de perguntas e respostas?

— Está bem. Isso ajudaria, acho eu. — Cruzo os braços para disfarçar os tremores. Olho para o Finnick, que me mostra o polegar, encorajando-me. Mas ele também parece estar a tremer.

A Cressida volta para a sua posição. — Muito bem, Katniss. Sobreviveste ao bombardeamento do Treze pelo Capitólio. Como é que o comparas à experiência que tiveste no Oito?

— Estávamos a uma profundidade tão grande desta vez que não senti perigo real. O Treze continua de pé e eu também... — A minha voz interrompe-se com um guincho seco.

— Tenta de novo a frase — insta a Cressida. — «O Treze continua de pé e eu também.»

Respiro fundo, tentando fazer chegar o ar ao diafragma. — O Treze continua e eu... — Não, está errado.

Juro que ainda consigo cheirar aquelas rosas.

— Katniss, só esta frase e terminaste por hoje. Prometo — insiste a Cressida. — «O Treze continua de pé e eu também.»

Abano os braços para me descontrair. Apoio os punhos nas ancas. Depois deixo-os cair para os lados. A minha boca está a encher-se de saliva a uma velocidade ridícula e sinto o vómito ao fundo da garganta. Engulo com força e abro os lábios para fazer sair a porcaria da frase e ir esconder-me no bosque e... é então que começo a chorar.

É impossível ser o Mimo-gaio. Impossível concluir mesmo aquela única frase. Porque agora sei que tudo o que disser se repercutirá diretamente sobre o Peeta. Resultará na sua tortura. Mas não na sua morte, não, nada tão misericordioso como isso. O Snow assegurar-se-á de que a vida dele seja muito pior do que a morte.

— Corta — oiço a Cressida dizer baixinho.

— Que se passa com ela? — sussurra o Plutarch.

— Já percebeu de que modo o Snow está a usar o Peeta — responde o Finnick.

Ouve-se algo como um suspiro coletivo de pesar do semicírculo de pessoas espalhado à minha frente. Porque agora eu já sei. Porque nunca haverá maneira de eu não voltar a saber isso. Porque, além da desvantagem militar que perder um Mimo-gaio implica, eu estou destroçada.

Vários braços estariam dispostos a abraçar-me. Mas, no fim de contas, a única pessoa que realmente quero que me console é o Haymitch, porque ele também ama o Peeta. Estendo-lhe os braços e digo algo parecido com o nome dele e ele aproxima-se, abraçando-me e dando-me palmadinhas nas costas. — Pronto. Vai ficar tudo bem, boneca. — Senta-me numa coluna de mármore partida e continua a abraçar-me enquanto eu soluço.

— Não consigo fazer mais isto — afirmo.

— Eu sei — assegura-me ele.

— Só consigo pensar... o que é que ele vai fazer ao Peeta... por eu ser o Mimo-gaio! — consigo dizer.

— Eu sei. — O braço do Haymitch aperta-me.

— Viste? Como ele estava esquisito? O que é que... lhe vão fazer? — Estou a tentar respirar entre os soluços, mas consigo uma última frase. — A culpa é minha! — E depois transponho algum limiar para a histeria e sinto uma agulha no braço e o mundo desvanece-se.

Deve ser forte, o que quer que me injetaram, porque só volto a mim um dia depois. Mas o meu sono não foi tranquilo. Tenho a sensação de sair de um mundo de lugares escuros e assombrados por onde viajei sozinha. O Haymitch está sentado na cadeira junto à minha cama, com a pele pálida, os olhos raiados de sangue. Lembro-me do Peeta e começo de novo a tremer.

O Haymitch estende uma mão e aperta-me o ombro. — Está tudo bem. Vamos tentar resgatar o Peeta.

— O quê? — As palavras dele não fazem sentido.

— O Plutarch vai enviar uma equipa de resgate. Ele acha que podemos trazer o Peeta de volta — explica o Haymitch.

— Porque não fizemos isso antes? — pergunto.

— Porque implica vários custos. Mas toda a gente concorda que é o que se deve fazer. É a mesma decisão que tomámos na arena. Fazer o que for preciso para te manter de pé. Não podemos perder o Mimo-gaio agora. E tu só conseguirás agir quando tiveres a certeza de que o Snow não se pode vingar no Peeta. — O Haymitch oferece-me uma chávena. — Toma, bebe alguma coisa.

Sento-me lentamente e bebo um gole de água. — Que queres dizer, implica vários custos?

Ele encolhe os ombros. — Alguns dos nossos espiões serão descobertos. Pessoas podem morrer. Mas lembra-te de que estão a morrer pessoas todos os dias. E não é só o Peeta; também vamos resgatar a Annie para o Finnick.

— Onde está ele? — pergunto.

— Por trás daquela cortina, a dormir, sob efeito do sedativo. Ele passou-se logo depois de te termos sedado — responde o Haymitch. Sorrio um pouco, sinto-me um pouco menos fraca. — Pois é, foram umas filmagens fantásticas! Vocês os dois passados e o Boggs a ter de organizar a missão para ir buscar o Peeta. Agora só podemos transmitir reposições.

— Bem, se o Boggs está à frente da missão, isso é positivo — avento.

— Oh, ele está a tratar de tudo. Era só para voluntários, mas ele fingiu não reparar na minha mão a acenar no ar — conta o Haymitch.

— Vês? Já demonstrou algum bom senso.

Há qualquer coisa que não está bem. O Haymitch está a esforçar-se demasiado para me animar. Não é nada o estilo dele. — Quem mais se ofereceu para ir, então?

— Penso que foram sete ao todo — responde ele, evasivamente.

Tenho uma sensação desagradável na boca do estômago. — Quem mais, Haymitch? — insisto.

O Haymitch deixa cair finalmente a sua máscara de boa disposição. — Tu sabes quem, Katniss. Sabes quem se ofereceu primeiro.

Claro que sei.

O Gale. .

12

Hoje posso perder os dois.

Tento imaginar um mundo onde as vozes do Gale e do Peeta deixaram de existir. De mãos imóveis. Olhos fixos. Estou ao pé dos seus corpos, olhando-os pela última vez, abandonando a sala onde eles se encontram. Mas quando abro a porta para sair para o mundo, há apenas um tremendo vazio. Um nada cinzento-pálido, tudo o que o meu futuro promete.

— Queres que lhes peça para te sedar até tudo terminar? — pergunta o Haymitch. Ele está a falar a sério. Afinal, este é o homem que passou a sua vida adulta no fundo de uma garrafa, procurando anestesiar-se para esquecer os crimes do Capitólio. O rapaz de dezasseis anos que venceu o segundo Quarteirão devia ter pessoas que amava, família, amigos, uma namorada, talvez, pelas quais lutou, para as quais ansiava voltar. Onde estão elas agora? Como é possível que, até ao momento em que eu e o Peeta lhe fomos impingidos, não havia absolutamente ninguém na sua vida? Que lhes terá feito o Snow?

— Não — respondo. — Quero ir para o Capitólio. Quero fazer parte da missão de resgate.

— Eles já partiram — revela o Haymitch.

— Há quanto tempo partiram? Podia apanhá-los. Podia... — O quê? Que podia fazer?

O Haymitch abana a cabeça. — Isso nunca acontecerá. És demasiado valiosa e estás demasiado vulnerável. Falou-se em enviar-te para outro distrito, para desviar a atenção do Capitólio enquanto se fazia o resgate. Mas ninguém achou que pudesses aguentar.

— Por favor, Haymitch! — Estou a implorar agora. — Tenho de fazer alguma coisa. Não posso ficar apenas aqui à espera, para ouvir se eles morreram ou não. Deve haver alguma coisa que eu possa fazer!

— Está bem. Deixa-me falar com o Plutarch. Tu ficas quieta. — Mas não consigo. Os passos do Haymitch estão ainda a ecoar no corredor quando me meto desajeitadamente pela abertura na cortina e encontro o Finnick estirado de barriga para baixo e com as mãos torcidas na fronha da almofada. Embora seja um gesto cobarde — cruel até — arrancá-lo do mundo irreal e oculto das drogas para a realidade crua e dura, não hesito em fazê-lo, porque não consigo enfrentar isto sozinha.

Quando explico a nossa situação, a sua agitação inicial esvai-se misteriosamente. — Não percebes, Katniss? Isso decidirá tudo! De uma maneira ou de outra. Ao final do dia, eles ou estarão mortos ou connosco. É... é mais do que poderíamos esperar!

Bem, é uma visão bastante risonha da nossa situação. Mas há de facto algo tranquilizador na ideia de que este tormento poderá chegar ao fim.

A cortina abre-se de repente e aparece o Haymitch. Ele tem uma tarefa para nós, se nos conseguirmos manter de pé. Eles continuam a precisar de imagens dos efeitos dos bombardeamentos no 13. — Se as conseguirmos nas próximas horas, o Beetee poderá transmiti-las no momento do resgate e talvez desviar a atenção do Capitólio.

— Sim, uma distração — concorda o Finnick. — Uma espécie de engodo.

— Do que realmente precisamos é de algo tão fascinante que nem mesmo o presidente Snow conseguirá tirar os olhos do ecrã. Têm alguma coisa assim? — pergunta o Haymitch.

O facto de ter uma tarefa que poderá ajudar a missão devolve-me subitamente a concentração. Enquanto devoro o pequeno-almoço e a equipa de preparação me arranja, tento pensar no que poderia dizer. O presidente Snow deve querer saber de que modo aquele chão salpicado de sangue e as suas rosas me estão a afetar. Se ele me quer desfeita, então terei de me apresentar inteira. Mas não creio que conseguirei convencê-lo do que quer que seja gritando algumas palavras de desafio para a câmara. Além de que isso não proporcionará à equipa de resgate mais tempo. Os acessos de fúria são curtos. São as histórias que tomam tempo.

Não sei se vai resultar, mas, quando a equipa de filmagens já se encontra toda reunida à superfície, pergunto à Cressida se pode começar por me fazer perguntas sobre o Peeta. Sento-me na coluna de mármore caída onde tive o meu esgotamento e espero pela luz vermelha e pela pergunta da Cressida.

— Como conheceste o Peeta? — pergunta ela.

E então faço aquilo que o Haymitch tanto desejara desde a minha primeira entrevista. Abro-me. — Quando conheci o Peeta, tinha onze anos e estava quase a morrer. — Falo daquele dia horrível em que eu tentava vender roupas de bebé à chuva, da mãe do Peeta enxotando-me da porta da padaria e de como ele apanhou uma tareia por me trazer os pães que salvaram as nossas vidas. — Nunca nos tínhamos falado. A primeira vez que falei com o Peeta foi no comboio para os Jogos.

— Mas ele já estava apaixonado por ti — aventa a Cressida.

— Acho que sim. — Permito-me um pequeno sorriso.

— Como estás a lidar com a separação? — pergunta ela.

— Mal. Eu sei que a qualquer momento o Snow pode matá-lo. Especialmente agora que ele avisou o Distrito Treze do bombardeamento. É horrível viver com isso — explico. — Mas por causa do que eles lhes estão a fazer, já não tenho quaisquer reservas. Acerca de fazer o que for preciso para destruir o Capitólio. Finalmente estou livre. — Volto os olhos para o céu e observo o voo de um falcão. — O presidente Snow confessou-me um dia que o Capitólio era frágil. Na altura, não percebi o que ele queria dizer. Não conseguia ver bem as coisas porque tinha tanto medo. Agora não tenho. O Capitólio é frágil porque depende dos distritos para tudo. Comida, energia, até os Soldados da Paz que nos policiam. Se declararmos a nossa emancipação, o Capitólio desmorona-se. Presidente Snow, graças a si, declaro hoje oficialmente a minha emancipação.

Fui razoável, mas não deslumbrante. Toda a gente adora a história do pão. Mas é o meu recado para o presidente Snow que põe o cérebro do Plutarch em roda-viva. Chama apressadamente o Finnick e o Haymitch e os três têm uma conversa breve mas intensa com a qual o Haymitch não se mostra satisfeito. O Plutarch parece levar a melhor — no fim, o Finnick está pálido mas acenando que sim com a cabeça.

Quando o Finnick avança para se sentar diante da câmara, o Haymitch diz-lhe: — Não tens de fazer isso.

— Tenho, sim. Se a ajudar. — O Finnick guarda a sua corda no punho. — Estou pronto.

Não sei o que esperar. Uma história de amor sobre a Annie? Uma descrição dos maus-tratos no Distrito 4? Mas o Finnick Odair toma um caminho completamente diferente.

— O presidente Snow costumava... vender-me... o meu corpo, isto é — começa o Finnick, num tom de voz monótono e distante. — Não fui o único. Se um vencedor é considerado desejável, o presidente oferece-o como prémio ou permite que as pessoas o comprem por uma quantia exorbitante de dinheiro. Se recusarmos, ele manda matar alguém que amamos. Por isso, não recusamos.

Está tudo explicado, então. O desfile de amantes do Finnick no Capitólio. Nunca foram verdadeiras amantes. Apenas pessoas como o nosso velho comandante dos Soldados da Paz, o Cray, que comprava raparigas desesperadas para devorar e depois descartar, porque podia.

Quero interromper a gravação e pedir perdão ao Finnick por todas as ideias erradas que tive a seu respeito. Mas temos uma tarefa a cumprir e sinto que o papel do Finnick será muito mais eficaz do que o meu.

— Não era o único, mas era o mais popular — continua ele. — E talvez o mais indefeso, porque as pessoas que eu amava eram tão indefesas. Para se sentirem melhor consigo mesmos, os meus clientes davam-me presentes de dinheiro ou joias, mas eu descobri uma forma de pagamento muito mais valiosa.

Segredos, penso. Foi o que o Finnick me disse que as suas amantes lhe pagavam, só que pensei que tudo fosse uma opção sua.

— Segredos — diz ele, ecoando os meus pensamentos. — E é agora que vai querer continuar a ver, presidente Snow, porque muitos dos segredos dizem respeito a si. Mas comecemos com alguns dos outros.

O Finnick começa a tecer uma exposição tão rica em pormenores que é impossível duvidar da sua autenticidade. Histórias de estranhos apetites sexuais, traições do coração, ganância sem fim e jogos de poder sangrentos. Segredos sussurrados por vozes embriagadas e sobre almofadas húmidas a meio da noite. O Finnick era comprado e vendido. Um escravo dos distritos. Bonito, certamente, mas, na realidade, inofensivo. A quem contaria ele os segredos? E quem acreditaria nele se o fizesse? Mas alguns segredos são demasiado deliciosos para não serem partilhados. Não conheço as pessoas que o Finnick menciona — parecem todas cidadãos importantes do Capitólio —, mas conheço, de escutar a conversa da minha equipa de preparação, a atenção que o mais pequeno deslize pode despertar. Se um mau penteado pode conduzir a horas de mexericos, que poderão gerar acusações de incesto, traição, chantagem e fogo posto? Ao mesmo tempo que as ondas de choque e recriminação se espalham pelo Capitólio, as pessoas estarão à espera, como eu estou agora, de ouvir o Finnick falar do presidente.

— E agora, passemos ao nosso bom presidente Coriolanus Snow — anuncia o Finnick. — Tão jovem quando subiu ao poder. Tão inteligente para o manter. Como, devem interrogar-se, é que ele conseguiu? Uma palavra. É tudo o que realmente precisam de saber. *Veneno.* — O Finnick recua à ascensão política de Snow, da qual nada sei, e vai-se aproximando do presente, desvelando os vários casos das misteriosas mortes dos adversários do Snow ou, pior ainda, dos aliados que podiam tornar-se ameaças. Pessoas morrendo de repente num banquete ou desaparecendo lenta e inexplicavelmente nas sombras ao longo de um período de meses. Mortes atribuídas a mariscos estragados, a vírus misteriosos ou a algum defeito na aorta ignorado pelos médicos. O Snow bebendo do copo com veneno para não levantar suspeitas. Mas os antídotos nem sempre funcionam. Dizem que é por isso que ele usa as rosas que tresandam a perfume.

Dizem que é para disfarçar o cheiro a sangue das feridas na boca que nunca irão sarar. Dizem, dizem, dizem... O Snow tem uma lista e ninguém sabe quem será a próxima vítima.

Veneno. A arma perfeita para uma serpente.

Visto que a minha opinião do Capitólio e do seu nobre presidente já é tão fraca, não posso dizer que as alegações do Finnick me escandalizem. Elas parecem ter muito mais efeito sobre os rebeldes deslocados do Capitólio, como a minha equipa e a Fulvia — mesmo o Plutarch de vez em quando reage com surpresa, talvez perguntando-se como é que um determinado mexerico lhe passou ao lado. Quando a exposição chega ao fim, eles mantêm as câmaras a filmar e é o próprio Finnick que tem de dizer «Corta».

A equipa desce apressadamente para ir montar o material e o Plutarch desvia o Finnick para outra conversa, provavelmente para saber se ele tem mais histórias. Fico com o Haymitch nos escombros, perguntando-me se o destino do Finnick não poderia também ter sido o meu. Porque não? O Snow teria conseguido um bom preço pela rapariga em chamas.

— Foi isso o que te aconteceu? — pergunto ao Haymitch.

— Não. A minha mãe e o meu irmão mais novo. A minha namorada. Foram todos mortos duas semanas depois de eu ter sido coroado vencedor. Por causa daquela proeza que realizei com o campo elétrico — responde ele. — O Snow não tinha ninguém para usar contra mim.

— Surpreende-me que ele não te tenha simplesmente matado — admito.

— Ah, não. Eu era o exemplo. Para exibir aos jovens Finnicks e Johannas e Cashmeres. Do que poderia acontecer a um vencedor que causasse problemas — explica o Haymitch. — Mas ele sabia que não tinha forma de me atingir.

— Até eu e o Peeta aparecermos — digo baixinho. Ele nem sequer me responde com um encolher de ombros.

Com a nossa tarefa cumprida, eu e o Finnick não temos mais nada para fazer senão esperar. Tentamos preencher o tempo que se arrasta na Defesa Especial. Fazemos nós. Brincamos com o nosso almoço nas tigelas. Rebentamos com coisas na carreira de tiro. Por causa do perigo de deteção, não recebemos qualquer comunicação da equipa de resgate. Às 15:00, a hora designada, encontramo-nos ansiosos e calados ao fundo de uma sala cheia de ecrãs e computadores e observamos o Beetee e a sua equipa a tentarem dominar as ondas hertzianas. O habitual nervosismo do Beetee é substituído por uma determinação que nunca tinha visto. A maior parte da minha entrevista não aparece, apenas o suficiente para mostrar que continuo viva e desafiadora. É a descrição sórdida e pormenorizada do Capitólio feita pelo Finnick que domina os ecrãs. As habilidades do Beetee estarão a melhorar? Ou estarão os técnicos do Capitólio demasiado fascinados para expulsar o Finnick do ar? Durante os sessenta minutos seguintes, a emissão do Capitólio reveza-se entre o noticiário normal da tarde, o Finnick e tentativas de extinguir tudo. Mas a equipa técnica dos rebeldes consegue evitar até estas tentativas e, num verdadeiro golpe de mestre, controla a emissão durante quase todo o ataque ao Snow.

— Deixem-nos! — ordena o Beetee, levantando as mãos e devolvendo a emissão ao Capitólio. Ele limpa a cara com um lenço. — Se eles ainda não saíram de lá, estão todos mortos. — Depois gira na sua cadeira e repara em mim e no Finnick reagindo às suas palavras. — Mas era um bom plano. O Plutarch chegou a mostrar-vos?

Claro que não. O Beetee leva-nos para outra sala e mostra-nos como a equipa, com a ajuda de espiões rebeldes, tentará — tentou — libertar os vencedores de uma prisão subterrânea. A operação parece ter implicado gases anestésicos distribuídos pelo sistema de ventilação, um corte de energia, a detonação de uma bomba num edifício do governo a vários quilómetros da prisão e agora a interferência na emissão televisiva. O Beetee fica contente por acharmos o plano difícil de perceber, porque então os nossos inimigos também acharão.

— Como a tua armadilha de eletricidade na arena? — pergunto.

— Exatamente. E viste como funcionou tão bem? — retruca o Beetee.

Bem... não propriamente, penso.

Eu e o Finnick tentamos instalar-nos no Comando, onde chegarão certamente as primeiras notícias do resgate, mas somos impedidos porque vão ser realizados importantes conselhos de guerra. Recusamo-nos a sair da Defesa Especial e acabamos por esperar pelas notícias na sala dos colibris.

Fazendo nós. Fazendo nós. Calados. Fazendo nós. Tiquetaque. Isto é um relógio. Não penses no Gale. Não penses no Peeta. Fazendo nós. Não queremos jantar. Dedos esfolados e sangrando. O Finnick acaba por desistir e adota a posição agachada que adotou na arena quando os palragaios atacaram. Eu aperfeiçoo o meu laço corredio em miniatura. As palavras de «A Árvore da Forca» repetem-se na minha cabeça. O Gale e o Peeta. O Gale e o Peeta.

— Apaixonaste-te logo pela Annie, Finnick? — pergunto.

— Não — responde ele. Depois demora muito tempo a acrescentar: — Ela foi-se insinuando.

Interrogo os meus sentimentos, mas neste momento a única pessoa que sinto insinuar-se em mim é o Snow.

Deve ser meia-noite, o dia seguinte, quando o Haymitch abre a porta. — Já voltaram. Querem-nos no hospital. — A minha boca abre-se para uma catadupa de perguntas que ele interrompe imediatamente. — Não sei mais nada.

Eu quero correr, mas o Finnick comporta-se de forma muito estranha, como se tivesse perdido a capacidade de se mexer. Então pego-lhe na mão e conduzo-o, como a uma criancinha, através da Defesa Especial, para o elevador multidirecional, e finalmente para a ala do hospital. O lugar está em alvoroço, com médicos berrando ordens e os feridos sendo empurrados pelos corredores nas suas camas.

Somos afastados para o lado por uma maca transportando uma jovem inconsciente e muito magra com a cabeça rapada. A sua pele exibe pisaduras e crostas moles. A Johanna Mason. Que efetivamente conhecia segredos dos rebeldes. Pelo menos o segredo a meu respeito. E foi assim que pagou por isso.

Através de uma porta, vislumbro o Gale, nu até à cintura, com suor a escorrer-lhe pela cara enquanto um médico lhe retira algo de debaixo da omoplata com uma pinça comprida. Ferido, mas vivo. Chamo-o, começo a avançar para ele, mas um enfermeiro empurra-me para fora e fecha a porta.

— Finnick! — Algo entre um grito e uma exclamação de alegria. Uma jovem bonita mas suja, cabelo escuro emaranhado, olhos verde-mar, corre para nós apenas com um lençol à volta do corpo. — Finnick! — E subitamente, como se não houvesse mais ninguém no mundo senão os dois, eles rasgam o espaço para chegar um ao outro. Colidem, abraçam-se, desequilibram-se e batem contra uma parede, onde ficam. Agarrados como um único ser. Inseparáveis.

Sinto uma pontada de ciúme. Não pelo Finnick nem pela Annie, mas pela sua certeza. Ninguém ao vê-los poderia duvidar do seu amor.

O Boggs, parecendo um tanto cansado mas ileso, vem ter comigo e com o Haymitch. — Conseguimos tirá-los todos de lá. Exceto a Enobaria. Mas como ela é do Dois, duvidamos que esteja presa. O Peeta está ao fundo do corredor. Os efeitos do gás já estão a passar. Deviam lá estar quando ele acordar.

O Peeta.

Vivo e saudável — talvez não saudável mas vivo, e aqui. Longe do Snow. Fora de perigo. Aqui. Comigo. Dentro de um minuto poderei tocar-lhe. Ver o seu sorriso. Ouvir o seu riso.

O Haymitch está a sorrir para mim. — Vamos lá, então — urge.

Sinto-me tonta de alegria. Que vou dizer? Ah, que importa o que digo? O Peeta ficará encantado, faça o que eu fizer. Provavelmente irá beijar-me. Será que vou sentir o que senti com aqueles últimos beijos na praia, que não ousei recordar até agora?

O Peeta já está acordado, sentado na borda da cama, com um ar confuso enquanto um trio de médicos o tranquiliza, lhe aponta raios de luz para os olhos, lhe toma o pulso. Fico desapontada por o meu rosto não ter sido o primeiro que ele viu ao acordar, mas o que vê agora. As feições dele revelam incredulidade e algo mais intenso que não consigo precisar. Desejo? Desespero? Certamente as duas coisas, porque ele afasta bruscamente os médicos, levanta-se de um salto e avança para mim. Eu corro ao seu encontro, de braços abertos para o envolver. As mãos dele também se estendem para mim, para me acariciar a cara, imagino.

Os meus lábios começam a formar o nome dele quando os seus dedos me apertam o pescoço.

13

O frio colar cervical irrita-me o pescoço e torna ainda mais difícil controlar os tremores. Pelo menos já não estou no tubo claustrofóbico, com os estalidos e zumbidos das máquinas à minha volta, escutando uma voz mecânica a dizer-me para ficar quieta enquanto tentava convencer--me de que ainda conseguia respirar. Mesmo agora, depois de me garantirem que não haverá lesões permanentes, sinto falta de ar.

Os principais receios da equipa médica — danos na medula espinal, via respiratória, veias e artérias — foram postos de lado. As equimoses, a rouquidão, a laringe inflamada, esta estranha tosse — não são motivo para preocupação. Vai ficar tudo bem. O Mimo-gaio não perderá a voz. Onde está, quero perguntar, o médico que explique se estou a perder a cabeça? Só que não devo falar agora. Nem sequer posso agradecer ao Boggs quando ele me vem visitar. Examinar-me e dizer-me que já viu ferimentos muito piores nos soldados quando estes aprendem estrangulamentos nos treinos.

Foi o Boggs que imobilizou o Peeta com um soco antes que este pudesse causar-me danos permanentes. Sei que o Haymitch teria vindo em minha defesa, se não tivesse sido apanhado completamente desprevenido. Apanhar-me a mim e ao Haymitch desprevenidos é coisa rara. Mas estávamos tão obcecados por salvar o Peeta, tão angustiados por sabê-lo nas mãos do Capitólio, que a alegria de o ter de volta nos cegou. Se tivesse tido um encontro em privado com o Peeta, este ter-me-ia assassinado. Agora que está louco.

Não, louco não, lembro-me. *Sequestrado.* Foi a palavra que ouvi o Plutarch e o Haymitch pronunciarem quando passei por eles no corredor, deitada na minha maca. *Sequestrado.* Não sei o que isso quer dizer.

A Prim, que apareceu momentos depois do ataque e tem permanecido ao meu lado desde então, tapa-me com outro cobertor. — Acho que te vão tirar o colar em breve, Katniss. Não terás tanto frio então.

— A minha mãe, que está a ajudar numa cirurgia complicada, ainda não foi informada do ataque do Peeta. A Prim pega numa das minhas mãos, que mantenho cerrada, e começa a massajá-la até ela se abrir e o sangue começar a circular de novo nos dedos. Está a pegar na minha outra mão quando aparecem os médicos, tiram-me o colar e dão-me uma injeção para as dores e o inchaço. Fico deitada, conforme as suas ordens, sem mexer a cabeça, para não agravar as lesões no pescoço.

O Plutarch, o Haymitch e o Beetee estiveram no corredor à espera que os médicos os autorizassem a ver-me. Não sei se já contaram ao Gale, mas, como ele não está aqui, presumo que não. O Plutarch deixa sair os médicos e tenta mandar sair a Prim, mas esta responde: — Não. Se me obrigar a sair, vou diretamente à sala de operações e conto à minha mãe tudo o que aconteceu. E estou a avisá-lo, ela não vai gostar nada de ver um Produtor dos Jogos a mandar na vida da Katniss. Sobretudo quando este não soube cuidar dela.

O Plutarch parece ofendido, mas o Haymitch ri-se. — Eu desistia, Plutarch — sugere. A Prim fica.

— Bem, Katniss, o estado do Peeta foi um grande choque para todos nós — começa o Plutarch. — Não pudemos deixar de reparar na sua deterioração nas últimas duas entrevistas. Era evidente que ele tinha sido maltratado e imputámos o seu estado psicológico a isso. Agora acreditamos que se passava mais alguma coisa. Que o Capitólio estava a submetê-lo a uma técnica bastante invulgar conhecida por sequestro. Beetee?

— Infelizmente — começa o Beetee —, mas não posso dar-te todas as particularidades desta técnica, Katniss. O Capitólio faz questão de guardar segredo acerca deste tipo de tortura e penso que os resultados são contraditórios. Isso sabemos, de facto. É uma forma de condiciona-mento pelo medo. A expressão *sequestro* é uma tradução da palavra inglesa *hijack*, que antigamente significava «capturar» ou, melhor até, «apreen-der». Cremos que tenha sido escolhida porque a técnica implica a utili-zação de veneno de vespas-batedoras, ou *tracker jackers*, em inglês, e o *jack* sugeriu *hijack*. Tu foste picada nos primeiros Jogos da Fome, por isso, ao contrário de nós, tens conhecimento em primeira mão dos efeitos do veneno.

Terror. Alucinações. Visões horríveis da perda daqueles que amamos. Porque o veneno tem como alvo a parte do cérebro que controla o medo.

— Estou certo de que te lembras de como era assustador. Também sofreste de confusão mental depois? — pergunta o Beetee. — Uma sen-sação de ser incapaz de distinguir o verdadeiro do falso? A maioria das pessoas que foram picadas e sobreviveram descreve algo do género.

Sim. Aquele encontro com o Peeta. Mesmo depois de a confusão passar, não sabia se ele me tinha salvo a vida enfrentando o Cato ou se eu o havia imaginado.

— Recordar torna-se mais difícil porque as recordações podem ser alteradas. — O Beetee bate levemente na testa. — Trazidas para a frente do cérebro, revistas e armazenadas de novo na sua forma alterada. Agora imagina que te peço para recordares alguma coisa, ou por sugestão verbal ou obrigando-te a ver a gravação do acontecimento, e enquanto essa experiência é relembrada dou-te uma dose de veneno de vespa-batedora. Não para induzir uma perda de consciência de três dias mas apenas o suficiente para incutir medo e dúvida na recordação. E é isso que o teu cérebro vai armazenar, a longo prazo.

Começo a sentir-me maldisposta. A Prim faz a pergunta que tenho na cabeça. — Foi isso que fizeram ao Peeta? Pegaram nas suas recordações da Katniss e alteraram-nas para as tornar assustadoras?

O Beetee acena que sim com a cabeça. — Tão assustadoras que ele a encararia como uma ameaça à própria vida. Podendo tentar matá-la. Sim, é a nossa teoria, neste momento.

Tapo a cara com os braços porque não acredito que isto esteja a acontecer. Não é possível. Alguém levar o Peeta a esquecer-se de que me ama... ninguém poderia fazer isso.

— Mas é possível inverter essa situação, não? — pergunta a Prim.

— Hum... temos muito poucos dados sobre isso — responde o Plutarch. — Nenhuns, na verdade. Se a reabilitação de casos de sequestro foi tentada antes, não temos acesso a esses registos.

— Bem, mas vão tentar, não vão? — insiste a Prim. — Não vão simplesmente fechá-lo num quarto acolchoado e deixá-lo a sofrer?

— Claro que não, vamos tentar, Prim — afirma o Beetee. — Só que não sabemos até que ponto seremos bem-sucedidos. Se é que conseguiremos alguma coisa. Os acontecimentos assustadores são os mais difíceis de extirpar. Afinal, são os que recordamos melhor, por natureza.

— E além das recordações da Katniss, ainda não sabemos que mais foi alterado — acrescenta o Plutarch. — Estamos a reunir uma equipa de profissionais de saúde mental e militares para preparar um contra-ataque. Eu pessoalmente estou otimista, acho que ele recuperará completamente.

— Acha? — pergunta a Prim, sarcasticamente. — E o que é que *você* acha, Haymitch?

Afasto ligeiramente os braços para poder ver a expressão do Haymitch. Ele parece exausto e desanimado. — Acho que o Peeta poderá melhorar um pouco — admite. — Mas... não acho que alguma vez volte a ser o mesmo. — Fecho novamente os braços, afastando tudo e todos da minha visão.

— Pelo menos está vivo — afirma o Plutarch, como se estivesse a perder a paciência connosco. — O Snow executou a estilista e a equipa de preparação do Peeta em direto na televisão hoje à noite. Não fazemos ideia do que aconteceu à Effie Trinket. O Peeta está doente, mas está aqui. Connosco. E isso representa uma melhoria definitiva em relação à situação em que ele se encontrava há doze horas. Lembremo-nos disso, está bem?

A tentativa do Plutarch para me animar — acompanhada da notícia de mais quatro, talvez cinco, mortes — surte o efeito contrário ao pretendido. A Portia. E a equipa de preparação do Peeta. A Effie. O esforço para conter as lágrimas faz palpitar a garganta e começo novamente a arquejar. Por fim, não têm outra alternativa senão sedar-me.

Quando acordo, pergunto-me se essa será a única maneira de eu dormir agora, com drogas injetadas no braço. Ainda bem que não devo falar durante os próximos dias, porque não quero dizer nada. Nem fazer nada. Com efeito, sou uma doente exemplar. A minha apatia é tomada por autodomínio, obediência às ordens dos médicos. Já não me apetece chorar. Na verdade, só consigo ter um pensamento: uma imagem do rosto do Snow acompanhada do sussurro na minha cabeça. *Eu vou matar-te.*

A minha mãe e a Prim revezam-se a tratar de mim, convencendo-me a engolir bocados de comida mole. De vez em quando, aparecem pessoas com atualizações sobre o estado do Peeta. Os níveis elevados de veneno de vespa-batedora estão a desaparecer do seu corpo. Ele está a ser tratado apenas por estranhos, naturais do 13 — ninguém do 12 nem do Capitólio foi autorizado a vê-lo —, para impedir o estímulo de quaisquer recordações perigosas. Uma equipa de especialistas trabalha horas a fio elaborando uma estratégia para a sua recuperação.

O Gale em princípio não devia visitar-me, porque está confinado a uma cama com um ferimento no ombro. Mas na terceira noite, depois de eu ter sido medicada e a intensidade da luz reduzida para a hora de dormir, ele entra sorrateiramente no meu quarto. Não fala, roça apenas os dedos pelas feridas no meu pescoço com um toque tão delicado como asas de borboleta, dá-me um beijo entre os olhos e desaparece.

Na manhã seguinte, recebo alta do hospital com recomendações para não fazer gestos bruscos e falar apenas quando necessário. Não me dão um horário, por isso vagueio sem destino pelo 13 até a Prim ser dispensada do seu serviço no hospital para me levar para o novo compartimento da nossa família. O 2212. Igual ao último, mas sem janela.

O *Ranúnculo* recebe agora uma ração diária de comida e uma caixa de areia que colocamos por baixo do lavatório da casa de banho. Quando a Prim me aconchega na cama, ele salta para a minha almofada, competindo pela atenção dela. A Prim pega nele ao colo mas permanece concentrada em mim. — Katniss, eu sei que tudo isto que aconteceu com o Peeta é terrível para ti. Mas lembra-te de que o Snow esteve a influenciá-lo durante semanas e nós só o temos há alguns dias. Há uma possibilidade de que o velho Peeta, aquele que te ama, ainda esteja lá dentro. Procurando voltar para ti. Não desistas de acreditar nele.

Olho para a minha irmãzinha e penso em como ela herdou as melhores qualidades que a nossa família tem para oferecer: as mãos milagrosas da minha mãe, a cabeça equilibrada do meu pai e a minha persistência. E tem também outra coisa, algo só dela. A capacidade de olhar para a confusão da vida e ver as coisas como elas são. Será possível que tenha razão? Que o Peeta poderá voltar para mim?

— Tenho de ir para o hospital — anuncia a Prim, colocando o *Ranúnculo* na cama ao meu lado. — Façam companhia um ao outro, está bem?

O *Ranúnculo* salta da cama e segue-a até à porta, queixando-se ruidosamente quando é deixado para trás. É impossível fazermos companhia um ao outro. Passados talvez trinta segundos, percebo que não aguento ficar fechada naquela cela subterrânea e abandono o *Ranúnculo* à sua própria sorte. Perco-me várias vezes, mas acabo por chegar à Defesa Especial. Toda a gente que passa por mim olha para as nódoas negras, e não posso deixar de me sentir inibida, ao ponto de puxar o colarinho até às orelhas.

O Gale também deve ter recebido baixa do hospital esta manhã, porque o encontro numa das salas de pesquisa com o Beetee. Estão absortos, com as cabeças inclinadas sobre um desenho, medindo qualquer coisa. Há versões da mesma imagem espalhadas pela mesa e pelo chão. Nas paredes de cortiça e nos vários ecrãs de computador vejo outros desenhos. Nas linhas apressadas de um deles, reconheço a armadilha de laço do Gale. — O que é isto? — pergunto com uma voz rouca, desviando a atenção de ambos da folha de papel.

— Ah, Katniss, descobriste o nosso segredo! — exclama o Beetee, animado.

— O quê? Isto é um segredo? — Sei que o Gale tem passado muito tempo aqui em baixo a trabalhar com o Beetee, mas pensei que estivessem a brincar com arcos e flechas.

— Não propriamente. Mas tenho-me sentido um pouco culpado. Por estar sempre a roubar-te o Gale — confessa o Beetee.

Como passei a maior parte do tempo no 13 desorientada, preocupada, zangada, a ser transformada ou hospitalizada, não posso dizer que as ausências do Gale me incomodaram. As coisas entre nós também não têm estado propriamente harmoniosas. Mas deixo o Beetee pensar que me está a dever. — Espero que tenha empregado bem o seu tempo.

— Vem ver — diz ele, chamando-me com a mão para um ecrã de computador.

Isto é o que eles têm estado a fazer. Pegando nas ideias básicas das armadilhas do Gale e adaptando-as a armas contra seres humanos. Sobretudo bombas. O que mais importa não é a mecânica das armadilhas mas a psicologia por trás delas. Armadilhar uma zona que fornece algo essencial à sobrevivência. Uma fonte de água ou comida. Assustar as presas para que um grande número delas fuja para uma destruição maior. Ameaçar a prole para atrair o alvo realmente desejado, o progenitor. Atrair a vítima para o que parece um abrigo seguro — onde a morte a espera. A dada altura, o Gale e o Beetee deixaram para trás a selva e concentraram-se em impulsos mais humanos. Como a compaixão. Uma bomba explode. Dá-se algum tempo para outras pessoas virem em socorro dos feridos. Depois uma segunda bomba, mais potente, mata também os socorristas.

— Isso parece-me um pouco imoral — comento. — Quer dizer que vale tudo? — Olham os dois para mim; o Beetee com dúvida, o Gale com hostilidade. — Imagino que haja um conjunto de regras para o que poderá ser aceitável fazer ou não a outro ser humano.

— Claro que há. Eu e o Beetee seguimos o mesmo conjunto de regras que o presidente Snow usou quando sequestrou o Peeta — retruca o Gale.

Cruel, mas verdadeiro. Vou-me embora sem mais comentários. Sinto que, se não for lá para fora imediatamente, irei simplesmente enlouquecer. Mas ainda estou na Defesa Especial quando sou apanhada pelo Haymitch. — Anda. Precisamos de ti de novo lá em cima no hospital.

— Para quê? — pergunto.

— Vão experimentar uma coisa nova com o Peeta — responde ele. — Vão enviar a pessoa mais inofensiva do Doze que consigam encontrar para falar com ele. Alguém com quem o Peeta possa partilhar recordações de infância, mas nada relacionado contigo. Estão a entrevistar pessoas neste momento.

Sei que isso vai ser difícil, porque qualquer pessoa com quem o Peeta pudesse partilhar recordações de infância muito provavelmente seria da cidade e quase nenhuma dessas pessoas escapou às chamas. Mas quando chegamos ao quarto do hospital transformado num espaço de trabalho para a equipa de recuperação do Peeta, lá está ela a conversar com o Plutarch. A Delly Cartwright. Como sempre, lança-me um sorriso que sugere que eu sou a sua melhor amiga. Ela oferece esse sorriso a toda a gente. — Katniss! — exclama.

— Olá, Delly — cumprimento. Já tinha ouvido dizer que ela e o irmão mais novo tinham sobrevivido. Os pais, donos da sapataria na cidade, não tiveram a mesma sorte. Ela parece mais velha, com a roupa pardacenta do 13 que não favorece ninguém, o comprido cabelo amarelo numa trança prática e não em caracóis. A Delly está um pouco mais magra, mas era uma das poucas crianças no 12 com alguns quilos a mais. A dieta do 13, o stresse e o luto pela morte dos pais contribuíram decerto para isso. — Como tens passado? — pergunto.

— Oh, foram muitas mudanças ao mesmo tempo. — Os seus olhos enchem-se de lágrimas. — Mas toda a gente é muito simpática aqui no Treze, não achas?

A Delly está a falar a sério. Ela gosta genuinamente das pessoas. De todas as pessoas, não só de algumas que tivesse passado anos a selecionar.

— Eles esforçaram-se por nos fazer sentir em casa — digo. Penso que é uma declaração justa, sem exageros. — Foste a pessoa que eles escolheram para falar com o Peeta?

— Parece que sim. Coitado do Peeta. Coitada de *ti*. Nunca compreenderei o Capitólio — declara a Delly.

— Talvez seja melhor não compreenderes — sugiro.

— A Delly conhece o Peeta há muito tempo — comenta o Plutarch.

— Ah, sim! — O rosto da Delly anima-se. — Brincámos juntos desde pequeninos. Eu costumava dizer às pessoas que ele era meu irmão.

— Que achas? — pergunta-me o Haymitch. — Há alguma coisa que possa fazê-lo lembrar-se de ti?

— Andámos todos na mesma turma. Mas nunca nos cruzámos muito — respondo.

— A Katniss foi sempre tão incrível. Nunca imaginei que ela reparasse em mim — admite a Delly. — O modo como ela podia caçar e entrar no Forno e tudo o mais. Toda a gente a admirava muito.

Eu e o Haymitch temos de lhe examinar bem o rosto para ver se ela não está a brincar. Quem ouvir a Delly falar deve achar que eu quase não tinha amigos porque intimidava as pessoas, sendo tão excecional. Não é verdade. Eu quase não tinha amigos porque não era amigável. Só mesmo a Delly para me transformar em algo maravilhoso!

— A Delly pensa sempre o melhor de toda a gente — explico.

— Não acredito que o Peeta possa ter más recordações associadas a ela. — Depois lembro-me. — Esperem. No Capitólio. Quando menti acerca de reconhecer a rapariga Avox, o Peeta apoiou-me dizendo que ela era parecida com a Delly.

— Lembro-me — diz o Haymitch. — Mas não sei. Não era verdade. A Delly não estava presente. Não acho que isso possa concorrer com anos de recordações de infância.

— Sobretudo com uma companheira tão encantadora como a Delly — acrescenta o Plutarch. — Vamos arriscar.

136

Eu, o Plutarch e o Haymitch vamos para a sala de observação ao lado do quarto do Peeta. A sala já a abarrotar com dez membros da equipa de recuperação munidos de canetas e blocos de notas. O vidro de sentido único e o sistema áudio permitem-nos observar secretamente o Peeta. Ele está deitado na cama, com os braços amarrados. Não luta contra as amarras, mas agita continuamente as mãos. A sua expressão parece mais lúcida do que aquela que mostrou quando tentou estrangular-me, mas continua a não lhe pertencer.

Quando a porta se abre devagar, os olhos do Peeta dilatam-se, assustados. Depois parecem confusos. A Delly atravessa cautelosamente o quarto, mas quando se aproxima da cama sorri naturalmente. — Peeta? É a Delly. Do Doze.

— Delly? — Algumas nuvens de dúvida parecem dissipar-se. — Delly. És tu.

— Sim! — exclama ela, com alívio evidente. — Como te sentes?

— Péssimo. Onde estamos? Que aconteceu? — pergunta o Peeta.

— É agora! — avisa o Haymitch.

— Eu disse-lhe para evitar qualquer referência a Katniss ou ao Capitólio — informa o Plutarch. — Só para ver que recordações do Doze ela consegue evocar.

— Bem... estamos no Distrito Treze. Vivemos aqui agora — responde a Delly.

— Isso é o que aquelas pessoas têm dito. Mas não faz sentido. Porque não estamos em casa? — pergunta o Peeta.

A Delly morde o lábio. — Houve... um acidente. Também tenho muitas saudades de casa. Estava mesmo agora a pensar naqueles desenhos a giz que costumávamos fazer nas lajes de pedra. Os teus eram tão bonitos. Lembras-te de quando desenhaste um animal diferente em cada laje?

— Sim. Porcos e gatos e outras coisas — diz o Peeta. — Falaste... de um acidente?

Consigo ver a transpiração na testa da Delly enquanto ela tenta contornar a pergunta. — Foi mau. Ninguém... pôde ficar — responde ela, hesitante.

— Aguenta-te aí, miúda — incita o Haymitch.

— Mas eu sei que vais gostar de viver aqui, Peeta. As pessoas têm sido muito boas para nós. Há sempre comida e roupa lavada, e a escola é muito mais interessante — continua a Delly.

— Porque é que a minha família não me veio visitar? — pergunta o Peeta.

— Não podem. — Os olhos da Delly começam novamente a encher-se de lágrimas. — Muitas pessoas não conseguiram sair do Doze. Por isso vamos ter de construir uma nova vida aqui. Tenho a certeza de que eles precisam de um bom padeiro. Lembras-te de quando o teu pai costumava deixar-nos fazer meninas e meninos de massa?

— Houve um incêndio — afirma o Peeta, bruscamente.

— Sim — murmura ela.

— O Doze ardeu, não foi? Por causa dela — acusa o Peeta, zangado.

— Por causa da Katniss! — Ele começa a puxar as amarras.

— Ah, não, Peeta. A culpa não foi dela — assegura a Delly.

— Foi ela que te disse isso? — pergunta ele, rangendo os dentes.

— Tirem-na dali! — ordena o Plutarch. A porta abre-se de repente e a Delly começa a recuar lentamente para ela.

— Ela não precisa de mo dizer. Eu estava... — começa a Delly.

— Porque ela está a mentir! É uma mentirosa! Não podes acreditar em nada do que ela diz! Ela é uma espécie de mute que o Capitólio criou para usar contra nós! — berra o Peeta.

— Não, Peeta. Ela não é um... — tenta novamente a Delly.

— Não confies nela, Delly — insta o Peeta, num tom de voz frenético. — Eu confiei e ela tentou matar-me. Ela matou os meus amigos. A minha família. Nem sequer te aproximes dela! Ela é um mute!

Uma mão surge pela entrada do quarto e puxa a Delly para fora. A porta fecha-se de repente. Mas o Peeta continua a gritar. — Um mute! É um mute nojento!

Ele não só me odeia e quer matar como já não acredita que eu seja humana. Doía menos ser estrangulada.

À minha volta os membros da equipa de recuperação escrevem freneticamente, anotando todas as palavras proferidas. O Haymitch e o Plutarch agarram-me pelos braços e tiram-me da sala. Encostam-me a uma parede no corredor silencioso. Mas eu sei que o Peeta continua a gritar por trás da porta e do vidro.

A Prim estava enganada. O Peeta é irrecuperável. — Não posso continuar aqui — declaro, aturdida. — Se querem que eu seja o Mimo-gaio, terão de me enviar para longe.

— Para onde queres ir? — pergunta o Haymitch.

— Para o Capitólio. — É o único lugar que me ocorre onde tenho uma missão para cumprir.

— Impossível — afirma o Plutarch. — Só depois de todos os distritos se encontrarem em nosso poder. A boa notícia é que os combates estão quase a terminar em todos eles menos no Dois. Mas este é um bico de obra.

É isso mesmo. Primeiro os distritos. Depois o Capitólio. E então poderei dar caça ao Snow.

— Está bem — anuo. — Mandem-me para o Dois.

14

O 2 é um distrito grande, como seria de esperar, constituído por uma série de aldeias espalhadas pelas montanhas. Antigamente cada uma estava ligada a uma mina ou a uma pedreira, mas agora muitas dedicam--se ao alojamento e treino de Soldados da Paz. Nada disto representaria um grande desafio, uma vez que os rebeldes têm o poder aéreo do 13 do seu lado, se não fosse uma coisa: no centro do distrito existe uma montanha quase impenetrável que abriga o centro das operações militares do Capitólio.

Começámos a chamar-lhe «Bico» depois de eu contar aos cansados e desanimados líderes rebeldes o comentário do Plutarch sobre o «bico de obra» que constituía a montanha. O Bico foi construído logo depois da Idade das Trevas, quando o Capitólio tinha perdido o 13 e ansiava por um novo reduto subterrâneo. Eles tinham alguns dos seus meios militares situados nos arredores do próprio Capitólio — mísseis nucleares, aeronaves, tropas —, mas uma parte significativa do seu poderio encontrava-se então sob o domínio do inimigo. Claro, era impossível construir uma cópia fiel do 13, que fora obra de séculos. No entanto, nas velhas minas do vizinho Distrito 2, eles viram uma ótima oportunidade. A partir do ar, o Bico parecia apenas mais uma montanha com algumas entradas nas encostas. Mas no seu interior existiam amplos espaços cavernosos de onde tinham sido retirados grandes bocados de pedra. A pedra era arrastada para a superfície e transportada por estradas estreitas e escorregadias para construir edifícios distantes. Havia até uma linha de comboios para facilitar o transporte dos mineiros do Bico para o centro da principal cidade do Distrito 2. Estendia-se até à praça que eu e o Peeta visitámos durante o Passeio da Vitória e onde nos apresentámos na grande escadaria de mármore da Casa da Justiça, tentando não olhar demasiado para as famílias enlutadas do Cato e da Clove reunidas em baixo.

Não era o terreno mais ideal, por causa das muitas torrentes de lama, inundações e avalanches. Mas as vantagens pesaram mais que os riscos. Quando escavaram as montanhas, os mineiros deixaram grandes pilares e paredes de pedra para sustentar a infraestrutura. O Capitólio reforçou tudo isso e começou a transformar a montanha na sua nova base militar. Enchendo-a de computadores e salas de reuniões, casernas e arsenais. Alargando as entradas para permitir a saída de aeronaves do hangar, instalando lançadores de mísseis. No entanto, deixou o exterior da montanha praticamente inalterado. Um emaranhado irregular e rochoso de árvores e vida selvagem. Uma fortaleza natural para os proteger dos inimigos.

Comparativamente aos outros distritos, o Capitólio mimou os habitantes do Distrito 2. Quando olhamos para os rebeldes daqui, percebemos que eles foram bem alimentados e tratados durante a infância. Alguns acabaram efetivamente como trabalhadores nas pedreiras e nas minas. Outros foram instruídos para empregos no Bico ou encaminhados para as fileiras dos Soldados da Paz. Eram treinados ainda jovens e com rigor para o combate. Os Jogos da Fome representavam uma oportunidade de enriquecimento e uma espécie de glória que não seria conseguida em nenhum outro lugar. Claro, as pessoas do 2 aceitavam a propaganda do Capitólio com maior facilidade do que os outros distritos. Adotaram o estilo de vida do Capitólio. Mas apesar disso, no final de contas, continuavam a ser escravos. E se isso passava despercebido aos cidadãos que se tornavam Soldados da Paz ou trabalhavam no Bico, não escapou à atenção dos canteiros que constituem a espinha dorsal da resistência aqui.

A situação não se havia alterado quando cheguei há duas semanas. As aldeias dos arredores estão no poder dos rebeldes, a cidade está dividida e o Bico permanece inexpugnável como sempre. Com as suas poucas entradas solidamente fortificadas, o seu núcleo envolto com toda a segurança pela montanha. Quando todos os outros distritos já se livraram do domínio do Capitólio, o 2 permanece sob o seu jugo.

Todos os dias, faço o que posso para ajudar. Visito os feridos. Gravo pequenos *propos* com a minha equipa de filmagens. Não me autorizam a participar nos combates, mas convidam-me para as reuniões sobre o estado da guerra, o que é muito mais do que faziam no 13. É muito melhor aqui. Mais livre, sem horários no braço, e com o meu tempo menos ocupado. Vivo acima do solo nas aldeias rebeldes ou nas cavernas em volta. Por motivos de segurança, tenho de me mudar com frequência. Deram-me autorização para caçar durante o dia, desde que leve um guarda-costas comigo e não me afaste muito. No ar rarefeito e frio da montanha, pareço recuperar a força física e a clareza de espírito. No entanto, com esta clarividência surge uma consciência ainda mais nítida daquilo que foi feito ao Peeta.

O Snow roubou-me o Peeta, desvirtuou-lhe o espírito, tornando-o irreconhecível, e depois ofereceu-mo de presente. O Boggs, que veio para o 2 quando eu vim, contou-me que, mesmo com todo o planeamento, foi demasiado fácil resgatar o Peeta. Ele acredita que, se o 13 não tivesse feito o esforço, o Peeta ter-me-ia sido devolvido de qualquer maneira. Largado num distrito ainda em guerra ou talvez no próprio 13. Atado com laços e uma etiqueta com o meu nome. Programado para me matar.

Só agora que ele foi desvirtuado é que consigo apreciar plenamente o verdadeiro Peeta. Ainda mais do que se ele tivesse morrido. A generosidade, a perseverança, o afeto que tinha um inesperado calor por trás. Tirando a Prim, a minha mãe e o Gale, quantas pessoas no mundo me amam incondicionalmente? Penso que no meu caso a resposta talvez seja nenhuma. Às vezes, quando estou sozinha, tiro a pérola do seu esconderijo no meu bolso e tento lembrar-me do rapaz com o pão, dos braços fortes que me protegiam dos pesadelos no comboio, dos beijos na arena. Para me obrigar a dar um nome àquilo que perdi. Mas para quê? Acabou-se. Ele acabou-se. O que existiu entre nós acabou-se. Só resta a minha promessa de matar o Snow. Declaro-o a mim mesma dez vezes por dia.

No Distrito 13, a reabilitação do Peeta prossegue. Apesar de eu não lhe pedir, o Plutarch dá-me atualizações animadoras pelo telefone, como: «Boas notícias, Katniss! Acho que quase o convencemos de que não és um mute!» Ou: «Hoje deixaram-no comer o pudim sozinho!»

Quando depois o Haymitch pega no telefone, admite que o Peeta não está melhor. O único ténue raio de esperança surgiu da minha irmã.

— A Prim teve a ideia de tentarmos inverter o sequestro — explica o Haymitch. — Despertar as recordações deturpadas de ti e depois dar-lhe uma grande dose de uma droga calmante, como morfelina. Só o experimentámos como uma recordação. A gravação de vocês os dois na gruta, quando lhe contaste aquela história de como arranjaste uma cabra para a Prim.

— Alguma melhoria? — pergunto.

— Bem, se a confusão extrema for uma melhoria relativamente ao terror extremo, então sim — responde o Haymitch. — Mas não estou certo de que o seja. Ele perdeu a capacidade de falar durante várias horas. Entrou numa espécie de letargia. Quando voltou a si, a única coisa de que se lembrava era a cabra.

— Estou a ver — digo.

— Como estão as coisas aí? — pergunta ele.

— Nenhum avanço — respondo.

— Vamos enviar uma equipa para ajudar com a montanha. O Beetee e alguns dos outros — revela o Haymitch. — Os cérebros, percebes?

Quando os cérebros são selecionados, não fico surpreendida por ver o nome do Gale na lista. Sempre achei que o Beetee o trouxesse consigo, não pelos seus conhecimentos técnicos, mas na esperança de que ele pudesse conceber uma maneira de armadilhar uma montanha. A princí-pio, o Gale ofereceu-se para vir comigo para o 2, mas percebi que estaria a afastá-lo do seu trabalho com o Beetee. Disse-lhe para ficar onde mais precisavam dele. Não lhe disse que a sua presença tornaria ainda mais difícil o meu luto pelo Peeta.

O Gale vem procurar-me quando eles chegam um dia ao fim da tarde. Estou sentada num toro de madeira na orla da aldeia onde resido atual-mente, depenando um ganso. Tenho cerca de uma dúzia de aves amon-toadas aos meus pés. Têm passado grandes bandos de gansos por aqui desde que cheguei e a sua caça é fácil. Sem uma palavra, o Gale instala--se ao meu lado e começa a depenar uma das aves. Já depenámos quase metade quando ele pergunta: — Há alguma possibilidade de podermos comer um destes?

— Há. A maior parte vai para a cozinha do acampamento, mas levo um par de presente para a casa onde vou pernoitar hoje, como costumo fazer — explico. — Por me acolherem.

— A honra de te receber não é suficiente? — pergunta ele.

— Devia ser — respondo. — Mas surgiu um boato de que os mimos--gaios são um perigo para a saúde.

Depenamos em silêncio durante mais algum tempo. Depois ele diz: — Vi o Peeta ontem. Através do vidro.

— Que pensaste? — pergunto.

— Algo egoísta — responde o Gale.

— Que já não tens de ter ciúmes dele?

Os meus dedos dão um sacão e uma nuvem de penas flutua à nossa volta.

— Não. Precisamente o contrário. — O Gale tira uma pena do meu cabelo. — Pensei... Nunca poderei competir com isso. Por mais que esteja a sofrer. — Ele roda a pena entre o polegar e o indicador. — Não tenho qualquer hipótese se o Peeta não melhorar. Nunca serás capaz de o esquecer. Irás sentir-te sempre culpada quando estiveres comigo.

— Como sempre me senti quando o beijava, por causa de ti — con-fesso.

O Gale olha-me nos olhos. — Se achasse que isso era verdade, quase poderia viver com o resto.

— É verdade — admito. — Mas o que disseste sobre o Peeta tam-bém é.

O Gale solta um suspiro de desespero. No entanto, depois de entregarmos as aves e de nos oferecermos para regressar ao bosque para apanhar acendalhas para o fogo da noite, dou por mim envolta nos braços dele. Com os seus lábios roçando as nódoas já não tão negras no meu pescoço, subindo lentamente para a minha boca. Apesar do que sinto pelo Peeta, este é o momento em que no fundo aceito que ele nunca mais voltará para mim. Ou que eu nunca mais voltarei para ele. Permanecerei no 2 até à sua conquista, seguirei para o Capitólio e matarei o Snow, e depois morrerei por isso. E ele morrerá louco e odiando-me. Portanto, à luz do crepúsculo, fecho os olhos e beijo o Gale para compensar todos os beijos que lhe recusei, e porque já não me importo, e porque estou tão desesperadamente sozinha que não aguento.

O toque, o sabor e o calor do Gale lembram-me de que pelo menos o meu corpo ainda está vivo e, durante um momento, é uma sensação agradável. Esvazio a mente e deixo as sensações atravessar-me a pele, feliz por me descontrair. Quando o Gale se afasta ligeiramente, eu volto a aproximar-me, mas sinto a mão dele no meu queixo. — Katniss — diz ele. Assim que abro os olhos, o mundo parece deslocado. Não é o nosso bosque, nem a nossa montanha, nem a nossa conduta habitual. Levo automaticamente a mão à cicatriz na fonte esquerda, que associo à confusão. — Agora beija-me. — Perplexa, sem pestanejar, permaneço imóvel enquanto ele se inclina para mim e dá-me um pequeno beijo nos lábios. Ele examina-me o rosto, atentamente. — Que se passa na tua cabeça?

— Não sei — murmuro.

— Então é como beijar alguém que está bêbado. Não conta — afirma o Gale, com um riso forçado. Depois apanha uma pilha de gravetos e deposita-a nos meus braços vazios, devolvendo-me à realidade.

— Como é que sabes? — pergunto, sobretudo para disfarçar o meu embaraço. — Já beijaste alguém bêbado? — Imagino que o Gale pudesse ter beijado várias raparigas no 12. Candidatas não lhe faltavam, com certeza. Nunca pensei muito nisso.

Ele apenas abana a cabeça. — Não. Mas não é difícil imaginar.

— Então nunca beijaste outras raparigas? — pergunto.

— Não disse isso. Sabes, tu tinhas apenas doze anos quando nos conhecemos. E além disso eras uma verdadeira peste. Eu tinha uma vida antes de começar a caçar contigo — assegura-me ele, apanhando mais lenha.

De repente, sinto-me genuinamente curiosa. — Quem é que beijaste? E onde?

— Não me lembro, foram tantas. Por trás da escola, no monte de escórias e por aí adiante — responde ele.

Reviro os olhos. — Então quando é que me tornei tão especial? Quando me mandaram para o Capitólio?

— Não. Uns seis meses antes disso. Logo depois do Ano Novo. Estávamos no Forno, a comer uma mistela qualquer da Greasy Sae. E o Darius estava a desafiar-te para trocares um coelho por um beijo. E eu percebi que... me importava — revela o Gale.

Lembro-me desse dia. Muito frio e escuro às quatro da tarde. Tínhamos estado a caçar, mas um forte nevão obrigara-nos a regressar à cidade. O Forno estava atulhado de pessoas procurando abrigo do mau tempo. A sopa da Greasy Sae, feita com o tutano dos ossos de um cão selvagem que tínhamos matado uma semana antes, era mais pobre do que o costume. Mas estava quente e eu estava cheia de fome e devorava-a sentada de pernas cruzadas no balcão. O Darius estava encostado ao poste da banca fazendo-me cócegas na bochecha com a ponta da minha trança, enquanto eu lhe batia na mão. Ele tentava explicar porque é que um dos seus beijos merecia um coelho, ou talvez dois, já que toda a gente sabe que os homens ruivos são os mais viris. E eu e a Greasy Sae ríamo-nos porque ele estava a ser tão ridículo e insistente e apontava as mulheres no Forno dizendo que elas tinham pago muito mais do que um coelho para desfrutar dos seus lábios. «Estão a ver? Aquela com o cachecol verde? Podem perguntar-lhe. Se é que precisam de referências.»

A milhões de quilómetros deste lugar, há milhões de dias, isso aconteceu. — O Darius estava só a brincar — asseguro.

— Talvez. Se bem que tu serias a última a perceber se ele não estivesse — retruca o Gale. — Como aconteceu com o Peeta. Ou comigo. Ou mesmo com o Finnick. Estava a começar a temer que ele estivesse de olho em ti, mas parece que já ganhou juízo.

— Não conheces o Finnick se achas que ele se apaixonaria por mim — afirmo.

O Gale encolhe os ombros. — Sei que ele estava desesperado. Isso leva as pessoas a fazer todo o tipo de loucuras.

Não posso deixar de pensar que isso se dirige a mim.

Bem cedinho na manhã seguinte, os cérebros reúnem-se para debater o problema do Bico. Sou convidada para a reunião, embora não tenha muito para contribuir. Evito a mesa de conferência e empoleiro-me no peitoril largo da janela com vista para a montanha em questão. A comandante do 2, uma mulher de meia-idade chamada Lyme, conduz-nos numa viagem virtual pelo Bico, pelo seu interior e fortificações, e descreve as tentativas falhadas para o tomar. Cruzei-me algumas vezes com ela desde a minha chegada e fiquei sempre com a impressão de que já a conhecia. Com mais de um metro e oitenta de altura e bastante musculada, ela dificilmente passa despercebida. Mas só quando a vejo no ecrã, comandando um ataque à entrada principal do Bico, é que lembro e percebo que estou na presença de outra vencedora. A Lyme, a tributo do Distrito 2, que venceu os Jogos da Fome há mais de uma geração. A Effie enviou--nos o filme dela, entre outros, para nos ajudar a preparar-nos para o Quarteirão. Talvez tivesse aparecido noutros Jogos ao longo dos anos, mas não deve ter dado muito nas vistas. Agora que tenho conhecimento do que aconteceu ao Haymitch e ao Finnick, não posso deixar de me interrogar: o que é que lhe fez o Capitólio depois de ela vencer os Jogos?

Quando a Lyme termina a apresentação, começam as perguntas dos cérebros. Passam-se horas, com o almoço pelo meio, e eles continuam a debater um plano realista para tomar o Bico. No entanto, apesar de o Beetee achar que talvez consiga destruir os sistemas informáticos e de se falar em usar os poucos espiões que temos no interior, ninguém tem ideias realmente inovadoras. Com o avançar da tarde, a conversa começa a voltar para uma estratégia que já foi tentada repetidas vezes — o assalto às entradas. Vejo crescer a frustração da Lyme, porque tantas variações desse plano já se mostraram ineficazes, tantos dos seus soldados já pereceram. Por fim, ela declara bruscamente: — A próxima pessoa que sugerir um assalto às entradas é melhor apresentar uma maneira brilhante de o fazer, porque vai comandar a missão!

O Gale, demasiado irrequieto para permanecer à mesa mais do que algumas horas, tem-se revezado entre passear de um lado para o outro na sala e partilhar comigo o peitoril da janela. Inicialmente, parecia aceitar a asserção da Lyme de que as entradas não podiam ser tomadas e abandonou completamente a conversa. Durante a última hora esteve sentado em silêncio, meditando de sobrolho carregado e olhando para o Bico através da janela. No silêncio que se segue ao ultimato da Lyme, ele decide falar.
— É assim tão necessário tomar o Bico? Ou bastaria inutilizá-lo?
— Isso seria um passo na direção certa — responde o Beetee. — Que tens em mente?
— Pensem no Bico como a toca de um cão selvagem — continua o Gale. — Não podemos entrar à força. Então temos duas alternativas. Ou encurralamos os cães lá dentro ou obrigamo-los a sair.
— Já tentámos bombardear as entradas — informa a Lyme. — Estão demasiado incrustadas na rocha para sofrerem danos efetivos.
— Não estava a pensar nisso — continua o Gale. — Estava a pensar em usar a própria montanha. — O Beetee levanta-se e junta-se ao Gale na janela, espreitando pelos seus óculos desengonçados. — Está a ver? Descendo pelas encostas?
— Trilhos de avalanches — diz o Beetee, baixinho. — Seria complicado. Teríamos de planear a sequência de detonações com muito cuidado e, depois de a desencadearmos, não poderíamos esperar controlá-la.

— Não precisamos de a controlar se desistirmos da ideia de que temos de nos apoderar do Bico — explica o Gale. — Apenas encerrá-lo.

— Então estás a sugerir que provoquemos avalanches para bloquear as entradas? — pergunta a Lyme.

— Isso mesmo — responde o Gale. — Encurralar o inimigo no interior, cortar-lhes os abastecimentos. Impossibilitá-los de lançarem as suas aeronaves.

Enquanto toda a gente debate o plano, o Boggs examina uma pilha de plantas do Bico e franze o sobrolho. — Arriscávamo-nos a matar toda a gente lá dentro. Vejam o sistema de ventilação. É rudimentar, na melhor das hipóteses. Nada parecido com o que temos no Treze. Depende inteiramente do ar que é bombeado a partir das encostas. Se bloquearmos aquelas entradas de ar sufocaremos todos os que estão lá dentro.

— Sempre poderiam escapar pelo túnel dos comboios para a praça — lembra o Beetee.

— Não se o fizermos explodir — diz o Gale, bruscamente. O seu intento, o seu verdadeiro intento, torna-se claro. O Gale não está interessado em preservar as vidas das pessoas no interior do Bico. Não está interessado em encurralar as presas para aproveitamento posterior.

Esta é uma das suas armadilhas mortais.

15

As implicações do que o Gale está a sugerir assentam lentamente em redor da sala. Vejo as reações refletindo-se nos rostos das pessoas. As expressões variam entre o prazer e a aflição, a tristeza e a satisfação.

— A maioria dos trabalhadores são cidadãos do Dois — lembra o Beetee, num tom neutro.

— E depois? — indaga o Gale. — Nunca mais poderemos confiar neles.

— Deviam pelo menos ter a oportunidade de se render — adianta a Lyme.

— Bem, isso é um luxo que não nos deram quando bombardearam o Doze, mas vocês aqui são todos tão mais chegados ao Capitólio — retruca o Gale. Pela expressão no rosto da Lyme, julgo que ela lhe poderá dar um tiro ou pelo menos um soco. Provavelmente levaria a melhor, com todo o treino que tem. Mas a ira dela só parece enfurecer mais o Gale, que grita: — Vimos crianças morrer queimadas e não pudemos fazer nada!

Tenho de fechar os olhos durante um minuto, enquanto a imagem me dilacera. Surte o efeito desejado. Quero toda a gente naquela montanha morta. Estou quase a dizê-lo. Mas depois... sou também uma rapariga do Distrito 12. Não o presidente Snow. Não o posso evitar. Não consigo condenar alguém à morte que o Gale está a sugerir.

— Gale — digo, tomando-lhe o braço e tentando falar num tom de voz sensato. — O Bico é uma velha mina. Seria igual a provocar um enorme acidente numa mina de carvão. — Estas palavras deviam bastar para fazer qualquer pessoa do 12 pensar duas vezes no plano.

— Mas não tão rápido como o que matou os nossos pais — riposta ele. — É esse o vosso problema? Que os nossos inimigos possam ter algumas horas para refletir sobre o facto de estarem a morrer, em vez de simplesmente explodirem e irem pelos ares?

Nos velhos tempos, quando não éramos mais do que dois miúdos a caçar no bosque do 12, o Gale dizia coisas parecidas ou piores. Mas nessa altura eram apenas palavras. Aqui, postas em prática, tornam-se atos irreversíveis.

— Não sabes como é que aquelas pessoas do Distrito Dois foram parar ao Bico — insisto. — Podem ter sido obrigadas. Podem lá estar contra a sua vontade. Algumas são nossos espiões. Também vais matá-los?

— Sacrificaria alguns, sim, para eliminar os restantes — responde o Gale. — E se fosse um espião lá dentro diria: «Que venham as avalanches!»

Sei que ele está a dizer a verdade. Que o Gale sacrificaria a vida dessa maneira pela causa — ninguém o duvida. Talvez todos fizéssemos o mesmo se fôssemos espiões e tivéssemos de escolher. Eu acho que o faria. Mas é uma decisão cruel para tomar relativamente a outras pessoas e àqueles que as amam.

— Disseste que tínhamos duas alternativas — lembra-lhe o Boggs. — Encurralá-los ou obrigá-los a sair. Eu proponho que tentemos as avalanches mas que deixemos o túnel ferroviário aberto. As pessoas podem fugir para a praça, onde estaremos à sua espera.

— Fortemente armados, espero — alvitra o Gale. — Podem ter a certeza de que eles estarão.

— Fortemente armados. Para os prender — concorda o Boggs.

— Vamos chamar o Treze agora — sugere o Beetee. — Para ouvir a presidente Coin.

— Ela quererá bloquear o túnel — afirma o Gale, com convicção.

— Sim, provavelmente. Mas, sabes, o Peeta tinha razão nos seus *propos*. Acerca do perigo de nos extinguirmos mutuamente. Estive a analisar alguns números. A contabilizar os mortos e os feridos e... acho que devemos pelo menos debater o assunto — acrescenta o Beetee.

Só algumas pessoas são convidadas para participar nessa conversa. Eu e o Gale somos dispensados com as restantes. Levo-o a caçar para ele poder espairecer e desabafar um pouco, mas ele não quer falar do assunto. Provavelmente está demasiado zangado comigo por o ter contrariado.

A chamada é feita, a decisão é tomada e ao final da tarde já estou pronta no meu fato de Mimo-gaio, com o meu arco ao ombro e um auricular que me liga ao Haymitch no 13 — no caso de surgir uma boa oportunidade para um *propo*. Esperamos no telhado da Casa da Justiça com uma boa vista para o nosso alvo.

A princípio os comandantes do Bico não ligam às nossas aeronaves, porque no passado estas não constituíram incómodo maior do que moscas zumbindo à volta de um pote de mel. Mas após duas séries de bombardeamentos nas zonas mais elevadas da montanha, as naves despertam-lhes a atenção. Quando os canhões antiaéreos do Capitólio começam a disparar, já é tarde demais.

O plano do Gale supera as expectativas de toda a gente. O Beetee tinha razão acerca de não conseguir controlar as avalanches uma vez desencadeadas. As encostas das montanhas são naturalmente instáveis, mas, enfraquecidas pelas explosões, parecem quase fluidas. Secções inteiras do Bico desmoronam-se diante dos nossos olhos, apagando qualquer vestígio da presença de seres humanos no lugar. Observamos atónitos, minúsculos e insignificantes, quando as vagas de pedra rebolam com estrondo pela montanha abaixo. Soterrando as entradas debaixo de toneladas de rocha. Levantando uma nuvem de poeira e detritos que escurece o céu. Transformando o Bico numa sepultura.

Imagino o inferno no interior da montanha. As sirenes uivando. As luzes piscando na escuridão. A poeira de pedra entupindo o ar. Os gritos de pessoas aterrorizadas e encurraladas procurando desenfreadamente uma saída, mas encontrando as entradas, a plataforma de lançamento, os próprios poços de ventilação cheios de terra e rocha tentando entrar à força. Fios elétricos soltando-se, incêndios deflagrando, escombros transformando caminhos familiares em labirintos. Pessoas chocando, empurrando, rastejando como formigas enquanto a montanha começa a ceder, ameaçando esmagar as suas frágeis carapaças.

— Katniss? — A voz do Haymitch surge no meu auricular. Tento responder mas descubro que tenho as mãos a tapar-me a boca. — Katniss!

No dia em que o meu pai morreu, as sirenes tocaram durante o almoço na escola. Ninguém esperou para ser dispensado, nem isso se esperava. A reação a um acidente na mina fugia ao domínio até mesmo do próprio Capitólio. Corri para a sala da Prim. Ainda me lembro dela, pequenina com sete anos, muito pálida, mas sentada muito direita com as mãos cruzadas sobre a secretária. À espera que eu a viesse buscar como lhe prometera que viria se as sirenes alguma vez tocassem. Ela saltou da cadeira, agarrou na manga do meu casaco e corremos a serpentear pelas torrentes de pessoas que saíam para as ruas para se juntarem à entrada principal da mina. Encontrámos a nossa mãe agarrando a corda que tinha sido estendida à pressa para manter a multidão afastada. Olhando para trás, suponho que já devia ter calculado que havia ali um problema. Porque estávamos nós à procura dela, quando devia ter sido o contrário?

Os elevadores chiavam, aquecendo os cabos que subiam e desciam, vomitando os mineiros tingidos de preto para a luz do dia. Com cada grupo surgiam exclamações de alívio, os familiares passavam por baixo da corda para ir buscar os maridos, mulheres, filhos, pais, irmãos. Permanecemos ali ao ar gélido enquanto o céu da tarde se cobria de nuvens e a neve limpava o pó da terra. Os elevadores começaram a deslocar-se mais devagar, despejando menos pessoas. Ajoelhei-me no chão e enterrei as mãos nas cinzas, querendo tanto libertar o meu pai. Se existe uma sensação mais desesperante do que tentar alcançar alguém que amamos preso debaixo da terra, não a conheço. Os feridos. Os corpos. A espera durante toda a noite. Cobertores colocados por mãos estranhas nos nossos ombros. Uma caneca de algo quente que não bebemos. E depois, finalmente, de madrugada, a expressão contrita no rosto do capitão das minas que só podia significar uma coisa.

O que acabámos de fazer?

— Katniss! Estás aí? — O Haymitch deve estar a planear mandar instalar-me o cadeado para a cabeça neste preciso momento.

Deixo cair as mãos. — Sim.

— Vai para dentro. O Capitólio pode tentar retaliar com o que resta da sua força aérea — ordena ele.

— Sim — repito. Toda a gente no telhado, excetuando os soldados que manejam as metralhadoras, começa a dirigir-se para dentro. Ao descer as escadas, não consigo evitar roçar os dedos pelas impecáveis paredes de mármore branco. Tão frias e bonitas. Nem mesmo no Capitólio vi algo que se assemelhasse em magnificência a este velho edifício. Mas a superfície nada me dá em troca — apenas a minha pele cede, o meu calor é roubado. A pedra vence sempre as pessoas.

Sento-me na base de uma das colunas gigantescas do grande *hall* de entrada. Pelas portas consigo ver a extensão branca de mármore que conduz à escadaria na praça. Lembro-me de como me sentia maldisposta no dia em que eu e o Peeta recebemos aqui as felicitações por termos vencido os Jogos. Esgotada pelo Passeio da Vitória, falhando na minha tentativa de acalmar os distritos, enfrentando as recordações da Clove e do Cato, sobretudo a morte horrível e lenta do Cato pelos mutes.

O Boggs agacha-se ao meu lado, com a pele pálida na penumbra. — Não bombardeámos o túnel dos comboios. Talvez alguns consigam sair.

— E depois abatemo-los a tiro quando aparecerem? — pergunto.

— Só se for preciso — responde ele.

— Podíamos enviar-lhes os comboios. Ajudar a evacuar os feridos — sugiro.

— Não. Ficou decidido deixar o túnel em poder deles. Assim podem usar todas as linhas para tirar as pessoas — explica o Boggs. — Isso também nos dará mais tempo para mandar os nossos soldados para a praça.

Há algumas horas, a praça era uma terra de ninguém, a linha da frente na luta entre os rebeldes e os Soldados da Paz. Quando a Coin aprovou o plano do Gale, os rebeldes lançaram um violento ataque à cidade e fizeram recuar as forças do Capitólio vários quarteirões, permitindo-nos controlar a estação de comboios no caso de o Bico cair. Pois bem, já caiu. A realidade começa a fazer-se sentir. Quaisquer sobreviventes escaparão para a praça. Oiço o tiroteio começar de novo. Os Soldados da Paz devem estar a tentar entrar para salvar os seus camaradas. Os nossos próprios soldados começam a chegar para os impedir.

— Estás com frio — constata o Boggs. — Vou ver se consigo arranjar um cobertor. — Ele desaparece antes de eu poder protestar. Não quero um cobertor, mesmo que o mármore continue a sugar-me o calor do corpo.

— Katniss — diz o Haymitch ao meu ouvido.

— Ainda estou aqui — respondo.

— Houve um desenvolvimento interessante com o Peeta esta tarde. Achei que quisesses saber — comunica ele. Interessante não é bom. Não é melhor. Mas na verdade não tenho outra alternativa senão ouvir. — Mostrámos-lhe aquele *clip* em que estás a cantar «A Árvore da Forca». Nunca foi transmitido, por isso o Capitólio não podia tê-lo usado quando o Peeta estava a ser sequestrado. Ele disse que reconhecia a canção.

Por um instante, deixo de respirar. Depois percebo que é mais uma confusão provocada pelo veneno de vespas-batedoras. — Não podia, Haymitch. Nunca me ouviu cantar essa canção.

— Não tu. O teu pai. O Peeta ouviu-o a cantá-la. Um dia quando o teu pai foi à padaria. O Peeta era pequeno, talvez tivesse uns seis ou sete anos, mas lembra-se porque na altura quis ouvir com cuidado para ver se os pássaros paravam de cantar — revela o Haymitch. — Imagino que devam ter parado.

Seis ou sete. Isso teria sido antes de a minha mãe proibir a canção. Talvez por volta da altura em que eu estava a aprender a cantá-la. — Eu também estava presente?

— Acho que não. Pelo menos não falou de ti. Mas é a primeira ligação à tua pessoa que não provocou qualquer perturbação mental — assevera o Haymitch. — É qualquer coisa, Katniss.

O meu pai. Ele parece estar em todo o lado hoje. Morrendo na mina. Entrando com a sua canção na mente confusa do Peeta. Tremeluzindo no olhar protetor que o Boggs me lança quando me envolve os ombros com o cobertor. Sinto tanto a falta dele que dói.

O tiroteio começa a intensificar-se lá fora. O Gale passa a correr com um grupo de rebeldes, dirigindo-se ansiosamente para a batalha. Não peço para me juntar aos combatentes. Não é que eles me deixassem.

Também não estou com disposição para isso, não tenho o sangue a ferver. Queria que o Peeta estivesse aqui — o velho Peeta — porque ele seria capaz de explicar por que razão é tão condenável andar aos tiros quando pessoas, qualquer tipo de pessoas, tentam desesperadamente sair da montanha. Ou será que a minha própria história está a tornar-me demasiado sensível? Não estamos em guerra? Não é isto apenas outra maneira de matar os nossos inimigos?

A noite cai depressa. Acendem-se holofotes enormes e fortes, iluminando a praça. No interior da estação de comboios, todas as lâmpadas também devem estar a arder à potência máxima. Mesmo da minha posição do outro lado da praça consigo ver claramente através da fachada de vidro laminado do edifício comprido e estreito. Seria impossível perder a chegada de um comboio ou mesmo de uma pessoa. Mas passam-se horas e não chega ninguém. A cada minuto que passa torna-se mais difícil imaginar que alguém tenha sobrevivido ao assalto ao Bico.

Já passa da meia-noite quando a Cressida vem prender um microfone especial ao meu fato. — Para que é isso? — pergunto.

A voz do Haymitch surge para explicar. — Sei que não vais gostar, mas precisamos que faças um discurso.

— Um discurso? — pergunto, sentindo-me logo maldisposta.

— Eu dito-te o discurso, palavra a palavra — garante-me ele. — Só terás de repetir o que eu disser. Escuta, não há qualquer sinal de vida naquela montanha. Já vencemos, mas a luta continua. Então pensámos que se fosses até aos degraus da Casa da Justiça e explicasses... dissesses a toda a gente que o Bico foi derrubado, que a presença do Capitólio no Distrito Dois chegou ao fim... talvez conseguisses convencer as restantes forças a renderem-se.

Olho para a escuridão do outro lado da praça. — Nem sequer consigo ver as forças deles.

— É para isso que serve o microfone — explica o Plutarch. — Faremos uma transmissão. Vamos transmitir não só a tua voz, através do sistema áudio de emergência deles, mas também a tua imagem, para onde quer que as pessoas tenham acesso a um ecrã.

Sei que existem dois ecrãs gigantes na praça. Vi-os no Passeio da Vitória. Talvez resultasse, se eu soubesse fazer esse tipo de coisas. O que não é o caso. Eles também tentaram ditar-me as palavras naquelas primeiras experiências com os *propos* e foi um fiasco.

— Podes salvar muitas vidas, Katniss — diz o Haymitch, por fim.

— Está bem. Vou tentar — anuo.

É estranho estar lá fora ao cimo das escadas, de fato completo, fortemente iluminada, mas sem um público visível a quem proferir o meu discurso. Como se estivesse a fazer um espetáculo para a Lua.

— Vamos ser rápidos — acrescenta o Haymitch. — Estás demasiado exposta.

A minha equipa de filmagens, posicionada na praça com câmaras especiais, faz-me sinal de que está pronta. Digo ao Haymitch para começar, depois ligo o meu microfone e oiço-o com muita atenção ditar a primeira frase do discurso. Uma imagem enorme do meu corpo ilumina um dos ecrãs sobre a praça quando começo a falar. — Povo do Distrito Dois, sou a Katniss Everdeen. Estou a falar-vos dos degraus da Casa da Justiça, onde...

Os dois comboios entram ruidosamente na estação, lado a lado. Quando as portas se abrem, as pessoas saem aos trambolhões numa nuvem de fumo que trouxeram do Bico. Devem ter tido pelo menos uma pequena ideia do que as esperava na praça, porque vejo-as a tentar agir evasivamente. A maioria deita-se no chão e uma saraivada de balas dentro da estação apaga as luzes. Eles vieram armados, como previu o Gale, mas também vieram feridos. Ouvem-se os gemidos no silencioso ar da noite.

Alguém apaga as luzes nas escadas, deixando-me na proteção da sombra. Uma chama irrompe no interior da estação — um dos comboios deve estar a arder — e um fumo denso e negro ergue-se em vagas contra as janelas. Sem alternativas, as pessoas começam a sair para a praça, engasgando-se com o fumo mas brandindo desafiadoramente as suas armas. Os meus olhos perscrutam os telhados que circundam a praça. Todos eles foram fortificados com ninhos de metralhadoras manejados por rebeldes. O luar reflete-se nos canos oleados.

Um jovem sai aos tropeções da estação, com uma mão segurando um pano ensanguentado na cara e a outra arrastando uma espingarda. Quando tropeça e cai de cabeça, vejo as marcas das queimaduras nas costas da sua camisa e a pele vermelha por baixo. E, de repente, ele é apenas mais uma vítima de um acidente na mina.

Os meus pés voam pelas escadas abaixo e começo a correr para ele. — Parem! — grito para os rebeldes. — Não disparem! — As palavras ecoam pela praça e mais além, porque o microfone amplifica a minha voz. — Parem! — Estou a aproximar-me do jovem, curvando-me para o ajudar, quando ele se ajoelha e aponta a espingarda à minha cabeça.

Recuo instintivamente e levanto o arco por cima da cabeça, para mostrar que não pretendia fazer-lhe mal. Agora que ele tem as duas mãos na espingarda, vejo o buraco na sua face, onde alguma coisa — talvez uma pedra a cair — lhe perfurou a carne. Ele cheira a coisas queimadas, cabelo, carne e combustível. Tem os olhos dementes de dor e medo.

— Não te mexas — sussurra-me a voz do Haymitch ao ouvido. Obedeço à sua ordem, percebendo que todo o Distrito 2, talvez todo o Panem, deve estar a ver-me neste momento. O Mimo-gaio à mercê de um homem que não tem nada a perder.

A sua fala truncada mal se consegue perceber. — Dá-me uma razão para não te matar.

O resto do mundo retrocede. Estou sozinha fitando os olhos tristes do homem do Bico que me pede uma razão. Devia ser capaz de lhe oferecer milhares, com toda a certeza. Mas as únicas palavras que me chegam aos lábios são: — Não posso.

Logicamente, o passo seguinte seria o homem puxar o gatilho. Mas ele parece confuso, tentando perceber as minhas palavras. Experimento a minha própria confusão quando percebo que o que disse é a mais completa verdade e que o nobre impulso que me levou a atravessar a praça é substituído pelo desespero. — Não posso. Esse é o problema, não é? — Baixo o meu arco. — Nós fizemos explodir a vossa mina. Vocês incendiaram o meu distrito. Temos todas as razões para atirar um ao outro. Por isso, mata-me. Dá essa alegria ao Capitólio. Eu desisto de continuar a matar os seus escravos. — Deixo cair o arco no chão e dou-lhe um empurrão com a bota. Ele desliza pelas pedras e para junto dos joelhos do homem.

— Não sou escravo deles — murmura o homem.

— Eu sou — afirmo. — Foi por isso que matei o Cato... que matou o Thresh... que matou a Clove... que tentou matar-me. É um ciclo interminável, e quem ganha? Nós não. Nem os distritos. Sempre o Capitólio. Mas estou farta de ser um peão nos seus Jogos.

O Peeta. No telhado na véspera dos nossos primeiros Jogos da Fome. Ele percebeu tudo antes mesmo de termos posto os pés na arena. Espero que esteja a ver agora, que se lembre daquela noite exatamente como aconteceu e que talvez me perdoe quando eu morrer.

— Continua a falar. Fala-lhes do que sentiste quando viste a montanha ruir — insiste o Haymitch.

— Quando vi aquela montanha ruir hoje à noite, pensei... eles conseguiram de novo. Levaram-me a matar-vos... as pessoas nos distritos. Mas porque fiz eu isso? O Distrito Doze e o Distrito Dois não têm qualquer disputa, exceto aquela que o Capitólio nos impôs. — O jovem pisca os olhos, sem compreender. Ajoelho-me diante dele, falando com uma voz baixa e urgente. — E porque estás a lutar contra os rebeldes nos telhados? Contra a Lyme, que foi a vossa vencedora? Contra pessoas que eram tuas vizinhas, talvez até teus familiares?

— Não sei — diz o homem. Mas não desvia a arma.

Levanto-me e giro lentamente, dirigindo-me às metralhadoras. — E vocês aí em cima? Eu venho de uma cidade de mineiros. Desde quando é que mineiros condenam outros mineiros a este tipo de morte e depois preparam-se para matar quem consegue escapar aos escombros?

— Quem é o inimigo? — sussurra o Haymitch.

— Estas pessoas — continuo, apontando para os feridos na praça —
não são o vosso inimigo! — Volto-me de repente para a estação de comboios. — Os rebeldes não são o vosso inimigo! Só temos um inimigo, o
Capitólio! Esta é a nossa oportunidade para lhes tirar o poder, mas precisamos de todos os distritos para o fazer!

As câmaras aproximam-se de mim quando estendo as mãos para o
homem, para os feridos, para os rebeldes relutantes em todo o Panem.
— Por favor! Juntem-se a nós!

As minhas palavras pairam no ar. Olho para o ecrã, esperando ver
alguma vaga de reconciliação atravessar a multidão.

Em vez disso, vejo-me a levar um tiro.

16

Sempre.

Na penumbra da semi-inconsciência provocada pela morfelina, o Peeta sussurra a palavra e eu vou à procura dele. É um mundo quase transparente e tingido de violeta, sem arestas afiadas e com muitos esconderijos. Abro caminho entre as nuvens, sigo trilhos imprecisos, deteto o odor a canela, a endro. Por um momento sinto a mão dele na minha face e tento prendê-la, mas ela dissolve-se como nevoeiro nos meus dedos.

Quando finalmente começo a voltar a mim no asséptico quarto de hospital no 13, lembro-me. Estava sob o efeito do xarope do sono. Tinha magoado o calcanhar depois de subir a um ramo por cima da vedação elétrica e cair no 12. O Peeta deitara-me na cama e eu pedira-lhe para ficar comigo até eu adormecer. Ele tinha murmurado qualquer coisa que eu não conseguira perceber. Mas alguma parte do meu cérebro guardara a sua única palavra de resposta e deixara-a emergir nos meus sonhos para me assombrar. *Sempre.*

A morfelina diminui a intensidade das emoções, por isso, em vez de uma pontada de dor, sinto apenas o vazio. Um buraco de arbustos secos onde antes brotavam flores. Infelizmente já não tenho droga suficiente nas veias para poder ignorar a dor no lado esquerdo do meu corpo. Foi aí que me atingiu a bala. As minhas mãos tateiam as grossas ligaduras que me prendem as costelas e pergunto-me o que continuo aqui a fazer.

Não foi ele, o homem ajoelhado à minha frente na praça, o queimado do Bico. Ele não puxou o gatilho. Foi alguém mais atrás na multidão. A sensação não foi tanto de penetração como de ter sido atingida por um martelo de forja. Tudo o que se seguiu ao momento do impacto foi apenas uma confusão crivada de tiros. Tento sentar-me, mas só consigo um gemido.

A cortina branca que separa a minha cama do doente ao lado abre-se de repente e vejo a Johanna Mason a olhar para mim. A princípio sinto-me ameaçada, porque ela me agrediu na arena. Tenho de me lembrar que o fez para me salvar a vida. Fazia parte do plano rebelde. Mas isso não significa que ela goste de mim. Talvez estivesse a fingir só para enganar o Capitólio.

— Estou viva — digo, com uma voz rouca.

— Não me digas, pateta. — A Johanna aproxima-se e senta-se pesadamente na minha cama. Sinto várias pontadas a atravessar-me o peito. Quando ela sorri perante o meu desconforto, percebo que não vamos ter um reencontro amigável. — Ainda dói um bocadinho? — Com uma mão hábil, ela desprende rapidamente o tubo da morfelina do meu braço e insere-o na agulha colada à curva do seu. — Eles começaram a reduzir a minha dose há uns dias. Com medo de que me fosse transformar num daqueles drogados do Seis. Tive de roubar um pouco da tua quando ninguém estava a ver. Achei que não te irias importar.

Importar? Como posso importar-me quando ela quase morreu torturada pelo Snow depois do Quarteirão? Não tenho qualquer direito de me importar e ela sabe-o.

A Johanna suspira quando a morfelina lhe entra na corrente sanguínea. — Talvez eles tivessem alguma razão no Seis. Drogando-se e pintando flores no corpo. Não é assim tão mau. Pareciam mais felizes do que nós.

Nas semanas desde que saí do 13, ela voltou a engordar um pouco. Os primeiros cabelos começam a aparecer-lhe na cabeça rapada, ajudando a disfarçar algumas das cicatrizes. Mas se ela está a roubar-me a morfelina, é porque continua a sofrer.

— Há um médico da cabeça que vem ver-me todos os dias. Devia estar a ajudar-me a recuperar. Como se um tipo que passou a vida inteira nesta toca pudesse tratar-me! É um idiota chapado. Pelo menos vinte vezes por sessão ele lembra-me que estou completamente segura.

— Consigo fazer um sorriso. É realmente uma estupidez dizer isso a alguém, sobretudo a uma vencedora. Como se essa condição fosse possível, em qualquer lado, para qualquer pessoa. — E tu, Mimo-gaio? Sentes-te completamente segura?

— Ah, sim. Sentia-me até ter levado um tiro — respondo.

— Ora, a bala nem sequer te tocou. O Cinna assegurou-se disso — lembra a Johanna.

Penso nas camadas de tecidos protetores do meu fato do Mimo-gaio. Mas a dor veio de algum lado. — Costelas partidas?

— Nem sequer isso. Apanhaste um bom safanão. O impacto rompeu-te o baço. Eles não conseguiram salvá-lo. — Ela faz um aceno depreciativo com a mão. — Não te preocupes, não precisas de um baço. E, se precisasses, eles arranjavam-te um, não arranjavam? A missão de toda a gente é manter-te viva.

— É por isso que me odeias? — pergunto.

— Em parte — admite ela. — O ciúme entra certamente na equação. Também acho que és um pouco intragável. Com o teu namoro piroso de novela romântica e o teu disfarce de defensora dos coitadinhos e dos mais fracos. Só que não é um disfarce, o que te torna ainda mais insuportável. Estás à vontade para levares isto a peito.

— Devias ter sido o Mimo-gaio. Ninguém precisaria de te ditar os discursos — comento.

— É verdade. Mas ninguém gosta de mim — assegura-me ela.

— Mas confiaram em ti. Para me tirarem da arena — lembro-lhe. — E têm medo de ti.

— Aqui, talvez. No Capitólio, têm medo é de ti agora. — O Gale aparece à entrada e a Johanna tira calmamente o tubo do braço e volta a ligar-me à morfelina. — O teu primo não tem medo de mim — afirma ela, em tom de confidência. Depois salta da minha cama, dirige-se para a porta e dá um pequeno toque na perna do Gale com a anca ao passar por ele. — Pois não, lindo? — Ouvimos o riso dela sumindo-se pelo corredor.

Ergo as sobrancelhas quando o Gale me pega na mão. — Morro de medo — murmura ele. Eu rio-me, mas o riso transforma-se num esgar de dor. — Pronto. — Ele acaricia-me o rosto enquanto a dor acalma. — Tens de parar de te meter de cabeça nos problemas.

— Eu sei. Mas alguém fez explodir uma montanha — respondo.

Em vez de se afastar, ele aproxima-se mais, perscrutando-me o rosto. — Achas que sou cruel.

— Eu sei que não és. Mas não vou dizer que concordo com o que fizeste — respondo.

Então ele afasta-se, quase impacientemente. — Katniss, qual é a diferença, a sério, entre esmagar o inimigo numa mina e mandá-lo pelos ares com uma das flechas do Beetee? O resultado é o mesmo.

— Não sei. Para já estávamos a ser atacados no Oito. O hospital estava a ser atacado — respondo.

— Sim, e aquelas aeronaves vinham do Distrito Dois — argumenta ele. — Por isso, ao destruí-las, impedimos mais ataques.

— Mas esse tipo de raciocínio... podes transformá-lo num pretexto para matar qualquer pessoa a qualquer momento. Podes justificar o envio de crianças para os Jogos da Fome para impedir os distritos de se revoltarem — explico.

— Não estou de acordo com isso — diz-me ele.

— Eu estou — replico. — Deve ser por causa das minhas viagens à arena.

— Está bem. Sabemos discordar um do outro — conclui ele.

— Sempre soubemos. Talvez isso seja bom. Só aqui entre nós, já conquistámos o Distrito Dois.

— A sério? — Por um instante, acende-se uma sensação de triunfo dentro de mim. Depois lembro-me das pessoas na praça. — Houve combates depois de eu ter sido atingida?

— Nem por isso. Os trabalhadores do Bico voltaram-se contra os soldados do Capitólio. Os rebeldes limitaram-se a assistir — conta ele.

— Na verdade, o país inteiro limitou-se a assistir.

— Bem, isso é o que sabem fazer melhor — ironizo.

Seria de pensar que a perda de um órgão importante nos desse direito a ficar de cama durante algumas semanas, mas por alguma razão os meus médicos querem-me de pé e a mexer-me quase imediatamente. Mesmo com a morfelina, a dor interna é severa durante os primeiros dias, mas depois abranda consideravelmente. A dor nas costelas, porém, promete não deixar-me tão cedo. Começo a ressentir-me de a Johanna reduzir o meu abastecimento de morfelina, mas continuo a deixar-lhe tirar o que ela quiser.

Os boatos sobre a minha morte não param de circular e então eles enviam a equipa para me filmar na cama do hospital. Exibo os meus pontos e feridas impressionantes e felicito os distritos pela sua luta bem-sucedida pela união. Depois aviso o Capitólio para nos aguardar em breve.

Como parte da minha reabilitação, dou pequenos passeios ao ar livre todos os dias. Uma tarde, o Plutarch junta-se a mim e oferece-me uma atualização sobre a nossa situação atual. Agora que o Distrito 2 se aliou a nós, os rebeldes tiraram um momento para descansar da guerra e para se reagruparem. Para reforçar as linhas de abastecimento, cuidar dos feridos, reorganizar as tropas. O Capitólio, como o 13 durante a Idade das Trevas, está totalmente impedido de receber ajuda externa ao mesmo tempo que mantém a ameaça de um ataque nuclear contra os seus inimigos. Ao contrário do 13, o Capitólio não tem condições para se reinventar e se tornar autossuficiente.

— Oh, a cidade talvez consiga aguentar-se durante algum tempo — discorre o Plutarch. — Têm certamente mantimentos de emergência armazenados. Mas a diferença mais importante entre o Treze e o Capitólio está nas expectativas das pessoas. O Treze estava habituado a privações, ao passo que no Capitólio a sua gente só conhece *Panem et Circenses*.

— Que é isso? — Reconheço *Panem*, claro, mas o resto não faz sentido.

159

— É uma expressão de há milhares de anos, escrita numa língua chamada latim sobre um lugar chamado Roma — explica o Plutarch. — *Panem et Circenses* significa «Pão e Circo». O que o escritor queria dizer era que, em troca de barrigas cheias e entretenimento, os seus concidadãos haviam renunciado às suas responsabilidades políticas e, consequentemente, ao seu poder.

Penso no Capitólio. No excesso de comida. E no divertimento por excelência. Os Jogos da Fome. — Então é para isso que servem os distritos? Para fornecer pão e circo.

— Sim. E enquanto isso continuava a entrar, o Capitólio era capaz de controlar o seu pequeno império. Neste momento, não pode fornecer nem uma coisa nem outra, pelo menos ao nível a que as pessoas estavam habituadas — continua o Plutarch. — Enquanto nós temos comida e estamos prestes a realizar um *propo* de entretenimento que será decerto bastante popular. Afinal, toda a gente gosta de um casamento.

Fico paralisada, enojada com a ideia do que ele está a sugerir. Uma encenação perversa do meu casamento com o Peeta. Não tenho sido capaz de enfrentar aquele vidro de sentido único desde que voltei e, a meu pedido, só recebo atualizações sobre o estado do Peeta do Haymitch, que fala muito pouco no assunto. Estão a ser experimentadas várias técnicas. Nunca haverá realmente uma maneira de o curar. E agora querem que eu case com o Peeta para um *propo*?

O Plutarch apressa-se a tranquilizar-me. — Ah, não, Katniss. Não o teu casamento. O do Finnick e da Annie. A única coisa que tens de fazer é aparecer e fingir estar feliz por eles.

— Isso é uma das poucas coisas que não preciso de fingir, Plutarch — respondo.

Os dias seguintes conhecem um rebuliço de atividade. A organização do evento torna bem evidentes as diferenças entre o Capitólio e o 13. Quando a Coin fala em «casamento» refere-se a duas pessoas assinando um papel e recebendo um novo compartimento. O Plutarch refere-se a centenas de pessoas vestidas a rigor numa festa de três dias. É divertido vê-los discutir os pormenores. O Plutarch tem de lutar por cada convidado, cada nota musical. Depois de a Coin vetar um jantar, diversões e álcool, o Plutarch vocifera: — Para que serve o *propo* se ninguém se vai divertir?

É difícil impor um orçamento a um Produtor dos Jogos. Mas até mesmo uma celebração discreta provoca agitação no 13, onde parece que as pessoas não têm um único feriado. Quando se anuncia que são necessárias crianças para cantar a marcha nupcial do Distrito 4, quase todos os miúdos comparecem. Também não há falta de voluntários para ajudar a fazer as decorações. No refeitório, as pessoas conversam animadamente sobre o acontecimento.

Talvez seja mais do que as festividades, a razão deste entusiasmo. Talvez estejamos tão ansiosos por uma coisa boa que queremos fazer parte dela. Isso explicaria por que razão — quando o Plutarch perde a cabeça por causa do que a noiva vai vestir — me ofereço para levar a Annie à minha casa no 12, onde o Cinna deixou uma variedade de vestidos de cerimónia num grande roupeiro no rés do chão. Todos os vestidos de noiva que ele desenhou para mim voltaram para o Capitólio, mas restam alguns fatos que usei no Passeio da Vitória. Sinto-me um pouco apreensiva na companhia da Annie, porque na verdade a única coisa que sei dela é que o Finnick a ama e toda a gente a considera louca. Na viagem de aeronave para o 12 descubro que ela talvez seja mais instável do que propriamente louca. Ri-se em momentos inapropriados numa conversa ou abandona-a simplesmente, abstraindo-se. Aqueles olhos verdes fixam um determinado ponto com tanta intensidade que damos por nós a tentar descortinar o que ela vê no vazio. Às vezes, sem razão aparente, tapa os ouvidos com as mãos como se estivesse a proteger-se de um ruído doloroso. Pronto, realmente é estranha, mas basta-me que o Finnick a ame para gostar dela.

Consegui autorização para que a minha equipa de preparação também viesse connosco. Assim não terei de tomar quaisquer decisões relacionadas com moda. Quando abro o roupeiro, ficamos todos em silêncio, porque a presença do Cinna é tão forte no aspeto dos tecidos. Depois a Octavia ajoelha-se de repente, esfrega a bainha de uma saia na face e desata a chorar. — Há tanto tempo que não vejo uma coisa bonita — lamenta-se, reprimindo os soluços.

Apesar das reservas da Coin, que acha que é demasiado extravagante, e das reservas do Plutarch, que acha que é demasiado pobre, o casamento é um êxito estrondoso. Os trezentos sortudos convidados, selecionados entre a população do 13 e os muitos refugiados, trazem as suas roupas de todos os dias. As decorações são feitas com a folhagem de outono e a música fornecida por um coro de crianças acompanhado de um único violinista que conseguiu sair do 12 com o seu instrumento. A cerimónia é portanto simples e frugal segundo os padrões do Capitólio. Mas isso não importa, porque nada consegue rivalizar com a beleza do casal. Não tem nada que ver com as roupas emprestadas — a Annie traz um vestido de seda verde que eu usei no 5, o Finnick, um dos fatos do Peeta que foi alterado —, embora as roupas sejam vistosas. Mas quem consegue ficar indiferente aos rostos radiantes de duas pessoas para quem este dia foi em tempos uma impossibilidade? O Dalton, o vaqueiro do 10, preside à cerimónia, já que esta é semelhante à do seu distrito. Mas há algumas coisas únicas do Distrito 4. Uma rede tecida com erva comprida que cobre o casal durante os votos, o beijo com os lábios embebidos em água salgada e a antiga marcha nupcial, que compara o casamento a uma viagem marítima.

Não, não tenho de fingir estar feliz por eles.

Depois do beijo que confirma a união, dos aplausos e de um brinde com sidra, o violinista começa a tocar uma música que desperta a atenção de todos os convidados do 12. Podemos ter sido o distrito mais pequeno e pobre de Panem, mas sabemos dançar. Não está nada oficialmente programado para este momento, mas o Plutarch, que dirige o *propo* a partir da sala de comando, deve estar a fazer figas. Com efeito, a Greasy Sae agarra no Gale pela mão, puxa-o para o centro da pista de dança e coloca-se diante dele. Outras pessoas apressam-se a juntar-se ao par, formando duas longas filas. E a dança começa.

Estou um pouco afastada, acompanhando o ritmo com palmas, quando uma mão magra me belisca por cima do cotovelo. A Johanna olha-me de sobrolho carregado. — Vais perder a oportunidade de deixar o Snow ver-te dançar? — Ela tem razão. Que melhor forma de declarar vitória do que mostrar um Mimo-gaio alegre e rodopiando ao som da música? Descubro a Prim na multidão. Como as noites de inverno nos davam tanto tempo para praticar, até somos boas parceiras. Ignoro as preocupações dela com as minhas costelas e ocupamos os nossos lugares na fila. Sinto dores, mas a satisfação de ter o Snow a ver-me dançar com a minha irmã anula qualquer outra sensação.

A dança transforma-nos. Ensinamos os passos aos convidados do Distrito 13. Insistimos num número especial para os noivos. Damos as mãos e formamos uma roda enorme e giratória em que as pessoas exibem os seus passos de dança. Há muito tempo que não acontecia nada tão alegre, frívolo ou divertido. E isso podia ter continuado pela noite dentro se não fosse o último evento planeado para o *propo* do Plutarch. Do qual não tinha ouvido falar, porque a ideia era precisamente que fosse uma surpresa.

Quatro pessoas saem de uma sala ao lado empurrando um enorme bolo de casamento sobre uma mesinha com rodas. A maioria dos convidados afasta-se, abrindo caminho para aquela raridade, aquela obra deslumbrante com ondas de açúcar verde-mar e pontas brancas cheias de peixes e barcos à vela, focas e flores do mar. Mas eu abro caminho através da multidão para confirmar o que percebi à primeira vista. Assim como os bordados no vestido da Annie foram feitos pelas mãos do Cinna, as flores de açúcar no bolo só podiam ter sido feitas pelas mãos do Peeta.

Pode parecer coisa pouca, mas diz muito acerca do que tem acontecido. O Haymitch tem andado a esconder-me muitas coisas. O rapaz que vi da última vez, gritando desalmadamente, tentando libertar-se das suas amarras, nunca poderia ter feito aquilo. Nunca teria tido a capacidade de concentração, mantido as mãos firmes, concebido algo tão perfeito para o Finnick e a Annie. Como se previsse a minha reação, o Haymitch aparece ao meu lado.

— Vamos conversar os dois — sugere.

Lá fora no corredor, longe das câmaras, pergunto: — O que é que se passa com ele?

O Haymitch abana a cabeça. — Não sei. Ninguém sabe. Às vezes ele está quase racional e depois, sem razão aparente, perde-se de novo. Fazer o bolo foi uma espécie de terapia. Ele esteve a trabalhar durante vários dias. Enquanto o observámos... parecia quase como dantes.

— Então anda por aí à solta? — pergunto. A ideia deixa-me nervosa, por várias razões.

— Ah, não. Esteve sempre a trabalhar sob forte vigilância. Continua guardado a sete chaves. Mas já falei com ele — revela o Haymitch.

— Cara a cara? — pergunto. — E ele não perdeu as estribeiras.

— Não. Está muito zangado comigo, mas pelas razões certas. Por não o ter informado do plano dos rebeldes e outras coisas. — O Haymitch faz uma pausa, como se estivesse a tomar uma decisão. — Ele disse que gostaria de falar contigo.

Estou num veleiro de açúcar, lançada de um lado para o outro por ondas verde-mar, com o convés oscilando e fugindo-me dos pés. Espalmo as mãos contra a parede para me equilibrar. Isto não estava nos meus planos. Eu desisti do Peeta no 2. Devia ter ido para o Capitólio, matar o Snow, e depois morrer. O ferimento de bala era apenas um revés temporário. Nunca deveria ouvir as palavras *Ele disse que gostaria de falar contigo*. Mas, agora que as ouvi, não há como ignorá-las.

À meia-noite, estou junto à porta da sua cela. Quarto de hospital. Tivemos de esperar que o Plutarch acabasse de obter as suas imagens do casamento, com as quais, apesar da falta do que ele chama brilho, parece ter ficado satisfeito. — A melhor coisa que resultou do facto de o Capitólio ter praticamente ignorado o Doze durante todos estes anos foi vocês terem conservado alguma espontaneidade. O público adora isso. Como quando o Peeta anunciou que estava apaixonado por ti ou quando tu lhes pregaste aquela partida com as bagas. São bons momentos televisivos.

Gostaria de poder encontrar-me com o Peeta em privado, mas o auditório de médicos já se reuniu por trás do vidro de sentido único, de blocos de notas e canetas na mão. Quando o Haymitch me diz para avançar no auricular, eu abro lentamente a porta.

Aqueles olhos azuis fixam-me imediatamente. Ele tem três freios em cada braço e um tubo que pode administrar uma droga anestesiante no caso de ele perder o controlo. Mas não luta para se libertar, observando-

-me apenas com o olhar desconfiado de alguém que ainda não pôs de parte a ideia de que está na presença de um mute. Aproximo-me até me encontrar a cerca de um metro da cama. Como não tenho nada para fazer com as mãos, cruzo os braços para proteger as costelas antes de falar.
— Olá.

— Olá — responde ele. Parece a sua voz, quase, só que há qualquer coisa diferente nela. Um indício de desconfiança e censura.

— O Haymitch disse que querias falar comigo — começo.

— Olhar para ti, para começar. — Ele parece estar à espera que eu me transforme num lobo híbrido e babado diante dos seus olhos. Fita-me durante tanto tempo que dou por mim a lançar olhares furtivos para o vidro de sentido único, esperando alguma instrução do Haymitch, mas o auricular transmite apenas silêncio. — Não és muito grande, pois não? Nem especialmente bonita?

Sei que ele passou por uma experiência infernal, mas o comentário cai-me mal. — Bem, também já estiveste melhor.

O conselho do Haymitch para eu recuar é abafado pelo riso do Peeta.
— E nem sequer és minimamente simpática. Para me dizeres isso depois de tudo por que passei.

— Pois é. Passámos todos por muito. E tu é que eras conhecido por ser simpático. Não eu. — Estou a fazer tudo mal. Não sei porque estou sempre na defensiva. Ele foi torturado! Foi sequestrado! Que se passa comigo? De repente, sinto que poderei começar a gritar com ele, nem sei bem a propósito de quê, e então decido sair. — Escuta, não me sinto muito bem. Talvez venha visitar-te amanhã.

Acabo de chegar à porta quando a voz dele me detém. — Katniss, lembro-me do pão.

O pão. O nosso único momento de verdadeira ligação antes dos Jogos da Fome.

— Mostraram-te a gravação em que eu falo disso? — pergunto.

— Não. Há uma gravação em que falas disso? Porque é que o Capitólio não a usou contra mim? — indaga o Peeta.

— Foi feita no dia em que foste resgatado — respondo. A dor no peito aperta-me as costelas como um torno. Não devia ter dançado. — De que é que te lembras?

— De ti. À chuva — revela ele, baixinho. — Vasculhando nos nossos caixotes do lixo. De queimar o pão. Da minha mãe me bater. De levar o pão para o porco mas depois de o dar antes a ti.

— Sim, foi isso que aconteceu — confirmo. — No dia seguinte, depois da escola, quis agradecer-te. Mas não sabia como.

— Estávamos lá fora ao final do dia. Eu tentei olhar-te nos olhos. Tu desviaste o olhar. E depois... por alguma razão, acho que apanhaste um dente-de-leão. — Aceno que sim. Ele lembra-se, de facto. Nunca falei desse momento em voz alta. — Devo ter-te amado muito.

— Amaste. — A minha voz engasga-se e finjo tossir.

— E tu, amavas-me? — pergunta ele.

Mantenho os olhos no chão de ladrilhos. — Toda a gente diz que sim. Toda a gente diz que foi por isso que o Snow te torturou. Para me destruir.

— Isso não é resposta — afirma o Peeta. — Não sei o que pensar quando me mostram algumas das gravações. Naquela primeira arena, parece que tentaste matar-me com aquelas vespas-batedoras.

— Estava a tentar matar toda a gente — explico. — Vocês tinham-me encurralado numa árvore.

— Mais tarde, há muitos beijos. Não pareciam muito genuínos da tua parte. Gostavas de me beijar? — pergunta ele.

— Às vezes — confesso. — Sabes que há pessoas a ver-nos neste momento?

— Sei. E o Gale? — continua ele.

A minha ira começa a voltar. Já não me importo com a recuperação dele. Isto não é da conta das pessoas atrás do vidro. — Ele também não beija mal — respondo, bruscamente.

— E nós não nos importávamos? Que beijasses o outro? — pergunta ele.

— Importavam-se. Mas não estava a pedir a vossa autorização — atiro-lhe.

O Peeta volta a rir-se, fria e desdenhosamente. — Bem, és uma boa peça, não és?

O Haymitch não protesta quando saio do quarto. Atravesso o corredor, depois a colmeia de compartimentos. Encontro um cano quente na lavandaria e escondo-me atrás dele. Demoro muito tempo a perceber porque estou tão zangada. Quando percebo, é quase mortificante admiti-lo. Durante meses pressupus que o Peeta me achava maravilhosa. Agora isso terminou. Finalmente, ele pode ver-me como sou, de facto. Violenta. Desconfiada. Manipuladora. Mortal.

E odeio-o por isso.

17

Estupefacta. É como me sinto quando o Haymitch me dá a novidade no hospital. Desço as escadas a correr para o Comando, com a cabeça em polvorosa, e interrompo um conselho de guerra.

— Que querem dizer, não vou para o Capitólio? Tenho de ir! Sou o Mimo-gaio! — exclamo.

A Coin mal levanta o olhar do seu monitor. — E como Mimo-gaio o teu principal objetivo de unir os distritos contra o Capitólio foi alcançado. Não te preocupes... se tudo correr bem, levamos-te para a rendição.

A rendição?

— Isso será tarde demais! Perderei todos os combates. Vocês precisam de mim... Sou a melhor atiradora que têm! — Normalmente não costumo gabar-me disso, mas o que disse deve estar pelo menos perto da verdade. — O Gale vai.

— O Gale tem comparecido aos treinos todos os dias, exceto quando está ocupado com outras funções aprovadas. Temos a certeza de que ele saberá comportar-se no terreno — responde a Coin. — Quantas sessões de treino achas que frequentaste?

Nenhuma. Essa é a verdade. — Bem, às vezes estava a caçar. E... treinei com o Beetee no Armamento Especial.

— Não é a mesma coisa, Katniss — explica o Boggs. — Todos sabemos que és esperta, corajosa e boa atiradora. Mas precisamos de soldados no terreno. Tu não sabes obedecer a ordens e não estás propriamente nas melhores condições físicas.

— Isso não vos incomodou quando eu estava no Oito. Nem quando estava no Dois — contra-ataco.

— Não tinhas autorização para entrar em combate em nenhum dos casos — esclarece o Plutarch, lançando-me um olhar que indica que estou prestes a revelar demais.

Não, a batalha dos bombardeiros no 8 e a minha intervenção no 2 foram espontâneas, irrefletidas e decididamente não autorizadas.

— E ficaste ferida em ambas as ocasiões — lembra-me o Boggs. Subitamente, consigo ver-me através dos olhos dele. Uma rapariga um tanto baixa de dezassete anos que quase não consegue respirar porque as suas costelas ainda não sararam completamente. Em convalescença. Desgrenhada. Indisciplinada. Não um soldado, mas alguém que precisa de cuidados.

— Mas tenho de ir — insisto.

— Porquê? — pergunta a Coin.

É claro que não posso dizer-lhes que pretendo levar a cabo a minha vingança pessoal contra o Snow. Ou que a ideia de permanecer no 13 com a versão mais recente do Peeta enquanto o Gale vai para a guerra é insuportável. Mas razões não me faltam para querer lutar no Capitólio.

— Por causa do Doze. Porque eles destruíram o meu distrito.

A presidente pensa nisso durante um momento. Estuda-me. — Bem, tens três semanas. Não é muito tempo, mas podes começar a treinar. Se a Comissão de Recrutamento te considerar apta, é possível que o teu caso seja revisto.

Pronto. É o máximo que posso esperar. A culpa é minha, suponho. É verdade que desacatei o meu horário todos os dias, exceto quando alguma coisa me convinha. Não parecia uma prioridade, correr à volta de um campo com uma espingarda com tantas outras coisas a acontecer. E agora estou a pagar pela minha negligência.

Quando regresso ao hospital, encontro a Johanna nas mesmas circunstâncias e furiosa. Transmito-lhe o que a Coin me disse. — Talvez também possas treinar.

— Está bem. Vou treinar. Mas vou para o maldito Capitólio nem que tenha de matar a tripulação de uma aeronave e pilotar até lá — barafusta a Johanna.

— Talvez seja melhor não falares nisso nos treinos — advirto. — Mas é bom saber que terei uma boleia.

A Johanna sorri e sinto uma ligeira mas significativa mudança na nossa relação. Não sei se somos realmente amigas, mas talvez a palavra aliadas não seja incorreta. Isso é bom. Vou precisar de uma aliada.

Na manhã seguinte, quando nos apresentamos para o treino às 7:30, sou confrontada com a realidade. Fomos colocadas numa classe de relativos principiantes, miúdos de catorze ou quinze anos, o que me parece um pouco ofensivo até se tornar evidente que eles estão em muito melhores condições físicas do que nós. O Gale e as outras pessoas que já foram escolhidas para ir para o Capitólio estão numa fase diferente e mais avançada dos treinos. Depois de fazermos alongamentos — que me magoam —, seguem-se duas horas de exercícios de fortalecimento — que magoam ainda mais — e uma corrida de cinco milhas — que quase me mata. Mesmo com os insultos motivadores da Johanna a incentivar-me, tenho de desistir após uma milha.

— São as minhas costelas — explico à instrutora, uma mulher austera de meia-idade que devemos tratar por soldado York. — Ainda me magoam.

— Bem, vou dizer-te uma coisa, soldado Everdeen, elas vão levar pelo menos mais um mês a sarar sozinhas.

Abano a cabeça. — Não tenho um mês.

Ela olha-me de alto a baixo. — Os médicos não te ofereceram qualquer tratamento?

— Há um tratamento? — pergunto. — Disseram-me que tinham de melhorar naturalmente.

— Isso é o que eles dizem. Mas podiam acelerar o processo se eu o recomendasse. Mas aviso-te já, não vai ser fácil — informa-me ela.

— Por favor. Tenho de ir para o Capitólio — suplico.

A soldado York não contesta a minha afirmação. Escreve qualquer coisa num bloco e manda-me diretamente para o hospital. Eu hesito. Não quero perder mais treinos. — Estarei de volta para o treino da tarde — prometo. Ela apenas franze os lábios.

Vinte e quatro picadas de seringa nas costelas mais tarde, estou estirada na minha cama do hospital, cerrando os dentes para não ter de lhes implorar para trazer de volta o tubo da morfelina. Estava ao lado da minha cama para eu poder tomar um pouco quando necessário. Não o tinha usado muito ultimamente, mas mantinha-o por causa da Johanna. Hoje fizeram-me análises ao sangue para verificar se não tinha vestígios do analgésico, uma vez que a combinação das duas drogas — a morfelina e o que quer que me faz arder as costelas — provoca efeitos secundários perigosos. Deixaram bem claro que teria dois dias difíceis, mas disse-lhes para prosseguirem.

Temos uma noite péssima no nosso quarto. Dormir está fora de questão. Tenho mesmo a impressão de conseguir cheirar a carne ardendo à volta do meu peito e a Johanna debate-se com a síndrome de abstinência. Antes disso, quando pedi desculpa por lhe ter cortado o fornecimento de morfelina, ela minimizou a questão, dizendo que tinha de acontecer mais cedo ou mais tarde. Mas às três da manhã sou alvo de todos os palavrões que o Distrito 7 tem para oferecer. De madrugada, ela arranca-me da cama, decidida a ir para os treinos.

— Acho que não consigo — confesso.

— Consegues. Conseguimos. Lembra-te de que somos vencedoras. Conseguimos sobreviver a qualquer coisa que eles nos atirem em cima — insta a Johanna, rispidamente. Ela está com uma cor verde e doentia, e treme como uma vara. Levanto-me e visto-me.

Temos de ser vencedoras para enfrentar a manhã. Penso que vou perder a Johanna quando percebemos que está a chover lá fora. Ela empalidece e parece ter parado de respirar.

— É só água. Não nos vai matar — asseguro. Ela levanta o queixo e sai decidida para a lama. A chuva encharca-nos até aos ossos enquanto fazemos os exercícios e depois chapinhamos ao longo da pista de corrida. Desisto novamente depois de uma milha, e tenho de resistir à tentação de tirar a camisola para que a água fria arrefeça as minhas costelas. Obrigo-me a comer o almoço de campanha de peixe mal cozido e guisado de beterraba. A Johanna está a meio da sua tigela quando vomita. Durante a tarde, aprendemos a montar as nossas espingardas. Eu consigo, mas as mãos trémulas da Johanna não lhe permitem encaixar as várias partes. Quando a York volta as costas, eu ajudo. Apesar de não parar de chover, a tarde corre melhor porque vamos para a carreira de tiro. Finalmente, algo em que costumo sair-me bem. Levo algum tempo a adaptar-me à espingarda, mas ao final do dia tenho já a melhor pontuação da classe.

Acabámos de entrar pelas portas do hospital quando a Johanna declara: — Isto tem de acabar. Viver no hospital. Toda a gente nos vê como doentes.

Isso não constitui problema para mim. Eu posso mudar-me para o compartimento da minha família, mas a Johanna nunca teve um. Quando tenta conseguir alta do hospital, eles não concordam em deixá-la viver sozinha, mesmo que se comprometa a vir todos os dias conversar com o médico-chefe. Acho que eles acabaram por perceber o que se passava com a morfelina e isso só contribuiu para que a considerassem ainda mais instável. — Ela não estará sozinha. Eu vou viver com ela — anuncio. Surgem algumas objeções, mas o Haymitch toma o nosso partido e à hora de deitar já temos um compartimento ao lado da Prim e da minha mãe, que concorda em manter-nos debaixo de olho.

Depois de eu tomar um duche e de a Johanna se limpar com um pano húmido, ela faz uma inspeção superficial ao compartimento. Quando abre a gaveta com os meus poucos pertences, volta a fechá-la rapidamente. — Desculpa.

Lembro-me de que não há nada na gaveta da Johanna exceto as roupas oferecidas pelo governo. Que ela não tem uma única coisa que possa chamar sua. — Não faz mal. Podes ver as minhas coisas se quiseres.

A Johanna abre o meu medalhão, examinando as fotografias do Gale, da Prim e da minha mãe. Depois abre o paraquedas prateado, tira a bica para fora e enfia-a no dedo mindinho. — Fico com sede só de olhar para isto. — Depois encontra a pérola que o Peeta me deu. — Esta é...?

— Sim — apresso-me a dizer. — Conseguiu cá chegar. — Não quero falar do Peeta. Uma das melhores coisas dos treinos é que me impedem de pensar nele.

— O Haymitch diz que ele está a melhorar — comenta a Johanna.

— Talvez. Mas mudou muito — replico.

— Tu também mudaste. E eu. E o Finnick e o Haymitch e o Beetee. Para não falar da Annie Cresta. A arena mexeu muito com todos nós, não achas? Ou ainda te sentes como a rapariga que se ofereceu para substituir a irmã? — pergunta-me ela.

— Não — respondo.

— Quanto a isso penso que o meu médico da cabeça tem razão. Não podemos voltar para trás. Portanto, mais vale avançar e continuar a viver.

— Ela devolve com cuidado as minhas coisas à gaveta e mete-se na cama oposta à minha precisamente quando as luzes se apagam. — Não tens medo de que te mate durante a noite?

— Como se não conseguisse dominar-te — respondo. Depois rimo-nos, porque estamos as duas tão cansadas que será um milagre conseguirmos levantar-nos no dia seguinte. Mas conseguimos. Todas as manhãs, conseguimos. E no final da semana as minhas costelas estão quase como novas e a Johanna consegue montar a sua espingarda sem ajuda.

A soldado York lança-nos um aceno aprovador quando acabamos os treinos. — Bom trabalho, soldados.

Quando a instrutora já não nos pode ouvir, a Johanna resmunga: — Acho que vencer os Jogos foi mais fácil. — Mas a expressão no seu rosto diz que ela está satisfeita.

Com efeito, estamos quase bem-dispostas quando entramos no refeitório, onde o Gale está à espera para jantar comigo. A dose gigante de carne estufada com legumes também ajuda à boa disposição. — Os primeiros carregamentos de comida chegaram esta manhã — informa a Greasy Sae. — Isto é carne de vaca a sério, do Distrito Dez. Não o vosso cão selvagem.

— Não me lembro de alguma vez o teres recusado — riposta o Gale.

Juntamo-nos a um grupo que inclui a Delly, a Annie e o Finnick. É impressionante ver a transformação do Finnick desde que se casou. As suas anteriores encarnações — o decadente quebra-corações do Capitólio que conheci antes do Quarteirão, o aliado enigmático na arena, o jovem perturbado que tentou ajudar-me a recuperar — foram substituídas por alguém que irradia vivacidade. Os verdadeiros encantos do Finnick, o seu humor despretensioso e a sua natureza afável, revelam-se pela primeira vez desde que o conheci. Ele nunca larga a mão da Annie. Nem quando caminham, nem quando comem. Duvido que alguma vez tencione largá-la. Ela parece perdida num enlevo de alegria. Há ainda momentos em que se percebe que algo falha no seu cérebro e outro mundo impede-a de nos ver. Mas bastam umas palavras do Finnick e ela volta para nós.

A Delly, que conheço desde que era pequena, mas a quem nunca dei grande atenção, tem subido muito na minha estima. Contaram-lhe o que o Peeta me disse naquela noite depois do casamento, mas ela não é mexeriqueira. O Haymitch garante que ela é a minha melhor defensora quando o Peeta começa a barafustar a meu respeito. Sempre tomando o meu partido, culpando a tortura do Capitólio pelas perceções negativas do Peeta. Ela exerce mais influência sobre ele do que qualquer outra pessoa, porque ele conhece-a de facto muito bem. Seja como for, mesmo que a Delly esteja a dourar as minhas boas qualidades, fico-lhe muito grata. Sinceramente, estou mesmo a precisar de um lenitivo.

Estou tão cheia de fome e o guisado é tão delicioso — carne de vaca, batatas, nabos e cebolas num molho espesso — que tenho de me obrigar a comer mais devagar. Por todo o refeitório sente-se o efeito rejuvenescedor que uma boa refeição pode provocar. Como pode tornar as pessoas mais simpáticas, mais engraçadas, mais otimistas, e lembrá-las que não é um erro continuar a viver. É melhor do que qualquer medicamento. Por isso tento prolongar o momento e participo na conversa. Embebo o pão no molho e mordisco-o enquanto oiço o Finnick contar uma história ridícula sobre uma tartaruga do mar que lhe roubou o chapéu. Rio-me antes de perceber que ele está ali. Mesmo do outro lado da mesa, atrás do lugar vazio ao lado da Johanna. A observar-me. Engasgo-me momentaneamente quando o pão com molho fica colado na minha garganta.

— Peeta! — exclama a Delly. — Que bom ver-te... cá fora.

Ele vem acompanhado de dois guardas enormes. Segura no tabuleiro desajeitadamente, equilibrando-o nas pontas dos dedos porque traz as mãos algemadas com uma pequena corrente entre elas.

— Que fazes com essas pulseiras esquisitas? — pergunta a Johanna.

— Ainda não sou digno de confiança — responde o Peeta. — Nem sequer me posso sentar aqui sem a vossa autorização. — Ele acena com a cabeça para os guardas.

— É claro que ele pode sentar-se aqui. Somos velhos amigos — afirma a Johanna, dando palmadinhas no espaço ao lado dela. Os guardas acenam com a cabeça e o Peeta senta-se. — Eu e o Peeta ficámos em celas vizinhas no Capitólio. Conhecemos muito bem os gritos um do outro.

A Annie, que está no outro lado da Johanna, tapa os ouvidos e ausenta-se da realidade. O Finnick lança um olhar furioso à Johanna e abraça a Annie.

— Que foi? O meu médico da cabeça disse que não devo recalcar os pensamentos. Faz parte da minha terapia — replica a Johanna.

A boa disposição desaparece do nosso pequeno grupo. O Finnick murmura coisas à Annie até ela retirar lentamente as mãos. Depois segue-se um longo silêncio em que as pessoas fingem comer.

— Annie — diz a Delly, animada —, sabias que foi o Peeta que decorou o teu bolo de casamento? A família dele tinha uma padaria no Doze e ele fazia todas as decorações de açúcar.

A Annie olha com cuidado para além da Johanna. — Obrigada, Peeta. Estava lindo.

— O prazer foi todo meu, Annie — responde o Peeta, e oiço aquela velha amabilidade na sua voz que julguei ter desaparecido para sempre. Não é dirigida a mim, mas mesmo assim.

— Se quisermos dar aquele passeio é melhor irmos — diz o Finnick para a Annie. Ele arruma os dois tabuleiros para poder levá-los com uma mão enquanto dá a outra à Annie. — Foi um prazer voltar a ver-te, Peeta.

— Sê bonzinho para ela, Finnick. Senão ainda sou capaz de ta roubar. — Podia ser uma piada, se o tom de voz não fosse tão frio. Tudo o que transmite parece deslocado. A desconfiança patente em relação ao Finnick, a insinuação de que o Peeta está de olho na Annie, que a Annie poderá abandonar o Finnick, que eu nem sequer existo.

— Ah, Peeta — suspira o Finnick, sem se zangar. — Não me faças arrepender de te ter reanimado o coração. — Ele vai-se embora com a Annie depois de me lançar um olhar preocupado.

Depois de eles saírem, a Delly repreende o Peeta. — Ele salvou-te a vida, Peeta. Mais de uma vez.

— Por ela — responde ele, acenando para mim com a cabeça. — Pela rebelião. Não por mim. Não lhe devo nada.

Não devia cair no engodo, mas caio. — Talvez não. Mas a Mags está morta e tu continuas vivo. Isso devia valer alguma coisa.

— Sim, muitas coisas que deviam valer alguma coisa parece que não valem, Katniss. Tenho algumas recordações que não consigo perceber e não acho que o Capitólio as tenha alterado. Muitas noites no comboio, por exemplo — responde o Peeta.

Novamente as insinuações. De que aconteceu muito mais no comboio do que estou disposta a admitir. De que aquilo que aconteceu — aquelas noites em que só não enlouqueci porque tinha os braços dele à minha volta — já não tem importância. Que foi tudo uma mentira, tudo uma maneira de abusar dele.

O Peeta faz um pequeno gesto com a colher, apontando para mim e para o Gale. — Então, vocês agora são oficialmente um casal ou eles continuam a insistir na história dos amantes condenados?

— Continuam com a história — responde a Johanna.

Uma série de espasmos leva o Peeta a cerrar as mãos e depois a abri--las de um modo esquisito. Será a única forma de as manter longe do meu pescoço? Sinto a tensão nos músculos do Gale ao meu lado e temo uma altercação. Mas o Gale diz apenas: — Não teria acreditado se não o tivesse visto com os meus próprios olhos.

— O quê? — pergunta o Peeta.

— Tu — responde o Gale.

— Terás de ser um pouco mais específico — insiste o Peeta. — O quê em mim?

— O facto de te terem substituído por uma versão mute de ti mesmo — esclarece a Johanna.

O Gale acaba de beber o leite. — Já acabaste? — pergunta-me. Levanto-me e vamos entregar os nossos tabuleiros. À saída, um velhote detém-me porque trago ainda na mão o resto do meu pão com molho. Algo na minha expressão, ou talvez o facto de não ter procurado escondê--lo, leva-o a ignorar a infração. Deixa-me enfiar o pão na boca e sair. Estamos quase a chegar ao meu compartimento quando o Gale volta a falar. — Não estava à espera daquilo.

— Eu disse-te que ele me odiava — lembro-lhe.

— É a maneira como ele te odeia. É tão... familiar. Eu costumava sentir-me assim — admite o Gale. — Quando te via a beijá-lo no ecrã. Só que sabia que não estava a ser completamente justo. Ele não consegue ver isso.

Chegamos à minha porta. — Talvez esteja apenas a ver-me como realmente sou. Tenho de ir dormir.

O Gale agarra-me no braço antes que eu consiga desaparecer. — Então é isso que pensas agora? — Encolho os ombros. — Katniss, como teu amigo mais antigo, acredita quando digo que ele não está a ver-te como realmente és. — Beija-me na face e vai-se embora.

Sento-me na minha cama, tentando meter informações dos meus livros de Estratégia Militar na cabeça e afastar recordações das minhas noites com o Peeta no comboio. Passados uns vinte minutos, a Johanna entra no quarto e atira-se para cima da minha cama. — Perdeste o melhor. A Delly zangou-se com o Peeta por causa da maneira como ele te tratou. Soltou tantos guinchinhos! Parecia um ratinho sendo esfaqueado várias vezes com um garfo. O refeitório inteiro ficou pasmado a olhar.

— O que fez o Peeta? — pergunto.

— Começou a discutir com ele próprio como se fosse duas pessoas. Os guardas tiveram de o levar. O lado bom da coisa foi que ninguém parece ter reparado que acabei o estufado dele. — A Johanna esfrega a barriga inchada com as mãos. Olho para a camada de sujidade debaixo das unhas dela e pergunto-me se as pessoas do 7 nunca tomam banho.

Passamos duas horas a perguntar uma à outra termos militares. Depois vou visitar a minha mãe e a Prim durante algum tempo. Quando estou novamente no compartimento, de banho tomado, olhando para a escuridão, pergunto finalmente: — Johanna, conseguias mesmo ouvi-lo gritar?

— Isso fazia parte — responde ela. — Como os palragaios na arena. Só que era real. E não parava depois de uma hora. Tiquetaque.

— Tiquetaque — murmuro em resposta.

Rosas. Mutes. Tributos. Golfinhos de açúcar. Amigos. Mimos-gaios. Estilistas. Eu.

Tudo grita nos meus sonhos hoje à noite.

18

Dedico-me furiosamente aos treinos. Comer, viver e assimilar exercícios, simulações, treino de armas, aulas de estratégia. Uma meia dúzia do nosso grupo é transferida para uma classe especial que me dá alguma esperança de poder ser candidata à guerra verdadeira. Os soldados chamam-lhe simplesmente Quarteirão, mas a tatuagem no meu braço diz C. R. S., a sigla para Combate de Rua Simulado. Nas profundezas no 13, eles construíram uma réplica de um quarteirão do Capitólio. O instrutor divide-nos em grupos de oito e tentamos levar a cabo missões — conquistar uma posição, destruir um alvo, revistar uma casa — como se estivéssemos realmente a combater no Capitólio. O Quarteirão está armadilhado para que experimentemos tudo o que nos poderá correr mal na realidade. Um passo em falso ativa uma mina terrestre, um franco--atirador aparece num telhado, a espingarda encrava-se, o choro de uma criança conduz-nos a uma emboscada, o chefe do pelotão — que é apenas uma voz no programa — é atingido por um morteiro e temos de decidir o que fazer sem ordens. Em parte, sabemos que aquilo não é verdadeiro, que não nos vão matar. Se ativarmos uma mina, ouvimos a explosão e temos de cair e fingir-nos mortos. Mas noutros aspetos parece bastante real — os combatentes inimigos envergando uniformes dos Soldados da Paz, a confusão de uma bomba de fumo. Eles até nos lançam gás e eu e a Johanna somos as únicas a colocar as máscaras a tempo. O resto do pelotão fica anestesiado durante dez minutos. E o gás, supostamente inofensivo, do qual inalei algumas baforadas, dá-me uma terrível dor de cabeça para o resto do dia.

A Cressida e a sua equipa filmam-me a mim e à Johanna na carreira de tiro. Sei que o Gale e o Finnick também estão a ser filmados. As imagens são para uma nova série de *propos* que mostra os rebeldes preparando-se para a invasão do Capitólio. Em geral, está tudo a correr muito bem.

Depois o Peeta começa a aparecer nos nossos exercícios matinais. Já lhe tiraram as algemas, mas ele continua a ser acompanhado a tempo inteiro por dois guardas. Depois do almoço, vejo-o do outro lado do campo, treinando com um grupo de principiantes. Não sei qual é a ideia do Comando. Se uma questiúncula com a Delly pode levá-lo a discutir consigo mesmo, ele não devia estar a aprender a manejar uma espingarda.

Quando falo com o Plutarch, este assegura-me de que é tudo para as câmaras. Eles têm imagens da Annie a casar-se e da Johanna a atirar a alvos, mas o país inteiro quer é saber do Peeta. Precisam de ver que ele está a combater para os rebeldes, não para o Snow. E, talvez, se conseguissem algumas imagens de nós os dois, não necessariamente a beijar-nos, apenas aparentando estar felizes juntos...

Abandono a conversa nesse instante. Isso nunca irá acontecer.

Nos meus raros momentos de lazer, assisto ansiosamente aos preparativos para as invasões. Vejo-os a embalar equipamento e provisões, a organizar divisões. Consegue-se perceber que alguém já recebeu ordens pelo corte de cabelo muito curto, a marca dos que vão entrar em combate. Fala-se muito da primeira ofensiva, destinada a ocupar os túneis ferroviários que desembocam no Capitólio.

Apenas dias antes da partida das primeiras tropas, a York anuncia inesperadamente, a mim e à Johanna, que nos recomendou para o exame e que devemos apresentar-nos imediatamente. Há quatro partes: uma corrida de obstáculos para avaliar a nossa condição física, um teste escrito de estratégia, um teste de proficiência em armas e uma situação de combate simulada no Quarteirão. Para as três primeiras, nem sequer tenho tempo para ficar nervosa, e saio-me bem, mas há um atraso no Quarteirão. Um problema técnico qualquer que eles estão a resolver. No nosso grupo, trocamos informações. O que se sabe ao certo é que entramos sozinhos e é impossível prever que situação nos irá calhar. Um dos rapazes segreda-nos que ouviu dizer que a prova tem como objetivo os pontos fracos de cada um.

Os meus pontos fracos? Essa é uma porta que nem sequer quero abrir. Mas depois encontro um lugar sossegado e tento estabelecer quais poderão ser os meus pontos fracos. A longa lista deixa-me deprimida. Falta de força física. Pouco treino. E, por alguma razão, a minha posição de destaque como Mimo-gaio não me parece ser uma vantagem numa situação em que eles estão a tentar misturar-nos em bando. Podem sacrificar-me por várias razões.

A Johanna é chamada três lugares antes de mim e faço-lhe um aceno de encorajamento. Gastaria de ter sido a primeira na lista porque agora estou a pensar demais em tudo. Quando chamam o meu nome, já não sei qual deve ser a minha estratégia. Felizmente, uma vez no Quarteirão, o pouco treino que recebi revela-se útil. É uma situação de emboscada. Os Soldados da Paz aparecem quase imediatamente e eu tenho de me dirigir a um determinado local para me encontrar com o meu pelotão que anda disperso. Percorro lentamente a rua, abatendo Soldados da Paz à medida que avanço. Dois no telhado à minha esquerda, outro numa porta em frente. É uma prova desafiante, mas não tão difícil como estava à espera. Qualquer coisa me diz que se é demasiado simples, então devo estar a fazer algo de errado. Estou a dois edifícios do meu destino quando as coisas começam a aquecer. Meia dúzia de Soldados da Paz surge de repente a uma esquina. Eles vão dominar-me, mas depois reparo numa coisa. Um bidão de gasolina abandonado na valeta. Deve ser isso. A minha prova. Perceber que fazer explodir o bidão será a única maneira de cumprir a minha missão. Quando me preparo para disparar, o meu chefe de pelotão, que até então esteve sempre calado, ordena-me calmamente para que me deite no chão. Todos os meus instintos clamam para que eu desconsidere a voz, para que puxe o gatilho, para que mande os Soldados da Paz pelos ares. E subitamente percebo o que os militares irão considerar o meu maior ponto fraco. Desde o meu primeiro momento nos Jogos, quando corri para aquela mochila cor de laranja, à batalha contra os bombardeiros no 8, à corrida precipitada pela praça no 2. Não sei obedecer a ordens.

Atiro-me ao chão com tanta força e rapidez que durante uma semana estarei a sacudir areia do queixo. Outra pessoa faz explodir o bidão de gasolina. Os Soldados da Paz morrem. Eu chego ao meu local de encontro. Quando saio do Quarteirão no outro lado, um soldado dá-me os parabéns, carimba-me o número 451 na mão e diz-me para me apresentar no Comando. Quase tonta de satisfação, corro pelos corredores, derrapando pelas esquinas, galgando as escadas porque o elevador é demasiado lento. Entro de rompante na sala quando percebo a estranheza da situação. Não devia estar no Comando; devia estar a cortar o cabelo. As pessoas à volta da mesa não são soldados acabados de recrutar, mas os comandantes.

O Boggs sorri e abana a cabeça quando me vê. — Vamos lá ver. — Já sem certezas agora, estendo a mão carimbada. — Estás comigo. É uma unidade de atiradores especiais. Junta-te ao teu pelotão. — Ele acena com a cabeça para um grupo junto à parede. O Gale. O Finnick. Cinco outros que não conheço. O meu pelotão. Não só entrei como vou trabalhar com o Boggs. Com os meus amigos. Esforço-me por andar com passos calmos e militares para me juntar a eles, em vez de me pôr aos pulos.

Também devemos ser importantes, porque estamos no Comando, e isso nada tem que ver com um certo Mimo-gaio. O Plutarch debruça-se sobre um quadro amplo e liso no centro da mesa. Está a explicar qualquer coisa sobre a natureza do que vamos encontrar no Capitólio. Estou a achar que aquilo é uma péssima apresentação — porque mesmo em bicos de pés não consigo ver o que está no quadro — quando ele carrega num botão. Uma imagem holográfica de um quarteirão do Capitólio projeta-se no ar.

— Isto, por exemplo, é a zona circundante de um dos quartéis dos Soldados da Paz. É importante, mas não o mais crucial dos alvos, e no entanto vejam. — O Plutarch introduz uma espécie de código num teclado e começam a piscar umas luzes. São de várias cores e piscam a velocidades diferentes. — Cada luz chama-se um casulo. Representa um obstáculo diferente, cuja natureza pode ser qualquer coisa desde uma bomba a um bando de mutes. Não se iludam, o que quer que seja está programado ou para vos encurralar ou para vos matar. Alguns existem desde a Idade das Trevas, outros foram desenvolvidos ao longo dos anos. Para ser sincero, eu próprio criei alguns. Este programa, que um dos nossos surripiou quando deixámos o Capitólio, é a nossa informação mais recente. Eles não sabem que a temos. No entanto, é provável que novos casulos tenham sido ativados nos últimos meses. É portanto isto que irão enfrentar.

Não me apercebo de que os meus pés estão a andar para a mesa até me achar a centímetros da holografia. Estendo a mão e cubro uma luz verde que pisca rapidamente.

Alguém se junta a mim. Sinto a tensão no corpo dele. O Finnick, claro. Porque só um vencedor seria capaz de ver o que eu vejo. A arena. Cheia de casulos controlados pelos produtores dos Jogos. Os dedos do Finnick acariciam a luz fixa sobre uma porta. — Minhas senhoras e meus senhores...

A voz dele é suave, mas a minha ressoa pela sala. — Bem-vindos aos Septuagésimos Sextos Jogos da Fome!

Rio-me. Rapidamente. Antes que alguém tenha tempo para perceber o que está por trás das palavras que acabei de proferir. Antes que se ergam sobrancelhas, se levantem objeções, se chegue a conclusões precipitadas, e a solução seja manter-me o mais possível afastada do Capitólio. Porque uma vencedora zangada, com ideias independentes e cicatrizes psicológicas irreparáveis, talvez seja a última pessoa que alguém queira no seu pelotão.

— Nem sei porque se deu ao trabalho de me mandar e ao Finnick para os treinos, Plutarch — comento.

— Sim, já somos os dois soldados mais preparados que tem — acrescenta o Finnick, pretensiosamente.

— Não pensem que esse facto me passou ao lado — responde o Plutarch, com um aceno de mão impaciente. — Agora voltem para as vossas posições, soldados Odair e Everdeen. Tenho uma apresentação para acabar.

Recuamos para os nossos lugares, ignorando os olhares interrogadores que os outros nos lançam. Adoto uma atitude de concentração total enquanto oiço o Plutarch, acenando de vez em quando com a cabeça, mudando de posição para ver melhor, fazendo sempre um grande esforço para me conter até poder sair para o bosque e gritar. Ou praguejar. Ou chorar. Ou talvez as três coisas ao mesmo tempo.

Se isto foi uma prova, eu e o Finnick superámo-la. Quando o Plutarch chega ao fim e a reunião é encerrada, apanho um pequeno susto ao saber que há uma ordem especial para mim. Mas é apenas para que eu não me submeta ao corte de cabelo militar porque eles querem que o Mimo-gaio se apresente na rendição esperada tão parecida com a rapariga na arena quanto possível. Para as câmaras, entendes? Encolho os ombros para indicar que o comprimento do meu cabelo me é completamente indiferente. Eles dispensam-me sem mais comentários.

Eu e o Finnick aproximamo-nos naturalmente um do outro no corredor. — Que vou dizer à Annie? — pergunta ele, baixinho.

— Nada — respondo. — É o que vou dizer à minha mãe e à Prim. — Já basta sabermos que vamos voltar para uma arena plenamente apetrechada. Não vale a pena informar também os nossos entes queridos.

— Se ela vir aquela holografia... — começa ele.

— Não vai ver. É informação confidencial. Tem de ser — avento.

— De qualquer maneira, não vai ser como nos Jogos a sério. Muitas pessoas poderão sobreviver. Nós só estamos a dramatizar porque... bem, sabes porquê. Ainda queres ir, não queres?

— Claro. Quero destruir o Snow tanto como tu — assegura ele.

— Não vai ser como os outros — reafirmo, convicta, tentando também convencer-me a mim mesma. Depois percebo a verdadeira vantagem da situação. — Desta vez o Snow também será um concorrente.

Antes de podermos continuar, aparece o Haymitch. Ele não estava na reunião e não está a pensar em arenas mas noutra coisa. — A Johanna voltou para o hospital.

Presumi que a Johanna estivesse bem, que tivesse passado o seu exame mas que simplesmente não tivesse sido colocada na unidade de atiradores especiais. Afinal ela é um ás a atirar um machado mas medíocre com a espingarda. — Feriu-se? Que aconteceu?

— Foi quando estava no Quarteirão. Eles tentam avaliar os possíveis pontos fracos de um soldado. Então inundaram a rua — informa o Haymitch.

Isso não me ajuda a perceber. A Johanna sabe nadar. Penso que me lembro de a ter visto a nadar um pouco na arena. Não como o Finnick, claro, mas ninguém nada como o Finnick. — E?

— Foi assim que a torturaram no Capitólio. Encharcavam-na e depois aplicavam choques elétricos — revela o Haymitch. — No Quarteirão ela teve uma espécie de analepse. Entrou em pânico, não sabia onde estava. Está de novo sedada. — Eu e o Finnick ficamos parados, como se tivéssemos perdido a capacidade de reagir. Lembro-me de como a Johanna nunca toma banho. De como naquele dia ela se forçou a sair para a chuva como se esta fosse ácida. E eu atribuíra a sua angústia à síndrome de abstinência da morfelina.

— Deviam ir visitá-la. São o mais próximo do que se pode chamar amigos que ela tem — sugere o Haymitch.

Isso torna tudo ainda pior. Não sei qual a relação entre a Johanna e o Finnick. Mas eu mal a conheço. Sei que não tem família nem amigos. Nem sequer tem uma lembrança do 7 para guardar ao lado das roupas regulamentares na sua gaveta anónima. Nada.

— É melhor ir dizer ao Plutarch. Não vai ficar nada contente — continua o Haymitch. — Ele quer o maior número possível de vencedores no Capitólio, para as câmaras. Acha que isso proporciona bons momentos televisivos.

— Tu e o Beetee vão? — pergunto.

— O maior número de vencedores jovens e atraentes — corrige-se o Haymitch. — Por isso, não. Ficamos aqui.

O Finnick desce diretamente para ir ver a Johanna, mas eu demoro-me à porta durante uns minutos até o Boggs sair. Ele é o meu comandante agora, por isso presumo que seja a pessoa indicada para fazer pedidos especiais. Quando lhe digo o que quero fazer, ele passa-me uma licença para eu poder ir ao bosque durante o período de Reflexão, desde que permaneça à vista dos guardas. Corro ao meu compartimento, pensando em usar o paraquedas. Mas este está associado a tantas más recordações que decido atravessar o corredor e ir buscar uma das ligaduras de algodão brancas que trouxe do 12. Quadradas. Resistentes. Exatamente o que preciso.

No bosque, encontro um pinheiro e arranco uma mão-cheia de agulhas perfumadas dos ramos. Depois de fazer uma pilha no meio da ligadura, levanto os lados, torço-os e ato-os com um caule de trepadeira, fazendo uma pequena trouxa do tamanho de uma maçã.

À porta do quarto do hospital, observo a Johanna durante um momento, percebendo que grande parte da sua ferocidade está na sua atitude mordaz. Sem isso, como se encontra agora, ela é apenas uma jovem franzina, com os olhos espaçados lutando contra o poder das drogas para se manterem abertos. Com medo do que o sono possa trazer. Aproximo-me dela e mostro-lhe a trouxa.

— Que é isso? — pergunta ela, com uma voz rouca. As pontas molhadas do cabelo desenham-lhe pequenas espigas na testa.

— Fi-lo para ti. Algo para guardares na tua gaveta. — Coloco-o nas mãos dela. — Cheira-o.

Ele leva a trouxa ao nariz e cheira-a, hesitante. — Cheira à minha terra. — Os seus olhos enchem-se de lágrimas.

— Era isso que esperava. Como és do Sete... — explico. — Lembras--te de quando nos conhecemos? Eras uma árvore. Bem, foste por pouco tempo.

Subitamente, ela agarra-me no pulso com uma mão de ferro. — Tens de o matar, Katniss.

— Não te preocupes. — Resisto à tentação de soltar bruscamente o braço.

— Jura. Por alguma coisa que seja importante para ti — exige a Johanna, rangendo os dentes.

— Juro. Pela minha vida. — Mas ela não me larga o braço.

— Pela vida da tua família — insiste ela.

— Pela vida da minha família — repito. Presumo que a preocupação com a minha própria sobrevivência não seja suficientemente convincente. Ela solta-me e eu esfrego o pulso. — Porque achas que vou para lá, estúpida?

Isso fá-la sorrir um pouco. — Só precisava de o ouvir. — Ela leva o saquinho de agulhas de pinheiro ao nariz e fecha os olhos.

Os dias que se seguem passam num rodopio. Depois de um breve exercício de manhã, o meu pelotão vai para a carreira de tiro treinar o dia inteiro. Treino sobretudo com uma espingarda, mas eles reservam--nos uma hora por dia para armas especiais, o que significa que posso usar o meu arco do Mimo-gaio e o Gale o seu arco pesado e militarizado. O tridente que o Beetee concebeu para o Finnick tem várias características especiais, mas a mais espantosa é que depois de ser lançado o atirador pode premir um botão numa pulseira de metal e a arma volta para a sua mão.

Às vezes atiramos a bonecos de Soldados da Paz para ficarmos a conhecer os pontos fracos do seu equipamento de proteção. As fendas na armadura, por assim dizer. Se atingirmos carne, somos recompensados com um esguicho de sangue falso. Os nossos bonecos estão completamente tingidos de encarnado.

É animador perceber como é elevado o nível médio de pontaria do nosso grupo. Além do Finnick e do Gale, o pelotão inclui cinco soldados do 13. A Jackson, mulher de meia-idade e suplente do Boggs, parece um tanto mole, mas é capaz de acertar em coisas que nenhum de nós consegue ver sem uma mira. É presbita, diz ela. Há também as duas irmãs Leeg — chamamos-lhes Leeg 1 e Leeg 2 para não haver confusões — com vinte e tal anos e tão parecidas de uniforme que não consigo distingui-las até reparar que a Leeg 1 tem uns estranhos pontos amarelos nos olhos. Dois homens mais velhos, o Mitchell e o Homes, não falam muito, mas conseguem limpar-nos o pó das botas a uma distância de cinquenta metros. Vejo outros pelotões que são também bastante bons, mas só compreendo verdadeiramente a nossa posição na manhã em que o Plutarch se junta a nós.

— Pelotão Quatro-Cinco-Um, foram selecionados para uma missão especial — começa ele. Mordo o lábio, esperando que seja para assassinar o Snow. — Temos vários atiradores especiais, mas uma grande falta de equipas de filmagem. Por isso, escolhemos vocês os oito para serem o nosso «Pelotão Estrela». Serão os rostos televisivos da invasão.

A desilusão, o choque e depois a ira atravessam o grupo. — Está a dizer que não entraremos em combates reais? — protesta o Gale.

— Entrarão em combate, mas talvez nem sempre na linha da frente. Se é que existe uma linha da frente neste tipo de guerra — esclarece o Plutarch.

— Nenhum de nós quer isso. — A declaração do Finnick é acompanhada de um burburinho geral de assentimento, mas eu fico calada. — Vamos combater.

— Vão ser tão úteis ao esforço de guerra quanto possível — contrapõe o Plutarch. — E ficou decidido que serão mais úteis na televisão. Vejam só o efeito que a Katniss provocou envergando aquele fato do Mimo-gaio. Transformou completamente a revolta, para melhor. Já repararam que ela é a única que não se está a queixar? E porquê? Porque compreende o poder daquele ecrã.

Na verdade, a Katniss não se está a queixar porque não faz tenção de ficar no «Pelotão Estrela», mas reconhece a necessidade de chegar ao Capitólio antes de levar a cabo qualquer plano. No entanto, parecer demasiado complacente também pode levantar suspeitas.

— Mas não é tudo a fingir, pois não? — pergunto. — Isso seria um desperdício de talentos.

— Não te preocupes — tranquiliza-me o Plutarch. — Terás muitos alvos reais para atingir. Mas não te deixes apanhar. Já tenho problemas que cheguem sem ter de te substituir. Agora, sigam para o Capitólio e deem um bom espetáculo.

Na manhã da nossa partida, despeço-me da minha família. Não lhes expliquei como as defesas do Capitólio se parecem com as armas na arena, mas a minha partida para a guerra já por si é bastante terrível. A minha mãe abraça-me com força durante muito tempo. Sinto as lágrimas na sua face, algo que ela reprimiu quando eu fui escolhida para os Jogos. — Não se preocupe. Estarei perfeitamente segura. Nem sequer sou um soldado a sério. Apenas um dos fantoches televisivos do Plutarch — tranquilizo-a. A Prim acompanha-me até às portas do hospital. — Como te sentes? — Melhor, sabendo que estás num lugar longe do alcance do Snow — respondo.

— Da próxima vez que nos virmos, já estaremos livres dele — afirma a Prim, com convicção. Depois lança-me os braços ao pescoço. — Tem cuidado.

Penso em despedir-me do Peeta, mas decido que isso só prejudicaria os dois. No entanto, meto a pérola no bolso do uniforme. Uma lembrança do rapaz do pão.

Uma aeronave leva-nos para, imagine-se, o Distrito 12, onde foi estabelecida uma área de transporte provisória longe da linha de fogo. Desta vez não há comboios de luxo, mas um vagão de carga atulhado de soldados de uniforme cinzento-escuro, dormindo com as cabeças nas mochilas. Depois de dois dias de viagem, desembarcamos dentro de um dos túneis que conduzem ao Capitólio e fazemos o resto da viagem de seis horas a pé, com cuidado para pisar apenas numa linha de tinta verde incandescente que assinala o caminho seguro para o ar livre no topo da montanha.

Desembocamos no acampamento rebelde, uma extensão de dez quarteirões junto à estação de comboios onde eu e o Peeta fizemos as nossas chegadas anteriores. Já está cheia de soldados. Ao Pelotão 451 é atribuído um lugar para montar as suas tendas. Esta zona foi conquistada há mais de uma semana. Os rebeldes expulsaram os Soldados da Paz mas perderam centenas de vidas. As forças do Capitólio recuaram e reagruparam-se mais perto da cidade. Entre nós estão as ruas armadilhadas, vazias e convidativas. Todas terão de ser limpas de casulos antes de podermos avançar.

O Mitchell pergunta se não podemos ser bombardeados por aeronaves — sentimo-nos de facto muito expostos acampados ao ar livre —, mas o Boggs assegura-nos de que não há problema. A maior parte da frota aérea do Capitólio foi destruída no 2 ou durante a invasão. Se eles tiverem ainda algumas naves, estarão a poupá-las. Provavelmente para que o Snow e o seu séquito possam escapar para um *bunker* presidencial algures se for necessário. As nossas aeronaves foram recolhidas depois de os mísseis antiaéreos do Capitólio dizimarem as primeiras vagas. Esta guerra será resolvida nas ruas com, esperemos, apenas danos superficiais às infraestruturas e um mínimo de mortos e feridos. Os rebeldes querem o Capitólio, precisamente como o Capitólio queria o 13.

Passados três dias, grande parte do Pelotão 451 arrisca-se a desertar devido ao tédio. A Cressida e a sua equipa filmam-nos a disparar. Somos informados de que fazemos parte de uma equipa de desinformação. Se os rebeldes atingirem apenas os casulos do Plutarch, o Capitólio levará dois minutos a perceber que temos a holografia. Então passamos grande parte do tempo a destruir coisas sem importância, para tentar despistá-los. A maior parte das vezes estilhaçamos apenas os exteriores dos edifícios de cores vivas, aumentando as pilhas de vidro colorido nas ruas. Suponho que estejam a intercalar essas imagens com a destruição de alvos importantes no Capitólio. De vez em quando, parece que são de facto precisos os serviços de um atirador especial. Levantam-se oito mãos, mas eu, o Gale e o Finnick nunca somos escolhidos.

— A culpa é tua, por seres tão telegénico — acuso o Gale. Se o olhar matasse...

Na minha opinião, eles não sabem bem o que fazer com nós os três, sobretudo comigo. Tenho o fato do Mimo-gaio comigo, mas só fui filmada de uniforme. Às vezes uso a espingarda, outras pedem-me para disparar com o arco e flechas. Parece que não querem perder completamente o Mimo-gaio, mas ao mesmo tempo querem reduzir o meu papel a um simples soldado de infantaria. Como isso não me importa, acho mais divertido do que preocupante imaginar as discussões que têm lugar no 13.

Enquanto por fora exprimo a minha insatisfação com a nossa falta de participação efetiva, por dentro ocupo-me a traçar o meu plano. Todos nós recebemos um mapa de papel do Capitólio. A cidade forma um quadrado quase perfeito. Há linhas a dividir o mapa em quadrados mais pequenos, com letras em cima e números ao lado para formar uma grelha. Estudo o mapa, memorizando cada cruzamento e rua lateral, mas isso não chega. Os comandantes aqui estão a trabalhar com a holografia do Plutarch. Têm todos uma engenhoca portátil chamada Holo que produz imagens como as que vi no Comando. Podem fazer um *zoom* sobre qualquer zona da grelha e ver que casulos os aguardam. O Holo é uma unidade independente, um mapa otimizado, por assim dizer, já que não pode nem enviar nem receber sinais. Mas é muito superior à minha versão em papel.

Um Holo é ativado pela voz de um determinado comandante que lhe dá o seu nome. Uma vez em funcionamento, responde às outras vozes no pelotão. Se, por exemplo, o Boggs morrer ou ficar gravemente incapacitado, alguém podia substituí-lo. Se alguém no pelotão repetir «camarinha» três vezes de seguida, o Holo explode, mandando tudo pelos ares num raio de cinco metros. Isto por razões de segurança no caso de ser capturado pelo inimigo. Parte-se do princípio de que todos nós faríamos isso sem hesitar.

Portanto, o que eu preciso de fazer é roubar o Holo ativado do Boggs e desaparecer antes que ele dê pela sua falta. Acho que seria mais fácil roubar-lhe os dentes.

Ao quarto dia, a soldado Leeg 2 colide com um casulo mal assinalado. Este não liberta um enxame de mosquitos mutantes, para os quais os rebeldes estão preparados, mas dispara uma chuva de dardos de metal. Um deles espeta-se no cérebro da Leeg 2. Ela morre antes de os paramédicos chegarem. O Plutarch promete uma substituição rápida.

Na noite seguinte, chega o membro mais novo do nosso pelotão. Sem algemas. Nem guardas. Saindo calmamente da estação de comboios com uma espingarda ao ombro. Segue-se o espanto, a confusão, a resistência, mas o *451* vem estampado nas costas da mão do Peeta em tinta fresca. O Boggs tira-lhe a espingarda e vai fazer um telefonema.

— Não fará qualquer diferença — assegura-nos o Peeta. — Foi a própria presidente que me nomeou. Ela decidiu que os *propos* precisavam de um pouco mais de animação.

Talvez precisem. Mas se a Coin enviou o Peeta para aqui, decidiu também outra coisa. Que eu lhe serei mais útil morta do que viva.

PARTE TRÊS

A ASSASSINA

19

Nunca tinha visto o Boggs verdadeiramente zangado. Nem quando desobedeci às suas ordens ou vomitei para cima dele, nem sequer quando o Gale lhe partiu o nariz. Mas está furioso quando volta do seu telefonema à presidente. A primeira coisa que faz é dar instruções à soldado Jackson, a sua suplente, para organizar uma vigia permanente de duas pessoas ao Peeta. Depois leva-me para um passeio, serpenteando pelo vasto acampamento de tendas até o nosso pelotão ficar bem longe.

— Ele tentará matar-me de qualquer maneira — afirmo. — Sobretudo aqui. Onde há tantas más recordações para o provocar.

— Eu vou trazê-lo debaixo de olho, Katniss — promete o Boggs.

— Porque é que a Coin me quer ver morta agora? — pergunto.

— Ela nega que o queira — responde ele.

— Mas nós sabemos que é verdade — insisto. — E tu deves pelo menos ter uma teoria.

O Boggs lança-me um olhar prolongado e intenso antes de responder.

— Vou contar-te tudo o que sei. A presidente não gosta de ti. Nunca gostou. Queria resgatar o Peeta da arena, mas mais ninguém concordou. As coisas pioraram quando a obrigaste a conceder imunidade aos outros vencedores. Mas até isso ela poderia deixar passar, devido ao teu bom desempenho.

— Então o que é? — insisto.

— Num futuro próximo, esta guerra chegará ao fim. Será escolhido um novo líder — aventa o Boggs.

Reviro os olhos. — Boggs, ninguém acha que vou ser a líder.

— Não. Não acham — concorda ele. — Mas vais apoiar alguém. Será a presidente Coin? Ou outra pessoa?

— Não sei. Nunca pensei nisso — confesso.

— Se a tua resposta imediata não é a Coin, então constituis uma ameaça. És o rosto da rebelião. És capaz de ter mais influência do que qualquer outra pessoa — explica o Boggs. — Publicamente, o máximo que alguma vez fizeste foi tolerá-la.

— E então ela vai matar-me para me calar. — Assim que profiro as palavras, sei que são verdadeiras.

— Ela já não precisa de ti para reunir as hostes. Como ela própria disse, o teu objetivo principal, unir os distritos, foi alcançado — lembra--me o Boggs. — Estes *propos* agora podiam ser feitos sem ti. Há apenas uma última coisa que poderias fazer para incendiar ainda mais a rebelião.

— Morrer — murmuro.

— Sim. Dar-nos uma mártir por quem lutar — confirma o Boggs. — Mas isso não vai acontecer na minha vigia, soldado Everdeen. Quero que tenhas uma longa vida.

— Porquê? — Essa maneira de pensar só lhe trará problemas. — Não me deves nada.

— Porque o mereceste — responde ele. — Agora volta para o teu pelotão.

Sei que devia sentir-me grata ao Boggs por me defender, mas na realidade sinto-me apenas frustrada. Quero dizer, como posso roubar-lhe o Holo e desertar agora? Traí-lo já era bastante complicado sem esta nova dívida. Já lhe estou a dever por me ter salvo a vida.

Quando volto para o acampamento vejo a causa do meu presente dilema montando calmamente a sua tenda. Isso deixa-me ainda mais furiosa. — A que horas é o meu turno? — pergunto à Jackson.

Ela semicerra os olhos e olha-me desconfiada, ou talvez esteja apenas a tentar focar o meu rosto. — Não te incluí na vigia.

— Porque não? — pergunto.

— Não sei se serias mesmo capaz de matar o Peeta se fosse preciso — responde ela.

Levanto a voz para que o pelotão inteiro possa ouvir-me. — Não estaria a matar o Peeta. Ele já morreu. A Johanna tem razão. Seria a mesma coisa que matar um dos mutes do Capitólio. — Sabe bem dizer algo horrível sobre o Peeta, em voz alta, em público, depois de toda a humilhação que tenho sentido desde o seu regresso.

— Bem, esse tipo de comentário também não te ajuda — retruca a Jackson.

— Coloca-a na vigia — oiço o Boggs dizer atrás de mim.

A Jackson abana a cabeça e toma nota. — Da meia-noite às quatro. Ficas comigo.

Quando soa o apito para o jantar, eu e o Gale pomo-nos em fila na cantina. — Queres que o mate? — pergunta ele, sem rodeios.

190

— Voltávamos os dois para o Treze, com toda a certeza — respondo. Mas, apesar de estar furiosa, a brutalidade da oferta desconcerta-me. — Eu sei lidar com ele.

— Até decidires partir, queres dizer. Tu e o teu mapa e talvez um Holo se conseguisses arranjar um. — Então os meus preparativos não passaram despercebidos ao Gale. Espero que não tenham sido tão óbvios para os outros. Mas nenhum deles conhece a minha mente como ele. — Não estás a planear deixar-me ficar, pois não? — pergunta.

Até este momento, estava. Mas levar o meu parceiro de caça para me proteger não parece má ideia. — Como tua colega, o meu conselho é que permaneças com o teu pelotão. Mas não posso impedir-te de vir, pois não?

Ele sorri. — Não. A não ser que queiras que avise o resto do exército.

O Pelotão 451 e a equipa de televisão vão buscar o jantar à cantina e reúnem-se num círculo para comer debaixo de alguma tensão nervosa. A princípio julgo que o Peeta é a causa do mal-estar, mas, no fim da refeição, percebo que vários olhares hostis foram lançados na minha direção. Parece-me uma reviravolta rápida, porque tenho a certeza de que quando o Peeta apareceu toda a equipa se mostrou receosa de que ele pudesse ser perigoso, sobretudo para mim. No entanto, só depois de receber um telefonema do Haymitch é que percebo.

— Que estás a tentar fazer? Provocar um ataque da parte dele? — pergunta-me o Haymitch.

— Claro que não. Só quero que ele me deixe em paz — respondo.

— Pois bem, ele não pode deixar-te em paz. Não depois do que o Capitólio lhe fez — explica o Haymitch. — Escuta, a Coin pode tê-lo mandado para aí na esperança de que ele te matasse, mas o Peeta não sabe isso. Ele não compreende o que lhe aconteceu. Portanto não o podes culpar...

— Não culpo! — protesto.

— Culpas sim! Estás a castigá-lo repetidamente por coisas sobre as quais ele não tem qualquer controlo. Agora, não estou a dizer que não devias ter uma arma carregada ao teu lado a tempo inteiro. Mas acho que já está na hora de inverteres este pequeno cenário na tua cabeça. Se tivesses sido capturada pelo Capitólio, e sequestrada, e depois tentado matar o Peeta, seria assim que ele estaria a tratar-te? — pergunta o Haymitch.

Fico sem palavras. Não seria. Não seria assim que ele me estaria a tratar, de modo nenhum. Estaria a tentar reconquistar-me a qualquer preço. Não a afastar-me, abandonando-me, falando-me com hostilidade em cada momento.

— Eu e tu, fizemos um acordo para tentar salvá-lo. Lembras-te? — acrescenta o Haymitch. Quando eu não respondo, ele desliga o telefone depois de um curto «Tenta lembrar-te».

O dia de outono passa de estimulante a frio. A maior parte do pelotão aconchega-se nos seus sacos-cama. Alguns dormem a céu aberto, perto do aquecedor no centro do acampamento, enquanto outros recolhem às suas tendas. A Leeg 1 consegue finalmente chorar a morte da irmã e os seus soluços abafados chegam-nos através da lona. Encolho-me na minha tenda, meditando sobre as palavras do Haymitch. Percebendo com vergonha que a minha obsessão em assassinar o Snow me levou a menosprezar um problema muito mais difícil. Tentar salvar o Peeta do mundo sombrio em que o sequestro o isolou. Não sei como encontrá-lo, nem como resgatá-lo. Nem sequer consigo conceber um plano. Em comparação, a tarefa de atravessar uma arena armadilhada, localizar o Snow e meter-lhe uma bala na cabeça parece uma brincadeira de crianças.

À meia-noite rastejo para fora da minha tenda e sento-me num banco portátil perto do aquecedor para montar guarda com a Jackson. O Boggs mandou o Peeta dormir ao relento onde toda a gente o pudesse ver. Mas ele não está a dormir. Está sentado com a mochila encostada ao peito, tentando desajeitadamente dar nós numa curta extensão de corda. Conheço-a bem. É a que o Finnick me emprestou naquela noite no abrigo. Agora, quando a vejo, parece que o Finnick está a repetir o que o Haymitch acabou de dizer, que abandonei o Peeta. E este talvez seja o momento certo para começar a remediar isso. Se conseguisse pensar em alguma coisa para dizer. Mas não consigo. Por isso não o faço. Deixo apenas os ruídos da respiração dos soldados preencher a noite.

Após cerca de uma hora, o Peeta começa a falar. — Estes últimos dois anos devem ter sido cansativos para ti. A tentar decidir se devias ou não matar-te. Sim ou não. Sim ou não.

Isso parece-se extremamente injusto e o meu primeiro impulso é responder com algo mordaz. Mas lembro-me da minha conversa com o Haymitch e tento dar o primeiro passo em direção ao Peeta. — Nunca quis matar-te. Exceto quando julgava que estavas a ajudar os Profissionais a matar-me. Depois disso, sempre te considerei... um aliado. — É uma palavra segura. Sem qualquer obrigação emocional e inofensiva.

— Aliado. — O Peeta repete a palavra devagar, saboreando-a. — Amiga. Amante. Vencedora. Inimiga. Noiva. Alvo. Mute. Vizinha. Caçadora. Tributo. Aliada. Vou acrescentá-la à lista de palavras que uso para tentar compreender-te. — Ele entrelaça a corda nos dedos. — O problema é que já não consigo distinguir o que é verdadeiro do que é inventado.

A cessação de respiração rítmica indica ou que as pessoas acordaram ou que na verdade nunca estiveram a dormir. Inclino-me mais para esta última hipótese.

A voz do Finnick surge de um volume nas sombras. — Então devias perguntar, Peeta. É o que faz a Annie.

— Perguntar a quem? — indaga o Peeta. — Em quem posso confiar?

— Bem, em nós, para começar. Estás no nosso pelotão — responde a Jackson.

— Vocês são os meus guardas — esclarece o Peeta.

— Também — anui ela. — Mas salvaste muitas vidas no Treze. Isso não é coisa que se esqueça.

No silêncio que se segue, tento imaginar não ser capaz de distinguir a ilusão da realidade. Não saber se a Prim e a minha mãe me amaram. Se o Snow era meu inimigo. Se a pessoa do outro lado do aquecedor me salvou ou sacrificou a vida. Com pouco esforço, a minha vida transforma-se rapidamente num pesadelo. De repente, quero contar ao Peeta tudo acerca de quem ele é, e quem eu sou, e como fomos ali parar. Mas não sei como começar. Inútil. Sou uma inútil.

Alguns minutos antes das quatro horas, o Peeta volta-se de novo para mim. — A tua cor preferida é... o verde?

— Sim. — Depois penso em algo mais que possa acrescentar. — E a tua é o cor de laranja.

— Cor de laranja? — Ele não parece convencido.

— Não o cor de laranja vivo. Mas suave. Como o pôr do Sol — explico. — Pelo menos foi isso que me disseste um dia.

— Ah. — Ele fecha os olhos por um instante, talvez tentando evocar um pôr do Sol, depois acena com a cabeça. — Obrigado.

De repente, saem-me mais palavras. — És pintor. És padeiro. Gostas de dormir com as janelas abertas. Nunca pões açúcar no chá. E dás sempre dois nós nos atacadores dos sapatos.

Depois entro rapidamente na minha tenda antes que faça alguma coisa estúpida como chorar.

De manhã, eu, o Gale e o Finnick saímos para disparar contra os vidros dos edifícios para a equipa de filmagens. Quando voltamos para o acampamento, o Peeta está sentado num círculo com os soldados do 13, que estão armados mas a conversar abertamente com ele. A Jackson inventou um jogo chamado «Verdade ou Mentira» para ajudar o Peeta. Ele fala de qualquer coisa que acha que aconteceu e eles dizem-lhe se é verdadeira ou imaginada, acrescentando normalmente uma breve explicação.

— A maior parte das pessoas do Doze morreu no incêndio.

— Verdade. Menos de novecentos chegaram com vida ao Treze.

— O incêndio foi culpa minha.

— Mentira. O presidente Snow destruiu o Doze da mesma maneira que destruiu o Treze, para mandar um recado aos rebeldes.

O jogo parece-me uma boa ideia, até perceber que serei a única pessoa capaz de confirmar ou negar a maior parte das coisas que o atormentam. A Jackson divide-nos em vigias. Eu, o Finnick e o Gale somos todos emparceirados com um soldado do 13. Assim o Peeta terá sempre acesso a alguém que o conhece melhor. Não é uma conversa regular. O Peeta passa muito tempo a esmiuçar mesmo pequenas informações, como o local onde as pessoas compravam o sabão no 12. O Gale informa-o sobre muitas coisas no 12; o Finnick é o especialista nos dois Jogos do Peeta, porque foi mentor no primeiro e tributo no segundo. Mas como a maior confusão do Peeta revolve à volta da minha pessoa — e nem tudo pode ser explicado de forma simples —, as nossas conversas são difíceis e tensas, apesar de abordarmos apenas os pormenores mais superficiais. A cor do meu vestido no 7. A minha predileção por pãezinhos de queijo. O nome da nossa professora de Matemática quando éramos pequenos. A reconstrução das memórias que ele tem de mim é um processo doloroso. Talvez nem seja possível, depois do que o Snow lhe fez. Mas parece-me justo ajudá-lo a tentar.

Na tarde seguinte, somos informados de que todo o pelotão é necessário para encenar um *propo* bastante complicado. O Peeta tinha razão numa coisa: a Coin e o Plutarch não estão satisfeitos com a qualidade das imagens que têm recebido do «Pelotão Estrela». Muito apagadas. Pouco inspiradoras. A resposta óbvia é que eles nunca nos deixam fazer nada senão representar com as nossas espingardas. Contudo, o que interessa não é defender-nos mas produzirmos algo que eles possam aproveitar. Por isso hoje foi escolhido um quarteirão especial para as filmagens. Até tem dois casulos ativos. Um deles solta uma saraivada de tiros. O outro apanha o invasor numa rede, para interrogatório ou execução, consoante a preferência do captor. Mas continuamos num quarteirão residencial pouco importante, sem grandes consequências estratégicas.

A equipa de filmagens quer transmitir uma sensação de maior perigo libertando bombas de fumo e acrescentando efeitos sonoros, com mais tiros. Envergamos pesadas vestes protetoras, até mesmo a equipa, como se nos dirigíssemos para o centro dos combates. Os que têm armas especiais são autorizados a trazê-las juntamente com as espingardas. O Boggs devolve também ao Peeta a sua espingarda, mas faz questão de dizer em voz alta, para que todos oiçam, que ela está carregada apenas com cartuchos sem balas.

O Peeta apenas encolhe os ombros. — Não sou grande atirador, de qualquer maneira. — Ele parece absorto em observar o Pollux, ao ponto de se tornar importuno, quando finalmente descobre o que procura e começa a falar com grande agitação. — És um Avox, não és? Percebo pela maneira como engoles. Havia dois Avoxes comigo na prisão.

O Darius e a Lavinia, mas os guardas chamavam-lhes os ruivos. Tinham sido nossos criados no Centro de Treino, por isso decidiram também prendê-los. Vi-os serem torturados até à morte. Ela teve sorte. Usaram voltagem a mais e o coração dela parou logo. Mas levaram dias a acabar com ele. Espancando-o, cortando-lhe partes. Estavam sempre a fazer-lhe perguntas, mas ele não conseguia falar, fazia apenas aqueles ruídos horríveis. Eles não queriam informações, percebem? Queriam que eu visse.

O Peeta olha em volta para os nossos rostos aturdidos, como se estivesse à espera de uma resposta. Quando ninguém fala, ele pergunta: — Verdade ou mentira? — A falta de resposta deixa-o mais irritado. — Verdade ou mentira? — insiste.

— Verdade — responde o Boggs. — Pelo menos, tanto quanto sei... verdade.

O Peeta descontrai-se. — Bem me parecia. Não há nada... brilhante nessa recordação. — Ele afasta-se do grupo, murmurando qualquer coisa sobre dedos das mãos e dos pés.

Aproximo-me do Gale, encosto a testa à armadura no peito dele e sinto o seu braço a apertar-me. Finalmente ficamos a saber o nome da rapariga que vimos o Capitólio raptar do bosque do 12, o destino do Soldado da Paz nosso amigo que tentou poupar a vida do Gale. Não é o momento para evocar memórias felizes. Eles perderam a vida por minha causa. Acrescento-os à minha lista pessoal de matanças, que começou na arena e agora inclui milhares. Quando levanto os olhos, percebo que o acontecimento afetou o Gale de modo diferente. A expressão dele diz que não existem montanhas suficientes para esmagar, cidades suficientes para destruir. Promete a morte.

Com o relato macabro do Peeta ainda fresco na cabeça, atravessamos as ruas de vidros partidos até alcançarmos o nosso alvo, o quarteirão que devemos tomar. É um objetivo real a atingir, apesar de pequeno. Reunimo-nos à volta do Boggs para examinar a projeção holográfica da rua. O casulo dos tiros situa-se a cerca de um terço do caminho, mesmo por cima do toldo de um apartamento. Devíamos ser capazes de o ativar com balas. O casulo da rede fica ao fundo, quase na esquina seguinte. Isso exigirá alguém para fazer disparar o mecanismo do sensor corporal. Toda a gente se oferece exceto o Peeta, que parece não perceber exatamente o que se está a passar. Não sou escolhida. Mandam-me para o Messalla, que me aplica alguma maquilhagem na cara para os possíveis grandes planos.

O pelotão assume as suas posições sob as ordens do Boggs e depois temos de esperar que a Cressida posicione também os operadores de câmara. Estão ambos à nossa esquerda, com o Castor à frente e o Pollux na retaguarda, para não se filmarem um ao outro. O Messalla lança duas

bombas de fumo para criar o ambiente. Como isto é ao mesmo tempo uma missão e uma filmagem, estou prestes a perguntar quem manda, o meu comandante ou a minha realizadora, quando a Cressida grita:
— Ação!

Avançamos lentamente pela rua nebulosa, exatamente como num dos nossos exercícios no Quarteirão. Toda a gente tem pelo menos uma porção de janelas para estilhaçar, mas ao Gale cabe o verdadeiro alvo. Quando ele acerta no casulo, nós abrigamo-nos — escondendo-nos nas portas dos prédios ou deitando-nos nas bonitas lajes cor de laranja e rosa do passeio. Uma saraivada de balas passa por cima das nossas cabeças. Passado um bocado, o Boggs manda-nos avançar.

A Cressida detém-nos antes de nos podermos levantar, porque precisa de alguns grandes planos. Revezamo-nos a representar as nossas reações. Caindo para o chão, fazendo caretas, atirando-nos para recantos. Sabemos que aquilo devia ser um trabalho sério, mas parece-nos tudo um tanto ridículo. Sobretudo quando descobrimos que eu não sou o pior ator do pelotão. Nem por sombras. Estamos todos a rir-nos tanto com o esforço do Mitchell para transmitir a sua ideia de desespero, que implica ranger os dentes e dilatar as narinas, que o Boggs tem de nos repreender.

— Controlem-se, Quatro-Cinco-Um — diz ele, com firmeza. Mas consigo vê-lo a reprimir um sorriso enquanto estuda o casulo seguinte, posicionando o Holo para encontrar a melhor luz no ar cheio de fumo. Ainda de frente para nós quando o seu pé esquerdo recua para a laje cor de laranja. Ativando a bomba que lhe despedaça as pernas.

20

É como se num instante um vitral se estilhaçasse, revelando o mundo feio por trás. Risos transformam-se em gritos, manchas de sangue tingem as pedras, fumo verdadeiro ofusca os efeitos especiais para a televisão. Uma segunda explosão parece rasgar o ar e deixa-me um zumbido nos ouvidos. Mas não consigo perceber de onde veio.

Sou a primeira a chegar ao Boggs, tentando fazer algum sentido da carne lacerada, membros amputados, e encontrar alguma coisa para estancar o jorro vermelho do seu corpo. O Homes empurra-me para o lado, abrindo um *kit* de primeiros socorros. O Boggs agarra-me o punho. O seu rosto, cinzento de morte e fumo, parece estar a retroceder. Mas as suas palavras são uma ordem. — O Holo.

O Holo. Tateio o chão, atabalhoadamente, remexendo em bocados de lajes escorregadias e ensanguentadas, arrepiando-me quando toco em bocados de carne quente. Encontro-o entalado na caixa de uma escada com uma das botas do Boggs. Apanho-o, limpando-o com as mãos nuas e devolvendo-o ao meu comandante.

O Homes envolve o coto da coxa esquerda do Boggs com uma espécie de compressa, mas esta já está completamente encharcada. Depois tenta aplicar um torniquete à outra perna por cima do joelho. O resto do pelotão reuniu-se numa formação protetora à nossa volta e à volta da equipa de filmagem. O Finnick está a tentar reanimar o Messalla, que foi lançado contra uma parede pela explosão. A Jackson está a berrar para um *walkie-talkie* de campanha, tentando sem êxito avisar o acampamento para enviar pessoal médico, mas eu sei que é tarde demais. Quando era criança, vendo a minha mãe trabalhar, aprendi que, quando uma poça de sangue atinge um determinado tamanho, já não há nada a fazer.

Ajoelho-me ao lado do Boggs, pronta para repetir o papel que desempenhei com a Rue, com o morfelinómano do 6, dando-lhe uma mão para agarrar enquanto se despede da vida. Mas o Boggs tem as duas mãos no Holo. Está a teclar uma ordem, premindo o polegar no ecrã para a identificação de impressões digitais, ditando uma sequência de letras e números em resposta a um sinal. Um raio de luz verde irrompe do Holo e ilumina-lhe a cara. Ele diz: — Inapto para comando. Transferência de habilitação de segurança principal para Soldado do Pelotão Quatro--Cinco-Um Katniss Everdeen. — Depois esforça-se por voltar o Holo para a minha cara. — Diz o teu nome.

— Katniss Everdeen — digo para o raio verde. Subitamente, fico presa na sua luz. Não consigo mexer-me nem sequer pestanejar. Vejo uma série de imagens passando rapidamente à minha frente. A sondar--me? A registar-me? A cegar-me? Desaparece de repente e eu abano a cabeça para voltar a concentrar-me. — Que fizeste?

— Preparar para retirar! — grita a Jackson.

O Finnick está a gritar qualquer coisa, apontando para a ponta do quarteirão por onde entrámos. Uma substância preta e oleosa jorra como um géiser da rua, erguendo-se em ondas entre os edifícios, criando uma parede impenetrável de escuridão. Não parece nem líquido nem gás, nem mecânico nem natural, mas é com certeza letal. Não podemos voltar para onde entrámos.

Segue-se um ruído ensurdecer quando o Gale e a Leeg 1 começam a abrir a tiro um caminho por entre as lajes em direção ao lado oposto do quarteirão. Não sei o que eles estão a fazer até outra bomba, a dez metros de distância, explodir, abrindo um buraco na rua. Então percebo que é uma tentativa rudimentar de desminar o terreno. Eu e o Homes agarramos no Boggs e começamos a arrastá-lo atrás do Gale. O Boggs entra em agonia e está a gritar de dor e eu quero parar, para arranjar outra maneira, mas a matéria preta ergue-se sobre os edifícios, enfunando-se, rebolando na nossa direção como uma onda.

Sou puxada bruscamente para trás, largo o Boggs e caio no pavimento. O Peeta está de pé a olhar para mim, passado, demente, regredindo para o país dos sequestrados, erguendo a espingarda por cima de mim, baixando-a para me esmagar o crânio. Rebolo pelo chão, oiço a coronha bater na rua, vislumbro a queda dos corpos pelo canto do olho quando o Mitchell se atira ao Peeta e o imobiliza no chão. Mas o Peeta, sempre tão forte e agora instigado pela demência das vespas-batedoras, coloca os pés debaixo da barriga do Mitchell e lança-o para longe.

Ouve-se o estalo ruidoso de uma armadilha quando o casulo é ativado. Quatro cabos, ligados aos edifícios, irrompem pelas lajes, levantando a rede que envolve o Mitchell. Não faz sentido — o modo como ele fica imediatamente ensanguentado — até vermos as farpas do arame que o envolve. Reconheço-o imediatamente. Decorava o topo da vedação em redor do 12. Quando lhe grito para não se mexer, engasgo-me com o cheiro da matéria preta e espessa, como alcatrão. A onda formou a sua crista e começou a cair.

O Gale e a Leeg 1 arrombam a tiro a fechadura da porta da frente do edifício na esquina, depois começam a disparar contra os cabos que sustêm a rede do Mitchell. Outros estão a segurar o Peeta agora. Corro para o Boggs, e eu e o Homes arrastamo-lo para dentro do apartamento, através de uma sala de estar de veludo cor-de-rosa e branco, por um corredor decorado de fotografias de família e para o chão de mármore de uma cozinha, onde nos deixamos cair. O Castor e o Pollux trazem para dentro o Peeta, que se contorce para se libertar. A Jackson consegue algemá-lo, mas isso deixa-o mais furioso e eles são obrigados a fechá-lo num armário.

Na sala de estar, a porta da frente bate com força. Ouvem-se gritos. Depois passos pesados e rápidos pelo corredor enquanto a onda preta rebenta com estrondo ao lado do edifício. Na cozinha, ouvimos as janelas ranger, estilhaçar. O cheiro tóxico a alcatrão invade o ar. O Finnick entra com o Messalla ao ombro. A Leeg 1 e a Cressida entram aos tropeções atrás deles, tossindo.

— Gale! — grito.

Ele aparece, batendo com a porta da cozinha, engasgando-se e gritando: — Gases! — O Castor e o Pollux agarram em toalhas e aventais para tapar as fendas enquanto o Gale vomita para dentro de um lava-loiça amarelo-vivo.

— O Mitchell? — pergunta o Homes. A Leeg 1 abana a cabeça.

O Boggs mete o Holo à força na minha mão. Mexe os lábios, mas não consigo perceber o que ele está a dizer. Encosto o ouvido à boca dele para captar o seu murmúrio rouco. — Não confies neles. Não voltes. Mata o Peeta. Faz o que vieste fazer.

Afasto-me para poder ver-lhe o rosto. — O quê? Boggs? Boggs? — Os olhos dele continuam abertos, mas mortos. Metido na minha mão, colado a ela pelo sangue do Boggs, está o Holo.

Os pés do Peeta batendo na porta do armário interrompem a respiração ofegante dos outros. Mas, enquanto o ouvimos, a sua energia parece esmorecer. Os pontapés diminuem para um tamborilar inconstante. Depois cessam. Pergunto-me se também ele estará morto.

— Foi-se? — pergunta o Finnick, olhando para o Boggs. Aceno que sim com a cabeça. — Temos de sair daqui. Agora. Acabámos de ativar uma rua inteira de casulos. E provavelmente seguiram os nossos movimentos através das câmaras de vigilância.

— Com toda a certeza — afirma o Castor. — Todas as ruas têm câmaras de vigilância. Aposto que ativaram a onda preta manualmente quando nos viram a filmar o *propo*.

— Os nossos *walkie-talkies* deixaram de funcionar logo a seguir. Deve ter sido algum dispositivo de impulsos eletromagnéticos. Mas conseguimos voltar para o acampamento. Dá-me o Holo. — A Jackson estende a mão para pegar no aparelho mas eu agarro-o contra o peito.

— Não. O Boggs deu-mo — protesto.

— Não sejas ridícula — repreende ela. Claro, pensa que o Holo lhe pertence. Ela é a suplente.

— É verdade — confirma o Homes. — Ele transferiu-lhe a habilitação de segurança principal quando estava a morrer. Eu vi-o.

— Porque faria ele isso? — pergunta a Jackson.

Porquê, realmente? A minha cabeça continua a rodopiar com os acontecimentos horrendos dos últimos cinco minutos — o Boggs mutilado, morrendo, morto, a fúria homicida do Peeta, o Mitchell cheio de sangue na rede, engolido por aquela asquerosa onda preta. Volto-me para o Boggs, precisando mais do que nunca de que ele estivesse vivo. Subitamente convicta de que ele, e talvez apenas ele, estava inteiramente do meu lado. Penso nas suas últimas palavras.

«*Não confies neles. Não voltes. Mata o Peeta. Faz o que vieste fazer.*»

Que quis ele dizer? Não confiar em quem? Nos rebeldes? Na Coin? Nas pessoas a olhar para mim neste preciso momento? Eu não vou voltar, mas ele devia saber que não consigo simplesmente enfiar uma bala pela cabeça do Peeta. Consigo? Devo fazê-lo? Teria o Boggs adivinhado que a minha verdadeira intenção era desertar e matar o Snow sozinha?

Não consigo resolver tudo isso agora, portanto decido cumprir apenas as duas primeiras ordens: não confiar em ninguém e avançar para o Capitólio. Mas como poderei justificar isso? Como poderei convencê-los a deixar-me ficar com o Holo?

— Porque estou numa missão especial para a presidente Coin. Acho que o Boggs era o único que sabia.

Isto não parece convencer a Jackson. — Para fazer o quê?

Porque não dizer-lhes a verdade? É tão plausível como qualquer outra coisa que possa inventar. Mas tem de parecer uma verdadeira missão, não uma vingança. — Assassinar o presidente Snow antes que as baixas nesta guerra tornem a nossa população insustentável.

— Não acredito em ti — declara a Jackson. — Como tua comandante neste momento, ordeno-te que transfiras a habilitação de segurança principal para mim.

— Não — insisto. — Isso seria desobedecer diretamente às ordens da presidente Coin.

Eles apontam as espingardas. Metade do pelotão contra a Jackson, metade contra mim. Alguém está prestes a morrer quando a Cressida resolve falar. — É verdade. É por isso que estamos aqui. O Plutarch quer que a missão seja televisionada. Acha que, se conseguirmos filmar o Mimo-gaio a assassinar o Snow, a guerra terminará mais depressa.

Isso faz hesitar até a Jackson. Depois ela aponta com a espingarda para o armário. — E porque está ele aqui?

Boa pergunta. Não consigo pensar numa razão sensata para que a Coin enviasse um rapaz desequilibrado, programado para me matar, numa missão tão importante. Isso prejudica realmente a minha história. A Cressida surge de novo em meu auxílio. — Porque as duas entrevistas com o Caesar Flickerman depois dos Jogos foram filmadas nos aposentos particulares do presidente Snow. O Plutarch acha que o Peeta pode servir-nos de guia num local que não conhecemos.

Quero perguntar à Cressida porque está a mentir por mim, porque está a lutar para que continuemos com a minha missão autonomeada. Mas este não é o momento.

— Temos de ir! — exclama o Gale. — Eu vou com a Katniss. Se não quiserem vir, regressem ao acampamento. Mas vamos sair daqui!

O Homes abre o armário e levanta o Peeta, ainda inconsciente, para cima do ombro. — Pronto.

— O Boggs? — pergunta a Leeg 1.

— Não podemos levá-lo. Ele iria compreender — afirma o Finnick, soltando a espingarda do ombro do Boggs e pendurando-a no seu. — Indica-nos o caminho, soldado Everdeen.

Não sei indicar-lhes o caminho. Olho para o Holo para me orientar. Continua ativado, mas tanto quanto sei podia estar desligado. Não há tempo para brincar com os botões, para tentar perceber como funciona.

— Não sei usar isto. O Boggs disse que me ajudarias — informo a Jackson. — Disse que eu podia contar contigo.

A Jackson franze o sobrolho, arranca-me o Holo das mãos e introduz um comando. Aparece um cruzamento. — Se sairmos pela porta da cozinha, há um pequeno pátio, depois as traseiras de outro apartamento de esquina. Isto é uma visão geral de quatro ruas que desembocam num cruzamento.

Tento orientar-me olhando para a secção do mapa com casulos cintilando em todas as direções. E esses são apenas os casulos que o Plutarch conhece. O Holo não indicou que o quarteirão que acabámos de deixar estava minado, que tinha o géiser preto, nem que a rede era feita de arame farpado. Além disso, poderemos ter de enfrentar Soldados da Paz, agora que eles conhecem a nossa posição. Mordo o interior do lábio, sentindo o olhar de toda a gente sobre mim. — Ponham as vossas máscaras. Vamos sair por onde entrámos.

Objeções imediatas. Levanto a voz. — Se a onda foi assim tão poderosa, então é possível que tenha ativado e neutralizado outros casulos no nosso caminho.

Eles param para pensar nisso. O Pollux faz alguns sinais rápidos ao irmão. — Pode também ter inutilizado as câmaras — traduz o Castor. — Cobrindo as lentes.

O Gale apoia uma bota em cima da bancada e examina os salpicos de matéria preta na biqueira. Raspa-os com uma faca de cozinha que tira de um bloco de madeira na bancada. — Não é corrosivo. Penso que a intenção era sufocar-nos ou envenenar-nos.

— Talvez seja a nossa melhor hipótese — alvitra a Leeg 1.

Pomos as máscaras. O Finnick ajusta uma máscara sobre o rosto sem vida do Peeta. A Cressida e a Leeg ajudam o Messalla, ainda um pouco zonzo, a caminhar.

Estou à espera de que alguém assuma a dianteira quando me lembro de que agora isso me compete. Empurro a porta da cozinha e não encontro resistência. Uma camada de um centímetro da substância preta e pegajosa estende-se da sala de estar até quase três quartos do corredor. Quando a experimento cautelosamente com a biqueira da bota, vejo que tem a consistência de um gel. Levanto o pé e depois de esticar ligeiramente o gel este solta-se e volta ao lugar. Avanço três passos e olho para trás. Não há pegadas. É a primeira coisa boa que aconteceu hoje. O gel torna-se um pouco mais espesso quando atravesso a sala de estar. Abro lentamente a porta da frente, esperando uma enxurrada da substância, mas esta mantém a sua forma.

O quarteirão cor-de-rosa e laranja parece ter sido mergulhado numa tinta preta brilhante e posto a secar. As pedras das ruas, os edifícios e até os telhados estão cobertos de gel. Uma lágrima enorme paira sobre a rua. Duas formas projetam-se da lágrima. O cano de uma espingarda e uma mão humana. O Mitchell. Espero no passeio, olhando para cima até o grupo inteiro se juntar a mim.

— Se alguém quiser voltar, seja por que razão for, agora é o momento — anuncio. — Sem perguntas, sem ressentimentos. — Ninguém parece disposto a retirar-se. Então começo a avançar para o Capitólio, sabendo que não temos muito tempo. O gel torna-se mais fundo, dez a quinze centímetros, e faz um ruído de sucção sempre que levantamos os pés, mas continua a apagar as nossas pegadas.

A onda deve ter sido enorme, com um tremendo poder de impulsão, porque atingiu vários quarteirões à nossa frente. E embora caminhe com cuidado, penso que o meu instinto tinha razão. Os outros casulos foram ativados. Um dos quarteirões está salpicado de corpos dourados de vespas-batedoras. Devem ter sido libertadas para depois sucumbirem aos gases. Um pouco mais adiante, um edifício inteiro de apartamentos ruiu e jaz num monte debaixo do gel. Atravesso os cruzamentos a correr, levantando a mão para os outros esperarem enquanto inspeciono a zona, mas a onda parece ter desarmado os casulos muito melhor do que qualquer pelotão de rebeldes seria capaz.

No quinto quarteirão, percebo que chegámos ao ponto onde a onda começou a esgotar-se. O gel tem apenas dois centímetros de espessura e consigo ver telhados azul-bebé espreitando além do cruzamento seguinte. A luz da tarde esmoreceu e precisamos urgentemente de nos abrigar e conceber um plano. Escolho um apartamento a dois terços do comprimento do quarteirão. O Homes arromba a fechadura e eu mando os outros entrar. Fico na rua durante apenas um minuto, vendo a última das nossas pegadas desaparecer, depois fecho a porta atrás de mim.

As lanternas incorporadas nas nossas espingardas iluminam uma grande sala de estar com paredes espelhadas que nos devolvem os rostos a cada instante. O Gale verifica as janelas, que não mostram danos, e tira a máscara. — Não faz mal. Consegue-se cheirar mas não é muito forte.

O apartamento parece projetado exatamente como o primeiro onde nos abrigámos. O gel impede a entrada de luz natural na parte da frente, mas alguma luz ainda entra pelos estores da cozinha. O corredor dá para dois quartos de dormir com casas de banho. Uma escada em caracol na sala de estar sobe para uma área aberta que compõe grande parte do primeiro andar. Não há janelas no andar de cima, mas as luzes foram deixadas acesas, provavelmente por alguém fugindo à pressa. Um enorme ecrã de televisão, apagado mas brilhando com uma luz suave, ocupa uma parede. Há cadeiras e sofás sumptuosos espalhados pela sala. É aqui que nos juntamos, afundamos nos estofos e tentamos recuperar o fôlego.

A Jackson tem a espingarda apontada para o Peeta apesar de ele continuar algemado e inconsciente, estendido num sofá azul-escuro onde o Homes o largou. Que diabo vou fazer com ele? Com a equipa de filmagens? Com toda a gente, para ser franca, tirando o Gale e o Finnick. Porque prefiro ir à procura do Snow com esses dois do que sozinha. Mas não posso conduzir dez pessoas pelo Capitólio numa falsa missão, mesmo que fosse capaz de usar o Holo. Devia, podia tê-los mandado regressar quando tive a oportunidade? Ou seria demasiado perigoso? Tanto para eles como para a minha missão? Talvez não devesse ter dado ouvidos ao Boggs, porque ele poderia ter estado a delirar. Talvez devesse simplesmente contar a verdade, mas depois a Jackson assumiria o comando e regressaríamos ao acampamento. Onde eu teria de responder perante a Coin.

Precisamente quando a complexidade do problema para o qual arrastei toda a gente começa a sobrecarregar-me o cérebro, uma série distante de explosões faz estremecer a sala.

— Não foi perto — assegura-nos a Jackson. — Uns bons quatro ou cinco quarteirões de distância.

— Onde deixámos o Boggs — lembra a Leeg 1.

Apesar de ninguém se ter aproximado dela, a televisão ganha subitamente vida, emitindo um ruído estridente que põe metade do pelotão de pé.

— Não faz mal! — exclama a Cressida. — É só uma emissão de emergência. Quando isso acontece, todas as televisões do Capitólio são ativadas automaticamente.

Lá estamos nós no ecrã, logo depois da bomba atingir o Boggs. Uma voz em *off* explica aos telespectadores o que estão a ver. Nós a tentar reagrupar-nos, a reagir ao gel preto disparando da rua, perdendo o controlo da situação. Assistimos ao caos que se segue até a onda tapar as câmaras. A última coisa que vimos é o Gale, sozinho na rua, disparando contra os cabos que sustêm o Mitchell no ar.

A jornalista identifica o Gale, o Finnick, o Boggs, o Peeta, a Cressida e a mim própria pelo nome.

— Não há imagens aéreas. O Boggs deve ter tido razão quanto à capacidade aérea do Capitólio — comenta o Castor. Não reparei nisso, mas calculo que seja o tipo de coisas em que um operador de câmara costuma reparar.

A gravação continua a partir do pátio atrás do apartamento onde nos abrigámos. Há Soldados da Paz no telhado do outro lado do nosso antigo refúgio. São lançadas granadas para a fila de apartamentos, desencadeando a série de explosões que ouvimos. Depois o edifício desmorona-se em escombros e pó.

A emissão passa para uma cobertura em direto. Uma jornalista está no telhado com os Soldados da Paz. Atrás dela, o bloco de apartamentos continua a arder. Os bombeiros tentam controlar as chamas com mangueiras de água. Somos declarados mortos.

— Finalmente, um pouco de sorte — comenta o Homes.

Suponho que tenha razão. É sem dúvida melhor do que ter o Capitólio no nosso encalço. Mas não paro de imaginar como isto estará a ser recebido no 13. Onde a minha mãe e a Prim, a Hazelle e os miúdos, a Annie, o Haymitch e toda uma série de pessoas do 13 julgam que acabaram de nos ver morrer.

— O meu pai. Ele acabou de perder a minha irmã e agora... — lamenta-se a Leeg 1.

Eles transmitem as imagens repetidamente. Deliciam-se com a sua vitória, sobretudo com a minha morte. Interrompem para mostrar uma montagem descrevendo a ascensão do Mimo-gaio ao poder rebelde — acho que já tinham isto preparado há algum tempo, porque parece bastante aprimorado — e depois entram novamente em direto para que dois jornalistas possam comentar o meu fim violento e merecido. Mais tarde, prometem, o Snow fará uma declaração oficial. O ecrã volta a apagar-se.

Os rebeldes não fazem qualquer tentativa de interromper a emissão, o que me leva a crer que acham que o que viram é verdadeiro. Se for esse o caso, então estamos realmente sozinhos.

— Bem, agora que estamos mortos, qual é o nosso próximo passo? — pergunta o Gale.

— Não é evidente? — Ninguém sabia sequer que o Peeta tinha recobrado os sentidos. Não sei há quanto tempo estava a assistir, mas, pela expressão de tristeza no rosto, o tempo suficiente para ver o que aconteceu na rua. Como ele enlouqueceu, tentou esmagar-me a cabeça e atirou o Mitchell para o casulo. Ele esforça-se com dores para se sentar e dirige as suas palavras ao Gale.

— O nosso próximo passo... é matar-me.

21

Já são dois pedidos para a morte do Peeta em menos de uma hora.

— Não sejas ridículo — replica a Jackson.

— Acabei de assassinar um membro do nosso pelotão! — berra o Peeta.

— Empurraste-o de cima de ti. Não podias ter adivinhado que ele ativaria a rede naquele preciso local — justifica o Finnick, tentando acalmá-lo.

— E isso que importa? Ele morreu, não morreu? — As lágrimas começam a escorrer pelo rosto do Peeta. — Eu não sabia. Nunca me vi assim. A Katniss tem razão. Sou um monstro. Sou o mute. O Snow transformou-me na sua arma!

— A culpa não é tua, Peeta — assegura o Finnick.

— Não podem levar-me convosco. Posso matar outra pessoa. É só uma questão de tempo. — O Peeta olha em volta para os nossos rostos confusos. — Talvez achem que seja mais humano largar-me num sítio qualquer. Deixar-me tentar a sorte. Mas isso seria a mesma coisa que entregar-me ao Capitólio. Julgam que me estariam a fazer um favor entregando-me ao Snow?

O Peeta. De novo no poder do Snow. Torturado e atormentado até que mais nenhum vestígio da sua velha personalidade volte a emergir.

Por alguma razão, a última estrofe de «A Árvore da Forca» começa a passar-me pela cabeça. Aquela em que o homem quer que a amante morra em vez de enfrentar o mal que a aguarda no mundo.

Vem, vem ter comigo à árvore
Com um colar de corda
Para usar ao meu lado.

Aqui estranhas coisas acontecem
Mas não seria mais estranho
Se nos encontrássemos à meia-noite
Junto à árvore da forca.

— Eu mato-te antes que isso aconteça — garante o Gale. — Prometo.

O Peeta hesita, como se estivesse a avaliar a solidez da oferta, e depois abana a cabeça. — Não serve. E se não estiveres presente para o fazer? Quero um daqueles comprimidos de veneno como vocês têm.

Camarinha da noite. Há um comprimido no acampamento, na sua ranhura especial na manga do meu fato do Mimo-gaio. Mas tenho outro no bolso do meu uniforme. É interessante constatar que eles não tenham fornecido um ao Peeta. Talvez a Coin achasse que ele pudesse tomá-lo antes de ter tido a oportunidade de me matar. Não sei se o Peeta quer dizer que se suicidaria agora, para nos poupar a ter de o assassinar, ou apenas se o Capitólio voltasse a capturá-lo. No estado em que ele se encontra, acredito que seria mais cedo do que mais tarde. Isso facilitar-nos-ia obviamente a vida. Não ter de lhe dar um tiro. E resolveria o problema de termos de lidar com os seus ataques homicidas.

Não sei se é dos casulos, ou do medo, ou de ver o Boggs morrer, mas sinto novamente a arena à minha volta. Na verdade parece que nunca a deixei. Mais uma vez estou a lutar não só pela minha própria sobrevivência mas também pela do Peeta. Como seria satisfatório e divertido para o Snow ver-me matar o Peeta. Ficar com a morte do Peeta na consciência para o que resta da minha vida.

— O que está aqui em causa não és tu — afirmo. — Estamos numa missão. E tu és necessário. — Olho para o resto do grupo. — Acham que podemos encontrar alguma comida neste lugar?

Além do *kit* de primeiros socorros e das câmaras, não trazemos nada senão os nossos uniformes e as nossas armas.

Metade do pelotão fica a vigiar o Peeta ou atenta à emissão do Snow enquanto os outros procuram alguma coisa para comer. O Messalla revela-se bastante útil porque morava num apartamento quase igual e conhece os sítios onde seria mais provável que as pessoas guardassem comida. Como um espaço de armazenagem escondido por um painel espelhado no quarto de dormir ou por baixo da grelha de ventilação no corredor. Assim, apesar de os armários da cozinha estarem vazios, encontramos mais de trinta produtos enlatados e várias embalagens de bolachas.

O armazenamento escandaliza os soldados criados no 13. — Isto não é ilegal? — pergunta a Leeg 1.

— Pelo contrário, no Capitólio serias considerado estúpido se não o fizesses — responde o Messalla. — Mesmo antes do Quarteirão, as pessoas já tinham começado a armazenar produtos em falta.

— Enquanto outros ficavam sem nada — conclui a Leeg 1.

— Claro — confirma o Messalla. — É assim que as coisas funcionam aqui.

— Felizmente, senão não teríamos jantar — interrompe o Gale. — Cada um tira uma lata!

Alguns do grupo parecem hesitar, mas o método serve perfeitamente. Não estou com disposição para dividir tudo em onze partes iguais, levando em conta a idade, o peso e o esforço físico de cada um. Estou a remexer na pilha, quase a decidir-me por um guisado de bacalhau, quando o Peeta me entrega uma lata. — Toma.

Aceito-a, não sabendo o que esperar. A etiqueta diz GUISADO DE BORREGO.

Tenho de franzir os lábios quando me lembro da chuva a gotejar pelas pedras, das minhas tentativas desajeitadas de namoriscar e do aroma do meu prato preferido do Capitólio ao ar gelado. Então alguma parte de tudo isso deve estar ainda na cabeça dele. Como ficámos contentes, como estávamos esfomeados, como éramos próximos quando aquele cesto de piquenique apareceu junto à nossa gruta. — Obrigada. — Abro a tampa.

— Até traz ameixas secas. — Dobro a tampa e uso-a como colher, metendo um bocado na boca. Agora este lugar também tem o sabor da arena.

Estamos a passar uma caixa de finas bolachas com recheio de creme pelo grupo quando começa novamente o ruído estridente. O selo de Panem ilumina o ecrã até o hino terminar. Depois eles começam a mostrar imagens dos mortos, como faziam com os tributos na arena. Começam com os quatro rostos da nossa equipa de filmagens, a que se seguem os do Boggs, do Gale, do Finnick, do Peeta e o meu. Excetuando o Boggs, não se incomodam com os soldados do 13, ou porque não fazem ideia de quem eles são ou porque sabem que eles nada significarão para a maioria dos telespectadores. Depois aparece o próprio presidente, sentado à sua secretária, com uma bandeira atrás e uma rosa fresca e branca cintilando na lapela do casaco. Penso que ele deve ter feito mais alguma plástica recentemente, porque tem os lábios mais cheios do que o costume. E a sua equipa de preparação devia realmente ter mais cuidado para não exagerar com o *blush*.

Snow felicita os Soldados da Paz por um trabalho magistral, honra-os por livrarem o país da ameaça chamada Mimo-gaio. Com a minha morte, ele prevê uma reviravolta na guerra, porque os rebeldes desmoralizados já não têm ninguém para seguir. E quem era eu, na verdade? Uma pobre rapariga instável com algum talento para o arco e flechas. Não uma grande pensadora, nem o cérebro da rebelião, apenas um rosto colhido da ralé porque atraíra a atenção do país com as suas farsadas nos Jogos. Mas necessária, muito necessária, porque de facto os rebeldes não têm um verdadeiro líder.

Algures no Distrito 13, o Beetee carrega num botão, porque agora não é o presidente Snow mas a presidente Coin que está a olhar para nós. Ela apresenta-se ao povo de Panem, identifica-se como a líder da rebelião e depois faz o meu elogio. Louva a rapariga que sobreviveu ao Jazigo e aos Jogos da Fome e que depois transformou um país de escravos num exército de combatentes pela liberdade. «Morta ou viva, a Katniss Everdeen continuará a ser o rosto desta rebelião. Se alguma vez vacilarem no vosso propósito, pensem no Mimo-gaio e encontrarão a força de que precisam para livrar Panem dos seus opressores.»

— Não sabia que era tão importante para ela — comento, suscitando um riso do Gale e olhares curiosos dos outros.

Depois surge uma fotografia muito retocada da minha pessoa, bela e feroz e com um leque de chamas reluzindo por trás. Sem palavras. Sem *slogans*. A minha imagem é tudo o que precisam agora.

O Beetee devolve a emissão a um Snow muito controlado. Tenho a impressão de que o presidente julgava que o canal de emergência fosse inviolável e alguém acabará por morrer esta noite por essa falha. «Amanhã de manhã, quando tirarmos o corpo de Katniss Everdeen das cinzas, veremos exatamente quem é o Mimo-gaio. Uma rapariga morta incapaz de salvar quem quer que seja, nem mesmo a si própria.» Selo, hino e escuridão.

— Só que não a vais encontrar — diz o Finnick para o ecrã vazio, exprimindo o que provavelmente estamos todos a pensar. O período de graça será breve. Depois de escavarem aquelas cinzas e não encontrarem onze cadáveres, saberão que escapámos.

— Pelo menos teremos algum avanço em relação a eles — concluo. De repente, sinto-me exausta. Só me apetece deitar num dos sumptuosos sofás verdes e dormir. Enroscar-me num edredão de pele de coelho e penas de ganso. Em vez disso, tiro o Holo para fora e insisto para que a Jackson me ensine os comandos mais básicos — que consistem na verdade em introduzir as coordenadas do cruzamento mais próximo na grelha — para pelo menos poder começar a pôr a coisa a funcionar sozinha. Quando o Holo projeta no ar aquilo que nos rodeia, sinto-me ainda mais desanimada. Devemos estar a aproximar-nos de alvos cruciais, porque o número de casulos aumentou visivelmente. Como podemos avançar neste ramalhete de luzes cintilantes sem sermos detetados? Não podemos. E se não podemos, estamos presos como pássaros numa rede. Decido que é melhor não adotar uma atitude de superioridade enquanto estiver com estas pessoas. Sobretudo quando os meus olhos não param de olhar para aquele sofá verde. Então pergunto: — Alguma ideia?

— Porque não começamos por excluir possibilidades? — sugere o Finnick. — A rua não é uma possibilidade.

— Os telhados são tão maus como a rua — afirma a Leeg 1.

— Talvez ainda possamos recuar, voltar por onde viemos — aventa o Homes. — Mas isso significaria uma missão abortada.

Sinto uma pontada de culpa, por ter inventado a dita missão. — Nunca foi minha intenção avançar com toda a gente. Vocês só tiveram o azar de estar comigo.

— Bem, isso é discutível. Estamos contigo agora — afirma a Jackson. — Portanto, não podemos ficar aqui parados. Não podemos subir. Não podemos deslocar-nos para o lado. Só nos resta uma alternativa.

— Descer, — conclui o Gale.

Descer para o subsolo. O que eu odeio. Como as minas e os túneis e o 13. Debaixo da terra, onde tenho pavor de morrer — o que é uma estupidez, porque, mesmo que morra à superfície, a primeira coisa que farão é enterrar-me debaixo da terra.

O Holo mostra não só os casulos ao nível da rua mas também os subterrâneos. Reparo que no subsolo as linhas estreitas e previsíveis da planta das ruas estão entrecruzadas com uma confusão sinuosa de túneis. No entanto, os casulos parecem menos numerosos.

A dois apartamentos de distância, um tubo vertical liga o nosso prédio aos túneis. Para chegar ao apartamento do tubo, teremos de atravessar um poço de manutenção muito estreito que segue o comprimento do edifício. Podemos entrar no poço pela parte de trás de um armário no andar de cima.

— Muito bem, então. Vamos deixar isto exatamente como estava — sugiro. Apagamos todos os sinais da nossa presença. Deitamos as latas vazias pelo cano do lixo abaixo, metemos as latas cheias nos bolsos para mais tarde, viramos as almofadas dos sofás manchadas de sangue e limpamos os vestígios do gel dos ladrilhos. Não podemos arranjar o trinco da porta da frente, mas fechamos um segundo ferrolho que pelo menos impedirá a porta de se abrir sozinha.

Por fim, resta resolver o problema do Peeta. Ele instala-se no sofá azul, recusando-se a mexer-se. — Eu não vou. Se for, ou revelo a vossa posição ou agrido outra pessoa.

— Os homens do Snow vão encontrar-te — lembra o Finnick.

— Então deixem-me um comprimido. Só o tomarei se for mesmo preciso — insiste o Peeta.

— Isso não é alternativa. Vens connosco — decide a Jackson.

— Senão o quê? Dão-me um tiro? — pergunta o Peeta.

— Damos-te uma pancada na cabeça e arrastamos-te connosco — responde o Homes. — O que só nos vai atrasar e colocar em perigo.

— Parem de se armar em nobres! Não me importo se morrer! — Ele volta-se para mim, suplicando. — Katniss, por favor. Não percebes? Quero sair disto!

O problema é que percebo. Porque é que não consigo simplesmente abandoná-lo? Passar-lhe discretamente um comprimido, puxar o gatilho? Será porque me preocupo demasiado com o Peeta ou demasiado com a possibilidade de deixar o Snow vencer? Será que o transformei num títere dos meus Jogos pessoais? Seria desprezível, mas não sei se estou acima disso. Se for verdade, seria mais generoso matar o Peeta agora. No entanto, aconteça o que acontecer, não é a generosidade que me motiva.

— Estamos a perder tempo. Vens de livre vontade ou pomos-te inconsciente?

O Peeta esconde o rosto nas mãos durante uns momentos, depois levanta-se para se juntar a nós.

— Soltamos-lhe as mãos? — pergunta a Leeg 1.

— Não! — rosna-lhe o Peeta, apertando as algemas contra o corpo.

— Não — concordo. — Mas quero a chave. — A Jackson entrega-ma sem uma palavra. Meto-a no bolso das calças e oiço-a bater na pérola.

Quando o Homes força a pequena porta de metal do poço de manutenção, deparamo-nos com outro problema. O Castor e o Pollux nunca caberão na estreita passagem com as suas carapaças de inseto. Decidem tirá-las e levar apenas as câmaras suplentes de emergência. Estas têm o tamanho de uma caixa de sapatos e provavelmente funcionam tão bem como as outras. O Messalla não consegue pensar num sítio melhor para esconder as volumosas carapaças, por isso acabamos por guardá-las no armário. Oferecer uma pista tão fácil aos nossos inimigos deixa-me bastante frustrada, mas que mais podemos fazer?

Mesmo seguindo em fila indiana, segurando as mochilas e o equipamento de lado, temos dificuldade em avançar. Passamos ao lado do primeiro apartamento e forçamos a entrada no segundo. Neste apartamento, um dos quartos de dormir tem uma porta com um sinal que diz DESPENSA em vez de uma casa de banho. Por trás da porta fica a divisão com a entrada para o tubo.

O Messalla olha de sobrolho carregado para a grande tampa redonda, regressando por um instante ao seu mundo complicado. — É por isso que ninguém quer o apartamento do centro. Com trabalhadores a entrar e a sair e sem uma segunda casa de banho. Mas a renda é bastante mais barata. — Depois repara na expressão divertida do Finnick e acrescenta: — Esqueçam.

A tampa do tubo abre-se com facilidade. Uma escada larga com pisos de borracha nos degraus permite uma descida rápida e fácil para as entranhas da cidade. Juntamo-nos na base da escada, esperando que os olhos se adaptem às débeis faixas de luz, inalando a mistura de químicos, bolor e esgotos.

O Pollux, pálido e transpirado, estende a mão e agarra-se ao pulso do Castor. Como se pudesse cair se não houvesse alguém em quem se apoiar.

— O meu irmão trabalhou aqui em baixo depois de se tornar um Avox — explica o Castor. Claro. Quem mais arranjariam para fazer a manutenção destas passagens húmidas, frias e malcheirosas armadilhadas de casulos? — Foram precisos cinco anos para conseguirmos comprar a sua liberdade e trazê-lo para a superfície. Nunca via a luz do Sol.

Em condições mais agradáveis, num dia com menos horrores e mais descanso, alguém saberia decerto o que dizer. Assim, ficamos todos parados durante muito tempo a tentar formular uma resposta.

Por fim, o Peeta volta-se para o Pollux. — Bem, nesse caso acabaste de te tornar o nosso bem mais valioso. — O Castor ri-se e o Pollux consegue fazer um sorriso.

Estamos a meio caminho do primeiro túnel quando percebo o que houve de tão extraordinário nas palavras do Peeta. Ele parecia o velho Peeta de antigamente, aquele que era sempre capaz de pensar na resposta certa quando mais ninguém conseguia. Irónico, animador, com alguma graça, mas nunca à custa de ninguém. Olho para trás e vejo-a avançar entre os seus guardas, o Gale e a Jackson, com os olhos fixos no chão, os ombros caídos. Tão desalentado. No entanto, por um instante, ele esteve realmente connosco.

O Peeta tinha razão. O Pollux revela-se mais valioso do que dez Holos. Há um sistema simples de túneis largos que corresponde diretamente à planta da cidade em cima, por baixo das principais avenidas e ruas laterais. Chama-se Transbordo porque é utilizado por pequenas camionetas para fazer entregas de mercadorias pela cidade. Durante o dia, os seus muitos casulos são desativados, mas à noite é um campo de minas. No entanto, centenas de outros corredores, poços de serviço, vias--férreas e canos de esgotos formam um labirinto de vários níveis. O Pollux conhece pormenores que conduziriam qualquer recém-chegado ao desastre, como quais as ramificações que poderão exigir máscaras de gás ou ter cabos sob tensão ou ratos do tamanho de castores. Ele avisa-nos da torrente de água que atravessa os esgotos de vez em quando, prevê a hora em que os Avoxes trocarão de turnos, conduz-nos para canos húmidos e escuros para nos desviar da passagem quase silenciosa de comboios de carga. Acima de tudo, ele sabe onde estão as câmaras. Não há muitas neste lugar sombrio e brumoso, exceto no Transbordo. Mas mantemo-nos bem longe delas.

Sob a orientação do Pollux, o nosso avanço é rápido — bastante rápido, comparado com a nossa viagem à superfície. Após umas seis horas, o cansaço acaba por nos vencer. São três da manhã, portanto calculo que ainda tenhamos algumas horas antes de eles darem pela falta dos nossos corpos, vasculharem os escombros do prédio de apartamentos, para ver se escapámos pelos poços, e iniciarem a perseguição.

Quando sugiro que descansemos, ninguém se opõe. O Pollux descobre uma divisão pequena e quente zumbindo com o ruído de máquinas cobertas de alavancas e mostradores. Ele levanta os dedos para indicar que temos de sair dentro de quatro horas. A Jackson organiza um plano de vigia e, como não estou no primeiro turno, encolho-me no espaço apertado entre o Gale e a Leeg 1 e adormeço imediatamente.

Parece que passaram apenas alguns minutos quando a Jackson me sacode e avisa que estou de vigia. São seis horas e dentro de uma hora temos de estar de partida. A Jackson diz-me para comer uma lata de comida e estar atenta ao Pollux, que insistiu em ficar de vigia a noite inteira. — Não consegue dormir aqui em baixo. — Arrasto-me para um estado de vigilância relativa, como uma lata de guisado de batata e feijão, e sento-me encostada à parede de frente para a porta. O Pollux parece estar bem desperto. Provavelmente esteve a reviver aqueles cinco anos de prisão toda a noite. Tiro o Holo para fora e consigo introduzir as nossas coordenadas da grelha e examinar os túneis. Como seria de esperar, quanto mais nos aproximamos do centro do Capitólio mais casulos aparecem. Durante algum tempo, eu e o Pollux teclamos no Holo, estudando a localização das armadilhas. Quando a minha cabeça começa a andar à roda, entrego-lhe o aparelho e encosto-me à parede. Olho para os corpos adormecidos dos soldados, da equipa de filmagens, dos meus amigos e pergunto-me quantos de nós voltarão a ver o sol.

Quando os meus olhos recaem sobre o Peeta, cuja cabeça descansa mesmo aos meus pés, vejo que ele está acordado. Gostava de poder ler o que lhe vai na cabeça, de entrar nela e desenredar a confusão de mentiras. Depois contento-me com algo que posso realmente fazer.

— Já comeste? — pergunto. Ele abana ligeiramente a cabeça. Abro uma lata de sopa de frango e arroz e entrego-lha, guardando a tampa, não vá ele tentar cortar os pulsos ou coisa parecida. Ele senta-se e inclina a lata, engolindo a sopa sem se dar ao trabalho de mastigar. O fundo da

213

lata reflete as luzes das máquinas e lembro-me de uma coisa que me tem arreliado a mente desde ontem. — Peeta, quando falaste do que aconteceu ao Darius e à Lavinia, e o Boggs disse que era verdade, comentaste que bem te parecia. Porque não havia nada brilhante nessa recordação. Que querias dizer com isso?

— Ah. Não sei bem como explicar — responde ele. — A princípio era tudo uma confusão enorme. Agora consigo destrinçar algumas coisas. Acho que começa a surgir um padrão. As recordações que eles alteraram com o veneno de vespas-batedoras possuem uma característica estranha. Como se fossem demasiado intensas ou as imagens não fossem estáveis. Lembras-te do que sentiste quando foste picada?

— As árvores desintegravam-se. Havia enormes borboletas coloridas. Caí num buraco de bolhas cor de laranja. — Penso melhor. — Bolhas cor de laranja brilhante.

— Precisamente. Mas não há nada parecido com isso quando recordo o Darius e a Lavinia. Acho que ainda não me tinham dado qualquer veneno — conclui ele.

— Bem, isso é bom, não é? — pergunto. — Se consegues separar as duas coisas, então consegues perceber o que é verdadeiro.

— Sim. E se tivesse asas poderia voar. Só que as pessoas não têm asas — contrapõe o Peeta. — Verdade ou mentira?

— Verdade — respondo. — Mas as pessoas não precisam de asas para sobreviver.

— Os mimos-gaios precisam. — Ele acaba a sopa e devolve-me a lata.

À luz fluorescente, as olheiras dele parecem feridas. — Ainda temos tempo. Podias dormir. — Sem contestar, ele volta a deitar-se, mas fica apenas a olhar para o ponteiro oscilante num dos mostradores. Lentamente, como faria com um animal ferido, estendo a mão e afasto-lhe uma onda de cabelo da testa. Ele contrai-se quando lhe toco, mas não se afasta. Então continuo a acariciar-lhe o cabelo. É a primeira vez que lhe toco voluntariamente desde a última arena.

— Continuas a tentar proteger-me. Verdade ou mentira? — murmura ele.

— Verdade — respondo. Isso parece exigir uma explicação. — Porque é o que tu e eu fazemos. Protegemo-nos um ao outro. — Passado um minuto ou dois, ele adormece.

Pouco antes das sete, eu e o Pollux começamos a movimentar-nos entre os outros, acordando-os. Seguem-se os habituais bocejos e suspiros que acompanham o acordar. Mas os meus ouvidos detetam também outro ruído. Parece quase um assobio. Talvez seja apenas o vapor escapando de um cano ou a passagem distante de um dos comboios...

214

Mando calar o grupo para escutar melhor. Há um assobio, sim, mas não é um som prolongado. Parecem várias exalações formando palavras. Uma única palavra. Ecoando pelos túneis. Uma palavra. Um nome. Repetido incessantemente.

— *Katniss.*

22

O período de graça chegou ao fim. Talvez o Snow tenha posto os seus homens a escavar durante a noite. Assim que o incêndio se extinguiu. Encontraram os restos mortais do Boggs, sentiram-se por momentos tranquilizados e depois, com o passar das horas, sem mais troféus, começaram a suspeitar. A dada altura perceberam que tinham sido enganados. E o presidente Snow não tolera ser enganado. Não interessa saber se nos seguiram a pista até ao segundo apartamento ou se presumiram que descemos diretamente para o subsolo. Agora sabem que estamos aqui em baixo e soltaram qualquer coisa, provavelmente um bando de mutes, decididos a encontrar-me.

— *Katniss.* — Sobressalto-me com a proximidade do ruído. Procuro freneticamente a sua origem, de flecha em riste, procurando um alvo. — *Katniss*. — Os lábios do Peeta mal se mexem, mas não há dúvida, o nome saiu dele. Precisamente quando julgava que ele estava um pouco melhor, quando julgava que ele podia estar a voltar aos poucos para mim, aqui está a prova de como o veneno do Snow o alterou, irremediavelmente. — *Katniss*. — O Peeta está programado para reagir ao coro de assobios, para se juntar à perseguição. Ele começa a acordar. Não há alternativa. Aponto a minha flecha para lhe trespassar o cérebro. Ele não sentirá quase nada. De repente, senta-se, com os olhos esbugalhados de terror, arquejando. — Katniss! — Vira de repente a cabeça para mim, mas parece não reparar no meu arco, nem na flecha. — Katniss! Sai daqui!

Hesito. A voz dele parece assustada, mas não demente. — Porquê? Quem está a fazer aquele barulho?

— Não sei. Só sei que tem de te matar — responde o Peeta. — Foge! Sai daqui! Vai!

Após o meu próprio momento de confusão, concluo que não tenho de o matar. Afrouxo a corda do arco. Olho para os rostos ansiosos à minha volta. — Seja o que for, vem atrás de mim. Talvez seja uma boa altura para nos separarmos.

— Mas nós somos a tua guarda — afirma a Jackson.

— E a tua equipa — acrescenta a Cressida.

— Eu não te deixo — anuncia o Gale.

Olho para a equipa de filmagens, armada apenas de câmaras e blocos de notas. E para o Finnick, que tem duas espingardas e um tridente. Sugiro que ele dê uma das espingardas ao Castor. Tiro o cartucho sem balas da espingarda do Peeta, substituo-o por um verdadeiro e entrego a arma ao Pollux. Como eu e o Gale temos os nossos arcos, passamos as espingardas à Cressida e ao Messalla. Não há tempo para lhes mostrar outra coisa senão como apontar e puxar o gatilho, mas à queima-roupa isso talvez seja suficiente. É melhor do que estar desarmado. Agora o único sem uma arma é o Peeta, mas o certo é que alguém que sussurra o meu nome com um bando de mutes não precise de uma.

Deixamos a divisão livre de tudo exceto o nosso cheiro. Não há maneira de apagar isso neste momento. Calculo que seja através do cheiro que as criaturas sibilantes nos estão a seguir, porque não deixámos um grande rasto físico. O faro dos mutes será anormalmente apurado, mas talvez o tempo que passámos a chapinhar pela água nos canos de esgoto ajude a despistá-los.

Longe do zumbido da divisão das máquinas, os assobios tornam-se mais distintos. Mas também é possível ter uma melhor perceção da localização dos mutes. Estão atrás de nós, ainda a uma distância razoável. O Snow provavelmente mandou soltá-los perto do local onde encontrou o corpo do Boggs. Teoricamente, devemos levar um bom avanço, embora eles sejam certamente muito mais rápidos do que nós. Lembro-me das criaturas lupinas da primeira arena, dos macacos do Quarteirão, das monstruosidades que vi na televisão ao longo dos anos e tento imaginar que forma assumirão estes mutes. O que o Snow achar que mais me amedrontará.

Eu e o Pollux traçámos um plano para a próxima etapa da nossa viagem e, como indica a direção oposta aos assobios, não vejo razão para o alterar. Se nos deslocarmos rapidamente, talvez consigamos chegar à mansão do Snow antes de os mutes nos alcançarem. Mas temos de contar com os descuidos que acompanham sempre a velocidade: a bota mal colocada que resulta numa pancada na água, o som metálico de uma espingarda batendo acidentalmente num cano, até as minhas ordens, indiscretas e altas demais.

Já percorremos três quarteirões através de um cano de escoamento e uma secção de via-férrea abandonada quando começam os gritos. Roucos, guturais. Ecoando pelas paredes do túnel.

— Avoxes — diz imediatamente o Peeta. — Era esse o ruído que o Darius fazia quando o torturavam.

— Os mutes devem tê-los encontrado — conclui a Cressida.

— Então não estão só atrás da Katniss — acrescenta a Leeg 1.

— Provavelmente matarão qualquer um. Só que não vão parar antes de chegar a ela — aventa o Gale. Depois de tantas horas a estudar com o Beetee, é muito provável que ele tenha razão.

E lá estou eu de novo. Com pessoas a morrer por minha causa. Amigos, aliados, desconhecidos, perdendo a vida pelo Mimo-gaio.

— Deixem-me seguir sozinha. Para despistá-los. Transfiro o Holo para a Jackson. Vocês podem terminar a missão.

— Ninguém vai aceitar isso! — assegura a Jackson, exasperada.

— Estamos a perder tempo! — exclama o Finnick.

— Oiçam — sussurra o Peeta.

Os gritos cessaram e, na sua ausência, o meu nome volta a ressoar, surpreendente e assustador na sua proximidade. Agora está não só atrás de nós mas também em baixo. — *Katniss.*

Acotovelo o Pollux no ombro e começamos a correr. O problema é que tínhamos planeado descer para o piso de baixo, mas agora isso está fora de questão. Ao cimo das escadas, eu e o Pollux estamos a procurar uma alternativa possível no Holo quando começo a engasgar-me.

— Máscaras! — ordena a Jackson.

Não há necessidade de máscaras. Toda a gente está a respirar o mesmo ar. Só eu entro em pânico porque só eu reajo àquele odor. Flutuando pelo poço das escadas acima. Atravessando os esgotos. Rosas. Começo a tremer.

Fujo do cheiro e entro aos tropeções no Transbordo. Vejo ruas pavimentadas, lisas e cor de pastel, exatamente como à superfície, mas ladeadas de paredes brancas de tijolo em vez de casas. Uma estrada onde os veículos de entrega de mercadorias podem circular sem dificuldade, sem os engarrafamentos do Capitólio. Vazia agora, de tudo menos nós. Levanto o arco e rebento o primeiro casulo com uma flecha explosiva, que extermina o ninho de ratos carnívoros no seu interior. Depois corro para o cruzamento seguinte, onde sei que um passo em falso levará o chão por baixo dos nossos pés a desintegrar-se, mergulhando-nos numa coisa chamada TRITURADOR DE CARNE. Grito um aviso aos outros para não se afastarem de mim. O meu plano é contornar a esquina e depois fazer explodir o Triturador, mas outro casulo não assinalado está à nossa espera.

Acontece silenciosamente. Não o teria visto se o Finnick não me tivesse detido. — Katniss!

Volto-me para trás de repente, com uma flecha pronta a disparar, mas que posso fazer? Já duas das flechas do Gale jazem inúteis ao lado do grande feixe de luz dourada que se estende do teto ao chão. No seu interior, o Messalla está imóvel como uma estátua, equilibrado sobre a ponta de um pé, com a cabeça inclinada para trás, paralisado pela luz. Não percebo se ele está a gritar, embora tenha a boca muito aberta. Estamos a observá-lo, completamente impotentes, quando a sua carne se derrete do corpo como cera de uma vela.

— Não podemos ajudá-lo! — O Peeta começa a empurrar as pessoas para a frente. — Não podemos! — Surpreendentemente, ele é o único que ainda consegue funcionar para nos pôr a mexer. Não sei porque está tão controlado, quando devia estar a passar-se e a esmagar-me a cabeça, mas isso podia acontecer a qualquer instante. À pressão da mão dele no meu ombro, volto as costas à coisa horrenda que era o Messalla. Obrigo os meus pés a avançar, depressa, tão depressa que mal consigo parar antes do cruzamento seguinte.

Uma saraivada de tiros faz cair uma chuva de estuque. Viro a cabeça de um lado para o outro, procurando o casulo, antes de me voltar e ver o pelotão de Soldados da Paz correndo pelo Transbordo na nossa direção. Com o casulo do Triturador de Carne barrando-nos o caminho, só nos resta responder ao fogo. Eles são duas vezes mais do que nós, mas ainda temos seis membros do Pelotão Estrela, que não estão a tentar correr e disparar ao mesmo tempo.

Peixes num barril, penso, enquanto manchas vermelhas parecem florir nos seus uniformes brancos. Três quartos deles estão no chão mortos quando começam a surgir mais do túnel lateral, o mesmo para o qual me lancei quando fugi ao cheiro, ao...

Aqueles não são Soldados da Paz.

São brancos, têm quatro membros e o tamanho de um ser humano adulto, mas as comparações ficam por aí. Nus, com longas caudas de réptil, costas arqueadas e cabeças que se projetam para a frente. Precipitam-se sobre os Soldados da Paz, os vivos e os mortos, agarrando-lhes os pescoços com a boca e arrancando-lhes as cabeças. Aparentemente, o facto de alguém ser do Capitólio é tão inútil aqui como era no 13. Em poucos segundos, os Soldados são todos decapitados. Os mutes deitam-se de barriga e começam a rastejar em direção a nós.

— Por aqui! — grito, avançando encostada à parede e virando logo à direita para evitar o casulo. Quando vejo que toda a gente está comigo, disparo para o cruzamento, ativando o Triturador de Carne. Dentes mecânicos enormes irrompem pela rua e reduzem o pavimento a pó. Isso deve impedir que os mutes nos sigam, mas não sei. Os lobos e os macacos que conheci nas arenas conseguiam saltar distâncias incríveis.

Os assobios queimam-me os ouvidos e o fedor a rosas faz girar as paredes.

Agarro no braço do Pollux. — Esquece a missão. Qual é o caminho mais rápido para a superfície?

Não há tempo para consultar o Holo. Seguimos o Pollux cerca de dez metros pelo Transbordo e passamos por uma porta. Lembro-me de as lajes darem lugar ao betão, de rastejar por um cano apertado e malcheiroso para um rebordo com trinta centímetros de largura. Estamos no cano de esgoto principal. Um metro abaixo de nós, uma mistela venenosa de despejos humanos e químicos passa a borbulhar. Algumas zonas da superfície estão a arder, outras emitem nuvens de vapor de aspeto perigoso. Basta um olhar para percebermos que se cairmos nunca mais de lá saímos. Avançando o mais depressa que ousamos pelo rebordo escorregadio, chegamos a uma ponte estreita e atravessamo-la. Num recanto do outro lado, o Pollux bate numa escada com a mão e aponta para cima para um poço. É a nossa saída.

Olho rapidamente para o nosso grupo e percebo que alguma coisa não está bem. — Esperem! Onde estão a Jackson e a Leeg 1?

— Ficaram no Triturador para travar os mutes — revela o Homes.

— O quê? — Estou a precipitar-me para a ponte, decidida a não abandonar ninguém àqueles monstros, quando ele me puxa para trás.

— É tarde demais para elas, Katniss. Não faças com que o seu esforço tenha sido em vão. Olha! — O Homes acena com a cabeça para o cano de esgoto, onde os mutes rastejam para o rebordo.

— Afastem-se! — berra o Gale. Com as suas flechas de explosivos, ele arranca o outro lado da ponte dos seus alicerces. O resto afunda-se nas bolhas precisamente quando os mutes estão a chegar.

Pela primeira vez, consigo olhá-los de perto. Uma mistura de ser humano e lagarto e quem sabe o que mais. A pele firme e branca de réptil besuntada de sangue, mãos e pés com garras, os rostos, uma confusão de feições contraditórias. Sibilando, gritando o meu nome agora, contorcendo-se de raiva. Brandindo caudas e garras, arrancando bocados enormes uns dos outros ou dos seus próprios corpos com bocas largas e cobertas de espuma. Enlouquecidos pela necessidade de me destruir. O meu cheiro deve ser tão evocativo para eles como o deles é para mim. Mais ainda, porque, apesar da toxicidade, os mutes lançam-se para o esgoto imundo.

Do nosso lado, toda a gente começa a disparar. Escolho as minhas flechas indiscriminadamente, atirando pontas normais, fogo e explosivos para os corpos dos mutes. Eles são mortais, mas não parecem. Nenhum ser natural seria capaz de continuar a avançar com duas dúzias de balas no corpo. Sim, podemos acabar por matá-los, só que eles são tantos, um enxame interminável saindo do cano, nem sequer hesitando em lançar-se ao esgoto.

Mas não é o seu número que me faz tremer tanto as mãos.

Nenhum mute é bom. Todos se destinam a prejudicar-nos. Alguns tiram-nos a vida, como os macacos. Outros tiram-nos o juízo, como as vespas-batedoras. Contudo, as verdadeiras atrocidades, as mais assustadoras, incluem um perverso elemento psicológico destinado a aterrorizar a vítima. Os olhos dos tributos mortos nos rostos dos lobos. O ruído dos palragaios imitando os gritos atormentados da Prim. O cheiro das rosas do Snow misturado com o sangue das vítimas. Transportado pelo esgoto. Atravessando mesmo esta imundície. Acelerando-me o coração, gelando- -me a pele, entupindo-me os pulmões. Como se o Snow estivesse a respirar-me na cara, a dizer-me que chegou a minha hora.

Os outros estão a gritar-me, mas não consigo reagir. Sinto braços fortes a levantar-me quando arranco a cabeça a um mute cujas garras acabaram de me arranhar o tornozelo. Sou atirada para a escada. Empurrada para os degraus. Mandam-me subir. Os meus membros rígidos de fantoche obedecem. O movimento devolve-me lentamente à realidade. Vejo uma pessoa por cima de mim. O Pollux. O Peeta e a Cressida estão em baixo. Chegamos a um patamar. Passamos a outra escada. Degraus escorregadios com suor e bolor. No patamar seguinte, já mais lúcida, percebo de repente o que aconteceu. Começo a puxar freneticamente as pessoas para cima. O Peeta. A Cressida. Mais ninguém.

O que fiz eu? Onde deixei os outros? Estou a descer apressadamente a escada quando uma das minhas botas bate em alguém.

— Sobe! — grita-me o Gale. Estou de novo em cima, puxando-o com força, espreitando para a escuridão à procura de mais. — Não. — O Gale volta-me para ele e abana a cabeça. Tem o uniforme rasgado. Uma ferida aberta no pescoço.

Oiço um grito humano em baixo. — Alguém ainda está vivo — suplico.

— Não, Katniss. Não vêm — diz o Gale. — Só os mutes.

Não querendo acreditar, aponto a luz da espingarda da Cressida para o fundo do poço. Lá muito em baixo, consigo vislumbrar o Finnick, lutando com três mutes. Quando um deles lhe puxa a cabeça para trás, para dar a dentada mortal, acontece algo bizarro. É como se eu fosse o Finnick, vendo imagens da minha vida passando rapidamente pelos olhos. O mastro de um barco, um paraquedas prateado, a Mags rindo-se, um céu cor-de-rosa, o tridente do Beetee, a Annie no seu vestido de noiva, ondas rebentando sobre rochas. Depois acabou.

Tiro o Holo do meu cinto e digo, com a voz engasgada: — Camarinha, camarinha, camarinha. — Largo-o. Agacho-me contra a parede com os outros quando a explosão sacode a plataforma e bocados de carne humana e mutante esguicham do cano e caem sobre nós.

221

Oiço um ruído metálico quando o Pollux bate com uma tampa sobre o cano e fecha-o. O Pollux, o Gale, a Cressida, o Peeta e eu. Só restamos nós. Mais tarde, surgirão os sentimentos humanos. Neste momento, sinto apenas uma necessidade animalesca de salvar a vida do resto do bando. — Não podemos ficar aqui.

Alguém aparece com uma ligadura. Atamo-la à volta do pescoço do Gale. Ajudamo-lo a levantar-se. Só um vulto permanece encolhido contra a parede. — Peeta — chamo. Não há resposta. Terá perdido os sentidos? Agacho-me diante dele, afastando-lhe as mãos algemadas do rosto. — Peeta? — Os olhos dele parecem charcos negros, com as pupilas tão dilatadas que as íris azuis quase desapareceram. Os músculos dos seus punhos estão duros como metal.

— Deixem-me — murmura ele. — Não consigo aguentar.

— Consegues, sim! — digo-lhe.

O Peeta abana a cabeça. — Estou a passar-me. Vou enlouquecer. Como eles.

Como os mutes. Como um animal raivoso decidido a rasgar-me o pescoço. E aqui, finalmente aqui neste lugar, nestas circunstâncias, terei mesmo de o matar. E o Snow ganhará. Um ódio quente e amargo atravessa-me de repente o corpo. O Snow já ganhou muito hoje.

É uma tentativa desesperada, suicida talvez, mas faço a única coisa em que consigo pensar. Inclino-me para o Peeta e beijo-o em cheio na boca. O seu corpo inteiro começa a tremer, mas mantenho os lábios colados aos dele até ter de parar para respirar. As minhas mãos sobem-lhe pelos pulsos para agarrar as dele. — Não deixes que ele te roube de mim.

O Peeta está ofegante, combatendo os pesadelos que lhe atormentam a cabeça. — Não. Não quero...

Aperto-lhe as mãos com toda a força. — Fica comigo.

As pupilas dele reduzem-se a pequenos pontos, voltam a dilatar rapidamente e depois regressam a algo parecido com a normalidade. — Sempre — murmura ele.

Ajudo o Peeta a levantar-se e dirijo-me ao Pollux. — A rua fica muito longe? — Ele indica que está mesmo por cima de nós. Subo a última escada e empurro uma tampa que dá para a despensa de alguém. Estou a levantar-me quando uma mulher abre a porta de repente. Enverga um robe de seda turquesa brilhante bordado com pássaros exóticos. O cabelo magenta parece uma nuvem decorada com borboletas douradas. A gordura da salsicha meio comida que traz na mão besunta-lhe o batom. Pela expressão no seu rosto, percebo que me reconhece. Ela abre a boca para gritar por ajuda.

Sem hesitar, trespasso-lhe o coração.

23

A quem a mulher queria pedir ajuda permanece um mistério, porque, depois de revistarmos o apartamento, descobrimos que ela estava sozinha. Talvez o seu grito fosse para um vizinho próximo ou apenas uma expressão de medo. Em todo o caso, não há mais ninguém para a ouvir.

Este apartamento seria um belo lugar para nos escondermos durante uns tempos, mas não nos podemos dar a esse luxo. — Quanto tempo acham que temos antes de eles perceberem que alguns de nós podem ter sobrevivido? — pergunto.

— Acho que podem estar aqui a qualquer momento — responde o Gale. — Eles sabiam que nos dirigíamos para as ruas. Talvez a explosão possa despistá-los durante alguns minutos, mas depois começarão à procura do nosso ponto de saída.

Aproximo-me de uma janela que dá para a rua. Quando espreito pelas persianas, não vejo Soldados da Paz, como estava à espera, mas uma multidão de pessoas muito agasalhadas fazendo a sua vida de todos os dias. Durante a nossa viagem subterrânea, deixámos as zonas evacuadas para trás. Agora estamos num bairro movimentado do Capitólio. Esta multidão oferece-nos a única possibilidade de fuga. Não tenho um Holo, mas tenho a Cressida. Ela junta-se a mim à janela, confirma que conhece a nossa localização e dá-me a boa notícia de que estamos apenas a alguns quarteirões da mansão do presidente.

Quando olho para os meus companheiros, porém, percebo que este não é o momento para um ataque furtivo ao Snow. O Gale continua a perder sangue da ferida no pescoço, que ainda nem sequer limpámos. O Peeta está sentado num sofá de veludo com os dentes presos a uma almofada, lutando contra a loucura ou reprimindo um grito. O Pollux chora encostado à prateleira de uma lareira ornamentada. A Cressida permanece determinada ao meu lado, mas está tão pálida que nem lhe vejo a cor dos lábios. E eu estou a funcionar apenas com ódio. Quando o combustível acabar, serei inútil.

— Vamos ver o que ela tem nos armários — sugiro.

Num dos quartos encontramos centenas de roupas, casacos e pares de sapatos de mulher, além de um arco-íris de perucas e maquilhagem suficiente para pintar uma casa. Noutro quarto, do outro lado do corredor, há uma coleção semelhante para homem. Talvez pertença ao marido. Talvez a um amante que teve a sorte de não estar em casa esta manhã.

Chamo os outros para se vestirem. Ao ver os punhos ensanguentados do Peeta, procuro no meu bolso as chaves das algemas, mas ele afasta-se bruscamente de mim.

— Não — insiste. — Não as tires. Elas ajudam-me a manter-me são.

— Poderás precisar das tuas mãos — lembra o Gale.

— Quando sinto que estou a perder o juízo, enterro os punhos nas algemas e a dor ajuda-me a concentrar-me — explica o Peeta. Deixo-as estar.

Felizmente, está frio lá fora, por isso podemos esconder a maior parte dos nossos uniformes e armas debaixo de casacos e capas largas. Penduramos as botas ao pescoço pelos atacadores e escondemo-las, calçamos sapatos ridículos para as substituir. O verdadeiro desafio, claro, é disfarçar as nossas caras. A Cressida e o Pollux correm o risco de ser identificados por gente conhecida, o Gale pode ser reconhecido por causa dos *propos* e das notícias, e eu e o Peeta somos conhecidos por todos os cidadãos de Panem. Apressadamente, ajudamos uns aos outros a aplicar espessas camadas de maquilhagem, a colocar perucas e óculos de sol. A Cressida tapa-me a boca e o nariz com cachecóis e depois faz o mesmo ao Peeta.

Sinto o tempo a passar, mas detenho-me por apenas uns momentos para encher os bolsos de comida e material de primeiros socorros. — Não se dispersem — aviso, já à porta da frente. Depois saímos para a rua. Começaram a cair flocos de neve. Pessoas agitadas rodopiam por nós, falando de rebeldes, de fome e de mim nos seus sotaques afetados do Capitólio. Atravessamos a rua, passamos por mais alguns apartamentos. Quando estamos a dobrar a esquina, três dúzias de Soldados da Paz passam rapidamente por nós. Desviamo-nos do seu caminho, como fazem os outros cidadãos, esperamos até a multidão retomar o seu curso normal e continuamos a andar. — Cressida — sussurro. — Consegues pensar nalgum sítio?

— Estou a tentar — assegura-me ela.

Passamos mais um quarteirão. Depois ouvimos as sirenes. Através da janela de um apartamento, vejo um boletim informativo de emergência e imagens dos nossos rostos a piscar. Eles ainda não identificaram todos os que morreram no nosso grupo, porque vejo as fotografias do Castor e do Finnick. Em breve todos os transeuntes serão tão perigosos como os Soldados da Paz. — Cressida?

— Há um sítio. Não é ideal. Mas podemos tentar — diz ela. Seguimo-la por mais uns quarteirões e entramos por um portão para o que parece ser uma residência particular. Mas é uma espécie de atalho, porque, depois de atravessarmos um jardim muito bem tratado, saímos por outro portão para uma pequena rua lateral que liga duas avenidas principais. Reparo nalgumas lojas pequenas — uma que compra artigos usados, outra que vende joias falsas. Só algumas pessoas circulam na rua e estas não nos prestam qualquer atenção. A Cressida começa a tagarelar numa voz estridente sobre roupa interior de pele, sobre como é indispensável nos meses frios. — Esperem até ver os preços! Acreditem, é metade do que pagam nas avenidas!

Paramos diante de uma montra suja cheia de manequins com roupa interior de pele. A loja nem sequer parece que está aberta, mas a Cressida empurra a porta da frente, ativando uma campainha dissonante. Dentro da loja sombria e estreita ladeada de cabides e prateleiras de mercadorias, o cheiro a pele de animal invade-nos o nariz. O negócio deve estar fraco, porque somos os únicos clientes. A Cressida dirige-se diretamente para uma figura corcovada sentada ao fundo. Sigo-a, passando os dedos pela roupa macia.

Atrás do balcão está a pessoa mais estranha que já vi. É um exemplo extremo da cirurgia plástica que acaba mal, pois seguramente nem mesmo no Capitólio poderiam achar aquele rosto atraente. A pele foi esticada para trás e tatuada com riscas pretas e douradas. O nariz foi achatado até quase desaparecer. Já tinha visto bigodes de gato em pessoas do Capitólio, mas não tão compridos. O resultado é uma máscara semifelina e grotesca que agora nos olha desconfiada.

A Cressida tira a peruca, revelando as suas tatuagens. — Tigris — diz. — Precisamos de ajuda.

Tigris. O nome diz-me qualquer coisa. Ela era uma profissional qualquer — uma versão mais jovem e menos assustadora de si mesma — nos primeiros Jogos da Fome que consigo recordar. Uma estilista, acho eu. Não me lembro para que distrito. Não o 12. Depois deve ter feito demasiadas cirurgias, ultrapassando algum limite e tornando-se repugnante.

Então é assim que acabam os estilistas quando deixam de ser úteis. Em tristes lojas de roupa interior onde esperam pela morte. Longe dos olhos do público.

Examino a cara dela, perguntando-me se os pais lhe terão dado mesmo o nome de Tigris, inspirando a sua mutilação, ou se ela escolheu o estilo e mudou o nome para condizer com as suas riscas.

225

— O Plutarch disse que podíamos confiar em ti — acrescenta a Cressida.

Oh, não! É uma das pessoas do Plutarch. Se o seu primeiro ato não for entregar-nos ao Capitólio, será informar o Plutarch, e por acréscimo a Coin, do nosso paradeiro. Não, a loja da Tigris não é ideal, mas é tudo o que temos neste momento. Se é que ela nos vai ajudar. Os seus olhos hesitam entre nós e uma velha televisão no balcão, como se estivesse a tentar situar-nos. Para a ajudar, baixo o meu cachecol, tiro a peruca e aproximo-me para que a luz do ecrã incida sobre a minha cara.

A Tigris solta uma pequena rosnadela, parecida com a que o *Ranúnculo* poderia lançar-me. Depois desce do seu banco e desaparece por trás de um cabide de perneiras forradas a pele. Ouve-se o ruído de algo a deslizar e depois a mão dela aparece e faz-nos sinal para avançar. A Cressida olha para mim, como se perguntasse: *Tens a certeza?* Mas que alternativa nos resta? Voltar para a rua nestas condições seria a captura ou a morte certa. Dou a volta às peles e descubro que a Tigris abriu uma pequena porta na base da parede. Do outro lado parece haver uma íngreme escadaria de pedra. Ela faz-me sinal para entrar.

Todos os indícios naquela situação parecem apontar apenas para uma coisa, *armadilha*. Tenho um momento de pânico e volto-me para a Tigris, perscrutando-lhe os olhos amarelo-acastanhados. Porque está a fazer isto? Ela não é o Cinna, alguém disposto a sacrificar-se pelos outros. Esta mulher foi a personificação da frivolidade do Capitólio. Foi uma das estrelas dos Jogos da Fome até... até deixar de o ser. Será por isso, então? Ressentimento? Ódio? Vingança? Na verdade, a ideia tranquiliza-me. A necessidade de vingança pode ser duradoura e ardente. Sobretudo quando cada olhar no espelho a fortalece.

— O Snow baniu-te dos Jogos? — pergunto. Ela limita-se a olhar para mim. Algures a sua cauda de tigre abana com desagrado. — Porque eu vou matá-lo, sabias? — A boca dela alonga-se no que me parece um sorriso. Com essa pequena garantia de que aquilo não é uma loucura completa, transponho a entrada.

A meio das escadas, a minha cara bate numa corrente pendente e puxo-a, iluminando o abrigo com uma lâmpada fluorescente cintilante. É uma pequena cave sem portas nem janelas. Baixa e larga. Provavelmente apenas uma faixa entre duas verdadeiras caves. Um lugar cuja existência podia passar despercebida, a menos que tivesses um olho muito apurado para dimensões. É frio e húmido, com pilhas de peles que provavelmente não veem a luz do dia há anos. Se a Tigris não nos denunciar, duvido que alguém nos encontre aqui. Quando chego ao chão de cimento, já os meus companheiros estão nas escadas. A portinhola volta a fechar-se. Oiço o cabide de roupa interior ser arrastado sobre as suas rodas chiadoras. A Tigris arrastando os pés para o seu banco. Fomos engolidos pela sua loja.

E mesmo a tempo, porque o Gale parece prestes a desmaiar. Fazemos--lhe uma cama de peles, tiramos-lhe as armas e ajudamo-lo a deitar-se de costas. Ao fundo da cave, há uma torneira a trinta centímetros do chão com um dreno em baixo. Abro a torneira e, depois de muitos soluços e muita ferrugem, começa a correr água limpa. Limpamos a ferida no pescoço do Gale e concluo que as ligaduras não serão suficientes. Ele vai precisar de alguns pontos. Há uma agulha e fio esterilizado na caixa de primeiros socorros, mas falta-nos um cirurgião. Penso em pedir ajuda à Tigris. Como estilista, deve saber trabalhar com uma agulha. Mas depois não haveria ninguém a tomar conta da loja e ela já está a fazer bastante. Reconhecendo que talvez seja a pessoa mais indicada para a tarefa, cerro os dentes e aplico uma fila de suturas irregulares. Não fica bonita, mas serve. Besunto-a com remédio e cubro-a com ligaduras. Ele toma analgésicos. — Podes descansar agora. Estás seguro aqui — digo-lhe. Ele adormece imediatamente.

Enquanto a Cressida e o Pollux fazem ninhos de peles para cada um de nós, trato os pulsos do Peeta. Limpo-lhes o sangue com cuidado, aplico um antisséptico e ligo-os por baixo das algemas. — Tens de os manter limpos, senão a infeção pode espalhar-se e...

— Eu sei o que é envenenamento do sangue, Katniss — diz o Peeta.

— Mesmo que a minha mãe não seja curandeira.

De repente, sou transportada para o passado, para outra ferida, outro conjunto de ligaduras. — Disseste-me a mesma coisa nos primeiros Jogos da Fome. Verdade ou mentira?

— Verdade — confirma ele. — E tu arriscaste a vida para ir buscar o remédio que me salvou?

— Verdade. — Encolho os ombros. — Só pude fazê-lo porque já me tinhas salvo a vida antes.

— Tinha? — O comentário deixa-o confuso. Alguma recordação brilhante deve estar a tentar roubar-lhe a atenção, porque ele retesa o corpo e força os punhos com as ligaduras novas contra as algemas de metal. Depois toda a energia parece abandonar-lhe o corpo. — Estou tão cansado, Katniss.

— Vê se consegues dormir — insto. Ele não se deita antes de eu lhe ajustar as algemas e prender a um dos suportes das escadas. Não deve ser muito cómodo, estar ali deitado com os braços por cima da cabeça. Mas, passados alguns minutos, também ele adormece.

A Cressida e o Pollux fizeram-nos as camas, prepararam-nos a comida e os medicamentos, e agora perguntam-me o que quero fazer quanto a montar uma vigia. Olho para o rosto pálido do Gale, para as algemas do

227

Peeta. O Pollux não dorme há dias e eu e a Cressida só dormitámos durante algumas horas. Se um pelotão de Soldados da Paz entrasse por aquela porta, estaríamos encurralados como ratos. Estamos completamente à mercê de uma mulher-tigre decrépita com o que eu só posso esperar seja uma paixão avassaladora pela morte do Snow.

— Sinceramente, não acho que valha a pena montar guarda. Vamos só tentar dormir um pouco — respondo. Eles acenam com a cabeça, entorpecidos, e aconchegamo-nos todos nas nossas peles. O fogo dentro de mim extinguiu-se e com ele as minhas forças. Entrego-me às peles macias e bafientas e ao esquecimento.

Lembro-me apenas de um sonho. Uma viagem longa e enfadonha para tentar chegar ao Distrito 12. A casa que procuro está intacta, as pessoas vivas. A Effie Trinket, chamando a atenção com a sua peruca cor-de-rosa--vivo e fato feito por medida, viaja comigo. Estou constantemente a tentar livrar-me da sua presença, mas ela reaparece inexplicavelmente ao meu lado, afirmando que como minha acompanhante é responsável pelo cumprimento do meu horário. Só que o horário está sempre a mudar, por causa da falta de um carimbo de algum funcionário ou porque a Effie parte um dos seus saltos altos. Acampamos durante dias num banco de uma estação cinzenta no Distrito 7, esperando um comboio que nunca chega. Quando acordo, sinto-me ainda mais esgotada com isto do que com as minhas habituais incursões noturnas no sangue e no terror.

A Cressida, a única pessoa acordada, informa-me que é quase de noite. Como uma lata de guisado de carne e bebo muita água. Depois encosto--me à parede da cave, revendo os acontecimentos do último dia. Seguindo morte após morte. Contando-as pelos dedos. Um, dois — o Mitchell e o Boggs apanhados no quarteirão. Três — o Messalla derretido pelo casulo. Quatro, cinco — a Leeg 1 e a Jackson sacrificando-se no Triturador de Carne. Seis, sete, oito — o Castor, o Homes e o Finnick decapitados pelos lagartos com cheiro a rosa. Oito mortos em vinte e quatro horas. Eu sei que isso aconteceu, mas não parece verdade. O Castor está com certeza a dormir debaixo daquele monte de peles, o Finnick descerá por aquelas escadas a qualquer instante, o Boggs explicar-me-á o seu plano para a nossa fuga.

Acreditar que eles estão mortos é aceitar que os matei. Pronto, talvez não o Mitchell e o Boggs — estes morreram numa missão verdadeira. Mas os outros perderam a vida a defender-me numa missão que eu inventei. O meu plano para assassinar o presidente Snow parece tão estúpido agora. Tão estúpido agora que estou a tremer aqui nesta cave, contabilizando as nossas perdas, brincando com as borlas das botas de cano alto prateadas que roubei da casa da mulher. Ah, sim — tinha-me esquecido disso. Também a matei. Agora também ando a matar cidadãos desarmados.

Acho que chegou o momento de me entregar.

Quando toda a gente finalmente acorda, faço a minha confissão. Admito que menti sobre a missão, que coloquei toda a gente em perigo com a minha busca de vingança. Segue-se um longo silêncio. O Gale é o primeiro a falar. — Katniss, todos sabíamos que estavas a mentir sobre a Coin te mandar matar o Snow.

— Tu talvez soubesses. Mas os soldados do Treze não sabiam — replico.

— Achas mesmo que a Jackson acreditou que tinhas ordens da Coin? — pergunta a Cressida. — Claro que não. Mas ela confiava no Boggs e ele obviamente queria que tu continuasses.

— Nunca disse ao Boggs o que tencionava fazer — insisto.

— Disseste a toda a gente no Comando! — exclama o Gale. — Foi uma das condições para seres o Mimo-gaio. «*Eu mato o Snow.*»

As duas coisas não me parecem estar ligadas. Negociar com a Coin o privilégio de matar o Snow depois da guerra e este voo não autorizado pelo Capitólio. — Mas não desta maneira — explico. — Tem sido um desastre total.

— Creio que seria considerada uma missão muito bem-sucedida — afirma o Gale. — Penetrámos no campo do inimigo, mostrando que as defesas do Capitólio podem ser quebradas. Conseguimos que imagens dos nossos movimentos fossem transmitidas em todas as notícias do Capitólio. Lançámos a cidade inteira no caos, com toda a gente à nossa procura.

— Acredita, o Plutarch deve estar radiante — acrescenta a Cressida.

— Porque o Plutarch não se importa com as pessoas que morrem — afirmo. — Desde que os seus Jogos sejam um êxito.

A Cressida e o Gale insistem em tentar convencer-me. O Pollux acena com a cabeça em sinal de concordância. Só o Peeta não oferece a sua opinião.

— Que achas, Peeta? — pergunto-lhe, por fim.

— Eu acho... que continuas a não fazer ideia. Do efeito que provocas. — Ele faz deslizar as algemas pelo suporte acima e consegue sentar-se. — Nenhuma das pessoas que perdemos era idiota. Sabiam o que estavam a fazer. Seguiram-te porque acreditavam que tu podias realmente matar o Snow.

Não sei porque é que ele consegue convencer-se quando mais ninguém consegue. Mas se ele tiver razão, e acho que tem, a minha dívida para com os outros só poderá ser paga de uma maneira. Tiro o mapa de papel de um bolso no uniforme e estendo-o no chão com uma nova determinação. — Onde estamos, Cressida?

A loja da Tigris fica a cinco quarteirões do Círculo da Cidade e da mansão do Snow. Poderemos lá chegar facilmente a pé atravessando uma zona em que os casulos estão desativados por causa da segurança dos residentes. Temos disfarces que, talvez com alguns embelezamentos do lote de peles da Tigris, nos ajudariam a fazer o percurso em segurança. Mas, e depois? A mansão deve estar fortemente guardada, sob vigilância permanente de câmaras e rodeada de casulos que podem ser ativados a qualquer instante.

— Do que precisamos é de trazê-lo para fora — diz-me o Gale.

— Então um de nós podia abatê-lo.

— Ele ainda costuma aparecer em público? — pergunta o Peeta.

— Penso que não — responde a Cressida. — Pelo menos em todos os discursos recentes que vi ele estava na mansão. Mesmo antes de os rebeldes chegarem. Imagino que se tenha tornado mais cauteloso depois de o Finnick revelar os seus crimes.

É verdade. Não são só as Tigris do Capitólio que odeiam o Snow agora, mas toda uma rede de pessoas que sabe o que ele fez a amigos e familiares. Teria de ser algo quase miraculoso para o fazer sair. Algo como...

— Aposto que ele saía por mim — avento. — Se eu fosse capturada. Ele iria querer mostrar-me o mais possível. Iria querer que a minha execução fosse à sua porta. — Deixo os outros pensar nisso. — Então o Gale podia alvejá-lo do meio do público.

— Não. — O Peeta abana a cabeça. — Há demasiados fins alternativos nesse plano. O Snow pode decidir manter-te viva e torturar-te para obter informações. Ou mandar executar-te em público sem a sua presença. Ou matar-te dentro da mansão e exibir o teu corpo depois.

— Gale? — pergunto.

— Parece-me uma solução demasiado drástica para adotar de imediato — conclui ele. — Talvez se tudo o resto falhar. Vamos continuar a pensar noutras alternativas.

No silêncio que se segue, ouvimos os passos suaves da Tigris em cima. Deve estar na hora do fecho. Ela está a encerrar a loja, talvez baixando os estores. Minutos depois, a portinhola ao cimo das escadas abre-se.

— Subam — diz uma voz rouca. — Tenho alguma comida para vocês. — É a primeira vez que ela fala desde que chegámos. Não sei se é natural ou de anos de prática, mas há qualquer coisa no seu jeito de falar que faz lembrar o ronronar de um gato.

Quando subimos as escadas, a Cressida pergunta: — Entraste em contacto com o Plutarch, Tigris?

— Impossível. — A Tigris encolhe os ombros. — Mas ele perceberá que vocês estão em local seguro. Não se preocupem.

Preocupar? Sinto-me imensamente aliviada com a notícia de que não receberei — nem terei de ignorar — ordens diretas do 13. Nem terei de inventar uma defesa credível para as decisões que tomei nos últimos dois dias.

Na loja, em cima do balcão, estão alguns bocados secos de pão, uma fatia de queijo com bolor e meio frasco de mostarda. Faz-me lembrar que nem toda a gente no Capitólio anda de barriga cheia hoje em dia. Sinto-me na obrigação de informar a Tigris dos víveres que ainda temos connosco, mas ela rejeita as minhas objeções com um aceno de mão. — Eu não como quase nada — acrescenta. — E quando como é só carne crua. — Isto parece-me típico demais para ser verdade, mas não o contesto. Raspo apenas o bolor do queijo e divido a comida entre todos.

Enquanto comemos, vemos o último noticiário do Capitólio. O governo já sabe que os rebeldes sobreviventes são apenas cinco. São oferecidos prémios enormes por informações que possam conduzir à nossa captura. Fazem ainda notar que somos muito perigosos. Mostram nós os cinco numa troca de tiros com os Soldados da Paz, mas não os mutes a arrancar-lhes as cabeças. Depois fazem uma homenagem dramática à mulher que matei, no local onde a deixámos e com a minha flecha ainda espetada no seu coração. Alguém lhe retocou a maquilhagem para as câmaras.

O Beetee deixa passar a emissão do Capitólio sem interrupções. — Os rebeldes fizeram alguma declaração hoje? — pergunto à Tigris. Ela abana a cabeça. — Duvido que a Coin saiba o que fazer comigo, agora que ainda estou viva.

A Tigris solta um riso gutural. — Ninguém sabe o que fazer contigo, miúda. — Depois obriga-me a levar um par de perneiras de pele, apesar de eu não poder pagar. É uma daquelas ofertas que temos simplesmente de aceitar. E, afinal, sempre faz frio naquela cave.

Depois do jantar, novamente no abrigo, continuamos a dar voltas à cabeça para arranjar um plano. Não surge qualquer ideia aceitável, mas decidimos que já não podemos sair todos ao mesmo tempo e que devíamos tentar infiltrar-nos na mansão do presidente antes de eu me oferecer como isca. Concordo com esse segundo ponto para evitar mais discussões. Se decidir entregar-me, não precisarei do consentimento nem da participação de ninguém.

Mudamos as ligaduras, algemamos de novo o Peeta ao seu suporte e deitamo-nos para dormir. Algumas horas mais tarde volto a acordar e oiço uma conversa murmurada. O Peeta e o Gale. Não consigo evitar escutá-los às escondidas.

— Obrigado pela água — diz o Peeta.

— De nada — responde o Gale. — Eu acordo umas dez vezes por noite, de qualquer maneira.

— Para ver se a Katniss ainda está connosco? — pergunta o Peeta.

— Qualquer coisa assim — confessa o Gale.

Segue-se uma longa pausa antes de o Peeta voltar a falar. — Teve piada, o que disse a Tigris. Sobre ninguém saber o que fazer com ela.

— Bem, *nós* nunca soubemos — afirma o Gale.

Riem-se os dois. É tão estranho ouvi-los falar daquela maneira. Quase como amigos. O que não é o caso. Nunca foram. Se bem que não sejam propriamente inimigos.

— Ela ama-te, sabias? — continua o Peeta. — Ela quase mo confessou depois de seres chicoteado.

— Não acredites nisso — responde o Gale. — A maneira como ela te beijou no Quarteirão... bem, ela nunca me beijou assim.

— Isso fazia apenas parte do espetáculo — assegura-lhe o Peeta, embora haja uma ponta de dúvida na sua voz.

— Não, tu conquistaste-a. Desististe de tudo por ela. Talvez essa seja a única maneira de a convencer de que a amamos. — Segue-se uma longa pausa. — Devia ter-me oferecido para te substituir nos primeiros Jogos. Para a proteger.

— Não podias — garante o Peeta. — Ela nunca te teria perdoado. Tinhas de tomar conta da família dela. Elas são mais importantes para a Katniss do que a própria vida.

— Bem, isso não será um problema durante muito mais tempo. Penso que é pouco provável que estejamos todos vivos quando a guerra acabar. E, se estivermos, julgo que o problema seja da Katniss. Quem escolher. — O Gale boceja. — Devíamos dormir um pouco.

— Pois. — Oiço as algemas do Peeta descer pelo suporte quando ele se deita. — Como será que ela vai escolher?

— Ah, isso sei. — Mal consigo ouvir as últimas palavras do Gale através da camada de peles. — A Katniss vai escolher a pessoa sem a qual não consegue sobreviver.

24

Sinto um arrepio. Serei mesmo assim tão fria e calculista? O Gale não disse: «A Katniss vai escolher a pessoa que mais lhe custará ter de abandonar», nem mesmo «sem a qual não consegue viver». Essas hipóteses teriam sugerido que aquilo que me motivava era alguma espécie de paixão. Mas o meu melhor amigo prevê que eu escolha a pessoa «sem a qual não consigo sobreviver». Não há a mínima indicação de que o amor, o desejo ou mesmo a compatibilidade me influenciarão. Farei apenas uma fria avaliação do que os meus potenciais parceiros poderão oferecer-me. Como se, no fim de contas, fosse uma questão de saber se seria um padeiro ou um caçador que mais garantiria a minha longevidade. É algo horrível para o Gale dizer e para o Peeta não refutar. Sobretudo quando todas as minhas emoções têm sido apreendidas e exploradas pelo Capitólio ou pelos rebeldes. Neste momento, a escolha seria simples. Consigo sobreviver muito bem sem qualquer dos dois.

De manhã, não tenho tempo nem energia para alimentar ressentimentos. Durante um pequeno-almoço madrugador de *pâté* de fígado e bolachas de figo, reunimo-nos à volta da televisão da Tigris para uma das interferências do Beetee. Houve um novo avanço na guerra. Aparentemente inspirado na onda preta, um empreendedor comandante rebelde teve a ideia de confiscar os automóveis abandonados das pessoas e lançá-los sem condutor pelas ruas. Os carros não ativam todos os casulos, mas atingem a maioria. Por volta das quatro da manhã, os rebeldes começaram a abrir três caminhos distintos — designados simplesmente linhas A, B e C — para o coração do Capitólio. Consequentemente, tomaram vários quarteirões com muito poucas baixas.

— Isso não vai durar muito mais — aventa o Gale. — Na verdade, surpreende-me que o tenham permitido durante tanto tempo. O Capitólio vai readaptar-se desativando determinados casulos e depois ativando-os manualmente quando os alvos estiverem dentro do seu alcance.

— Poucos minutos depois desta previsão, vimos isso mesmo acontecer na televisão. Um pelotão lança um carro por um quarteirão abaixo, ativando quatro casulos. Tudo parece bem. Três batedores avançam e chegam sem problemas ao fim da rua. Mas, quando vinte soldados rebeldes seguem pelo mesmo caminho, são mandados pelos ares por uma fila de roseiras em vaso diante de uma loja de flores.

— Aposto que o Plutarch se está a roer de inveja por não ter estado na sala de comandos neste caso — comenta o Peeta.

O Beetee passa a emissão de novo para o Capitólio, onde uma jornalista carrancuda anuncia os quarteirões que os civis devem evacuar. Com a atualização dela e a história anterior, sou capaz de assinalar no meu mapa de papel as posições relativas dos dois exércitos.

Oiço passos lá fora na rua, aproximo-me das janelas e espreito pelos estores. À luz do amanhecer, vejo um espetáculo bizarro. Centenas de refugiados dos quarteirões agora ocupados dirigem-se para o centro do Capitólio. Os mais assustados trazem apenas camisas de noite e pantufas, enquanto os mais preparados se embrulharam em várias camadas de roupa. Transportam tudo desde cãezinhos de salão a caixas de joias e plantas em vaso. Um homem num roupão penugento traz apenas uma banana madura na mão. Crianças confusas e sonolentas arrastam-se atrás dos pais, a maioria demasiado aturdida ou perplexa para chorar. Pedaços delas passam-me rapidamente pela linha de visão. Um par de olhos castanhos arregalados. Um braço agarrando uma boneca predileta. Um par de pés descalços, azulados por causa do frio, tropeçando nas pedras irregulares da calçada. A visão faz-me lembrar as crianças do 12 que morreram fugindo das bombas incendiárias. Afasto-me da janela.

A Tigris oferece-se para ser a nossa espia durante o dia, visto que é a única que não tem a cabeça a prémio. Depois de nos fechar na cave, sai para o Capitólio para recolher informações que nos possam ajudar.

Na cave, passeio de um lado para o outro, irritando os outros. Algo me diz que não aproveitar a vaga de refugiados é um erro. Que melhor disfarce poderíamos ter? Por outro lado, cada pessoa deslocada na rua equivale a outro par de olhos procurando os cinco rebeldes à solta. Mas que ganhamos permanecendo aqui? Na realidade, estamos apenas a esgotar o nosso pequeno esconderijo de comida e a esperar... o quê? Que os rebeldes tomem o Capitólio? Isso poderá levar semanas e não sei bem o que faria se tal acontecesse. Não sairia a correr para os saudar. A Coin mandava-me de volta para o 13 antes que eu pudesse dizer «camarinha, camarinha, camarinha». Não fiz todo este caminho, nem perdi todas aquelas pessoas, para me entregar àquela mulher. *Eu mato o Snow.* Além

234

disso, haveria muitas coisas acerca dos últimos dias que eu teria dificuldade em explicar. Muitas delas, se se tornassem públicas, poderiam custar-me o acordo relativo à imunidade dos vencedores. E, além de mim, tenho a impressão de que alguns dos outros irão precisar dela. Como o Peeta. Que, apesar de tudo, pode ser visto em filme atirando o Mitchell para aquele casulo da rede. Posso imaginar o que um tribunal de guerra da Coin faria com isso.

Ao final da tarde, começamos a preocupar-nos com a ausência prolongada da Tigris. A conversa volta-se para as possibilidades de ela ter sido detida e presa, de nos ter denunciado ou de simplesmente ter ficado ferida na vaga de refugiados. Mas por volta das seis horas ouvimo-la regressar. Depois de algum arrastar de pés no andar de cima, ela abre a portinhola. O cheiro maravilhoso de carne a fritar enche o ar. A Tigris preparou-nos um fricassé de fiambre e batatas. É a primeira refeição quente que comemos há dias e, enquanto espero que ela me encha o prato, corro o sério risco de me babar.

Enquanto mastigo, tento prestar atenção à Tigris, que conta como conseguiu a comida, mas o que retenho é que neste momento a roupa interior de pele é um artigo de troca bastante valioso. Sobretudo para as pessoas que abandonaram as suas casas com pouca roupa. Muitas continuam na rua, tentando encontrar um abrigo para passar a noite. Os que moram nos apartamentos de luxo do centro da cidade não abriram as portas para os receber. Pelo contrário, a maioria trancou-se a sete chaves, correu os estores ou fingiu não estar em casa. Agora o Círculo da Cidade está cheio de refugiados e os Soldados da Paz andam de porta em porta, forçando a entrada se necessário, para providenciar alojamento às pessoas.

Na televisão vemos um sóbrio comandante dos Soldados da Paz ditar regras específicas quanto ao número de pessoas por metro quadrado que cada residente deverá receber. Ele lembra aos cidadãos do Capitólio que as temperaturas vão descer abaixo de zero esta noite e avisa-os de que o presidente espera que eles sejam anfitriões não só prestáveis mas entusiastas neste tempo de crise. Depois mostram algumas imagens muito encenadas de cidadãos preocupados acolhendo refugiados agradecidos em suas casas. O comandante dos Soldados da Paz diz que o próprio presidente mandou aprontar parte da sua mansão para receber cidadãos amanhã. Acrescenta que os lojistas também deviam estar preparados para disponibilizar os seus espaços quando solicitados.

— Tigris, podes ser tu — avisa o Peeta. Percebo que ele tem razão. Que até mesmo aquela lojinha estreita pode ser confiscada quando o número de refugiados aumentar. Então estaríamos verdadeiramente encurralados na cave, sob perigo constante de sermos descobertos. Quantos dias temos? Um? Dois, talvez?

O comandante dos Soldados da Paz volta com mais instruções para a população. Parece que esta tarde houve um infeliz incidente em que uma multidão espancou até à morte um jovem que se parecia com o Peeta. A partir de agora, todos os possíveis avistamentos de rebeldes devem ser comunicados imediatamente às autoridades, que tratarão da identificação e detenção dos suspeitos. Depois mostram uma fotografia da vítima. Tirando os caracóis oxigenados, nada no rapaz faz lembrar sequer o Peeta.

— As pessoas enlouqueceram — murmura a Cressida.

Assistimos a uma breve atualização dos rebeldes que nos dá a saber que mais alguns quarteirões foram hoje conquistados. Tomo nota dos cruzamentos no meu mapa e analiso a situação. — A Linha C está apenas a quatro quarteirões daqui — anuncio. Por alguma razão, isso deixa-me mais ansiosa do que a ideia dos Soldados da Paz à procura de alojamento para os refugiados. De repente, torno-me muito prestável. — Deixem--me lavar a loiça.

— Eu ajudo-te. — O Gale levanta os pratos.

Sinto os olhos do Peeta a seguir-nos para fora da sala. Na cozinha acanhada nas traseiras da loja da Tigris, encho o lava-loiça de água e sabão. — Achas que é verdade? — pergunto. — Que o Snow acolherá refugiados na mansão?

— Agora tem de o fazer, pelo menos para as câmaras — responde o Gale.

— Vou sair amanhã de manhã — anuncio.

— Eu vou contigo — afirma o Gale. — Que fazemos com os outros?

— O Pollux e a Cressida podem ser úteis. São bons guias — considero. Na verdade, o problema não é o Pollux e a Cressida. — Mas o Peeta é demasiado...

— Imprevisível — conclui o Gale. — Achas que ele ainda aceitaria que o deixássemos ficar?

— Podemos argumentar que nos colocará em perigo — sugiro. — Ele poderá ficar aqui, se formos convincentes.

O Peeta é bastante compreensivo com a nossa sugestão. Concorda prontamente que a sua presença poderia colocar em perigo os outros quatro. Estou já a achar que tudo se poderá resolver, que o Peeta esperará pelo fim da guerra na cave da Tigris, quando ele anuncia que vai sair sozinho.

— Para fazer o quê? — pergunta a Cressida.

— Não sei bem. A única coisa em que ainda poderei ser útil é a criar uma diversão. Viram o que aconteceu àquele homem que se parecia comigo — responde ele.

— E se... perderes o controlo? — pergunto.

— Queres dizer... se virar um mute? Bem, se sentir isso a aproximar--se, tentarei voltar para aqui — assegura-me o Peeta.

— E se o Snow te apanhar de novo? — pergunta o Gale. — Nem sequer tens uma espingarda.

— Terei simplesmente de arriscar — insiste o Peeta. — Como todos vocês. — Os dois trocam um olhar. Depois o Gale mete a mão no bolso da camisa e põe o seu comprimido de camarinha da noite na mão do Peeta. Este deixa-o ficar na palma da mão aberta, sem o rejeitar nem aceitar. — E tu?

— Não te preocupes. O Beetee ensinou-me a fazer detonar as minhas flechas de explosivos à mão. Se isso falhar, tenho a minha faca. E terei a Katniss — garante o Gale, com um sorriso. — Ela não lhes dará a satisfação de me capturarem com vida.

A ideia de Soldados da Paz capturando o Gale põe-me novamente a melodia a tocar na cabeça...

Vem, vem ter comigo à árvore

— Aceita-a, Peeta — digo, com a voz embargada. Estendo a mão e fecho-lhe os dedos sobre o comprimido. — Não haverá ninguém para te ajudar.

Passamos uma noite agitada, acordando com os pesadelos uns dos outros, com as mentes a trabalhar nos planos do dia seguinte. Sinto-me aliviada quando chegam as cinco horas e podemos iniciar o que quer que este dia nos reserva. Comemos uma mistura da comida que nos resta — pêssegos em calda, bolachas de água e sal e caracóis —, deixando uma lata de salmão para a Tigris como magro agradecimento por tudo o que ela fez por nós. O gesto parece comovê-la. O seu rosto contorce-se numa expressão estranha e ela parte imediatamente para a ação. Passa a hora seguinte a transformar-nos. Volta a vestir-nos, de forma a que as nossas roupas normais escondam os uniformes antes mesmo de pormos os casacos e as capas. Reveste as nossas botas militares com uma espécie de pantufas peludas. Prende-nos as perucas com ganchos. Limpa os restos berrantes de tinta aplicados apressadamente aos nossos rostos e volta a maquilhar-nos. Adorna-nos com cachecóis e lenços para nos esconder as armas. Depois dá-nos malas de mão e montes de bugigangas para usar. No fim, estamos exatamente iguais aos refugiados que fogem dos rebeldes.

— Nunca subestimes o poder de uma grande estilista — elogia o Peeta. É difícil perceber, mas acho que a Tigris pode ter mesmo corado por baixo das suas riscas.

Não há atualizações úteis na televisão, mas a rua parece tão cheia de refugiados como na manhã anterior. O nosso plano é misturar-nos sorrateiramente na multidão em três grupos. Primeiro a Cressida e o Pollux, que servirão de guias mas com um bom avanço em relação a nós. Depois eu e o Gale, pretendendo incluir-nos entre os refugiados que serão acolhidos hoje na mansão. Depois o Peeta, que seguirá atrás, pronto para criar uma diversão se for necessário.

A Tigris espreita pelos estores à espera do momento certo, destranca a porta e faz sinal com a cabeça à Cressida e ao Pollux. — Tenham cuidado — diz a Cressida, e desaparecem.

Nós seguiremos dentro de um minuto. Tiro a chave para fora, solto as algemas do Peeta e meto-as num bolso. Ele esfrega os punhos. Dobra-os. Sinto uma espécie de desespero surgindo dentro de mim. Como se tivesse voltado para o Quarteirão, com o Beetee entregando-me e à Johanna aquele rolo de fio elétrico.

— Escuta — digo. — Não faças nenhum disparate.

— Não. Só em último recurso. Prometo — responde o Peeta.

Abraço-lhe o pescoço. Sinto os braços dele hesitar antes de me envolverem. Não tão firmes como eram antes, mas ainda quentes e fortes. Invadem-me mil recordações. Todos os momentos em que aqueles braços foram o meu único refúgio do mundo. Talvez não devidamente apreciados na altura, mas tão ternos na minha memória, e agora extintos para sempre. — Está bem, então. — Solto-o.

— Está na hora — avisa a Tigris. Dou-lhe um beijo na face, aperto a minha capa vermelha com capuz, puxo o cachecol para cima do nariz e sigo o Gale para o ar frio da rua.

Flocos de neve gelados e cortantes ferem-me a pele exposta. O sol nascente está a tentar romper a escuridão sem grande êxito. Há luz suficiente para ver os vultos agasalhados mais próximos, mas pouco mais. São condições perfeitas, na verdade, só que não consigo localizar a Cressida e o Pollux. Eu e o Gale baixamos a cabeça e caminhamos lentamente com os refugiados. Oiço aquilo que perdi quando espreitei pelos estores ontem. Choros, gemidos, respiração ofegante. E, não muito longe, tiros.

— Para onde vamos, tio? — pergunta um rapazinho tremendo de frio a um homem carregado com um pequeno cofre.

— Para a mansão do presidente. Eles vão dar-nos um novo lugar para morar — responde o homem, bufando.

Saímos da ruela e entramos numa das avenidas principais. — Mantenham-se à direita! — ordena uma voz, e vejo os Soldados da Paz espalhados entre a multidão, orientando o fluxo de tráfego humano. Rostos assustados espreitam pelas montras de vidro laminado das lojas, que começam já a ficar cheias de refugiados. Por este andar, a Tigris poderá ter novos hóspedes antes do almoço. Foi bom para todos termos saído quando saímos.

Está mais claro agora, mesmo com a neve a aumentar. Vislumbro a Cressida e o Pollux a cerca de trinta metros à nossa frente, avançando lentamente com a multidão. Viro a cabeça para trás para ver se consigo localizar o Peeta. Não consigo, mas chamei a atenção de uma rapariguinha curiosa num casaco amarelo-esverdeado. Acotovelo o Gale e abrando muito ligeiramente o passo, para permitir que se forme um muro de pessoas entre nós.

— Talvez tenhamos de nos separar — sussurro. — Há uma rapariga...

O tiroteio atravessa a multidão. Várias pessoas ao meu lado atiram-se para o chão. Gritos rasgam o ar quando uma segunda rajada dizima outro grupo atrás de nós. Eu e o Gale baixamo-nos e corremos os dez metros até às lojas. Escondemo-nos atrás de um mostruário de botas de saltos altos à porta de uma sapataria.

Uma fila de calçado peludo impede a visão do Gale. — Quem é? Consegues ver? — pergunta-me. O que consigo ver, entre pares alternados de botas de pele cor de alfazema e verde-hortelã, é uma rua cheia de corpos. A rapariguinha que me observava está ajoelhada no chão, gritando e tentando despertar uma mulher imóvel. Outra rajada de balas atravessa-lhe o casaco amarelo no peito, manchando-o de encarnado, atirando a rapariga para trás. Durante um momento, fitando a sua pequena forma enroscada, perco a capacidade de formar palavras. O Gale dá-me uma pequena cotovelada. — Katniss?

— Estão a disparar do telhado por cima de nós — informo o Gale. Assisto a mais algumas salvas de tiros. Vejo os uniformes brancos caindo nas ruas cobertas de neve. — Estão a tentar atingir os Soldados da Paz, mas não são grandes atiradores. Devem ser os rebeldes. — Não sinto qualquer ímpeto de alegria, embora teoricamente os meus aliados estejam a vencer. Estou paralisada por aquele casaco amarelo-esverdeado.

— Se começarmos a disparar, estamos feitos — assegura o Gale.

— Toda a gente saberá que somos nós.

É verdade. Estamos armados apenas com os nossos arcos especiais. Disparar uma flecha seria anunciar a ambos os lados que estamos aqui.

— Não — esforço-me por dizer. — Temos de chegar ao Snow.

— Então é melhor avançarmos, antes que o quarteirão inteiro vá pelos ares — sugere o Gale. Encostados à parede, continuamos a percorrer a rua. Só que a parede é constituída sobretudo por montras de lojas. Uma sequência de mãos transpiradas e rostos boquiabertos comprime-se contra os vidros. Levanto mais o cachecol para tapar as bochechas enquanto serpenteamos pelos mostruários no passeio. Por trás de um expositor de fotografias emolduradas do presidente Snow, encontramos um Soldado da Paz ferido apoiando-se numa faixa de parede de tijolo.

Ele pede-nos ajuda. O Gale bate-lhe com o joelho na cabeça e tira-lhe a espingarda. No cruzamento, ele mata outro soldado e ambos passamos a ter espingardas.

— Então quem é que somos agora? — pergunto.

— Cidadãos desesperados do Capitólio — responde o Gale. — Os soldados julgarão que estamos do lado deles. E os rebeldes, espero, têm alvos mais interessantes.

Estou a matutar sobre a sensatez deste último disfarce quando atravessamos o cruzamento a correr, mas, ao chegarmos ao quarteirão seguinte, já não importa quem somos. Não importa quem é quem. Porque ninguém tem tempo para ver rostos. Os rebeldes já chegaram, não há dúvida. Entrando em massa na avenida, escondendo-se nas entradas dos prédios, atrás de automóveis, com as armas disparando, vozes roucas berrando ordens quando eles se preparam para enfrentar um pelotão de Soldados da Paz que avança na nossa direção. Os refugiados, indefesos, desorientados, muitos feridos, são apanhados no fogo cruzado.

Um casulo é ativado à nossa frente, libertando um jorro de vapor que queima toda a gente no seu caminho, deixando as vítimas cor-de-rosa e mortas. Depois disso, o pouco sentido de ordem que ainda existia dissolve-se por completo. Quando as restantes espirais de vapor se entrelaçam com a neve, a visibilidade estende-se apenas ao cano da minha espingarda. Soldado da Paz, rebelde, cidadão, quem sabe? Tudo o que mexe é um alvo. As pessoas disparam por reflexo e eu não sou exceção. Com o coração a martelar, a adrenalina a queimar-me o corpo, vejo apenas inimigos. Exceto o Gale. O meu parceiro de caça, a única pessoa que me protege. Só nos resta avançar, matando todos os que se cruzam no nosso caminho. Pessoas a gritar, pessoas a sangrar, pessoas mortas em toda a parte. Quando chegamos à esquina seguinte, o quarteirão inteiro à nossa frente ilumina-se com um clarão roxo. Recuamos, agachamo-nos na caixa de umas escadas, semicerramos os olhos para poder enfrentar a luz. Algo acontece às pessoas atingidas pelo clarão. São assaltadas por... o quê? Um ruído? Uma onda? Um laser? As armas caem-lhes das mãos, os dedos agarram-se à cara, o sangue esguicha-lhes de todos os orifícios visíveis — olhos, nariz, boca, ouvidos. Em menos de um minuto, toda a gente está morta e o clarão desaparece. Cerro os dentes e corro, saltando por cima dos cadáveres, com os pés escorregando no sangue. O vento levanta a neve em remoinhos que nos toldam a visão, mas não abafa o ruído de outra vaga de botas dirigindo-se para nós.

— Baixa-te! — grito para o Gale. Deitamo-nos onde estamos. A minha cara bate numa poça do sangue ainda quente de alguém, mas finjo-me de morta, permaneço imóvel quando as botas marcham por cima de nós. Algumas evitam os corpos. Outras trilham-me a mão, as costas, batem-me na cabeça ao passar. Quando as botas se afastam, abro os olhos e aceno com a cabeça ao Gale.

No quarteirão seguinte, encontramos mais refugiados aterrorizados, mas poucos soldados. Mesmo quando parece que iremos ter algum descanso, surge um estrondo, como um ovo batendo na borda de uma tigela mas ampliado mil vezes. Paramos, olhamos em volta à procura do casulo. Nada. Depois sinto as pontas das botas começar a inclinar-se muito ligeiramente. — Corre! — grito para o Gale. Não há tempo para explicar, mas em segundos a natureza do casulo torna-se evidente para toda a gente. Uma fenda abriu-se ao longo do centro do quarteirão. Os dois lados da rua empedrada começam a dobrar-se para baixo, vertendo lentamente as pessoas para as profundezas invisíveis da rua.

Fico indecisa entre seguir a direito para o cruzamento seguinte e tentar chegar às portas que ladeiam a rua e forçar a entrada num prédio. Por causa disso, acabo por me deitar ligeiramente na diagonal. À medida que as dobras da rua continuam a baixar, os meus pés começam a escorregar nas lajes. Esforço-me por subir, como se estivesse a correr ao longo da encosta de uma montanha de gelo que vai ficando mais íngreme a cada passo. Os meus dois destinos possíveis — o cruzamento e os edifícios — estão a poucos metros de distância quando sinto a dobra começar a despegar-se. Só me resta aproveitar os últimos segundos de adesão às lajes para me impulsionar para o cruzamento. Quando as minhas mãos se agarram ao lado, vejo que as dobras pendem na vertical. Os meus pés baloiçam no ar, sem qualquer apoio. De quinze metros mais abaixo, um fedor abjeto, como cadáveres apodrecendo ao calor do verão, atinge-me o nariz. Vultos negros rastejam nas sombras, silenciando quem quer que sobreviva à queda.

Um grito estrangulado sai-me da garganta. Ninguém vem ajudar-me. Começo a escorregar da borda gelada quando percebo que estou apenas a uns dois metros do canto do casulo. Desloco as mãos pouco a pouco ao longo da borda, tentando abstrair-me dos ruídos terríveis que vêm de baixo. Quando as minhas mãos chegam ao canto, lanço a perna direita para cima e consigo prender a bota a qualquer coisa. Com cuidado, arrasto-me para o nível da rua. Arquejando, tremendo, começo a rastejar e prendo o braço ao poste de um candeeiro para me segurar, apesar de o chão ser perfeitamente plano.

— Gale? — grito para o abismo, sem querer saber se poderei ser reconhecida. — Gale?

— Aqui! — Olho perplexa para a minha esquerda. A fenda engoliu tudo até à base dos edifícios. Cerca de uma dúzia de pessoas conseguiram escapar e agarram-se a tudo o que sirva de apoio. Puxadores de portas, batentes, caixas de correio. A três portas de onde me encontro, o Gale agarra-se à grade de ferro ornamental da porta de um apartamento. Ele poderia entrar facilmente se a porta estivesse aberta. Mas, apesar dos seus repetidos pontapés, ninguém vem em seu socorro.

— Afasta-te! — Levanto a minha espingarda e disparo contra a fechadura até a porta se abrir de repente. Durante um instante, sinto a exaltação de o ter salvo. Depois as luvas brancas agarram-no.

O Gale olha-me nos olhos, diz-me qualquer coisa que não consigo perceber. Não sei o que fazer. Não posso abandoná-lo, mas também não posso alcançá-lo. Ele volta a mexer os lábios. Eu abano a cabeça para indicar a minha confusão. A qualquer minuto eles vão perceber quem capturaram. Os Soldados da Paz começam a puxá-lo para dentro.

— Foge! — oiço-o gritar.

Volto-me e fujo do casulo. Completamente sozinha agora. O Gale preso. A Cressida e o Pollux já podiam ter morrido mil vezes. E o Peeta? Não o vejo desde que deixámos a loja da Tigris. Agarro-me à ideia de que ele possa ter voltado para trás. Previsto o ataque e regressado à cave enquanto ainda estivesse de juízo perfeito. Percebido que não havia necessidade para uma diversão quando o Capitólio já fornecera tantas. Nenhuma necessidade de servir de isca nem de tomar a camarinha da noite — o comprimido! O Gale não tem o comprido. E quanto a fazer detonar as flechas à mão, nunca terá oportunidade para isso. A primeira coisa que os Soldados da Paz farão é tirar-lhe as armas.

Escondo-me numa entrada, com lágrimas a cair-me dos olhos. *Mata-me*. Era o que ele estava a dizer. Queria que eu o matasse! Era o meu dever. Era a nossa promessa implícita, de todos nós, uns aos outros. E não a cumpri e agora o Capitólio vai matá-lo ou torturá-lo ou sequestrá-lo ou... — as fendas começam a abrir-se dentro de mim, ameaçando despedaçar-me. Resta-me apenas uma esperança. A de que o Capitólio se renda, deponha as armas e liberte todos os prisioneiros antes de eles poderem magoar o Gale. Mas não acredito que isso aconteça enquanto o Snow estiver vivo.

Dois Soldados da Paz passam a correr, mal reparando na rapariga do Capitólio choramingando encolhida na entrada de um prédio. Contenho as lágrimas, limpo as que tenho na cara antes que congelem e recomponho-me. Muito bem, continuo a ser uma refugiada anónima. Ou será que os Soldados da Paz que apanharam o Gale me viram quando fugi? Tiro o casaco e volto-o do avesso, mostrando o forro preto e escondendo o exterior vermelho. Ajusto o capuz para me esconder o rosto. Segurando a espingarda junto do peito, examino o quarteirão. Há apenas meia dúzia de refugiados desorientados. Sigo atrás de um par de velhotes que não reparam em mim. Ninguém estará à espera de me ver com dois velhotes. Quando chegamos ao fim do cruzamento seguinte, os homens param e quase choco com eles. É o Círculo da Cidade. Do outro lado da ampla praça rodeada de edifícios grandiosos vejo a mansão do presidente.

O Círculo está cheio de gente, andando de um lado para o outro, chorando, ou apenas sentada e deixando a neve acumular à sua volta. Integro-me perfeitamente. Começo a abrir caminho em direção à mansão, tropeçando em tesouros abandonados e pernas cobertas de neve. Mais ou menos a meio do caminho, vejo a barricada de betão. Tem cerca de um metro de altura e estende-se ao longo de um grande retângulo diante da mansão. Seria de esperar que estivesse vazia, mas está apinhada de refugiados. Talvez seja o grupo escolhido para ser abrigado na mansão. Mas, quando me aproximo, reparo noutra coisa. Todos os que se encontram no interior da barricada são crianças. De bebés a adolescentes. Assustadas e geladas. Aconchegadas em grupos ou balouçando entorpecidas no chão. Não estão a ser conduzidas para a mansão. Estão encurraladas, guardadas em todos os lados por Soldados da Paz. Percebo imediatamente que isso não é para sua proteção. Se o Capitólio quisesse protegê-las, elas estariam algures num abrigo subterrâneo. Isto é para proteger o Snow. As crianças são o seu escudo humano.

De repente, a multidão entra em alvoroço e desloca-se em vaga para a esquerda. Sou apanhada por corpos maiores, transportada para o lado, desviada do meu rumo. Oiço gritos de «Os rebeldes! Os rebeldes!» e percebo que eles devem ter entrado na praça. A onda atira-me contra o mastro de uma bandeira e agarro-me a ele. Usando a corda suspensa do topo, iço-me para fora do aperto de corpos. Sim, consigo ver o exército rebelde entrando no Círculo, levando os refugiados a fugir para as avenidas. Perscruto a zona à procura dos casulos que certamente serão detonados. Mas isso não acontece. O que acontece é o seguinte:

Uma aeronave com o selo do Capitólio surge diretamente por cima das crianças barricadas. Dezenas de paraquedas são lançados sobre elas. Até mesmo neste caos, as crianças sabem o que os paraquedas prateados contêm. Comida. Medicamentos. Presentes. Elas apanham-nos ansiosas, puxando os fios com os dedos gelados. A aeronave desaparece, passam cinco segundos e depois cerca de vinte paraquedas explodem simultaneamente.

Um pranto de dor eleva-se da multidão. A neve está vermelha e juncada de bocados de corpos pequenos. Muitas das crianças morrem imediatamente, mas algumas estão deitadas em agonia no chão. Outras cambaleiam de um lado para o outro, fitando mudamente os restantes paraquedas prateados, como se estes pudessem ainda conter algo precioso lá dentro. Percebo que os Soldados da Paz não sabiam que isto ia acontecer pela maneira como estão a afastar as barricadas, abrindo um caminho para as crianças. Outro bando de uniformes brancos entra a correr no recinto. Mas não são Soldados da Paz. São paramédicos. Paramédicos rebeldes. Seria capaz de reconhecer os uniformes em qualquer lado. Deslocam-se entre as crianças, empunhando *kits* médicos.

Primeiro vislumbro a trança loura a cair-lhe pelas costas. Depois, quando ela tira o casaco para tapar uma criança chorosa, reparo na cauda de pato formada pelas fraldas da camisa. Tenho a mesma reação que tive no dia em que a Effie Trinket chamou o nome dela na ceifa. Entretanto, devo ter perdido as forças, porque dou por mim na base do mastro, não me lembrando dos últimos segundos. Depois estou a abrir caminho aos empurrões através da multidão, exatamente como fiz no dia da ceifa. Grito o nome dela, tentando fazer-me ouvir no meio da confusão. Estou quase lá, quase a chegar à barricada, quando julgo que ela me ouve. Porque durante apenas um instante, ela vê-me e os seus lábios formam o meu nome.

E é então que explodem os outros paraquedas.

25

Verdade ou mentira? Estou em chamas. As bolas de fogo que irromperam dos paraquedas voaram sobre as barricadas, atravessaram o ar nevoso e caíram no meio da multidão. Estava mesmo a voltar-me quando uma me atingiu, lambendo-me as costas e transformando-me em algo novo. Uma criatura inextinguível como o Sol.

Um mute de fogo conhece apenas uma sensação: agonia. Não há visão, nem som, nem outra sensação, exceto o ardor implacável da carne. Talvez existam períodos de inconsciência, mas que importam, se não posso refugiar-me neles? Sou o pássaro do Cinna, inflamado, voando freneticamente para escapar a algo inescapável. As penas de fogo que me crescem no corpo. O bater das minhas asas só atiça o fogo. Consumo-me, em vão.

Por fim, as minhas asas começam a fraquejar, perco altitude e a gravidade puxa-me para um mar espumoso da cor dos olhos do Finnick. Flutuo de costas, que continuam a arder debaixo de água, mas a agonia sossega a dor. Quando estou à deriva e incapaz de navegar, chegam eles. Os mortos.

Os que amei voam como pássaros no céu aberto por cima de mim. Planando, serpenteando, chamando-me para me juntar a eles. Quero tanto segui-los, mas a água do mar satura-me as asas, impedindo-me de as levantar. Os que odiei fizeram-se à água, seres horríveis com escamas que me rasgam a carne salgada com dentes aguçados. Mordendo repetidamente. Puxando-me para o fundo.

O pequeno pássaro branco tingido de cor-de-rosa desce do céu, enterra as garras no meu peito e tenta manter-me à tona. «*Não, Katniss! Não! Não podes ir!*»

Mas os que odiei estão a vencer e, se ela se agarrar a mim, também se afundará. «*Prim, larga-me!*» E por fim ela larga-me.

No fundo do mar, sou abandonada por todos. Há apenas o ruído da minha respiração, o esforço enorme de aspirar a água, expeli-la dos pulmões. Quero parar, tento suspender a respiração, mas o mar entra e sai à força contra a minha vontade. «*Deixem-me morrer. Deixem-me seguir os outros*», imploro a quem quer que me retém ali. Não há resposta.

Presa durante dias, anos, séculos talvez. Morta, não podendo morrer. Viva, mas como se estivesse morta. Tão sozinha que qualquer pessoa, qualquer coisa, por mais asquerosa que fosse, seria bem-vinda. Mas quando finalmente tenho uma visita, é agradável. Morfelina. Correndo--me pelas veias, aliviando a dor, tornando mais leve o meu corpo, permitindo-lhe voltar a subir para o ar e assentar novamente na espuma.

Espuma. Estou mesmo a flutuar sobre espuma. Sinto-a nas pontas dos dedos, embalando partes do meu corpo nu. Há muita dor mas há também qualquer coisa como a realidade. O ardor na minha garganta. O cheiro ao remédio para queimaduras da primeira arena. A voz da minha mãe. Estas coisas assustam-me e tento regressar ao fundo para compreendê-las. Mas não posso voltar. Aos poucos, sou obrigada a aceitar quem sou. Uma rapariga com queimaduras graves. Sem asas. Sem fogo. E sem irmã.

No branco ofuscante do hospital do Capitólio, os médicos operam-me a sua magia. Revestindo-me a carne viva com novas camadas de pele. Levando as células a achar que são minhas. Manipulando-me partes do corpo, dobrando e esticando os membros para assegurar um bom ajuste. Oiço dizer repetidamente que tive muita sorte. Os meus olhos foram poupados. A maior parte da minha cara foi poupada. Os meus pulmões estão a reagir ao tratamento. Ficará como novo.

Quando a minha pele delicada enrijece o suficiente para aguentar a pressão de lençóis, chegam mais visitas. A morfelina abre a porta tanto aos mortos como aos vivos. O Haymitch, amarelo e sério. O Cinna, costurando um novo vestido de noiva. A Delly, tagarelando sobre a bondade das pessoas. O meu pai, cantando as quatro estrofes de «A Árvore da Forca» e lembrando-me que a minha mãe — que dorme numa cadeira entre turnos — não pode saber.

Um dia acordo bem consciente da realidade e percebo que não poderei viver no meu país de sonhos. Terei de ingerir a comida pela boca. Mexer os músculos. Ir sozinha à casa de banho. Uma breve aparição da presidente Coin tira-me todas as dúvidas.

— Não te preocupes — diz ela. — Guardei-o para ti.

Aumenta a perplexidade dos médicos quanto à minha incapacidade de falar. São feitos muitos exames e, embora as minhas cordas vocais tenham sofrido algumas lesões, isso não explica a minha mudez. Por fim, o Dr. Aurelius, um médico da cabeça, surge com a teoria de que me tornei uma Avox mental e não física. Que o meu silêncio foi provocado por um trauma emocional. Quando lhe apresentam uma centena de possíveis remédios, ele diz-lhes para me deixarem em paz. De maneira que não pergunto por ninguém nem por nada, mas as pessoas trazem-me uma série constante de informações. Sobre a guerra: O Capitólio caiu no dia em que explodiram os paraquedas, a presidente Coin é agora a nova líder de Panem e foram enviadas tropas para eliminar pequenas bolsas de resistência do Capitólio. Sobre o presidente Snow: Ele está preso, à espera de julgamento e de uma mais do que provável condenação à morte. Sobre a minha equipa de assassinato: A Cressida e o Pollux foram enviados para os distritos para filmar a destruição da guerra. O Gale, atingido por duas balas numa tentativa de fuga, anda a perseguir e a eliminar os Soldados da Paz que permaneceram no 2. O Peeta continua na unidade dos queimados. Afinal sempre conseguiu chegar ao Círculo da Cidade. Sobre a minha família: A minha mãe amortece a sua dor no trabalho.

Como não tenho trabalho, a dor amortece-me a mim. A única coisa que me dá alento é a promessa da Coin. De que poderei matar o Snow. Depois disso, não restará nada.

Por fim, dão-me alta do hospital e um quarto na mansão do presidente para partilhar com a minha mãe. Ela quase nunca lá está, tomando as refeições e dormindo no trabalho. Cabe ao Haymitch vir ver-me, certificar-se de que estou a comer e a tomar os medicamentos. Não é uma tarefa fácil. Adoto os meus velhos hábitos do Distrito 13. Vagueando sem autorização pela mansão. Entrando em quartos de dormir e escritórios, salões de baile e casas de banho. Procurando estranhos esconderijos. Um roupeiro de peles. Um armário na biblioteca. Uma banheira esquecida num quarto com móveis abandonados. Os meus lugares são escuros, sossegados e indesvendáveis. Enrosco-me, torno-me mais pequena, tento desaparecer completamente. Envolta em silêncio, rodo sem parar a minha pulseira que diz MENTALMENTE DESEQUILIBRADA.

O meu nome é Katniss Everdeen. Tenho dezassete anos. Sou do Distrito 12. O Distrito 12 já não existe. Eu sou o Mimo-gaio. Derrubei o Capitólio. O presidente Snow odeia-me. Ele matou a minha irmã. Agora vou matá-lo. E depois os Jogos da Fome terminarão...

De vez em quando, dou por mim novamente no quarto, sem saber se foi a necessidade de morfelina ou o Haymitch que me trouxe. Como a comida, tomo os medicamentos e sou obrigada a tomar banho. Não é a água que me incomoda, mas o espelho que reflete o meu corpo nu de mute queimado. Os enxertos de pele retêm ainda um cor-de-rosa de bebé recém-nascido. A pele danificada mas recuperável parece vermelha, quente e derretida nalguns sítios. Manchas da minha pele primitiva reluzem brancas e pálidas. Pareço uma bizarra manta de retalhos de pele.

Bocados do meu cabelo ficaram completamente chamuscados; o resto foi cortado a comprimentos irregulares. Katniss Everdeen, a rapariga em chamas. Pouco me importaria se a visão do meu corpo não trouxesse de volta a lembrança da dor. E da razão por que senti dor. E do que aconteceu mesmo antes de a dor começar. E de como vi a minha irmãzinha transformar-se numa tocha humana.

Fechar os olhos não ajuda. O fogo é mais brilhante na escuridão.

O Dr. Aurelius aparece de vez em quando. Eu gosto dele porque não diz coisas estúpidas — que estou completamente segura, ou que sabe que eu não acredito agora mas que voltarei a ser feliz um dia, ou que as coisas vão melhorar em Panem agora. Pergunta apenas se me apetece falar e, quando eu não respondo, adormece na sua cadeira. Na verdade, acho que as visitas dele são em grande parte um pretexto para dormir uma soneca. O arranjo funciona bem para os dois.

O momento aproxima-se, embora não possa dar a hora e o minuto exatos. O presidente Snow foi julgado, declarado culpado e condenado à morte. Sei pelo Haymitch ou pelas conversas que oiço quando passo pelos guardas nos corredores. O meu fato de Mimo-gaio aparece no quarto. O meu arco também, não menos brilhante apesar do uso, mas nenhuma aljava de flechas. Ou porque se estragaram ou mais provavelmente porque não devo ter acesso a armas. Pergunto-me se não devia estar a preparar-me para o evento, de alguma maneira, mas nada me ocorre.

Um dia, ao fim da tarde, depois de um longo período sentada num banco almofadado junto à janela e por trás de um biombo pintado, levanto-me e decido voltar à esquerda e não à direita. Dou por mim numa zona estranha da mansão, sentindo-me completamente desorientada. Ao contrário da zona onde estou alojada, aqui parece não haver ninguém para me ajudar. Mas gosto disso. Gostaria de ter descoberto o lugar mais cedo. É tão silencioso, com os tapetes grossos e tapeçarias pesadas abafando o ruído. Com uma iluminação suave. Cores suaves. Tranquilo. Até cheirar as rosas. Escondo-me atrás de umas cortinas, tremendo demais para conseguir fugir, esperando pelos mutes. Por fim, percebo que os mutes não vêm. Então que cheiro é este? Rosas verdadeiras? Será possível que esteja perto do jardim onde são cultivadas essas flores do mal?

À medida que avanço lentamente pelo corredor, o cheiro torna-se mais avassalador. Talvez não tão forte como o dos mutes, mas mais puro, porque não está a competir com os esgotos e os explosivos. Dobro uma esquina e dou de caras com dois guardas surpreendidos. Não são Soldados da Paz, claro. Já não há Soldados da Paz. Mas também não são os soldados bem compostos e de farda cinzenta do Distrito 13. Estes dois, um homem e uma mulher, envergam as roupas esfarrapadas e misturadas de verdadeiros rebeldes. Ainda com ligaduras e magros, mas guardando a entrada para as rosas. Quando me preparo para entrar, as suas espingardas formam um X à minha frente.

— Não pode entrar, menina — afirma o homem.

— Soldado — corrige-o a mulher. — Não pode entrar, soldado Evergreen. Ordens da presidente.

Fico a aguardar pacientemente que eles baixem as espingardas, que percebam, sem eu lhes explicar, que por trás daquelas portas está algo de que preciso. Apenas uma rosa. Uma única flor. Para colocar na lapela do Snow antes de eu o matar. A minha presença parece incomodar os guardas. Estão a debater se devem chamar o Haymitch quando oiço uma mulher atrás de mim. — Deixem-na entrar.

Conheço a voz mas não consigo situá-la de imediato. Não é do Jazigo, nem do 13, e muito menos do Capitólio. Volto-me para trás e vejo a Paylor, a comandante do 8. Ela parece ainda mais abatida do que quando a vi no hospital, mas quem não está nesta altura?

— Com a minha autorização — continua a Paylor. — Ela tem direito ao que quiser atrás dessa porta. — Eles são soldados dela, não da Coin. Baixam as armas sem discutir e deixam-me passar.

Ao fundo de um pequeno corredor, abro as portas de vidro e entro. O cheiro agora é tão forte que começa a tornar-se imperceptível, como se o meu nariz não conseguisse absorver mais. O ar húmido e ameno refresca-me a pele quente. E as rosas são deslumbrantes. Filas intermináveis de botões sumptuosos, de um cor-de-rosa-vivo, cor de laranja, até azul-claro. Passeio pelas alas de plantas cuidadosamente podadas, olhando mas não tocando, porque aprendi da maneira mais difícil como estas beldades podem ser mortais. Reconheço-o quando o encontro, coroando o topo de uma pequena roseira. Um magnífico botão branco prestes a abrir. Cubro a mão esquerda com a manga da camisa para que a pele não entre em contacto com a planta, pego numa tesoura de podar e acabei de a encostar ao caule quando ele fala.

— Essa é bonita.

A minha mão estremece e a tesoura fecha-se, cortando o caule.

— As cores são lindas, claro, mas nada define melhor a perfeição do que o branco.

Ainda não consigo vê-lo, mas a sua voz parece surgir de um canteiro contíguo de rosas vermelhas. Pegando com cuidado no caule do botão através do tecido da manga, contorno lentamente a esquina e encontro-o sentado num banco junto à parede. Ele está tão bem arranjado e vestido como sempre, mas sobrecarregado de algemas, grilhões nos tornozelos e dispositivos de localização. A luz forte dá à sua pele um tom verde-pálido e enfermiço. Ele tem na mão um lenço branco manchado de sangue fresco. Mesmo naquele estado de decadência, os seus olhos de serpente são brilhantes e frios. — Tinha esperança de que encontrasses os meus aposentos.

Os seus aposentos. Invadi a sua casa, como ele se insinuou na minha no ano passado, soltando ameaças com o seu bafo de sangue e rosas. Esta estufa é uma das suas divisões, talvez a preferida; talvez em tempos melhores ele próprio cuidasse das plantas. Mas agora faz parte da sua prisão. Foi por isso que os guardas me detiveram. E que a Paylor me deixou entrar.

Sempre imaginei que ele fosse encarcerado na masmorra mais funda que o Capitólio tivesse para oferecer e não embalado ao colo do luxo. Mas a Coin deixou-o aqui. Para estabelecer um precedente, suponho. Para que, se no futuro ela cair em desgraça, seja entendido que os presidentes — até os mais desprezíveis — têm direito a tratamento especial. Quem sabe, afinal, quando é que o seu próprio poder poderá esvanecer-se?

— Há tantas coisas sobre as quais devíamos conversar, mas pressinto que a tua visita será breve. Portanto, comecemos pelo principal. — Ele começa a tossir e, quando tira o lenço da boca, ele está mais vermelho. — Queria dizer-te que lamento muito a morte da tua irmã.

Mesmo no meu estado entorpecido e drogado, sinto uma pontada violenta a atravessar-me o corpo. Lembrando-me que a sua crueldade não tem limites. E que ele irá para a cova a tentar destruir-me.

— Tão desnecessária, um desperdício. Qualquer pessoa podia perceber que o jogo já tinha acabado nessa altura. Na verdade, estava prestes a anunciar uma rendição oficial quando eles largaram aqueles paraquedas. — Os seus olhos estão colados a mim, sem pestanejar, não querendo perder um segundo da minha reação. Mas o que ele disse não faz qualquer sentido. Quando *eles* largaram os paraquedas? — Bem, não achas mesmo que eu dei a ordem, pois não? Esquece o facto evidente de que se tivesse uma aeronave a funcionar e à minha disposição estaria a usá-la para fugir. Mas, além disso, qual seria o propósito? Ambos sabemos que sou capaz de matar crianças, mas não tolero o desperdício. Só tiro a vida a alguém por razões muito específicas. E não tinha razão nenhuma para destruir um cercado cheio de crianças do Capitólio. Absolutamente nenhuma.

Pergunto-me se o ataque de tosse que se segue é encenado, para que eu tenha tempo para absorver as suas palavras. Ele está a mentir. Claro que está a mentir. No entanto, parece-me haver qualquer coisa lutando para se libertar da mentira.

— Contudo, tenho de admitir que foi um golpe de mestre por parte da Coin. A ideia de que eu estava a bombardear as nossas próprias crianças indefesas destruiu imediatamente qualquer indício de fidelidade que o meu povo pudesse ainda sentir por mim. Depois disso não houve qualquer resistência a sério. Sabias que foi transmitido em direto? Percebe-se o dedo do Plutarch nisso. E nos paraquedas também. Mas são precisamente essas ideias que procuramos num Chefe dos Produtores dos Jogos, não é verdade? — O Snow limpa os cantos da boca. — Tenho a certeza de que ele não queria matar a tua irmã, mas essas coisas acontecem.

Não estou com o Snow agora. Estou novamente no Armamento Especial no 13 com o Gale e o Beetee. Olhando para os projetos baseados nas armadilhas do Gale. Que jogam com os sentimentos humanos. A primeira bomba matou as vítimas. A segunda, os socorristas. Recordando as palavras do Gale.

«Eu e o Beetee seguimos o mesmo conjunto de regras que o presidente Snow usou quando sequestrou o Peeta.»

— O meu erro — continua o Snow — foi ser tão lento a perceber o plano da Coin. Deixar o Capitólio e os distritos destruírem-se uns aos outros e depois aparecer para assumir o poder com o Treze praticamente incólume. Não te iludas, ela pretendia ocupar o meu lugar desde o princípio. Isso não me devia ter surpreendido. Afinal, foi o Treze que iniciou a rebelião que conduziu à Idade das Trevas e depois, quando a sorte se voltou contra ele, abandonou os restantes distritos. Mas eu não estava atento à Coin. Estava a seguir-te, Mimo-gaio. E tu estavas a seguir-me. Lamento dizer, mas fomos ambos enganados.

Recuso-me a aceitar que isso seja verdade. Há coisas às quais nem eu consigo sobreviver. Profiro as primeiras palavras desde a morte da minha irmã. — Não acredito em si.

O Snow abana a cabeça, fingindo-se desiludido. — Oh, minha querida menina Everdeen. Pensei que tivéssemos combinado não mentir um ao outro.

26

Cá fora no corredor, vejo a Paylor exatamente no mesmo lugar.
— Encontraste o que procuravas? — pergunta ela.

Levanto o botão de rosa branco em resposta e passo rapidamente por
ela. Devo ter conseguido chegar ao meu quarto, porque, quando volto a
mim, estou a encher um copo com água da torneira da casa de banho e
a meter a rosa lá dentro. Ajoelho-me nos azulejos frios e olho para a flor,
semicerrando os olhos, porque parece ser difícil focar a sua brancura sob
a forte luz fluorescente. Prendo um dedo no interior da minha pulseira,
torcendo-a como a um torniquete, magoando o punho. Espero que a dor
ajude a prender-me à realidade como ajudava o Peeta. Tenho de me
aguentar. Tenho de saber a verdade acerca do que aconteceu.

Há duas possibilidades, embora os pormenores associados a ambas
possam variar. A primeira, na qual sempre acreditei, é a de que o Capitólio enviou aquela aeronave, largou os paraquedas e sacrificou as vidas
das suas próprias crianças sabendo que os rebeldes recém-chegados
viriam em socorro das mesmas. Há indícios para sustentar esta hipótese.
O selo do Capitólio na aeronave, a ausência de qualquer tentativa para
mandar o inimigo pelos ares e a longa experiência do Capitólio em usar
crianças como joguetes na sua guerra contra os distritos. Depois há a
versão do Snow. De que uma aeronave do Capitólio pilotada por rebeldes
bombardeou as crianças para acabar rapidamente com a guerra. Mas se
foi este o caso, porque é que o Capitólio não disparou contra o inimigo?
Será que o elemento de surpresa os desorientou? Será que já não tinham
defesas? As crianças são preciosas para o 13. Pelo menos foi o que sempre
me pareceu. Bem, tirando a minha pessoa, talvez. Depois de cumprir a
missão que me foi imposta, tornei-me dispensável. Se bem que há muito
que não sou vista como criança nesta guerra. E porque fariam eles isso,

sabendo que o seu pessoal médico possivelmente iria reagir e ser apanhado pela segunda explosão? Não o fariam. Não podiam. O Snow está a mentir. Manipulando-me como sempre me manipulou. Esperando voltar-me contra os rebeldes e talvez destruí-los. Sim. Claro.

Então o que é que me continua a importunar? Aquelas bombas de dupla explosão, por exemplo. Não é que o Capitólio não pudesse ter a mesma arma, é que tenho a certeza de que os rebeldes a tinham. Uma invenção do Gale e do Beetee. Depois há o facto de o Snow não ter feito qualquer tentativa de fuga, quando sei que ele é o sobrevivente consumado. Custa acreditar que não tivesse um refúgio algures, um *bunker* cheio de provisões onde ele pudesse acabar o resto da sua vidinha de serpente. E, finalmente, há a avaliação que ele faz da Coin. É verdade que ela fez exatamente o que o Snow disse. Deixou que o Capitólio e os distritos se derrotassem uns aos outros e depois avançou para assumir o poder. Mas mesmo que esse tivesse sido o seu plano, isso não quer dizer que tenha lançado aqueles paraquedas. A vitória já estava nas suas mãos. Tudo estava nas suas mãos.

Menos eu.

Lembro-me da resposta do Boggs quando admiti que nunca tinha pensado no sucessor do Snow. «*Se a tua resposta imediata não é a Coin, então constituis uma ameaça. És o rosto da rebelião. És capaz de ter mais influência do que qualquer outra pessoa. Publicamente, o máximo que alguma fizeste foi tolerá-la.*»

De repente, estou a pensar na Prim, que ainda não tinha catorze anos, não tinha idade para receber o título de soldado, mas por alguma razão estava a trabalhar nas linhas da frente. Como é que isso aconteceu? Que a minha irmã tivesse desejado lá estar, não tenho dúvidas. Que seria mais competente que muitos dos mais velhos, é indiscutível. No entanto, alguém muito importante teria de ter autorizado o envio de uma rapariga de treze anos para a guerra. Foi a Coin que o autorizou, esperando que a morte da Prim me destruísse completamente? Ou pelo menos me colocasse definitivamente do seu lado? Eu nem sequer teria tido de o testemunhar em pessoa. Várias câmaras estariam a filmar o Círculo da Cidade. Gravando o momento para sempre.

Não, agora estou a enlouquecer, a cair nalgum estado de psicose delirante. Demasiadas pessoas estariam a par da missão. Haveria fugas de informação. Ou não? Quem teria de saber, além da Coin, do Plutarch e de uma tripulação pequena, fiel e facilmente descartável?

Preciso urgentemente que alguém me ajude a resolver isto. Só que toda a gente em quem confio já morreu. O Cinna. O Boggs. O Finnick. A Prim. Há o Peeta, mas ele mais não podia fazer do que especular e quem sabe em que estado se encontra o seu cérebro. Resta apenas o Gale.

Mas ele está longe e, mesmo que estivesse ao meu lado, poderia abrir-me com ele? Que poderia dizer-lhe, como poderia dizê-lo, sem insinuar que foi a bomba dele que matou a Prim? A impossibilidade dessa ideia, mais do que tudo, é a razão por que o Snow tem de estar a mentir.

Em última análise, só há uma pessoa que pode saber o que aconteceu e talvez ainda esteja do meu lado. O simples abordar o assunto pode ser um risco. Mas embora ache que o Haymitch possa jogar com a minha vida na arena, não acho que me denunciaria à Coin. Quaisquer que sejam as nossas divergências, preferimos sempre resolvê-las entre nós.

Levanto-me dos azulejos, saio para o corredor e dirijo-me ao quarto do Haymitch. Quando vejo que ele não responde às minhas pancadas, abro a porta. Uf! É incrível como ele consegue conspurcar um espaço em tão pouco tempo. Pratos meio cheios de comida, cacos de garrafas e bocados de móveis partidos durante alguma bebedeira encontram-se espalhados por todo o lado. Ele está deitado num emaranhado de lençóis em cima da cama. Desalinhado, sujo e desmaiado.

— Haymitch — chamo, abanando-lhe a perna. Claro, isso não é suficiente. Mas tento mais algumas vezes antes de lhe despejar um jarro de água na cara. Ele acorda sobressaltado, brandindo a sua faca e golpeando o ar. Parece que o fim do reino do Snow não significou o fim do seu terror.

— Ah. És tu — diz ele. Percebo pela sua voz que ainda está bêbado.

— Haymitch — começo.

— Vejam só. O Mimi-gaio recuperou a voz. — Ele ri-se. — Bem, o Plutarch vai ficar contente. — Depois bebe um gole de uma garrafa. — Porque estou todo molhado? — Disfarçadamente, deixo cair o jarro atrás de mim para uma pilha de roupa suja.

— Preciso da tua ajuda — anuncio.

O Haymitch arrota, enchendo o ar de vapores de aguardente. — Que foi, boneca? Mais problemas com os rapazes? — Não sei porquê, mas isso magoa-me como raramente o Haymitch consegue magoar-me. Ele deve percebê-lo no meu rosto, porque, mesmo no seu estado de embriaguez, tenta retratar-se. — Pronto, não teve piada. — Mas eu já estou à porta. — Não teve piada! Volta! — Pelo baque do seu corpo batendo no chão, presumo que ele tenha tentado seguir-me, mas não adianta.

Atravesso a mansão aos ziguezagues e meto-me num roupeiro cheio de coisas de seda. Arranco-as dos cabides até fazer um monte e depois enterro-me nele. No forro do meu bolso, encontro uma pílula de morfelina perdida e engulo-a em seco, travando a minha histeria galopante. Mas isso não chega para emendar as coisas. Oiço o Haymitch a chamar-me ao longe, mas ele não vai encontrar-me no estado em que está. Especialmente neste novo lugar. Envolta em seda, sinto-me como uma lagarta num casulo à espera da metamorfose. Sempre achei que essa fosse uma condição pacífica. A princípio é. Mas à medida que se aproxima da noite, sinto-me cada vez mais encurralada, sufocada pelos ligamentos escorregadios, incapaz de sair antes de me ter transformado em algo belo. Contorço-me, tentando livrar-me do corpo arruinado e desvendar o segredo para ter umas asas impecáveis. Apesar do esforço enorme, permaneço uma criatura hedionda, cuja forma foi moldada a fogo pela explosão das bombas.

O encontro com o Snow abriu as portas ao meu velho reportório de pesadelos. Parece que fui novamente picada por vespas-batedoras. Uma vaga de imagens horrorosas com um breve intervalo que confundo com o acordar — mas que afinal é o início de outra vaga. Quando os guardas finalmente me encontram, estou sentada no chão do roupeiro, enredada em seda e aos gritos. A princípio luto com eles, até me convencerem de que estão a tentar ajudar-me, libertando-me dos tecidos sufocantes e levando-me para o meu quarto. No caminho passamos por uma janela e vejo a madrugada cinzenta e nevosa estendendo-se sobre o Capitólio.

Um Haymitch muito ressacado espera-me com um punhado de comprimidos e um tabuleiro de comida que nenhum de nós tem vontade de comer. Ele tenta sem grande convicção levar-me a falar de novo, mas, percebendo que não vale a pena, envia-me para um banho que já preparou. A banheira é funda, com três degraus para a base. Desço lentamente para a água quente e sento-me, com espuma até ao pescoço, esperando que os medicamentos comecem rapidamente a fazer efeito. Os meus olhos fixam-se na rosa que abriu as suas pétalas durante a noite, enchendo o ar vaporoso com o seu forte perfume. Estou a levantar-me e a pegar numa toalha para a esmagar quando alguém bate levemente à porta. Esta abre-se e revela três rostos familiares. Eles tentam sorrir, mas nem a Venia consegue esconder o seu choque quando vê o meu corpo de mute desfigurado. — Surpresa! — exclama a Octavia com um pequeno guincho, e depois desata a chorar. Fico perplexa com a reaparição da minha equipa de preparação, mas depois percebo. Hoje deve ser o dia da execução. Vieram arranjar-me para as câmaras. Levar-me ao Grau Zero de Beleza. Não admira que a Octavia esteja a chorar. É uma missão impossível.

Eles mal conseguem tocar nos meus retalhos de pele com medo de me magoar, por isso enxugo-me sozinha. Digo-lhes que já não reparo na dor, mas o Flavius ainda estremece quando me envolve no robe. No quarto, encontro outra surpresa. Sentada muito direita numa cadeira. Reluzente, desde a peruca de ouro metálico até aos sapatos de verniz de salto alto, segurando uma prancheta. Impressionantemente na mesma, tirando uma expressão vazia nos olhos.

— Effie — digo.

— Olá, Katniss. — Ela levanta-se e beija-me na face como se nada tivesse ocorrido desde o nosso último encontro, na véspera do Quarteirão. — Bem, parece que temos outro grande, grande dia pela frente. Portanto, o melhor é começares a arranjar-te e eu vou ver como estão os outros preparativos.

— Está bem — respondo, para as suas costas.

— Dizem que o Plutarch e o Haymitch tiveram de lutar bastante para a manter viva — comenta a Venia, baixinho. — Ela foi presa depois da tua fuga, então isso ajudou.

Effie Trinket, a rebelde. É difícil imaginar, mas, como não quero que a Coin a mate, farei questão de a apresentar como tal se me perguntarem.

— Parece que afinal foi bom o Plutarch ter-vos raptado.

— Somos a única equipa de preparação ainda viva. E todos os estilistas do Quarteirão foram mortos — informa a Venia. Não diz quem os matou, especificamente. No entanto, começo a interrogar-me se isso importa. Ela pega com cuidado numa das minhas mãos marcadas e levanta-a para a examinar. — Ora bem, que achas melhor para as unhas? Vermelho ou talvez negro-azeviche?

O Flavius faz um milagre de beleza com o meu cabelo, conseguindo nivelar a parte da frente e escondendo as peladas atrás com algumas das madeixas mais compridas. O meu rosto, como foi poupado às chamas, não apresenta mais do que os habituais desafios. Depois visto o fato do Mimo-gaio do Cinna e as únicas cicatrizes visíveis são as do pescoço, antebraços e mãos. A Octavia prende-me o alfinete do Mimo-gaio por cima do coração e recuamos todos para me examinar ao espelho. Não consigo acreditar que me tenham dado um aspeto tão normal quando por dentro me sinto tão estragada.

Ouvimos uma pancada na porta e o Gale entra no quarto. — Dão-me um minuto? — pergunta ele. No espelho, observo a minha equipa de preparação. Sem saber para onde ir, chocam uns com os outros algumas vezes até decidirem fechar-se na casa de banho. O Gale aparece atrás de mim e olhamos para as nossas imagens refletidas. Procuro algo a que me agarrar, algum sinal da rapariga e do rapaz que se conheceram por acaso no bosque há cinco anos e se tornaram inseparáveis. Pergunto-me o que lhes teria acontecido se os Jogos da Fome não tivessem ceifado a rapariga. Se ela se teria apaixonado pelo rapaz, casado com ele, até. E se no futuro, depois de os irmãos crescerem, teria fugido com ele para o bosque e deixado o 12 para sempre. Teriam sido felizes, sozinhos no bosque, ou será que aquela tristeza sombria e complicada entre eles surgiria mesmo sem a ajuda do Capitólio?

— Trouxe-te isto. — O Gale mostra-me uma aljava. Quando pego nela, vejo que contém uma única flecha normal. — A ideia é que seja simbólico. Tu a disparares o último tiro da guerra.

— E se não acertar? — pergunto. — A Coin vai buscar a flecha para eu tentar de novo? Ou mata ela o Snow com um tiro na cabeça?

— Vais acertar. — O Gale pendura a aljava ao meu ombro.

Ficamos ali, frente a frente, evitando os olhos um do outro. — Não vieste visitar-me ao hospital. — Ele permanece calado. Então faço a pergunta. — Foi a tua bomba?

— Não sei. Nem o Beetee sabe — responde ele. — Isso faz alguma diferença? Estarás sempre a pensar nisso, de qualquer maneira.

Ele espera que eu o negue; eu quero negá-lo, mas é verdade. Mesmo agora vejo o clarão que a incendeia, sinto o calor das chamas. E nunca serei capaz de separar esse momento do Gale. O meu silêncio é a minha resposta.

— Era a única coisa que ainda tinha a meu favor. Cuidar da tua família — conclui ele. — Faz boa pontaria, está bem? — Ele toca-me na face e vai-se embora. Quero chamá-lo e dizer-lhe que estava enganada. Que descobrirei uma maneira de lidar com isto. De recordar as circunstâncias em que ele criou a bomba. De ter em conta os crimes indesculpáveis que eu própria cometi. De descobrir a verdade acerca de quem lançou os paraquedas. De provar que não foram os rebeldes. De perdoá-lo. Mas como não consigo, terei simplesmente de viver com a dor.

A Effie volta para me acompanhar a uma reunião. Pego no meu arco e no último instante lembro-me da rosa, reluzindo no seu copo de água. Quando abro a porta da casa de banho, encontro a minha equipa de preparação sentada em fila na borda da banheira, agachada e derrotada. Lembro-me de que não fui a única a perder o seu mundo. — Vamos — digo-lhes. — Temos um público à espera.

Preparo-me para uma reunião de produção em que o Plutarch me indica onde me posicionar e quando me dará a deixa para matar o Snow. Em vez disso, entro numa sala com seis pessoas sentadas à volta de uma mesa. O Peeta, a Johanna, o Beetee, o Haymitch, a Annie e a Enobaria. Envergam todos os uniformes cinzentos dos rebeldes do 13. Ninguém está com um aspeto particularmente agradável. — Que é isto? — pergunto.

— Não temos a certeza — responde o Haymitch. — Parece ser uma reunião dos últimos vencedores.

— Só restamos nós? — pergunto.

— É o preço da celebridade — ironiza o Beetee. — Fomos perseguidos pelos dois lados. O Capitólio matou os vencedores suspeitos de serem rebeldes. Os rebeldes mataram os que julgaram ser aliados do Capitólio.

A Johanna lança um olhar carrancudo à Enobaria. — Então o que está ela a fazer aqui?

— *Ela* está protegida segundo o que decidimos chamar Acordo do Mimo-gaio — explica a Coin, entrando atrás de mim. — Em que a Katniss Everdeen aceitou apoiar os rebeldes em troca da imunidade dos vencedores capturados. A Katniss cumpriu a sua parte e nós cumpriremos a nossa.

A Enobaria sorri para a Johanna. — Escusas de pôr esse ar convencido — avisa a Johanna. — Vamos matar-te, de qualquer maneira.

— Senta-te, por favor, Katniss — pede a Coin, fechando a porta. Escolho o lugar entre a Annie e o Beetee, colocando com cuidado a rosa do Snow em cima da mesa. Como de costume, a presidente vai diretamente ao assunto. — Chamei-vos aqui para resolvermos uma questão. Hoje vamos executar o Snow. Nas semanas anteriores, centenas dos seus cúmplices na opressão do povo de Panem foram julgados e aguardam agora a sua execução. No entanto, o sofrimento nos distritos foi de tal forma profundo que estas medidas parecem insuficientes para as vítimas. Na verdade, muitas estão a exigir a aniquilação total dos que detinham a cidadania do Capitólio. Todavia, visto que um dos nossos deveres é manter uma população sustentável, não podemos concordar com isso.

Através da água no copo, vejo uma imagem distorcida de uma das mãos do Peeta. As queimaduras. Somos ambos mutes de fogo agora. Os meus olhos sobem para a sua testa, onde as chamas lhe queimaram as sobrancelhas, poupando por pouco os olhos. Os mesmos olhos azuis que na escola costumavam procurar os meus e depois se desviavam rapidamente. Como fazem agora.

— Mas temos uma alternativa. Uma vez que eu e os meus colegas não conseguimos chegar a um consenso, foi acordado deixar os vencedores decidir. Uma maioria de quatro aprovará o plano. Ninguém pode abster-se da votação — informa a Coin. — O que foi proposto é que, em vez de eliminarmos toda a população do Capitólio, realizemos uns últimos e simbólicos Jogos da Fome, usando as crianças com relações de parentesco mais próximas com aqueles que detinham o poder.

Voltamo-nos todos para ela. — O quê? — atira a Johanna.

— Realizamos outros Jogos da Fome usando crianças do Capitólio — repete a Coin.

— Está a falar a sério? — pergunta o Peeta.

— Estou. Devo também dizer-vos que, se avançarmos com os Jogos, tornaremos público que isso foi feito com a vossa aprovação, embora a distribuição dos votos seja mantida em segredo para a vossa própria proteção — acrescenta a Coin.

— Isto foi ideia do Plutarch? — pergunta o Haymitch.

— Foi minha — confessa a Coin. — Pareceu-me um compromisso entre a necessidade de vingança e uma perda mínima de vidas. Podem começar a votar.

— Não! — exclama o Peeta. — Eu voto não, claro! Não podemos ter outros Jogos da Fome!

— Porque não? — retruca a Johanna. — Parece-me bastante justo. O Snow até tem uma neta. Eu voto sim.

— Eu também — declara a Enobaria, quase com indiferença. — Eles que provem um pouco da sua própria receita.

— Foi contra isso que nos revoltámos! Lembram-se? — O Peeta olha para cada um de nós. — Annie?

— Eu voto não com o Peeta — diz ela. — Como votaria o Finnick, se aqui estivesse.

— Mas não está, porque os mutes do Snow o mataram — lembra-lhe a Johanna.

— Não — anuncia o Beetee. — Isso iria estabelecer um péssimo precedente. Temos de deixar de nos ver como inimigos. Neste momento, a união é essencial para a nossa sobrevivência. Não.

— Falta a Katniss e o Haymitch — nota a Coin.

Terá sido assim então? Há setenta e cinco anos ou mais? Com um grupo de pessoas sentado à volta de uma mesa votando o início dos Jogos da Fome? Terá havido vozes discordantes? Terá alguém apresentado o argumento a favor da clemência, depois derrotado por apelos à morte das crianças dos distritos? O perfume da rosa do Snow sobe-me ao nariz e desce-me à garganta, apertando-a com o desespero. Todas aquelas pessoas que eu amava, mortas, e agora estamos a debater os próximos Jogos da Fome numa tentativa de evitar mais perda de vidas. Nada mudou. Nada nunca irá mudar.

Penso nas minhas opções com cuidado, analisando todas as possíveis consequências. Mantendo os olhos na rosa, digo: — Eu voto sim... pela Prim.

— Haymitch, tu decides — insta a Coin.

Um Peeta furioso bombardeia o Haymitch com explicações sobre a atrocidade a que este poderá associar-se, mas sinto o Haymitch a observar-me. É este o momento, então. Em que perceberemos exatamente como somos iguais e como ele me compreende.

— Eu estou com o Mimo-gaio — declara o Haymitch.

— Ótimo. Está decidido — conclui a Coin. — Agora temos mesmo de ir ocupar os nossos lugares para a execução.

Quando ela passa por mim, levanto o copo com a rosa. — Será que pode providenciar para que o Snow leve isto? Mesmo por cima do coração?

A Coin sorri. — Claro. E vou também informá-lo dos Jogos.

— Obrigada — digo.

Um grupo de pessoas entra rapidamente na sala e rodeia-me. Recebo o último toque de pó de arroz, as instruções do Plutarch enquanto me conduzem para as portas da frente da mansão. O Círculo da Cidade está a transbordar, com gente espalhada até às ruas laterais. As pessoas importantes ocupam os seus lugares. Guardas. Autoridades. Líderes rebeldes. Vencedores. Oiço os aplausos que indicam que a Coin apareceu na varanda. Depois a Effie dá-me uma palmadinha no ombro e eu saio para a luz fria de inverno. Dirijo-me para o meu lugar, acompanhada do barulho ensurdecedor da multidão. Seguindo as indicações que me deram, volto-me para me verem de perfil e espero. Quando trazem o Snow pela porta, o público enlouquece. Prendem-lhe as mãos atrás de um poste, o que é desnecessário. Ele não vai a lado nenhum. Não tem para onde ir. Não estamos no palco espaçoso diante do Centro de Treino, mas no terraço estreito em frente da mansão do presidente. Não admira que ninguém se tenha preocupado em pedir-me para treinar. Ele está a dez metros de distância.

Sinto o arco vibrar na minha mão. Levanto o braço e pego na flecha. Coloco-a no lugar, aponto para a rosa, mas olho para o rosto do Snow. Ele tosse e um fio de sangue escorre-lhe pelo queixo. Deita a língua de fora e lambe os lábios inchados. Procuro nos seus olhos o mais pequeno sinal de qualquer coisa, medo, arrependimento, ira. Mas vejo apenas a mesma expressão de gozo que terminou a nossa última conversa. Como se ele estivesse a repetir as suas palavras. «*Oh, minha querida menina Everdeen. Pensei que tivéssemos combinado não mentir um ao outro*».

Ele tem razão. Combinámos.

A ponta da minha flecha desloca-se para cima. Solto a corda. E a presidente Coin bate na borda da varanda e cai para a praça. Morta.

27

Na reação de espanto que se segue, apercebo-me de um ruído. O riso do Snow. Um gorgolejo horrível acompanhado de uma erupção de sangue espumoso quando começa a tosse. Vejo-o dobrar-se para a frente, expelindo o que lhe resta de vida, até os guardas me taparem a vista.

Quando os uniformes cinzentos começam a correr para mim, penso no que me reserva o breve futuro como assassina da nova presidente de Panem. No interrogatório, na possível tortura, na inevitável execução pública. Sendo obrigada, mais uma vez, a despedir-me das poucas pessoas que ainda exercem algum domínio sobre o meu coração. A perspetiva de encarar a minha mãe, que agora ficará completamente sozinha no mundo, leva-me a tomar a decisão.

— Boa noite — murmuro para o arco na minha mão, sentindo-o imobilizar-se. Levanto o braço esquerdo e baixo a cabeça para arrancar com os dentes o comprimido na manga do meu fato. Mas os dentes mordem carne, não tecido. Levanto a cabeça, confusa, e dou por mim a fitar os olhos do Peeta. Só que agora eles não se desviam. Vejo o sangue escorrer das marcas de dentes na mão que ele pregou sobre o meu comprimido. — Larga-me! — grito-lhe, tentando soltar bruscamente o meu braço.

— Não posso — responde ele. Quando os guardas me afastam do Peeta, sinto o bolso na manga rasgar-se, vejo o comprimido roxo cair para o chão, vejo o último presente do Cinna ser esmagado debaixo de uma bota. Transformo-me num animal selvagem, pontapeando, arranhando, mordendo, fazendo o que posso para me libertar da teia de mãos. Uma multidão empurra-nos. Os guardas levantam-me por cima da confusão. Continuo a espernear e a esbracejar enquanto me transportam por cima do amontoamento de pessoas. Começo a gritar pelo Gale. Não consigo vê-lo, mas ele saberá o que quero. Um tiro certeiro para acabar com tudo. Mas não sinto nem flecha nem bala. Será possível que ele não me consiga ver? Não. Por cima de nós, nos ecrãs gigantes à volta do Círculo da Cidade, toda a gente pode assistir ao desenrolar dos acontecimentos. Ele vê, ele percebe, mas não cumpre. Como eu não cumpri quando ele foi capturado. Desculpas esfarrapadas para caçadores e amigos. Para ambos.

Estou sozinha.

No interior da mansão, colocam-me algemas nas mãos e uma venda nos olhos. Sou arrastada e transportada pelos longos corredores, para elevadores que sobem e descem, e por fim largada num chão alcatifado. Tiram-me as algemas e uma porta bate atrás de mim. Quando empurro a venda para cima, descubro que estou no meu velho quarto do Centro de Treino. Onde passei aqueles últimos e preciosos dias antes dos primeiros Jogos da Fome e do Quarteirão. A cama tem apenas o colchão, o roupeiro está aberto, revelando o seu interior vazio, mas eu reconheceria este quarto em qualquer parte.

É uma luta para me levantar e tirar o fato do Mimo-gaio. Estou bastante contundida e talvez tenha um ou dois dedos partidos, mas foi a minha pele que mais sofreu com a luta com os guardas. As novas camadas cor-de-rosa rasgaram-se como papel de seda e o sangue infiltra-se nas células criadas em laboratório. Mas não aparecem médicos e, como estou demasiado entorpecida para me importar, subo para o colchão, esperando esvair-me em sangue até morrer.

Não tenho essa sorte. Ao fim da tarde, o sangue já coagulou, deixando-me hirta, dorida e pegajosa mas viva. Entro a coxear para o chuveiro e tento programar o ciclo mais suave de que me consigo lembrar, sem quaisquer sabonetes e produtos para o cabelo, e agacho-me sob a água quente, com os cotovelos nos joelhos e a cabeça nas mãos.

O meu nome é Katniss Everdeen. Porque não estou morta? Devia estar morta. Seria melhor para toda a gente se estivesse morta...

Quando saio para o tapete, o ar quente seca-me a pele danificada. Não há nada limpo para vestir. Nem sequer uma toalha para me embrulhar. Quanto volto para o quarto, descubro que o fato do Mimo-gaio desapareceu. No seu lugar está um robe de papel. Enviaram-me uma refeição pelo elevador da misteriosa cozinha, com uma caixa dos meus medicamentos para sobremesa. Decido comer a refeição, tomar os comprimidos e esfregar a pomada calmante na pele. Agora preciso de me concentrar no modo como vou levar a cabo o meu suicídio.

Volto a enroscar-me sobre o colchão ensanguentado, não com frio mas sentindo-me muito nua com apenas o papel para me cobrir a pele sensível. Saltar para a morte não é opção — o vidro da janela deve ter uns trinta centímetros de espessura. Sei fazer um excelente laço corredio, mas não tenho nada com que me enforcar. Podia juntar os comprimidos e depois tomar uma dose fatal, só que tenho a certeza de que estou a ser vigiada dia e noite. Pelo que sei, estou em direto na televisão neste preciso momento, enquanto comentadores tentam analisar o motivo que me levou a matar a Coin. A vigilância torna quase impossível qualquer tentativa de suicídio. Acabar ou não com a minha vida é privilégio do Capitólio. Mais uma vez.

O que posso fazer é desistir. Decido ficar na cama, sem comer, sem beber, sem tomar os medicamentos. Podia fazê-lo, tenho a certeza. Deixar-me morrer, simplesmente. Se não fosse a privação de morfelina. Não aos poucos, como no hospital do 13, mas abruptamente. Deviam estar a dar-me uma dose bastante forte, porque quando sinto a ânsia da droga, acompanhada de tremores, dores lancinantes e um frio insuportável, a minha determinação desfaz-se como uma casca de ovo. Estou de joelhos, esquadrinhando a alcatifa com as unhas para encontrar aqueles comprimidos preciosos que deitei fora num momento de maior determinação. Altero o meu plano de suicídio para uma morte lenta pela morfelina. Até me tornar pele e osso, com olhos enormes, tez amarela. Estou a seguir o plano há dois dias, a fazer bons progressos, quando algo inesperado acontece.

Começo a cantar. À janela, no chuveiro, durante o sono. Horas seguidas de baladas, canções de amor, árias da montanha. Todas as canções que o meu pai me ensinou antes de morrer, porque depois disso tem havido muito pouca música na minha vida. O que é espantoso é o rigor com que me lembro delas. As melodias, as letras. A minha voz, a princípio áspera e vacilante nas notas mais altas, transforma-se em algo esplêndido. Uma voz que faria calar os mimos-gaios e depois precipitar-se para me acompanhar. Passam-se dias, semanas. Vejo a neve cair lá fora no peitoril da janela. E durante todo esse tempo, a única voz que oiço é a minha.

Que estão eles a fazer, afinal? Que poderá estar a atrasá-los? Será assim tão difícil organizar a execução de uma rapariga assassina? Prossigo com a minha própria aniquilação. O meu corpo está mais magro do que nunca e o meu combate contra a fome é tão feroz que às vezes o meu lado animalesco cede à tentação de um pão com manteiga ou carne assada. Mas apesar disso estou a vencer. Há dias em que me sinto bastante mal e, quando penso que poderei finalmente estar a despedir-me desta vida, descubro que eles reduziram o tamanho dos comprimidos de morfelina. Estão a tentar desmamar-me lentamente da droga. Mas porquê? Um Mimo-gaio drogado será com certeza mais fácil de despachar diante de uma multidão. E depois tenho um pensamento horrível: E se eles decidiram não matar-me? E se tiverem mais planos para mim? Uma nova maneira de me transformar, treinar e usar?

Não aceitarei. Se não conseguir suicidar-me neste quarto, aproveitarei a primeira oportunidade lá fora para o fazer. Eles podem engordar-me. Podem restaurar-me completamente o corpo, vestir-me e embelezar-me de novo. Podem conceber armas de sonho que ganham vida nas minhas mãos, mas nunca mais me convencerão da necessidade de as usar. Já não sinto qualquer fidelidade a estes monstros chamados seres humanos, apesar de ser também um deles. Penso que as perguntas que o Peeta fez — se queríamos exterminar-nos completamente, deixando que alguma espécie decente herdasse a terra — até faziam sentido. Porque existe algo fundamentalmente errado numa criatura que sacrifica a vida dos próprios filhos para resolver as suas divergências. Podemos dar-lhe a volta que quisermos, mas isso será sempre verdade. O Snow achava que os Jogos da Fome eram um meio eficaz de controlo. A Coin achava que os para-quedas terminariam mais depressa a guerra. Mas, no fim de contas, quem ganha com isso? Ninguém. A verdade é que ninguém ganha vivendo num mundo onde essas coisas acontecem.

Depois de dois dias deitada no colchão sem tentar comer, beber, nem sequer tomar um comprimido de morfelina, oiço a porta do meu quarto a abrir-se. Alguém dá a volta à cama para o meu campo de visão. O Haymitch. — O teu julgamento acabou — anuncia. — Anda. Vamos para casa.

Casa? De que está ele a falar? Já não tenho casa. E mesmo que fosse possível ir para esse lugar imaginário, não tenho forças para me mexer. Aparecem pessoas estranhas. Reidratam-me e alimentam-me. Lavam-me e vestem-me. Depois levantam-me como a uma boneca de trapos e levam-me para o telhado, para uma aeronave, e prendem-me a uma cadeira. O Haymitch e o Plutarch sentam-se à minha frente. Momentos depois, estamos no ar.

Nunca vi o Plutarch tão bem-disposto. Está absolutamente radiante. — Deves ter um milhão de perguntas! — Quando vê que não as faço, ele responde de qualquer maneira.

Depois de eu matar a Coin, foi o pandemónio. Quando a balbúrdia acalmou, descobriram o corpo do Snow, ainda amarrado ao poste. As opiniões divergem sobre se ele se engasgou a rir-se ou foi espezinhado pela multidão. Na verdade, ninguém quer saber. Organizaram-se eleições de emergência e a Paylor foi escolhida para presidente. O Plutarch foi nomeado ministro das comunicações, o que significa que organiza toda a programação para a televisão. O primeiro grande evento televisionado foi o meu julgamento, no qual ele foi também uma das principais testemunhas. Em minha defesa, claro. Mas a pessoa que mais contribuiu para a minha absolvição foi o Dr. Aurelius, que pelos vistos mereceu as suas sonecas apresentando-me como uma rapariga demente com stresse pós-

-traumático de guerra e sem esperança de cura. Uma das condições para a minha libertação foi que eu continuasse a ser acompanhada por ele, embora isso tenha de ser feito por telefone porque o Dr. Aurelius nunca iria morar para um lugar tão ermo como o 12, onde eu serei obrigada a permanecer até nova ordem. A verdade é que ninguém sabe bem o que fazer comigo agora que a guerra acabou, mas, se outra surgir, o Plutarch tem a certeza de que eles poderão arranjar-me uma missão. Com isto ele desata a rir-se. Parece nunca se incomodar quando mais ninguém aprecia as suas piadas.

— Está a preparar-se para outra guerra, Plutarch? — pergunto.

— Oh, não agora. Agora estamos naquele período harmonioso em que toda a gente concorda que os recentes horrores nunca poderão repetir-se — explica ele. — Mas a memória coletiva costuma ser curta. Somos seres volúveis e estúpidos com memórias fracas e um grande dom para a autodestruição. Mas, quem sabe? Talvez seja agora, Katniss.

— O quê? — pergunto.

— O momento em que aprendemos. Talvez estejamos a testemunhar a evolução da raça humana. Pensa nisso. — E depois pergunta-me se eu gostaria de atuar num novo programa de canções que ele vai lançar dentro de algumas semanas. Qualquer coisa alegre ficaria bem. Ele depois envia a equipa à minha casa.

Fazemos uma breve escala no Distrito 3 para deixar o Plutarch. Ele vai encontrar-se com o Beetee para tratar de modernizar a tecnologia do sistema de transmissão televisiva. As suas palavras de despedida são:
— Vai dando notícias.

Quando estamos novamente nas nuvens, volto-me para o Haymitch.
— Então, porque voltas para o Doze?

— Parece que também não conseguem arranjar um lugar para mim no Capitólio — responde ele.

A princípio, não ponho isso em dúvida. Mas depois começo a desconfiar. O Haymitch não assassinou ninguém. Ele podia ir para qualquer lado. Se está a voltar para o 12 é porque recebeu ordens para o fazer.
— Tens de tomar conta de mim, não é? Como meu mentor? — Ele encolhe os ombros. Depois percebo o que isso quer dizer. — A minha mãe não vai voltar.

— Não — confirma ele. Depois tira um envelope do bolso do casaco e entrega-mo. Examino a caligrafia delicada e perfeita. — Ela está a ajudar a montar um hospital no Distrito Quatro. Quer que lhe telefones assim que chegarmos. — O meu dedo percorre a linha graciosa das letras.
— Sabes porque é que ela não pode voltar. — Sim, sei porquê. Porque sem o meu pai e a Prim e com as cinzas seria demasiado doloroso voltar. Mas aparentemente para mim não é. — Queres saber quem mais não estará lá?

— Não — respondo. — Quero ser surpreendida.

Como bom mentor, o Haymitch obriga-me a comer uma sandes e depois finge acreditar que eu estou a dormir durante o resto da viagem. Ocupa-se a revistar todos os compartimentos da aeronave, procurando bebidas alcoólicas e guardando-as no seu saco. É de noite quando aterramos no relvado da Aldeia dos Vencedores. Metade das casas tem luzes nas janelas, incluindo a minha e a do Haymitch. Não a do Peeta. Alguém acendeu a lareira na minha cozinha. Sento-me na cadeira de balanço diante do fogo, agarrando a carta da minha mãe.

— Bem, vemo-nos amanhã — despede-se o Haymitch.

Quando o tilintar do seu saco de garrafas se esvanece, murmuro:
— Duvido.

Sou incapaz de me descolar da cadeira. O resto da casa parece frio, vazio e escuro. Ponho um xaile velho sobre o corpo e contemplo as chamas. Calculo que durma, porque, quando volto a mim, é de manhã e a Greasy Sae está a fazer barulho à volta do fogão. Ela prepara-me ovos e torradas e senta-se a observar-me até eu acabar de comer tudo. Não falamos muito. Uma das netas dela, aquela que vive no seu próprio mundo, tira um novelo de lã azul do cesto de costura da minha mãe. A Greasy Sae manda-lhe voltar a pô-lo no lugar, mas eu digo que ela pode ficar com ele. Já ninguém nesta casa sabe fazer malha. Depois do pequeno-almoço, a Greasy Sae lava a loiça e vai-se embora, mas volta à hora do jantar para me obrigar a comer de novo. Não sei se está apenas a ser boa vizinha ou se está a ser paga pelo governo, mas aparece sempre duas vezes por dia. Ela cozinha e eu como. Tento pensar no meu próximo passo. Neste momento não há obstáculos a que me suicide. Mas pareço estar à espera de alguma coisa.

Às vezes o telefone toca, incessantemente, mas não atendo. O Haymitch nunca aparece. Talvez tenha mudado de ideias e foi-se embora, embora suspeite que esteja apenas bêbado. Ninguém aparece senão a Greasy Sae e a neta. Depois de meses de isolamento, elas parecem-me uma multidão.

— A primavera está no ar hoje. Devias sair — sugere ela. — Ir caçar.

Ainda não saí de casa. Nem sequer saí da cozinha, exceto para ir à pequena casa de banho a uns degraus ao lado. Estou ainda com a mesma roupa que trouxe do Capitólio. O que eu faço é sentar-me junto à lareira. Olhar para as cartas por abrir que se amontoam na prateleira da lareira. — Não tenho arco.

— Procura ao fundo do corredor — responde ela.

Depois de a Greasy Sae sair, ainda penso em viajar até ao fundo do corredor. Depois ponho a ideia de parte. Mas, passadas algumas horas, acabo por ir, de meias para não fazer barulho, para não acordar os fantasmas. No escritório, onde tomei o meu chá com o presidente Snow, encontro uma caixa com o casaco de caça do meu pai, o nosso livro de plantas, a fotografia do casamento dos meus pais, a bica que o Haymitch enviou e o medalhão que o Peeta me deu na arena do Quarteirão. Os dois arcos e uma aljava de flechas que o Gale salvou na noite do bombardeamento estão em cima da secretária. Visto o casaco de caça mas não toco nas outras coisas. Adormeço no sofá da sala de visitas. Tenho um pesadelo horrível, em que estou deitada numa sepultura muito funda e todas as pessoas mortas que conheci de nome aparecem para atirar uma pá cheia de cinzas para cima de mim. É um sonho bastante demorado, devido à lista de pessoas, e, quanto mais cinzas me lançam, mais dificuldade tenho em respirar. Tento gritar, pedindo-lhes para pararem, mas as cinzas enchem-me a boca e o nariz e não consigo emitir qualquer som. Mas a pá continua a raspar e a raspar...

Acordo sobressaltada. A luz pálida da manhã entra pelos cantos das persianas. O raspar da pá continua. Ainda não despertei completamente do pesadelo, mas corro pelo corredor, saio pela porta da frente e dou a volta à casa, porque agora tenho a certeza de que os mortos me ouvirão. Quando o vejo, paro de repente. Ele tem o rosto corado por estar a cavar por baixo das janelas. Num carrinho de mão vejo cinco arbustos enfezados.

— Voltaste — digo.

— O Dr. Aurelius só ontem me deixou sair do Capitólio — esclarece o Peeta. — A propósito, ele pediu-me para te dizer que não pode continuar a fingir que te está a tratar para sempre. Tens de atender o telefone.

Ele está com bom aspeto. Magro e coberto de queimaduras, como eu, mas os olhos já não têm aquela expressão turvada e atormentada. Ele está a franzir ligeiramente as sobrancelhas, examinando-me. Faço um esforço hesitante para afastar o cabelo dos olhos e percebo que ele está todo emaranhado. Coloco-me na defensiva. — O que estás a fazer?

— Fui ao bosque hoje de manhã e arranquei estas flores. Por ela — responde o Peeta. — Achei que pudéssemos plantá-las ao longo do lado da casa.

Olho para os arbustos, para os torrões de terra agarrados às raízes, e sustenho a respiração quando me lembro da palavra *rosa*. Estou quase a gritar insultos ao Peeta quando percebo. Não são rosas, mas prímulas. A flor que deu o nome à minha irmã. Aceno com a cabeça ao Peeta, indicando o meu assentimento, e volto a correr para casa, fechando a porta à chave. Mas o mal está cá dentro, não lá fora. Tremendo de fraqueza e ansiedade, subo apressadamente as escadas. Tropeço no último degrau e estatelo-me no chão. Obrigo-me a levantar-me e entro no meu quarto. O cheiro é muito ténue mas ainda paira no ar. Está lá. A rosa branca entre as flores secas na jarra. Murcha e frágil, mas mantendo aquela perfeição artificial cultivada na estufa do Snow. Agarro na jarra, corro para a cozinha e atiro as flores para as brasas. Uma explosão de chamas azuis envolve a rosa e devora-a. O fogo volta a vencer as rosas. Pelo sim, pelo não, despedaço a jarra no chão.

Novamente no andar de cima, escancaro as janelas do quarto para expulsar o que resta do fedor do Snow. Mas não desaparece, continua nas minhas roupas e nos meus poros. Dispo-me por completo e flocos de pele do tamanho de cartas de jogar agarram-se à roupa. Evitando o espelho, meto-me debaixo do chuveiro e esfrego o cabelo, o corpo, a boca, livrando-me das rosas. Saio da casa de banho com a pele cor-de-rosa-vivo a arder e procuro qualquer coisa limpa para vestir. Levo meia hora a desembaraçar e a pentear o cabelo. A Greasy Sae abre a porta da frente. Enquanto ela faz o pequeno-almoço, deito a roupa suja para o fogo. Depois sigo a sugestão dela e corto as unhas com uma faca.

Durante o pequeno-almoço, pergunto-lhe. — Para onde foi o Gale?

— Distrito Dois. Arranjou um emprego fino por lá. Vejo-o de vez em quando na televisão — responde ela.

Esquadrinho bem os meus sentimentos, tentando encontrar ira, ódio, saudade. Encontro apenas alívio.

— Vou caçar hoje — anuncio.

— Bem, um bocado de carne de caça fresca vinha mesmo a calhar — responde a Greasy Sae.

Armo-me com um arco e flechas e saio de casa, planeando sair do 12 através do Prado. Perto da praça encontro equipas de homens de máscara e luvas com carroças puxadas por cavalos. Estão a vasculhar o que ficou por baixo da neve este inverno. Recolhendo restos mortais. Uma carroça espera em frente da casa do governador. Reconheço o Thom, um velho colega do Gale, fazendo uma pausa para limpar o suor do rosto com um trapo. Lembro-me de o ter visto no 13, mas deve ter voltado. O cumprimento dele dá-me coragem para perguntar: — Encontraram alguém lá dentro?

— A família inteira. E as duas pessoas que trabalhavam para eles — diz-me o Thom.

A Madge. Serena, bondosa e corajosa. A rapariga que me deu o alfinete que me deu um nome. Engulo as lágrimas. Pergunto-me se ela irá também figurar nos meus pesadelos esta noite. Lançar-me pás de cinzas para a boca. — Pensei que talvez, como ele era o governador...

— Não acho que ser o governador do Doze o tivesse favorecido — medita o Thom.

Aceno com a cabeça e continuo a andar, com cuidado para não olhar para a carroça. Em toda a cidade e no Jazigo, vejo o mesmo. A colheita dos mortos. À medida que me aproximo das ruínas da minha velha casa, a estrada vai ficando cada vez mais cheia de carroças. O Prado desapareceu ou foi completamente alterado. Abriram uma vala profunda e estão a enchê-la de ossadas. Uma vala comum para o meu povo. Contorno o buraco e entro no bosque pelo lugar habitual. Mas isso deixou de ser necessário. A vedação já não está eletrificada e foi escorada com ramos compridos para afastar os predadores. Mas os velhos hábitos custam a morrer. Penso em ir até ao lago, mas estou tão fraca que mal consigo chegar ao meu local de encontro com o Gale. Sento-me na rocha onde a Cressida nos filmou, mas é larga demais sem o corpo dele ao meu lado. Fecho os olhos várias vezes e conto até dez, achando que, quando os abrir, ele terá aparecido sem um único ruído como fazia tantas vezes. Tenho de me lembrar de que o Gale está no 2 com um emprego fino, provavelmente beijando outros lábios.

É o tipo de dia preferido da velha Katniss. Início da primavera. O bosque despertando depois do longo inverno. Mas o ímpeto de energia que começou com as prímulas esgotou-se. Quando chego à vedação, estou tão maldisposta e tonta que o Thom tem de me dar uma boleia para casa na carroça dos mortos. Ajudar-me a deitar-me no sofá da sala de visitas, onde fico a ver as partículas de pó rodopiar nos finos raios da luz da tarde.

A minha cabeça volta-se de repente quando oiço a rosnadela sibilante, mas levo algum tempo a acreditar que ele é verdadeiro. Como pode ter vindo cá parar? Vejo as marcas das garras de algum animal selvagem, a pata traseira que ele suspende ligeiramente acima do chão, os ossos salientes no focinho. Veio sozinho, então, desde o 13. Talvez o tenham posto na rua ou simplesmente não aguentasse estar lá sem ela e então veio procurá-la.

— Foi uma viagem em vão. Ela não está aqui — digo-lhe. O *Ranúnculo* volta a resmungar. — Ela não está aqui. Podes resmungar o que quiseres. Não vais encontrar a Prim. — Quando ouve o nome dela, ele anima-se. Arrebita as orelhas caídas. Começa a miar, esperançoso. — Sai daqui! — Ele esquiva-se da almofada que lhe atiro. — Vai-te embora! Já não tens nada aqui! — Começo a tremer, furiosa com ele. — Ela não vai voltar! Nunca mais vai voltar! — Agarro noutra almofada e levanto-me para melhorar a pontaria. De repente, as lágrimas começam a escorrer-me pela face. — Ela morreu. — Agarro-me à barriga para amortecer a dor. Ajoelho-me no chão, embalando a almofada, chorando. — Ela está morta, seu gato estúpido. Está morta. — Um novo ruído, entre o chorar e o cantar, sai do corpo, dando voz ao meu desespero. O *Ranúnculo* começa também a chorar. Faça o que fizer, ele não se vai embora. Anda à minha volta, mesmo fora do meu alcance, enquanto os soluços me sacodem o corpo. Por fim, caio inconsciente. Ele deve saber que o impensável aconteceu e que para sobreviver serão precisos atos anteriormente impensáveis. Porque horas depois, quando volto a acordar na minha cama, ele está lá, ao luar. Agachado ao meu lado, com os olhos amarelos bem abertos, protegendo-me da noite.

De manhã, ele senta-se estoicamente enquanto lhe limpo as feridas, mas arrancar o espinho da sua pata provoca uma série daqueles mios de gatinho. Acabamos os dois novamente a chorar, só que desta vez consolamo-nos um ao outro. Com a força que isso me dá, abro a carta que o Haymitch me deu da minha mãe, marco o número de telefone e choro também com ela. O Peeta, trazendo um pão quente, aparece com a Greasy Sae. Ele prepara-nos o pequeno-almoço e eu dou todo o meu *bacon* ao *Ranúnculo*.

Aos poucos, com muitos dias perdidos, começo a regressar à vida. Tento seguir os conselhos do Dr. Aurelius, fazendo apenas as coisas do dia a dia, surpreendendo-me quando finalmente alguma volta a fazer sentido. Falo-lhe da minha ideia do livro e uma grande caixa com folhas de pergaminho chega no comboio seguinte do Capitólio.

Tirei a ideia do livro de plantas da nossa família. Um lugar para registar aquelas coisas que não podemos confiar à memória. A página começa com a imagem da pessoa. Uma fotografia, se a conseguimos arranjar. Se não, um desenho ou uma pintura do Peeta. Depois, na minha caligrafia mais cuidada, escrevo todos os pormenores que seria um crime esquecer. A *Lady* lambendo a bochecha da Prim. O riso do meu pai. O pai do Peeta com os biscoitos. A cor dos olhos do Finnick. O que o Cinna conseguia fazer com um bocado de seda. O Boggs reprogramando o Holo. A Rue, equilibrada sobre as pontas dos pés, de braços ligeiramente abertos, como um pássaro prestes a levantar voo. E assim por diante. Selamos as páginas com água salgada e promessas de viver bem para que as suas mortes não tenham sido em vão. O Haymitch finalmente junta-se a nós, contribuindo com vinte e três anos de tributos que ele foi obrigado a orientar como mentor. Os aditamentos tornam-se mais pequenos. Uma velha recordação surge de repente. Uma prímula tardia conservada entre as páginas. Estranhos pedaços de felicidade, como a fotografia do filho recém-nascido do Finnick e da Annie.

Aprendemos novamente a manter-nos ocupados. O Peeta faz pão e bolos. Eu caço. O Haymitch bebe até o álcool acabar e depois cria gansos até chegar o comboio seguinte. Felizmente, os gansos sabem cuidar bastante bem de si próprios. Não estamos sozinhos. Algumas centenas de pessoas regressam porque, aconteça o que acontecer, esta é a sua terra. Com as minas encerradas, elas lavram a terra com as cinzas e cultivam alimentos. Máquinas do Capitólio começam a preparar o terreno para uma nova fábrica onde iremos produzir medicamentos. Apesar de ninguém a semear, o Prado volta a cobrir-se de erva.

Eu e o Peeta voltamos a aproximar-nos um do outro. Há ainda momentos em que ele se agarra às costas de uma cadeira e se aguenta até as recordações se apagarem. Eu acordo a gritar com pesadelos de mutes e crianças perdidas. Mas os braços dele estão lá para me reconfortar. E por fim os lábios dele. Na noite em que sinto de novo aquela coisa, a ânsia que me dominou na praia, percebo que isto teria acontecido de qualquer maneira. Que o que preciso para sobreviver não é do fogo do Gale, ateado com raiva e ódio. Eu própria tenho muito fogo. O que preciso é do dente-de-leão na primavera. O amarelo-vivo que simboliza renascimento e não destruição. A promessa de que a vida pode continuar, por piores que tenham sido as nossas perdas. Que pode voltar a ser boa. E só o Peeta é capaz de me dar isso.

Por isso, mais tarde, quando ele murmura: — Tu amas-me. Verdade ou mentira?

Eu respondo: — Verdade.

EPÍLOGO

Eles brincam no Prado. A rapariga de cabelo escuro e olhos azuis, dançando. O rapaz de caracóis louros e olhos cinzentos esforçando-se para a acompanhar nas suas pernas rechonchudas de bebé. Levei cinco, dez, quinze anos a concordar. Mas o Peeta queria-os tanto. Quando a senti mexer-se dentro de mim pela primeira vez, fui dominada por um terror que parecia mais velho que a própria vida. Só a alegria de a segurar nos braços foi capaz de o acalmar. Com o rapaz foi um pouco mais fácil, mas não muito.

As perguntas estão apenas a começar. As arenas foram completamente destruídas, os monumentos comemorativos erguidos e já não há Jogos da Fome. Mas falam deles na escola e a rapariga sabe que nós desempenhámos algum papel. O rapaz saberá dentro de alguns anos. Como posso falar-lhes daquele mundo sem os assustar? Aos meus filhos, que têm como certas as palavras da canção:

No meio do prado, debaixo do chorão
Uma cama de relva, um verde e macio almofadão
Deita a cabeça e fecha o olho ensonado
Quando o abrires, o sol terá despertado.

Aqui estás segura, aqui tens o calor
Aqui as margaridas guardam-te da dor
Aqui os teus sonhos serão realizados
Aqui tens todos os teus entes amados.

Aos meus filhos, que não sabem que brincam em cima de um cemitério.

O Peeta diz que correrá tudo bem. Temo-nos um ao outro. E o livro. Podemos ajudá-los a compreender de uma maneira que os tornará mais corajosos. Mas um dia terei de explicar os meus pesadelos. Por que razão surgiram. Por que razão nunca irão desaparecer.

Terei de lhes explicar como consigo sobreviver. Que há dias em que me parece impossível sentir prazer no que quer que seja porque tenho medo de que me possa ser tirado. É então que componho a lista na minha cabeça de todos os atos de bondade que vi alguém fazer. Parece um jogo. Repetitivo. Até um pouco enfadonho, depois de mais de vinte anos.

Mas há jogos muito piores.

FIM

AGRADECIMENTOS

Gostaria de agradecer às seguintes pessoas pelo tempo, talento e apoio com que me brindaram para escrever a trilogia *Os Jogos da Fome*.

Em primeiro lugar, tenho de agradecer ao meu extraordinário triunvirato de revisores de texto. Kate Egan, cuja perspicácia, bom humor e inteligência me orientaram ao longo de oito romances; Jen Rees, cuja excelente visão capta as coisas que nós deixamos escapar; e David Levithan, que se desloca tão facilmente entre as suas múltiplas funções de *note giver*, *title master* e diretor editorial.

Na redação de rascunhos, intoxicações alimentares e todos os altos e baixos, estiveram sempre comigo: Rosemary Stimola, talentosa consultora criativa e guardiã profissional, minha agente literária e amiga; e Jason Dravis, meu agente artístico de longa data. Sinto-me tão feliz por ter a vossa orientação agora que nos aventuramos no grande ecrã.

Obrigada à *designer* Elizabeth B. Parisi e ao pintor Tim O'Brien, pelas belas capas dos livros que tão bem captaram os mimos-gaios e a atenção das pessoas.

Saúdo a incrível equipa da editora Scholastic por ter divulgado *Os Jogos da Fome* ao mundo: Sheila Marie Everett, Tracy van Straaten, Rachel Coun, Leslie Garych, Adrienne Vrettos, Nick Martin, Jacky Harper, Lizette Serrano, Kathleen Donohoe, John Mason, Stephanie Nooney, Karyn Browne, Joy Simpkins, Jess White, Dick Robinson, Ellie Berger, Suzanne Murphy, Andrea Davis Pinkney, toda a equipa comercial da Scholastic e os muitos outros que dedicaram tanta energia, esforço físico e mental a esta série.

Aos cinco amigos-escritores em quem mais confio, Richard Register, Mary Beth Bass, Christopher Santos, Peter Bakalian e James Proimos, o meu reconhecimento pelos vossos conselhos, visão e boa disposição.

Uma dedicatória especial ao meu falecido pai, Michael Collins, que estabeleceu as bases para esta série com o seu profundo empenhamento na educação dos filhos sobre as coisas da guerra e da paz, e à minha mãe, Jane Collins, que me apresentou aos Gregos, à ficção científica e à moda (embora esta última não tenha pegado); às minhas irmãs, Kathy e Joanie; ao meu irmão, Drew; aos meus sogros, Dixie e Charles Pryor; e aos muitos membros da minha família cujo entusiasmo e apoio sempre me deram ânimo.

E, por fim, dirijo-me ao meu marido, Cap Pryor, que leu *Os Jogos da Fome*, ainda nos seus primeiros rascunhos, insistiu na procura de respostas a perguntas que eu nem sequer imaginara e esteve como uma espécie de minha caixa de ressonância ao longo de toda a série. Obrigada a ele e aos meus filhos maravilhosos, Charlie e Isabel, pelo seu amor de sempre, a paciência e a alegria que me dão.

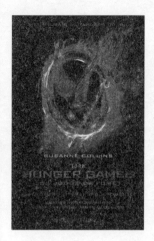  

OS JOGOS DA FOME é uma trilogia de ficção científica infanto-juvenil da autoria de **Suzanne Collins** que se encontra traduzida em mais de trinta países com grande sucesso e que se tornou um *bestseller* do *New York Times*, da *Publishers Weekly* e do *USA Today*. A ação passa-se num futuro pós-apocalíptico numa nova nação, Panem, que se ergueu a partir das cinzas do que fora a América do Norte, e o enredo é surpreendente e emocionante. A versão cinematográfica, com realização de Gary Ross, conta com Jennifer Lawrence, Josh Hutcherson, Liam Hemsworth e Lenny Kravitz nos principais papéis.

Pode consultar outros títulos desta coleção em

www.presenca.pt